그래도, 바람

그래도, 바람

초판 1쇄 인쇄 · 2024년 12월 20일
초판 1쇄 발행 · 2024년 12월 26일

지은이 · 우한용
펴낸이 · 한봉숙
펴낸곳 · 푸른사상사

주간 · 맹문재 | 편집 · 지순이 | 교정 · 김수란, 노현정 | 마케팅 · 한정규
등록 · 1999년 7월 8일 제2-2876호
주소 · 경기도 파주시 회동길 337-16 푸른사상사
대표전화 · 031) 955-9111(2) | 팩시밀리 · 031) 955-9114
이메일 · prun21c@hanmail.net
홈페이지 · http://www.prun21c.com

ISBN 979-11-308-2200-6   03810
값 22,000원

푸른사상
소설선
65

그래도, 바람

우한용

———

장편소설

푸른사상
PRUNSASANG

'아카데미–Q'의 추억

경주의 〈아카데미–Q〉에 한 해 소설창작론 강의를 나갔다. '소설'에 몰두해서 지낸 소중한 시간이었다. 사람들은 왜 소설을 쓰고 싶어 하는가, 소설이란 무엇인가, 소설 쓰기 가르치는 게 과연 가능한가. 좋은 소설은 무엇인가, 남들의 작품에 대해 이야기하는 태도는 어떠해야 하는가. 소설 창작 강의를 나가는 사람이 실제로 소설을 써서 수강생들에게 보여주는 것은 어떤 교육 효과가 있는가. 그런 의문과 함께였다. 전에 절실하게 생각하지 않았던 문제들이었다.

나는 사람들이 가지고 있는 소설에 대한 고정관념을 깨는 쪽으로 강의 방향을 잡았다. 고정관념을 넘어서야 소설 제대로 쓸 수 있다고 강조했다. 사람들이 소설에 대해 가지고 있는 고정관념의 껍질이 의외로 단단했다. 대개 문학개론 소설편에 나오는 내용들을 명제화하여 기억에 저장하고 있었다. 수강생들은 한편으로는 긍정적으로 받아들이고 다른 쪽에서는 내가 이야기하는 내용에 대해 반론을 제기했다. 내 나름으로 논리를 세우고 경험을 들어서 설명하면 선생 체면을 생각해서인지 대개는 수긍을 해주었다. 내가 오히려 편견을 조장하는 것은 아닌가 자성하는 계기가 되기도 했다.

나는 성의껏 강의 준비를 했다. 강의 내용을 한두 페이지 요약해서 자료를 만들었다. 그런 방식은 내 스스로 한계를 느끼기도 했는데, 나 자신이 공부한 2000년대 초까지 내용을 벗어나기 어려운 게 실상이었다. 수강생 편에서 알아서 자기 수준에 맞게 받아들일 걸 믿고 강의를 하는 수밖에 없었다. 교육의 수준은 교사의 수준을 능가하기 어렵다는 진부한 이야기를 환기하기도 했다. 여러분은 나보다 소설 잘 쓰는 작가가 되어야 한다고, 책임질 수 없는 훈계를 하기도 했다.

아주 일반화해서, 잘 가르치려면 선생이 실천해서 보여주어야 한다고 강조를 했다. 그러면서, 강의 들으러 오는 데 들어가는 시간, 수강료, 낯선 사람 사귀어야 하는 부담 등 투자를 해야 하는데, 그렇게 들어가는 투자의 본전 찾기를 강조했다. 그러면서 겁 없이 〈아카데미-Q〉에 강의 나오는 동안 수강생 여러분들이 소설 쓰는 그만큼은 나도 써야 내 본전 건지지 않겠나, 그런 이야기를 하고는 한 달에 소설 한 편을 목표로 제시했다. 하루에 A4 한 페이지씩 쓰면 한 달에 중단편 하나는 건질 수 있다면서, 내가 해 보여주겠노라고, 겁 없이 약속을 했던 터였다. 소설가는 몸이 건강해야 한다고 곁다리로 던져놓기도 했다.

그런데 내 몸에 이상이 발견되어 병원 생활을 해야 했다. 강의가 격주로 배정되어 있었다. 한 주 밀거나 당기면 3주 여유가 생기기도 했다. 그 빈틈을 비집고 예비검사를 하고, 수술 날짜를 잡아 수강생이 눈치채지 못하게 (그렇게 믿고) 넘어갈 수 있었다. 그런데 병원 드나드는 과정은 또 새로운 체험이었다. 그 기회를 그저 흘려보내기가 아까웠다. 버티고 앉아 글을 쓸 만하게 되자, 병원 생활을 서사로 기록했다. 그리고는 수강생들에게 내 작품에 대한 의견을 들었다. 직설적으로는 이야기를 하지 않지만 '독한 사람'이라는 인상으로 비쳤을 듯했다. 아무튼 단편 일곱 편을 썼다. 내심으로는, 계림지鷄林紙를 비롯한 신라 문화 이해 연간 계획, 그 1차년도 사업을 그렇게 마무리했다.

수강생 가운데, 남아진이라는 여성이 있었다. 강의 시간마다 노트북을 가지고 와서 강의 내용을 입력하면서 강의를 들었다. 처음에는 강의에 관심이 없고, '딴짓'을 하는 게 아닌가 오해를 하기도 했다. 그런데 강의 내용과 연관된 질문이 진지하고 날카로운 걸 봐서는 그게 강의를 소화하는 좋은 방법이라는 쪽으로 이해를 하게 되었다.

격주가 되기는 하지만, 그리고 내가 경주라는 문화 실체를 이해하는 과정이 되기도 하지만, 토요일에 〈아카데미-Q〉에 강의를 나가는 것은 본전 못 건지는 노역이라는 후회가 들기도 했다. 4월부터 11월까지 한 해 내가 수강생들에게 이야기한 게 그들 기억에 얼마나 의미 있는 체험으로 기록된 것인가, 그리고 수강생들이 소설을 쓰는 데 어떤 자양분이 될 것인가 의문이 들었다. 그것은 내가 소설론 강의를 할 때마다 느끼는 허전함이었다. 허전함을 지나 열패감에 가까운 후회였다.

나는 수강생들에게 소설의 바탕은 서사라고 설명하고 설득했다. 기존의 리얼리즘 소설은 이제 그 효용이 끝난 것인지도 모른다고, 제법 예언적인 발언을 하기도 했다. 기존의 소설론 신주 모시듯 받들지 말고, 어떤 모티프가 있고, 그걸 사건으로 확대하고 서술자 동원해서 기록하면 소설 안 될 게 없다고 얘기했다.

"내가 여기 경주 〈아카데미-Q〉에 와서 여러분들과 한 해 소설 공부하는 것도, 보기 따라서는 큰 사건입니다. 그 과정을 서술해 나가면 충분히 소설 한 편 나올 수 있습니다."

수강 중에 내가 전해준 내용은 상당한 문화자본인데, 우리는 그걸 놓치고, 모여서 저녁 먹고 커피 마시면서 시간을 탕진하는 거 아닌가 모르겠다는 썰렁한 이야기도 했다. 아차 싶었다. 그거 당신이 하세요, 누군가 그렇게 나오지 않나 싶어서였다. 그런데 한번은 '비비캡'이라는 수강생의 차를 얻어탈 기회가 있었다.

"제가 장편을 하나 쓰고 있는데, 거기 교수님이 나옵니다. 소설에 대한 나의 관념을 바꾸기도 했고, 교수님을 통해 사람, 인간을 이해하는 다양한 방법이 있다는 걸 알았습니다. 교수님 덕이 큽니다."

그런 이야길 하면서, 자기 짱구가 슈퍼급으로 업그레이드되었다고 터놓는 것이었다. 나는 그 작품이 얼마나 진행되었는가 물었다. 시작이 반이랬으니까, 반은 한 셈이라고 대답했다.

"그거 내가 먼저 쓰면 그건 내 작품입니다. 그러니 부지런히 쓰세요."

강의가 거의 끝나갈 무렵에 있던 얘기였다. 소설의 결말에 대해 이야기를 하는 중에, '여행이 시작되자 길이 끝났다'는 소설 구조의 아이러니적 특성을 이야기하면서, 혹시 내 강의 내용을 기록한 수강생이 있는가 물었다. 수강생 남아진이 손을 들었다. 그 자료 내게 보내주면 다음 강의에 쓰려고 하니 보내줄 수 있는가 물었다. 기꺼이! 고맙소! 두 사람은 이미 어떤 소설의 작중인물이 되어 있었다.

〈아카데미-Q〉 강의가 끝나고는 얼마간 어슬어슬 지냈다. 정기적으로 병원에 가기도 하고, 전에 사두고 못 읽은 책을 읽으면서 느슨하게 시간이 갔다. 그런데 곁이 허적허적해서 견디기 어려웠다. 그 무렵에 남아진 씨가 소설집을 보내왔다. 나는 남아진 씨에게서 받은 강의 기록이 생각났다. 〈아카데미-Q〉의 추억을 소설로 살리자는 생각으로 작업에 들어갔다.

창작 측면에서 본다면, 소설 쓰기는 부여받은 생에 '몰두'하게 하는 효과가 있다. 작품을 쓰는 데 몰두하는 작가는 자아실현의 한가운데 자신을 세워놓는다. 소설을 읽는 과정에 몰입하는 독자는 번잡스런 일들에 정신을 빼앗기지 않는다. 시간의 밀도를 체험하는 것이다. 시간의 밀도는 오롯한 생의 보람이 아니겠는가.

책을 내다 보면 출판사와 편집자에게 신세를 지게 된다. 푸른사상사와 책 내는 인연을 맺은 지는 30년이 넘는다. 그동안 많은 도움을 받았다. 한봉숙 사장과 편집부 멤버들에게 고맙다는 이야기를 다 하자면 지면을 달리해야 할 정도다. 뒷날을 기하기로 한다.

윗사람 작품에 '평설'을 쓰기는 여간 고약하지 않다. 더구나 텍스트가 까다롭고 시각이 일상적이지 않은 경우는 더욱 고충스럽다. 불편 다 제치고 평설을 써준 호창수 박사에게 미안하고 고맙다는 이야기를 전한다. 호 박사가 모색하는 '가능세계'가 풍요롭게 무르익기를 기대한다.

〈아카데미-Q〉에서 보낸 한 해의 기록, 그게 소설이 될지 여부는 잘 모르겠다. 다만 소설에 몰두해서 산, 내 시간의 밀도는 내 삶의 지워지지 않는 순금 부분이다. 장르의 통념을 떠난 '소망의 기록'이기 때문에 '그래도, 바람'이란 제목을 달았다. 소설을 생각하는 분들의 소망이 조금이나마 실감으로 그려진다면 다행이겠다.

2024년 9월
우한용

차례

서장 '여승'과 서술자

　자살, 그걸 신에 대한 유일한 반항 수단이라고 한 건 알베르 카뮈였다. 그의『반항적 인간』은 1951년에 나왔다.

　자살을 앞두고, 그래도 바람이 부는데, 살아봐야겠다고 마음을 고쳐먹었을 때, 할 수 있는 일이란 무엇인가. 한국의 생활 습속과 정신 성향으론 절에 들어가 승려가 되어 몸을 의탁하고 살아가는 것이 한 방법일 터이다. 내게 왜 소설을 쓰는가 묻는 이가 있다면, 그게 '삶의 과정'이라고 해명답지 않은 해명을 할 수밖에 없다.

　이 소설이 '내가' 한 학기 동안 소설 쓰는 공부 과정을 기록한 것이다. 독자들은 '나'를 어떤 존재로 볼 것인가 궁금하다. 나 스스로 내가 누구라고 이야기할 방법이 없는 것 같다. 내가 주인공이라 하면 대개는 말하는 대로 믿어줄 것이다. 그런데 서술자라고 하면 나는 수상한 인간이 된다. 수상하다는 것은 의문의 대상이면서 동시에 호기심의 흡인력을 지닌다.

　문학작품 가운데 움직이는 '나'는 정체를 알기 어렵다. 그래서 흥미롭다. 흥미롭지만 명확하진 않다. 명확하지 않은데 믿으면 이해가 된다. 이해란 공감과 상통한다.

　다른 사람의 글을 읽을 때도 '나'는 수상한 존재가 된다. 독자들도 잘 알 만한 백석의 시다. 이 시를 암기하고 있는 분은 그대로 건너뛰어도 좋다. 다만 '여승'과 '나'는 어떤 관계인가, 이 흥미로운 문제는 함께 생각해보았으면 좋겠다.

> 여승은 합장하고 절을 했다.
> 가지취의 내음새가 났다.
> 쓸쓸한 낯이 옛날같이 늙었다.
> 나는 불경처럼 서러워졌다.

 '나'는 어느 허름한 절에서 '여승'을 만났다. 여승은 신분이지만, '나'는 아직 정체가 나타나지 않는다. 여승이 합장하고 절을 하는 것은 일상이다. 그런데 그 여승에게서 '나'는 가지취 냄새를 맡는다. 감각적 접근성이 높아진다. 정신을 가다듬고 바라보니 쓸쓸한 얼굴이 '옛날같이 늙었다'니. 옛날에도 늙었었나? 그런데 나는 '불경처럼 서러워졌'다고 하니. '나'는 어떤 경력을 지녔기에 서럽다는 표현에 불경을 비유항(비클)으로 동원하는가. 둘이 만나는 장면이 애틋하다.

> 평안도의 어느 산 깊은 금전판
> 나는 파리한 여인에게서 옥수수를 샀다.
> 여인은 나어린 딸아이를 때리며 가을밤같이 차게 울었다.

 '내'가 그 여자가 여승이 되기 전에 만난 적이 있다. 그때 둘은 어떤 관계였을까. 평안도 광산촌(금광촌)에서 옥수수를 삶아 파는 파리한 여인이 있었다. 나이 어린 딸이 옥수수 삶아 파는 어머니한테 떼를 썼다. 눈깔사탕을 사달라고 졸랐는지도 모른다. 아니면 예쁜 리본을 사달라고 졸랐을까. 아무튼 딸의 요청을 들어줄 수 없는 여인은 딸아이의 볼따귀를 때렸다. 어머니로서 딸을 때리고 마음이 편할 까닭이 없다. 눈물이 났을 게다. 가을밤처럼 싸늘한 눈물. '나'는 왜 이 장면을 지켜보았을까. 전에 이 여인과 어떤 인연이 있었을까. 사랑하면서 맺어지지 못한 관계? 아니면 '나' 때문에 신세가 달라진 여인에 대한 안타까운 정리인가.

> 섶벌같이 나아간 지아비 기다려 십 년이 갔다.
> 지아비는 돌아오지 않고
> 어린 딸은 도라지꽃이 좋아 돌무덤으로 갔다.

배우자의 출분^{出奔}. 길가 숲덤불에 날아들었다가 뜻 모르게 날아나는 왕벌, 그게 섶벌이다. 섶벌같이 나갔으면 왜 나갔을까. 자그마치 10년을 딸 하나 데리고 혼자 남편 돌아오길 기다리며 살았다. 그런데 남편은 돌아오지 않았다. 여인이 뺨을 때렸던 어린 딸이 죽었다. 왜, 어떻게 죽었는지는 모른다. 혼자 사는 여인이 죽은 딸의 시신을 어떻게 했을까. 돌무더기에 묻었는데, 무덤가에 가을하늘처럼 파란 도라지꽃이 피어났다. 가지취 냄새와 도라지꽃, 빛깔이 공감각적으로 아릿한 슬픔을 자아낸다.

> 산꿩도 섧게 울은 슬픈 날이 있었다.
> 산절의 마당귀에 여인의 머리오리가 눈물 방울과 같이 떨어진 날이 있었다.

금광촌에서 옥수수 쪄서 팔던 여인. 남편은 집을 나간 지 10년이 되어도 안 돌아오고, 자식이라곤 꼭 하나 에미 속을 썩이던 딸은 죽었다. 이런 정황에서 여인이 선택할 수 있는 삶의 길이란 무엇인가. 절에 들어가 머리 깎고 중이 되는 것. 산절 마당 구퉁이에서 머리를 자르는 여인. 산꿩도 섧게 울었고, 머리오리가 눈물 방울과 같이 떨어진 날이 있었다고 썼다. '나'는 그 사정을 어떻게 알았을까. 이런 서술자를 믿고 사건 전개의 과정을 그대로 수용할 수 있을까.

시 한 편을 이렇게 풀어가면 그 자체가 하나의 서사가 된다. 다른 말로 하면 시 한 편을 소재로 해서 또 다른 한 편의 소설을 구성하는 셈이다.

독자들은 이런 글을 쓰고 있는 '나'의 과거사를 어떤 내력으로 짐작할 것인가. 이 시는 1936년에 나온 시집『사슴』에 실려 있다. 같은 해 김유정은 소설「동백꽃」을 발표했다. 이상은「날개」를 김동리는「무녀도」를 같은 해 발표한다. 나는 고백하건대 이들보다 더 살았다.

일인칭 서술 방식으로 전개하는 소설은 일종의 '고해성사'와 같은 것이다. 고해의 형식은 일방적 언어를 이해하는 뒷배를 상정해야 성립한다. 허공에다 대고 고해 혹은 고백을 할 수 없다. 내가 고백하는 내용을 듣고 이해하되 누구한테도 발설하지 않는 그런 대상이 있어야 한다. 가톨릭 신앙을 가진 분들에게는 '신부님'이 그런 역할을 해준다. 언어의 대화성을 부정하는 자리. 문학을 하는 이에게는 성실한 '독자'를 상정하게 된다. 내가 내 기분을 포함하여 다른 사람을 바라보는 시각을 가감없이 드러내는 행위는 고백과 마찬가지이다. 그런데 이 고백이 고백으로 성립할 수 있을까, 그런 의문으로 물속에서 자맥질을 계속하고 있을 때, 이런 글을 발견했다. 그 유명한『고백록』을 쓴 성 아우구스티누스의『요한복음 강해』에 나오는 내용이라 한다.

자신의 죄를 고백하는 사람은 이미 하느님과 함께 행동하는 것입니다.

하느님께서 그대의 죄를 질책하시는데, 그대도 자신의 죄를 질책한다면 그대는 하느님과 결합되는 것입니다. 말하자면 사람과 죄인은 별개의 존재입니다. 그대가 "사람"이라는 말을 들을 때, 그 사람은 하느님께서 지으신 것입니다. 그대가 "죄인"이라는 말을 들을 때, 그 죄인은 인간이 스스로 만든 것입니다. 하느님께서 친히 만드신 것을 구원하시도록 그대가 만든 것을 부수십시오… 그대가 만든 것을 미워하기 시작할 때, 그대는 자신의 악행을 고발하는 것이기에, 그대의 선행이 시작되는 것입니다. 악행의 고백은 선행의 시작입니다. 그대는 진리를 행하고 빛을 향해 가는 것입니다.[1]

독자가 서술자이며, 작중인물인 나를 어떻게 이해해줄 것인가, 그런 의문이 물길에 쓸려나간 느낌이었다. 그런데 그 느낌은 파도가 밀려나간 모래사장 같은 것이었다. 파도가 밀려들면 그 정갈한 모랫벌은 다시 소용돌이 속에 휩싸인다.

어머나, 나는 백석에게 모든 걸 들키고 말았다. 섶벌같이 나간 남편, 죽은 딸 이름, 내가 가는 절 주지스님이 누구인지 그런 걸 여기다 쓸 일은 아닌 듯하다. 내가 사는 집이 어딘지 몰라도 상관없을 듯하다. 집 이야기는 기록하지 않을 작정이다. 현명한 독자께서 알아서 짐작할 일이다.

낮에 꾸지뽕나무 웃자란 가지를 잘라주었다. 주지스님이 심은 나무인데 웃자란 가지가 옆의 대추나무를 덮어버렸다. 나뭇가지가 아킬레스의 거대한 활처럼 휘어져 자란 이 나무는 나에게는 낯설다. 오디가 열리긴 하지만 식용으로 그렇게 적당한지는 모르겠다. 뿌리를 차로 달여 마시면 성인병 예방에 좋다는 이야기는 많이 들었다.

꾸지뽕나무는 가시가 엄청 억세다. 손대기가 힘들어 채마밭 밭둑 옆에 치워놓다가 결국 가시에 찔리고 말았다. 면류관冕旒冠이라고 비아냥거리며 사형수 예수의 머리에 씌웠던 가시관을 생각했다. 아니 생각을 했다기보다는 땀이 범벅이 된 예수의 얼굴이 떠올랐다. 추사도 떠올랐다. 제주도 대정에 위리안치되었던 추사의 적거지謫居址 초가집 울타리 탱자나무… 탱자가 열어 노랗게 익었을 때 추사는 무슨 생각을 했을까. 제자인 역관 이상적李尙迪이 보내준 책을 읽으면서 어떤 생각을 했을까. 내가 소설 쓰기 공부를 다시 하겠다고 의욕을 낸 것은, 말하자면 내가 내 의식에 위리안치되었던 존재를 풀어내고 싶어 하던 때였다. 이건 수많은 사람들의 앞길을 외돌려놓은 기도企圖이다.

올해는 고추가 제법 잘 되었다. 해가 기웃해지자 고추밭으로 갔다. 들고 내려간 바구니 둘이 굴썩하니 찼다. 잘 익은 고추를 담은 바구니를 겹쳐 들고 올라와 계단 앞에 놓는데 허리가 뜨끔했다. 주저앉으려는 몸을 버티고 하늘을 바라봤다. 서쪽 하늘에 황동빛 노을이 곱게 깔려 있었다. 하루가 저물고 있었다. 이렇게 내 생애가 끝나는 것인가, 서러움이 몰려왔다. 이미자 노래 〈아씨〉를 나도 모르게 흥얼거렸다….
"한 세상 다하여 돌아가는 길/저무는 하늘가에 노을이 섧구나."
여기까지 읽은 독자는, 앞으로 전개될 소설의 작중인물이며 서술자인 '내가' 어떤 인물/인간인지를 짐작했을 것이다. 그런데 나는 독자들과 비슷하게 산다. 비슷하게 살기 때문에 공감하고 소통할 가능성이 부여된다. 우리는 살려고 분투하면서 한편으로 죽음충동에 휘말리기도 한다. 우리가 죽겠다는 이야기를 거침없이, 얼마나 자주, 잘 하는가.
저녁을 챙겨먹고 고단한 몸을 뉘었다. 몸이 까부러든다. 중간에 깨어 양치를 하고 와서 대충 화장을 지우고 다시 잠자리에 누웠다. 나는 잠이 잘 들수록 빛나는 꿈을 많이 꾼다.

희한하게도, 나는 사형수가 되어 있었다. 사형 집행을 앞두고 몇 가지 정리를 해야 했다. 뭔가 조여오는 압박감 속에서, 단두대의 칼날이 목을 친 후 … 내가 써놓은 소설은 어떻게 될 것인가 그런 걱정을 하는 사이 최후의 식사가 진행되고 있었다. 내가 죽은 후 내 기록은 어떻게 처리될 것인가. 내 기록이 몽땅 들어 있는 노트북을 무덤에 넣으면 그 기록이 얼마나 오래 살아 있을까.

당나라 태종이 모란을 그려 보낸 종이, 계림지鷄林紙와 지귀 그리고 측천무후가 황제의 명복을 빌기 위해 비구니가 되어 들어가 생활하던 감업사感業寺, 신라 감은사와 이 절은 어떤 관계가 있을까. 여왕과 여제… 그게 감은과 감업을 갈라주는 것인가.

사형수 가운데는 시인도 있고, 역사학자도 끼어 있었다.

"죽기 전에 이 이야기는 듣고 죽어야 합니다."

나는 눈물이 배어나와 눈가를 훔쳤다. 양미주가 물티슈를 뽑아주면서 상냥하게 웃었다.

"형 집행 전에 여러분이 들어야 할 이야기 곧 시작합니다. 강사는 「대멸종」이란 소설을 쓴 천강월 선생입니다."

나는 천강월을 향해 손을 흔들었다. 그리스 영화배우 브루노 간츠(Bruno Ganz, 1941~2019)를 닮은 얼굴이었다. 나는 꿈속에서도 브루노 간츠의 생몰연대를 노트북에 기록했다.

"회자정리, 극즉반 이야기를 하려 합니다. 선덕여왕에게 연애편지 보냈던 당나라 태종의 후궁, 무조 측천무후 이야기입니다."

그의 이야기를 이미 누군가 다 정리해두었다. 이건 옮겨놓은 노트에 불과한 것이니까. 그 징그런 '표절'과는 관계가 없을 것이다.

중국 역사상 여자로 황제가 된 유일한 사람은 흔히 측천무후則天武后로 불리는 무조武照였다. 그 유명한 당태종의 후궁이었는데 태종이 죽자 감업사感業寺라는 절에 들어가 비구니가 되었다. 죽은 황제의 명복을 빌기 위해서였다.

그런데 태종의 뒤를 이은 고종이 황제로 올랐다. 고종은 신라와 연합해 백제와 고구려를 멸망시키는 등의 업적을 남기긴 했지만 실상 아버지보다 훨씬 못한 불초不肖로, 일설에는 간질병을 앓았다고 한다. 고종은 황제가 된 후 자신의 황후를 돌보지 않고 후궁을 총애하였다. 고종의 황후는 황제와 후궁 사이를 떼어놓을 요량으로 감업사의 무조를 불러들였다. 평생 비구니로 청춘을 보낼 줄 알았던 무조는 궁정에 들어와 황후와 황제를 극진히 모셨다. 이로써 고종은 총애하던 후궁에게 가는 발걸음을 끊었다.

고종의 황후는 경쟁하던 후궁을 물리친 쾌감을 만끽했지만 그 무조가 자신을 몰아내고 황후가 되고 황제까지 될 줄 어찌 알았으랴? 무조는 병약한 고종을 대신해 국정에 깊숙이 관여하였고 고종이 죽고 중종이 즉위하자 황제의 나이가 어리다는 핑계로 섭정을 시작하였다.

그러다가 섭정으로 만족하지 못한 무조는 황제를 폐위하여 스스로 황제 자리에 오르고는 다시는 내려올 생각을 하지 않았다. 이 사람이 바로 측천무후다.

당연히 신하들의 반발이 생겨났는데, 대신 소안환蘇安桓 소안항蘇安恒 같은 신하들이 이러한 상황을 비판하며 상소하여 "하늘의 뜻과 백성의 마음은 모두 이씨李氏에게 향하고 있습니다. 당신이 아직까지 황제 자리에 있지만 '사물이 극에 달하면 반드시 반전(物極則反)' 하고, '그릇이 가득 차면 넘어진다(器滿則傾)'는 것을 아셔야 합니다"라고 하였다.

우리 소설의 상황은 극에 달해 있습니다. 기만즉경이라고 합니다. 물극즉 반物極則反 낙극즉우樂極則憂. 소설이 극에 달했다면 그 다음은 무엇일까.

"내 원고는 어떻게 되는 겁니까?"

"어떤 원고를 말하오?"

"그건 '그래도, 바람'이라는 기록입니다."

"그건 앞으로 써야 할 원고 아니오? 국립언어박물관에 보관될 것이오."

그런 이야기를 하는 인물은 신분이 확실치 않다. 교수라 하기도 하고 목사라 하는 주장도 있었다.

단두대가 저 앞 광장에 높직이 세워져 있는 게 보였다. 나는 안대를 떼어서 바닥에 패대기를 쳤다. 창밖에서 새소리가 와글와글 들려왔다.

1

만우절 개강

그해 4월 1일, 개강일이 하필 만우절이었다.

토함산문학관, 소설창작전문가반, 25주 강의에 수강료가 100만 원이다. 강사가 두 사람 배정되어 있었다. 문학관 사무총장은 강사 둘이 교차로 강의를 한다고 안내했다.

간단한 개강식이 열렸다. 관장의 인사와 함께 강사 소개가 있었다. 문학관에서 초청한 소설창작전문가반 강사는 천강월과 백순필 박사 둘이었다. 시창작반, 수필창작반, 시조창작반 강사들도 소개되었다. 문학지 지면에서 이따금 이름을 익힌 얼굴들도 보였다.

월간『계림예술』 빈남수 기자가 나에게 명함을 건네주었다. 사실 나는『계림예술』이란 월간지에 난 광고를 보고 등록했던 터였다. 나는 무표정하게 명함을 받아 지갑에 넣었다. 언제 만날 일이 있을까 싶지를 않은 사람이었다.

"수강료가 100만 원이라고 들었는데, 너무 높이 책정된 거 아닌가요?"

"글쎄요…" 나는 심드렁하니 대답했다. 지방 월간지 기자가 물어야 할 사항은 아니라는 생각이 들었다. 강의 특성을 묻는 게 아니라 수강료를 걸고 들어오는 태도가 의문을 자아냈다.

문득 아버지 생각이 났다.

"뭐든지 배우고자 하면 월사금 싸 들고 가서 배워야 한다." 아버지의 말투는 단호했다. 나는 이유를 물었다. 답도 간단했다.

"공짜로 배운 건 영양가가 없다." 공짜란 땀이 배지 않았다는 뜻이다.

러시아어 공부하기 위해 대사관 직원 에브게니야 부인한테 두 해 동안 3천만 원을 갖다 바쳤다는 걸 나는 알고 있었다. 그건 아버지의 우직함이며 믿음이 가는 점이기도 했다.

100만 원을 내고 등록한 날, 나는 내가 정말 소설을 쓸 수 있나, 생각을 했다. 소설 전문지『K-노블』신인상에 당선해서 상금 1천만 원을 받아 소설가 간판을 달기는 했다. 그러나, 3년째 개점휴업 상태였다. 심사위원장은 3년 이내에 대작 하나 내놓으라 했다. 그렇지 못하면 소설판에서 고사한다고 겁을 주었다.

기초부터 다시 다지기로 했다. 그런데 강의 수준이 전문가반이었다. 전문가반에서 소설의 기초를 배우겠다는 것은 아귀가 안 맞는 결정이었다. 그동안 소설을 써본 경험을 빌미로 '전문가반'에 등록했을 뿐이었다.

개강식이 끝나고 각 장르별 강의실로 흩어져 갔다.

강의가 시작되었다.

강사 천강월의 첫마디가 이랬다.

"여러분, 여기 뭐 먹겠다고 모여 왔어요?" 수강생들이 와 웃다가, 칼로 자른 것처럼 웃음을 그쳤다. 웃음 뒤에 침묵이 한참 이어졌다.

"소설, 그거, 길에 버리면 개도 안 물어 갑니다."

고약한 선생이란 생각이 들었다. 어린이처럼 영혼이 순결한 자를 실족케 하면, "연자방아 맷돌을 그 목에 달아 깊은 바다에 빠뜨리는 게 낫다."[2] 그런 성경 구절이 머리를 스쳤다. 그러나 천강월이 '빌런'으로 보이지는 않았다. 외모와 의상이 성 프란시스코를 연상하게 했다. 얼굴은 창백하고 눈은 폭

꺼져 들어가 저 안쪽에서 아득한 공간을 향해 번득였다. 약간의 광기가 묻어 있는 눈빛이었다.

천강월 선생은, 발등까지 내려오는 코트를 걸치고 흥청흥청 걸어다니는 모양이 꼭 무대 위에서 비극을 연기하는 노련한 연극배우를 연상하게 했다.

강의실 뒤쪽 구석에서 캉캉 개 짖는 소리가 들렸다. 천강월이 이맛살을 찌푸렸다.

"도시락 가지고 왔네요."

"초장에 개국이라카디이, 섭섭합니데이."

'免死狗烹(토사구팽)', 천강월은 칠판에다가 그렇게 썼다.

소설 쓰기 강의를 한다는 이가 강의 첫머리에 곰팡이 슨 어휘를 내놓았다. '초장에 개국'이라는 말은 나도 들어서 안다. 그런데 개장국으로 강의 첫머리를 펼치는 것이었다. 판이 개판으로 돌아가는 건 아닌가, 나는 눈을 꼬부장하게 뜨고 판 돌아가는 걸 주시하고 있었다. 다시 여사의 개가 캉캉 짖었다. 우리들은 나이 든 여성 수강생을 '여사'라 불렀다.

정신을 꼬장꼬장 세우고 강의 내용을 압축해서 노트북에 입력하며 들었다. 그냥 듣기만 하면 집중되는 듯하면서도 강의가 끝나고 나면, 들은 내용이 아침 안개처럼 가뭇없이 사라지고 말았다. 선생의 현란한 언어가 수강생의 상상력을 잘라먹는다는 생각이 들었다.

강사가 칠판에다가 자기 이름을 쓴 걸 보고 나는 실실 웃었다. 千江越, 천강월이라니, 천강은 '즈믄 가람'을 뜻한다. 「월인천강지곡」. 즈믄 가람을 비추는 달빛! 나는 말장난을 했다. 거꾸로 월강천, 강을 천 번이나 넘어 건너야 한다는 뜻… 노트북 구석에다가 천 번을 건너도 그 강은 내내 그 강일 뿐…그런 말장난을 했다. 천강월이 본명일까 필명일까… 넘어서는 것과 달빛의 관계는? 나는 越을 月로 의도적인 오독을 하고 있었다. 그런 생각은 잠깐이었다.

곧이어 떠오르는 아버지 생각 때문이었다. 아버지는 러시아 문학을 공부했다. 60을 한 해 앞둔 나이에 아버지는 세상을 떴다. 아무래도 스스로 목숨을 결단한 듯하다. 한국문화의 원류를 찾아 바이칼 호수에 간다고 나선 아버지는, 세계에서 가장 깊다는 그 호수에 익사했다. 익사의 사실 여부는 확인할 수 없었다. 아에로플로트Aeroflot, 러시아 항공편으로 실려 온 아버지의 시신은 얼굴이 퉁퉁 부어올라 도무지 사람 얼굴 형상을 찾을 수 없는 지경이었다. 나는 아버지의 죽음을 현실로 인정할 수 없었다.

나는 아버지 생각은 지우기로 했다. 사람은 누구나 자기 몫의 삶이 있다는 생각을 하던 끝이었다. 러시아 대사관에 근무하던 아버지는 리디아라는 미국 여자와 자주 만났다. 리디아는 한국과 러시아 양쪽에 다리를 걸치고 정보를 퍼나르는 정보원이었다. 나중에 신문에 난 걸 보고 알았다. 그렇기 때문에 정확한 정보는 아니다. 아무튼 아버지가 바이칼 호수에 가서 정말 익사한 것인지, 진상은 미궁에 빠지고 말았다. 잘못 짜여진 소설의 플롯을 닮은 생애였다. 러시아 예술사를 연구하겠다던 아버지였다. 사실은 러시아 농노와 반란의 역사를 연구하고 싶었는지도 모를 일이었다.

"사람들은 말이지요, …" 천강월은 주춤거리다가 이야기를 주욱 펼쳐나갔다.

아 참, 내가 쓰는 글에 의문 가는 점이 있을 듯하다. 간단한 문장이나, 천강월이 칠판에다가 써준 것들은 직접화법으로 기록한다. 그런데 디테일이 갖추어진 긴 문장은 뒤에 정리한 것이다. 강사는 내용을 제공했고, 그 내용은 내 기억의 그물망을 통과하면서 축약되고 변용되었다. 따라서 화계-스피치 레벨이 들쭉날쭉 오르내릴 것이다. 어쩔 수 없는 언어 작업이었다. 그리고 수강생들 대부분은 경상도 말을 표준어로 바꾸어 말하곤 했다. 내 기록에 대화를 표준어로 기록한 것을 독자는 경상 방언으로 풀어서 이해하길 바란다.

말이지요, 같은 대상이라도 거기 어떤 인간들이 관여하는가, 그 관계 설정 방식에 따라 명칭을 달리 부여합니다. 그게 언어에 잠재된 이데올로기라는 것일 터인데 말이지요, 개고기 먹는 민족, 개를 너무 사랑한 나머지 삶아 먹는 우리나라 사람들은 '개요리', 그런 말은 안 씁니다. 여러분 가운데 개띠인 분? 충구忠狗와 주구走狗는 어떻게, 어떤 기준에 따라 갈라지지요?

서민이 먹는 건 개장국입니다. 그게 조금 격이 높아지면서 보신탕이라고 이름이 바뀌었습니다. 88올림픽 때였던 걸로 기억하는데요, 프랑스 여배우 브리지트 바르도[3]가, 열여덟에 시작해서 쉰여덟까지 남편 넷을 갈아치운 그 여자가, 한국 사람들 개고기 먹는다고, 바바러스하다고 불어대는 통에 그거 피하려고 '사철탕'이라는 말이 생겼습니다. 이전에 복달임으로 먹던 음식을 아무 때나 먹는다고 해서 사철탕입니다. 임금님도 보신탕 드셨는데… 그거 뭐라고 하지요?

누군가가, 뒤쪽에서 '용탕' 어쩌구 하는 소리가 들렸다. 그렇지요? 용이 개를 먹는다? 아무튼, 스님도 보신탕 먹는 경우가 있어요. 그걸 뭐라지요… 토굴에서 면벽수도 후, 뼈골에 단백질이 다 빠져나가, 단백질 보충을 위해 먹은 그거… 천강월은 혹시 아는 사람 있는가 하는 눈치로 수강생들을 둘러보았다. 아무도 대답하는 이가 없었다. 그걸 '오도탕'이라고 합니다. 아무튼, 같은 소설이란 말도 누가 언제 어떤 경우에 그 말을 쓰는가 하는 데 따라 의미가 달라집니다. 그러니까 여러분들이 소설을 쓴다고 할 경우, 머릿속에 그리는 소설 이미지가 여러분들이 쓰는 소설을 규정합니다. 상품이되 상품 넘어서려는 시도가 텍스트 어딘가는 의미의 그늘을 드리워야 한다는 말씀입니다.

"여러분 생각에, 소설이 뭐 하는 겁니까?" 수강생들은 바짝 긴장해서 강사를 쳐다보았다. 그러나 대답하는 사람은 아무도 없었다. 나는 '통증의 자각화'라는 이야기를 하려다가 말았다. 양미주가 이쪽을 향해 눈길을 흘긋거렸기 때문이다. 양미주는 『미래수필』이라는 잡지를 통해 수필가로 등단한 이력을 터놓았다. 수필은 너무 심심하고 맹탕 같아 짜릿한 자극을 제공하는 소설을 쓰겠다고 작정했다는, 나와 같은 또래였다.

"어떤 이야기는 소설이 되고 어떤 이야기는 소설이 안 되나요?"

"내 강의 내용을 시간 순서에 따라 죽 정리하면, 대화까지 섞어서, 그럴라면 녹음해야겠지요? 내 강의는 녹음해도 상관 없습니다. 그러면 소설이 안되고요, 내 강의 듣고 건천에 있는 여근곡에 가서 선덕여왕이 남긴 예언서 찾겠다고 땅 파다가 땡중 만나 얻어맞아 머리가 깨지고…, 그런 식으로 전개하면, 좀 지저분하긴 하지만 소설이 될 겁니다. 신화의 세속화… 현대사회의 병폐가 신화를 세속화하는 겁니다." 양미주는 알았다는 듯이 노트에다가 무언가 적어놓는 눈치였다.

"교수님, 저어 월간 『계림예술』에다가 「소설과 세계인식」이란 글 쓰셨던데요. 저 감동 받았습니다." 수강생 백성민이 동그란 눈을 돌돌 굴렸다. 천강월은 무감동하게 입을 다물고 있다가 자기 이야기를 이어갔다. 그거 괜찮은 잡지인가? 수강생도 글을 올릴 만한 잡지라는 걸 은연중에 드러내는 속셈…

"소설은 세상에 대해 속지 않으려고 하는 언어적 저항입니다." 수강생들은 노트에 적어 넣는 눈치였다. 나는 천강월이 내놓는 명제에다가 붉은색을 입혀두었다. 저항이란 무얼 어떻게 한다는 것인가, 디테일을 기다리고 있을 때였다. 천강월의 질문은 다른 방향으로 튀었다.

"염상섭의 「驟雨」 읽어보신 분?" 천강월이 강의실을 한번 주욱 훑어보았다. 손을 드는 사람이 없었다.

천강월은 칠판에다가 驟雨(취우)라고 한자로 썼다. 나는 그 작품 읽었노라고 손 들기가 열적어 오른손으로 턱을 괴고 천강월의 이어지는 이야기를 기다리고 있었다. 강의실에서 강사의 물음은 대개 자문자답으로 고독해졌다. 천강월은 말장난을 하고 있었다. 치사한…

노자 아시지요? 노세 노세 젊어서 놀아, 그거 작곡한 분… 저 양반이 우리 놀리나… 놀 노老 자는 젊은이가 노인 받들어 안고 있는 형상을 그린 데서 나온 글자인데… 초나라 하남성 사람, 2500년 전 공자를 가르쳤다지요….

아무튼, 노자에 그런 구절이 나옵니다. 飄風不終朝(표풍부종조) 驟雨不終日(취우부종일) 천강월은 칠판에 휘갈겨 썼다. 이 한문 문장 해석할 분? 내 그럴 줄 알았습니다. 수강생의 취향, 아니 한자 실력은 그렇게 짓밟혔다.

"취우, 소나기, 그러니까 이거 말이지요, 6·25 그 전쟁, 소나기처럼 퍼부어대는 난리, 오래 안 간다는 뜻입니다." 수강생들은 강사를 멍하니 쳐다보고 있었다.

"저어, 여러분, 전쟁 나면 사람들 뭐 하며 살아요?" 이어지는 말은 매우 빠른 속도로 진행되었다.

전쟁이 나도 돈 있는 이들은 돈 지키려고 안달하고, 건달들은 연애하고, 처녀 총각 결혼하고, 애 낳고, 농사짓고, 전쟁 피해서 피난 가서도 학교 만들어, 야전천막에서라도 애들 가르치고… 그렇게 산다는 것이었다. 전쟁이 났다고 전 국민이 일치단결, 일사불란하게, 진충보국 모두 머리띠 두르고 전쟁에 나가지는 않는다는 것이었다. 그렇게 휘몰아가는 소설이 있다면 그건 '허위'라는 점을 강조했다. 칠판을 텅텅 치면서…

"소설은 인간의 허위의식을 밝히는 데 일정 부분 기여합니다. 우리는 그걸 소설적 진실이라고 합니다."

"영혼이 아름다운 사람이 아름다운 글을 쓴다던데요." 양미주가 눈가에 잔주름을 잡으면서 말했다. 천강월이 어설프게 웃었다. 지어서 웃는 웃음이었다.

"소설은 세속의 미학을 추구하는 양식입니다." 속물들의 삶 속에서 인간의 진실을 발견하고자 하는 게 '세속의 미학'이라는 설명을 달았다. 그러나, 그러한 세속 가운데 아직 모래 가운데 사금 알갱이 같은, 그런 꿈이 담겨 있다는 이야기였다. 알 듯 말 듯한 부분이 있기는 하지만, 내 독서 범위 안에서 이해가 가는 논지였다. 타락한 세계에서 훼손된 방식으로 진실을 추구하는 양식… 골드만[4]인가 하는, 국적을 알 수 없는 작가의 책에서 읽은 내용… 소설과 돈과 진실과… 인간의 진실? 양미주가 말하는 '영혼'… 그건 무엇일까.

그러니 「취우」 잘 읽어보라는 주문으로 이야기가 마무리되었다. 작가가 6·25를 어떻게 보는가 하는 걸 훤히 잘 알게 될 터라고 목소리에 힘을 주었다.

"사물이 언어를 규정하는 게 아니라 언어가 대상을 규정합니다." 언어 결정론을 펀드는 듯한 쪽으로 이야기가 이어졌다. 부처의 32상호 이야기를 했다. 부처의 32가지 신체 특징이 있는데, 보통 사람과 다른 점… 예컨대 귀가 엄청 크게 그려지는데, 실제 석가모니의 귀가 그렇게 큰 게 아니라 조각을 하고, 거기 장식품을 달려고 하다 보니 귀가 그렇게 커졌다는 것이었다. 수강생들은 고개를 갸웃했다.

"석가모니, 기혼? 미혼? 아들 낳고 왕궁을 차고 나가 출가하잖아요. 그러니까 거시기 있었을 거 아녜요? 그런데 이 양반 그게 말처럼 뱃속에 감춰져 있다는 거예요. 음마장陰馬藏이라고 되어 있어요. 성인의 조각상에다가 그거, 거시기 새겨 넣기 어려웠겠죠. 그런데 한문 맥락이 정확하지 않습니다. 남경이 말만 했다는 뜻으로도 읽힙니다."

나는 피렌체에서 보았던 미켈란젤로의 다비드상을 생각하고 있었다. 천강월은 언어가 실재를 왜곡한다는 이야기를 했다. 왜곡된 언어는 세계를 새롭게 보는 데 장애가 된다는 주장을 내놓는 중이었다. 언제던가 천강월이 쓴 「부처님의 발바닥」이란 소설을 읽은 기억이 떠올랐다. 천강월은 나와 동시대 인이었다. 내가 그의 소설을 읽었다는 것, 그의 강의를 듣는 것, 이는 둘을 동 시대인으로 끌어들이기 아닌가. 가르치고 배우기인가, 교감하기인가… 교 감?

"전문가 과정에서 기초적인 이야기 하기는 그렇습니다만, 아무튼, 소설을 영어로 노블이라고 하잖아요. novel, 새롭다는 의미입니다. 새롭다는 건 이전 의 것에 대한 반역입니다. 그러니 여러분들은 이전에 다른 작가가 쓴 소설 그 대로 닮은 거 쓰려고 하지 마시고 새로운 거 쓰세요. 새로운 거 아니면 소설 아닙니다."

그렇다 싶어 고개를 주억거리고 있는데, 예를 드는 게 플로베르의 『마담 보 바리』였다. 그리고 하는 이야기가, 다른 강사와 유달라서 수강생들이 어리뻥 한 표정들을 했다.

"소설엔 주제가 없습니다."

반장으로 선출된 '야구모자'가 손을 번쩍 들었다. 수강생들은 그를 비비캡 (Baseball-Cap)이라고 불렀다. 몇몇은 그를 비비큐라고 부르며 서로 쳐다보고 웃기도 했다.

"주제 없는 소설이 어디 있어요. 주제, 구성, 문체가 소설의 기본 삼요소라 고 이제까지 배웠습니다. 그러면, 이제까지 통용되어 내려온 소설론은 모두 용도폐기해야 한다는 말씀이 되는데, 소설에도 전통이 있는 거 아닙니까? 너 무 부담스러운 말씀이라고 생각됩니다. AI 운용 시스템을 가동하고, 챗지피 티 이용하면 소설의 주제를 다시 개념화할 수 있지 않겠어요? 새로운 언어는 매체가 새로워야 하니까요." 자신의 말이 좀 과하다는 건지, 얼굴이 긴장되 어 보였다.

"고맙습니다. 챗지피티를 이용한 소설 쓰기는 내가 다룰 수 없습니다. 아무튼 『마담 보바리』 읽어보셨지요? 읽어봤으면 알겠지만, 재미 하나도 없는 소설입니다. 그리고 작중인물들의 행동은 윤리적이지 못합니다. 다만 작중인물 엠마의 허영심은 잘 그려져 있습니다. 그리고 그의 남편 샤를 보바리는 과학을 신봉하지만, 근거 없는 수술로 환자를 죽음에 이르게 합니다. 이렇게 전개되는 인간의 허위성에 플로베르는 절망한 거 아닌가 싶습니다. 현대사회가 남 따라 하기, 그런 라이선스로 살아가는 사람들 아닌가요. 내 이야기보다 SonJK라는 분의 블로그에 실려 있는 내용을 인용한 게 있는데, 같이 보기로 합니다." 천강월은 자기 노트북에 들어 있는 내용을 화면에 띄웠다.

어쩌면 '무에 관한 책le livre sur rien'만이 모든 것의 허영을 깨닫고 이런 현대적이고 고대의 진실을 드러낼 형태의 탐구에 임한 작가에게는 유일한 가능성으로 보일 수 있다. 작품을 만드는 것으로 그쳐야 하며 그 이상의 어떤 목적을 정해서는 안 된다. 의미가 없는 것이 의미가 있는 것보다 우월하다고 보는 플로베르는 주제를 거부하고자 한다.

"나에게 아름다워 보이는 것, 내가 하고 싶은 것은 '무에 관한 책'을 쓰는 것이다. 외부적 구속이 없는 책, 자신의 문체의 내적인 힘으로 스스로 서 있을 수 있는 책, 마치 어떤 버팀대도 없이 공중에 있는 지구처럼, 거의 주제가 없거나 적어도 그럴 수만 있다면 주제가 거의 눈에 띄지 않을 책을 말이다."

나는 화면에 뜬 내용을 훑어 읽었다. 지귀, 지귀 이야기를 아무것도 아닌 이야기, 무에 관한 책으로 쓴다는 게 어떻게 가능할까, 일상의 언어 소통 방식을 바꾸는 것. 언어의 대화적 속성을 거부하는 언어 운용 방식. 대화의 맞은편… 독백. 독백은 원천적으로 불가능하다. 독백을 가장한 대화는 가능하지 않을까. 그것은 문제이면서 동시에 소설이 구원받을 수 있는 하나의 대안이었다. 외부란 무엇인가? 외부를 없애고 나서 끝까지 남는 문제의 내적인 힘이란 무엇인가. 독자는 어떻게 보면 텍스트의 외부 아닌가. 눈이 번하게 트이는 느낌이었다. 선덕여왕의 선덕이란 무엇인가? 나는 챗지피티에다가 지원을 요청해보아야겠다는 생각을 하고 있었다.

비비캡이 다시 손을 들었다. 천강월이 응낙했다.

"하늘 아래 새로운 것은 없다는데, 교수님의 그런 주장, 소설은 무조건, 대깨신, 대가리 깨져도 새로워야 한다는 건 무리가 되지 않을까요?" 수강생들이 와르르 웃었다. 대가리가 터져도 새로워야 한다는 新, …그래서 김시습이 『금오신화』를 쓴 모양이었다. 신화神話가 아니라, 신화新話…….

천강월이 대답했다.

"비비캡 씨는 이름이 뭐예요? 지금 얘기한 그거, 구약성서 전도서에 나오는 말인데, 그 말 자체가 새로운 겁니다. 이전에 많은 사람들이 세상에는 새로운 걸로 가득 차 있다고 생각할 때, 솔로몬은 그렇지 않다고, 그 통념에 쐐기를 쳤던 겁니다. 아무튼 여러분이 선배 작가 존경하고 작품 모델로 삼는 것은 탓할 일 아닙니다. 다만 여러분 자신의 새로운 소설 쓰세요. 그게 여러분이 망해가는 소설판에서 살아남는 방법입니다."

새로운 소설 못 쓰면 죽는다는 이야기였다. 어떻게 저렇게 당당할 수 있을까, 의문을 지나 두려움이 앞섰다.

새롭다는 것은 달리 본다는 뜻이고, 달리보기 위해서는 '낯설게하기'가 방법으로 동원될 터였다. 아버지 얼굴이 눈앞에 오갔다. 아울러, 아버지 책상에 놓여 있던 러시아 형식주의[5] 관련 책들이 생각났다. 문체로 주제에 맞서는 방법… 천강월은 화제를 바꿔 이야기를 전개하고 있었다.

"오면서 보니까 경주 시내에 '천마상'이 여기저기 장식되어 있던데, 천마도를 소재로 소설 하나 써야겠다는 생각이 들더라구요. 내가 경주 와서 뭔가 하나 건지겠다는 희망이 토함산 위로 솟아난다면, 그게 어찌 뻥이겠어요.

소재는 관심 있는 이들에게 늘 가까이 있는 법입니다. 우리는 그런 소재 다 놓치고 공연히 헛다리 짚으면서 살아갑니다. 여러분 가운데, 지귀 아시는 분?" 천강월이 깊은 눈을 뜨고 수강생을 둘러보았다.

나는 눈을 크게 뜨고 천강월을 쳐다보았다. 무엇인가 들키고 있다는 느낌이었다.

천강월은 志鬼(지귀)를 칠판에 한자로 쓰면서 수강생들을 둘러보았다. 손을 드는 사람이 없었다. 나는 손을 들까 하다가 슬그머니 물러섰다. 기다리면, 자기가 대답할 터였다.

내가 생각해도 지귀는 매력 있는 소재였다. 몇몇 작가들이 지귀 이야기를 소설로 썼지만 그렇게 신통한 걸 못 보았다. 소재에 매몰되어 작업하는 작가들 같았다. 나는 책상 밑으로 손을 내리고 두 손을 마주 잡아 힘을 주었다. 손가락 사이에서 우두둑 소리가 났다. 지귀를 변신하게 하자… 한국 서사문학의 변신 모티프… 그건 어쩌면 단군신화까지 거슬러 올라가는 발상일지도 몰랐다. 지귀가 신라에서 불귀신이 되는 데서 나아가 당나라로 가서… 용이 되어야 바다를 건너겠지?

천강월은 지귀 이야기는 그저 던져놓기만 하고 다른 데로 화제를 돌렸다.

천마총에서 나온 '말다래'에 흥미가 간다는 것이었다. 이어서 원효와 요석공주, 사금갑 설화, 대왕암, 석굴암… 시대를 조선으로 내려와 『금오신화金鰲新話』와 김시습, 그리고 경주라는 도시 자체 등 소재가 될 만한 것들을, 주섬주섬 내놓았다. 갈피를 잡기 어렵게 튀는 천강월의 호기심이 흥미로웠다. 나는 천강월의 이야기를 따라갈 수가 없어서, 노트북에 드문드문 기록해두었다. 그건 내가 글 쓰는 아이디어를 얻는 방법이기도 했다. 또한 강의 내용을 오래 기억하게 하는 기억 유지의 방편이란 뜻도 있었다.

"천마총에서 나온 말다래 말이지요, 그림 한 점이 신라 문화 총체상을 이야기할 수 있다는 게, 그게 인문적 문화의 힘입니다. 설화 한 편이 신라 정신을 이야기할 수도 있어요. 지귀 이야기를 다른 시각으로 보면 이전과는 다른 작품이 나올 수 있습니다."

…그런데 여러분들은 그런 소재 다 놓치고 엉뚱한 데서 소재를 찾느라고 헤맨다는 것이었다. 그렇게 보기로 한다면 일상생활 모든 게 소설 소재일 터인데, 소설이 되는 소재와 소설로 쓰기 적절치 않은 소재가 어떻게 갈라지는지는 여전히 모호했다. 양미주는 입을 헤벌린 채 강의를 듣고 있었다.

"본전을 찾으세요. 성서에 그런 기록 있잖아요…? 저어, 달란트의 비유라고 말이지요, 달란트는, 헬라어 달란톤의 번역어인데… 영어의 탤런트와 동의어입니다. 그런데 그건 화폐단위가 되기도 합니다. 한 달란트가 요즈음으로 친다면 얼마나 될까요? 여러분이 찾아보세요. 공부는 자기가 하는 겁니다. …내 이야기는 소설 쓰면서 여러분에게 주어진 달란트, 인생 자본, 휴먼 탤런트를 찾으라는 겁니다. 이 강의에서도 마찬가지입니다. 여기 돈 내고 왔을 거 아닙니까. 본전 찾는 수강생… 어떻게요? 간단해요. 한 달에 소설 한 편은 써야 하지 않겠어요?" 옆에 앉은 수강생 백성민이, 한 달에 한 편? 놀랍다는 듯, 옆자리를 쳐다보다가 손을 들었다.

"그 에피소드에 세 사람이 나오잖아요. 나누어준 방법에 문제가 있는 건 아닌가 그런 생각이 드는데요, 주인이 나누어주는 방식이 5 : 2 : 1 비율이지요. 그런데 작은 몫을 받은 종이 그 돈을 땅에 묻었다가 돌려주는데… 작은 달란트를 받은 사람을 게으르고 불성실한 사람처럼 취급하데요… 이건 부익부 빈익빈의 이데올로기 아닌가요, 어떻게 보세요?" 백성민은 약간 흥분한 투로 말했다.

"성서 내용에 대해 할 이야기는 별로 없습니다만, 돈을 맡긴 비율은 능력에 따라 정했다고 되어 있고, 1달란트를 받은 종이 주인을 판단하는 기준에 문제가 있는 것 같습니다. '저는 주인께서 심지 않은 데서 거두시고 뿌리지 않은 데서 모으시는 무서운 분이신 줄을 알고 있었습니다.' … 이걸 소설로 쓰자면 다른 시각에서 달리 해석하고, 그 시각에 따라 플롯을 짜야 하지 않겠어요? 아무튼 성서는 소설 소재의 보물창고 같은 자료입니다."

"고맙습니다." 백성민은 일어서서 인사를 할 태세였다.

천강월은 다시 자기 이야기로 돌아갔다.

천강월은 소설을 양으로 정하고 쓰라고 강조했다. 질적으로 빈약한 글은 양도 차지 않는 법입니다. 하루 A4용지 한 페이지를 쓰면, 놀면서 써도 한 달에 25장은 쓸 것이고, 200자 원고지로 환산하면 2백 장… 중편 하나는 거뜬히 나온다는 것이었다. 정보는 양입니다. 질적 차원은 정보와 정보가 얽히는 방식을 뜻하고, 이용자의 해석일 뿐입니다.(소설에서 의식의 내면 외면을 가로질러 가는 언어를 화법의 규칙으로만 조율하는 건 어리석은 짓일지도 몰랐다. 나는 '자유간접화법'에 흥미를 느끼고 있었다. 사실과 의식의 얼클어듦을 서술하는 방법을 찾고 있던 중이었다.) 수강생들이 한숨을 쉬었다.

강의가 이렇게 진행되면 소설전문가반은 절반으로 쪼개질지도 모른다는 생각이 들었다. 야구모자 비비캡, 수필가 양미주가 두 그룹을 형성할 듯했다. 그건 물론 '감'이었다.

나는 천강월 선생을 KTX역까지 내 차로 안내하려는 생각을 하고 있었다. 그런데 천강월 선생은 양미주에게 차편을 부탁했다. 양미주는 강의를 몰두해서 들었다. 친절미가 돋보이기도 했다. 조금은 친절이 과도하다는 느낌과 함께. 악마는 여유 있고 늘 웃는다. 포퓰리즘의 표정…

그날 저녁, 소설 공부한다고 나선 것이 과연 본전 찾을 수 있는 일인가, 두 시럭거리고 있다가, '심화요탑' 이야기를 검색창에서 찾아보았다. 비슷비슷한 내용이 여기저기 실려 있었다. 자료의 확실성은 알 수 없었다. 어차피 소재로 삼으려면 원자료를 가공해야 하니까 자료의 정밀성 여부는 별 상관없는 일이긴 했다. 『삼국유사』에 실린 내용을 제법 잘 정리한 게 보였다. 노트북에 옮겨놓았다. 아는 내용도 문자로 정착되어야 의식 속에서 싹을 틔우는 듯했다, 설령 그것이 화면에 스크롤되어 흘러가버리는 것일지라도.

지귀는 신라 활리역活里驛 사람이다. 선덕여왕의 단아하고 엄숙한 미모를 사모한 나머지 시름에 젖어 눈물을 흘리니 몰골이 초췌해져갔다.
왕이 이 말을 듣고 신하를 불러서 말했다.
"짐이 내일 영묘사에 가서 분향을 할 것이니 그대는 그 절에서 짐을 기다려라, 이렇게 전하시오." 지귀는 다음 날 영묘사 탑 아래에서 왕의 행차를 기다리다가 홀연 깊은 잠에 빠졌다. 왕이 절에 이르러 분향을 마치고 나오다가 잠든 지귀를 보았다.
왕은 팔찌를 빼어 지귀의 가슴에 얹어주고 궁으로 돌아갔다. 잠에서 깬 지귀는 가슴에 놓인 왕의 팔찌를 보고 왕을 기다리지 못한 것을 후회하며 오랫동안 번민하다가 마음속에서 불이 나와 자신의 몸을 불살랐다.
지귀는 곧 불귀신으로 변했다. 이에 왕이 주술사에게 명하여 주사를 짓게 했다.
"지귀의 마음속 불길이/ 몸을 사르더니 변하여 불귀신이 되었네./ 창해 밖으로 흘러가/ 만나지도 친하지도 말지어다." 당시 풍속에 이 주문을 문과 벽에 붙여 화재를 막았다.

가슴에서 불이 일어난 지귀는 화재를 막는 '불귀신'이 되었다는 방향으로 주제 방향이 정향되어 있었다. 나는 설화와 소설의 차이를 꿍꿍 생각해보았다. 지귀와 선덕여왕, 이 두 인물을 새롭게 이야기로 짜는 방법은 무엇인가. 선덕여왕, 매력 있는 인물이다. 지귀의 정념을 집중적으로 다룰 게 아니라 국제인으로서 선덕여왕을 부각할 수 없을까, 그런 생각이 들었다. 지귀의 역할은 달라져야 할 터였다.

선덕여왕의 국제관계 가운데 '종이' 이야기를 끼워넣을 수 없을까, 당시 문화 상황과 수준으로 보아 신라에서 제지업이 흥성했을 것 같았다. 불교국가 신라, 수많은 사찰, 사찰에서 읽는 불경… 종이 없이는 불교가 살아날 수 없는 문화 조건이 아닌가… 지귀 이야기를 소설로 만들자면 어떻게 해야 하는가, 그런 생각을 하면서 한 주일이 갔다.

비비캡이 전화를 해왔다. 단톡방 만들려 하는데, 이메일 주소를 알려달라는 내용이었다. 별다른 의심 없이 이메일 주소를 전화기에다가 찍어주었다.

아버지 생각이 떠올라, 아차 하는 사이 수강생들의 메일 주소가 좌악 떴다. 낯선 인간들에게 나를 터놓지 말아라. 위험하다. 너 자신을 포함한 모든 인간은 너를 포식자로 삼는다.

2

체리의 계절

4월 8일, 두 번째 강의가 있는 날이었다.

공기가 쌀랑했다. 봄이 오는 소리를 노래할 계제가 아니었다. 메마른 들판에 아직 새싹이 돋기에는 좀 일렀다. 벚꽃 봉오리가 통통하게 부풀어 터질 준비를 하고 있었다.

"남아진 씨?"

천강월은 내 이름을 불러놓고는 말이 없었다. 아슴하게 뜬 눈으로 한참을 바라보고 있었다. 다른 수강생들도 아무 말 없이 천강월을 넋을 놓고, 아니 자진모리 켜는 해금 활처럼 땅겨진 시각으로 바라보았다.

"오면서 보니까, 벚꽃 봉오리가 터진 놈들이 있더라구요. 그런데 남아진 씨, 벚꽃 꽃잎이 몇 장이지요?"

나는 눈을 크게 뜨고 천강월을 곧바로 쳐다봤다. 대답 대신 물었다.

"장다리꽃은 꽃잎이 몇 장인지 선생님은 아세요?"

천강월은 잠시 주춤하고 서 있었다. 눈을 가느스름하게 뜨고 창쪽을 바라보았다.

벚꽃은 오엽화, 꽃잎이 다섯 장, 장다리꽃은 무꽃과 배추꽃을 함께 이르는데, 십자화과라고 분류된다, 그래서 꽃잎이 넉 장씩이다, 코스모스는 꽃잎이 여덟 장이다, 4곱하기 2는 8, 우주를 상징하는 꽃이라 그렇다, 천강월은 이야기를 줄줄이 이어갔다. 농업학교를 나왔거나 원예를 공부한 게 아닌가 그런 생각이 들 지경이었다.

"신은 디테일 속에 있습니다."[6] 천강월이 빙긋 웃었다.

나는 악마는 디테일 속에 있다고 들이대려다가 말았다. 천강월의 이야기가 금방 이어졌기 때문이다.

사물을 관념적으로 보면 소설 못 쓴다는 것이 요지였다.

"뭐랄까 사람들은 어떤 대상에 상징적 의미를 부여하길 잘 하지요. 그런데 상징적 의미는 지역과 시대를 따라, 즉 문화권에 따라 달라집니다. 우리는 벗꽃을 사쿠라(櫻, さくら)라 하잖습니까, 한국에서는 사쿠라라고 하면 '가짜'를 뜻하지요? 가증스러운 것들…

그런데 프랑스에서는 벗꽃 체리의 상징적 의미가 다릅니다. 아시지요? 저어 '체리의 계절'이라고, 불어로 '르 땅 드 세리스Le temps de cerises', 파리코뮌이라고 있잖아요? 1871년, 조선에 신미양요가 있던 해, 소설에서는 사건을 널리 통찰하는 안목이 필요한데요, 여러분은 책상 앞에다가 세계사 연대표를 붙여놓고 어떤 사건을 다룰 경우, 동서 대조를 해보세요.

아무튼… 프랑스와 프로이센, 지금의 독일이 맞붙는 전쟁이 벌어지는데, 프랑스 황제 나폴레옹 3세가 항복, 프랑스 민중이 봉기를 일으키지요. 이 봉기 세력은 1871년 3월 민중정부를 선언하고 나서는데 말이지요, 이를 역사학에서는 파리코뮌이라고 해요. 근대사에서 유일한 노동자 정부라고 할 수 있는데요, 그해 5월 21일 임시정부에서 프로이센 지원 아래 치열한 시가전이 벌어지는데, 5월 28일까지, 이 기간을 역사, 역사학에서는 '피의 한 주일'이라고 합니다. 이 전투에서 자그마치 3만 명이 죽었습니다. 아니 그렇게 알려져 있지요. 5월 28일 코뮌의 마지막 저항지는 페르라세즈 묘지였어요. 거기서 147명이 희생당합니다. 광주… 1980년….

'연상과 망상…', 나는 재미있고, 위험하다는 생각을 동시에 하고 있었다.

그런데 말이지요, 어디서든지 전투가 있으면 부상자가 생기게 마련이잖아요. 그 부상자 누가 치료합니까. 파리 라셰즈 전투, 그렇게 부릅시다. 거기에 루이즈라는 20세 아리따운? 볼이 고운 아가씨가 있었는데, 자기 목숨 삼가지 않고 부상자를 치료했어요.

그 광경을 코뮌 지도자이며 시인, 샹송 작사자 장 바티스트 클레망이, 그 광경을, 아니 모양을 보게 됩니다. 프랑스에는 장 씨가 많아요, 장 자크 루소, 장 폴 사르트르, 장 가방… 아무튼 한국에는 소설가 장용학도 있잖아요, 클레망은 영국으로 도피해 있다가 10년 만에 돌아와 코뮌 투쟁에서 만났던 간호사 루이즈를 회고하면서 '체리의 계절'이란 가사를 씁니다. 그리고 앙투안 르나르가 곡을 붙였는데, 이 노래가 사랑을 노래한 것과 함께 혁명의 의지를 불붙이는 노래가 되어 많은 가수들이 자기 앨범에 수록했습니다. 한마디로…"

이야기를 맺으려 할 때, 양미주가 노트북에서 샹송 〈체리의 계절〉을 찾아서 실행했다. 〈Quand nous chanterons le temps des cerises〉, 코라 보케르의 노래였다.

"교수님, 이 체리랑 '붉은 돼지'가 무슨 관계가 있어요?" 양미주가 콧등에 주름을 잡으면서 물었다.

"세상은 그렇게 텍스트와 텍스트로 연결되어 있습니다. 확인해보세요. 잠깐 한 10분 쉬었다 다시 시작하겠습니다." 천강월의 얼굴이 창백해 보였다.

천강월이 휴식 시간을 선언하고 강의실을 나가자 수강생들이 노래를 틀어 놓고, 같이 불렀다.

당신은 사랑받기 위해 태어난 사람
당신의 삶 속에서 그 사랑 받고 있지요

당신은 사랑받기 위해 태어난 사람

당신의 삶 속에서 그 사랑 받고 있지요

이 노래는 1997년 이민섭이라는 CCM 작곡가가 만들었다고 한다.

"씨씨엠이 뭐야?"

"그걸 몰라? Contemporary Christian Music, 현대 기독교 음악."

"우리 선생님, 왠지 불행으로 가득한 거 같지 않아?"

"그래도 우린 행복해, 행복 전도사 백 박사도 있잖아. 그 노래, 윤항기 노래 틀어봐."

나는 행복합니다 나는 행복합니다

나는 행복합니다 정말 정말 행복합니다

기다리던 오늘 그날이 왔어요 즐거운 날이에요

움추렸던 어깨 답답한 가슴을 활짝 펴봐요

가벼운 차림 다정한 벗들과 즐거운 마음으로

들과 산을 뛰며 노래를 불러요

우리 모두 다 함께!

"이 노래 얼마나 좋아! 나는 사랑 받으며 살면 죽어도 여한이 없겠어."

천강월이 강의실을 나가자마자 틀었던 노래가 몇 번이나 반복하면서 돌아 갔다. 어쩌면 엉덩이들을 흔들며 춤을 출 기세였다.

'노래 가사에 의문을 제기하고 이의를 다는 것들은 행복한 글 못 씁니다. 무조건이라는데, 따지자고 달려들어?' 백 박사는 그렇게 이야기하면서, 소설 과 유행가의 발상법, 차이에 대해 이야기했다.

"교수님 오신다, 그거 꺼…,"

"교수님 사랑받기 위해 우리가 모였걸랑요. 우리 사랑해주세요." 양미주가 앞으로 나섰다.

"사랑은 아무나 하나…"

천강월이 교탁 앞에 서자 백성민이 손을 들어올렸다. 천강월이 이야기하라는 표를 했다.

"체리와 피가 붉다는 공통성을 지니기 때문에, 혁명을 상징한다는 말씀이지요? 소설에서 비유는 어떤 기능을 합니까?"

소설에서 비유의 기능? 별다른 연관이 없었다. 그러나 천강월은 어떻게든지 의미 연관의 고리를 만들어내었다. 나는 언어적 성실성, 그런 생각을 했다.

"단편소설은 시를 지향한다.[7] 그런 말 들어봤습니까?" 천강월이 수강생들을 둘러보았다.

"시를 지향하는 단편소설은 서정소설을 말씀하는 겁니까?" 비비캡이 물었다.

천강월은 꼭 그런 건 아니지만, 일맥상통하는 바가 있다면서 설명을 이어 갔다. 천강월의 설명은 시란 무엇인가, 언어 기능과 장르 사이에 어떤 관계가 있는가 하는 문제였다.

아치볼드 매클리시라는 시인-비평가가 말했듯이, '시는 의미하는 게 아니라 존재하는 겁니다,'[8] 나는 매클리시라는 인물을 알고 있었다. '의미와 존재'의 모순 관계… 나는 눈을 비비고 천강월을 쳐다보았다. 천강월은 수강생들에게서는 눈길을 걷어들여 허공을 더듬으면서 자동기계처럼 이야기를 이어갔다.

우리 음악에 농음이라는 게 있잖아요. 농음弄音, 서양 음악의 허밍과는 성격이 다른데 언어의 영이랄까, 영의 언어랄까 탄트라에서 말하는 '오옴' 아시지요? 아무튼, 아무튼은 천강월의 상투어인 모양이었다. 아무튼 시는 운율적인 언어잖아요. 운율이 뭐지요?

"리듬요?"

"운율은 리듬과 좀 다릅니다."

운율韻律 …운은 언어의 음상이 인간의 감성을 촉발시키는 역할을 한다든지, 율은 자수의 일정한 반복으로 이루어지는 리듬을 말한다든지, 그런 설명을 귀곁으로 들으면서 나는 아버지 생각을 하고 있었다.

아버지는 말하자면 로맨틱 페시미스트였다. 혁명을 옹호한다는 점에서는 낭만적 꿈을 안에 간직하고 있었다. 혁명은 또 다른 혁명을 불러올 뿐, 대중이 꿈꾸는 꿈은 끝내 이루어지지 않는다. '그날'은 오지 않는다. 그날이 오면 끝장이다. 아버지는 절망감 속에서 살았다.

"애야, 체리의 계절은 짧단다, 아주. 짧아. Il est bien court le temps des cerises." 아버지가 말하는 노래 구절은 한참 뒤에야 그 뜻을 이해할 수 있었다.

"체리는 소설적이기보다는 수필적인 소재 아닙니까? 내가 존경하는 이오덕 선생님 글에 「버찌가 익을 무렵」이라고 있잖아요? 애들이 벚나무 위에 올라가서 버찌 따느라고 난리가 났는데, 교장 선생님이 장대 들고 나무에 올라가 다 떨어주는 이야기, 멋진 교장이지 않아요?" 양미주가 천강월을 빤히 올려다보았다.

천강월은 양미주를 마주 바라보다가 설핏 웃고는 자기 이야기를 이어갔다.

"소설의 가장 중요한 요소로, 어설픈 교수들은 플롯을 들곤 합니다. 오해입니다. 그것은 아리스토텔레스가 그리스 비극을 이야기하면서 한 말입니다. 플롯은 비극의 영혼이다[9]… 소설의 핵심은, 소설을 다른 서사와 변별되게 하는 요건은 인물입니다. 이건 뒤에 얘기할 거고….

소설은 단일서사가 아니라, 대개는, 복합서사입니다. 일상에서 사람들이 말을 하는 걸 보면, 말은 주고받습니다. 언어 수행의 작용 양태가 상호 주체적이라는, 인터 서브젝티브, 서로 견주는 식으로 진행됩니다. 그러니 소설가는 사람들의 대화를 정확하게 관찰하고, 문면에서, 글을 쓸 때, 자리에 딱 어울리는 대사를 사용해야 합니다."

소설 개론 어디선가 본 이야기 같아 흥미가 없었다. 그때, 자기가 백남훈 집안의 후손이라는 자랑을 늘어놓던 백성민이 손을 들었다. 백남훈? 백남운을 잘못 들은 것일지도 몰랐다. 아버지는 『조선사회경제사』를 책상 위에 놓아두곤 했다. 이념은 물질에서 나온다. 노자, 장자가, 석가가 민중 먹여살리지 못하는 법이다.

"작가 선생님… 저어, 캐릭터를 복합적으로 설정하라 그러셨고, 이유는 인간이 관계 존재라는 점을 들었는데요, 그런 복잡한 이야기를 어떻게 소설에 담아냅니까. 우리는 아직, 소설 전문가가 아닙니다." 수강생들이 와르르 웃었다. 전문가반과 전문가 아니라는 이야기가 엇나가 자아낸 웃음 같았다.

너무 어려운 이야기는 소설 공부하는 데, 아니 소설 쓰고자 하는 초심자에게 도움이 안 된다는 식의 반응이었다. 천강월은 조용히 들었다. 그는 늘 조용히 남의 이야기를 듣는 게 버릇인 것 같았다. 말을 할 때 당당한 태도와는 대조적이었다.

"소설 쓰려면 기존의 가치관에서 벗어나야 해요." 단호한 어투였다. 이어서 설명을 달았다.

"기존의 가치관이란 통념을 말합니다. 예컨대, 자연은 아름답다 하지요? 정말 그래요? 진실로 아름다운가 말이지요." 백성민이 몸을 들썩였다.

천강월은 수강생들을 바라보고 진지하게 물었다.

천강월은 칠판에다가 휘둘러 썼다. 天地不仁(천지불인), 聖人不仁(성인불인)

천강월이 들고 있던 분필이 바닥에 떨어져 동강이 났다.

"여러분이 좋아하는 '노자', 태어나면서 늙은 그 노자의 말씀입니다." 자연은 사람을 가려 어떤 혜택을 베풀지 않으며, 성인도 이와 같아서 사람을 가려 은혜를 내리지 않는다는 뜻이라 했다. 그러면서 마르크스나 엥겔스는 성인이 아니라는 이야기를 달았다. 이유는 간단했다. 노동자를 중심에 두고 세상을 개편하려는 속물, 소인의 시각을 지녔기 때문이라는 것이었다. 1848년… 175년 전… 헌종 14년….

나는 아버지 생각을 했다. 만국의 노동자여 단결하라. 러시아어로 책상 앞에 써 붙였던 게 지금도 기억난다. **Пролетарии всех стран, соединяйтесь!** 번역이 잘못되었어. 노동자는 농사꾼, 장사꾼, 학생, 대장장이, 박가분 파는 방물장수 그런 거 몽땅 가리키는 거야. 현고학생부군신위, 그 '학생'은 프롤레타리아야. 나는 아버지 말을 잘 알아들은 것처럼 고개를 끄덕였다. 물론 「공산당 선언」을 제대로 읽은 적은 없었다.

나는 강의에 귀를 기울였다. 내가 아버지 생각하는 사이, 천강월이 어떤 이야기를 했는지는 기억이 없다. 물론 입력된 내용도 없다.

천강월은 예를 들었다. 근래 칡이 너무 무성해서 숲이 망가진다는 이야기. 칡 같은 덩굴식물은 숙주를 감고 올라가 숙주가 죽을 때까지 뒤덮는다는 것이었다. 그래서 결론은 "자연은 아름답지 않다. 무질서하다. 그러니 불인이다." 그런데 인간이 자연의 한 면만 보기 때문에 아름답고 질서정연하다고 설명하는 것이라 했다. 소설에서 문제는 '인간'인데, 그 인간은 지구상의 인간을 뜻하기도 한다는 것이었다. 인간과 지구…

"이제는 인간이 자연을, 지구를 좌지우지하는, 지구의 운명을 좌우할 수 있는 시대가 되었습니다. 영어로 휴먼에이지human age, 인간세人間世가 된 거지요… 인간은 자연의 보복을 당할 겁니다. 그러니까 소설은, 세상에 대해 거짓

말 아니 하려고 하는 언어적 고투입니다. 고투, 뼈아픈 투쟁… 달리 말하면 소설은 진리를 마구 힘주어 주장하는 게 아니라, 사실 확인을 먼저 하는 정신이 필요한 겁니다. 진실된 글은 진실을 추구하는 정신과 상통합니다. 그러면 진실이 뭔가, 그게 다시 문제가 되겠지요?'

수강생들 가운데 하품하는 이들이 몇 있었다. 강의가 거의 끝나갈 때가 되었다.

"소설가는 하늘을 우러러보고 땅을 굽어볼 줄 알아야 합니다. 프롬 제니스(zenith, 최상층–신의 세계) 투 더 나디르(nadir, 바닥–지옥), 그 중간에 서 있는 존재가 소설가입니다. 대기업 총수의 첩질도 알고, 일급 노동자의 하루 저녁 화대가 얼만지를 알기도 해야 합니다."

수강생들이 하품을 했다. 백성민이 다시 손을 들었다.

"작가 선생님의 대표작이 무엇인가 궁금해서…"

"소설을 쓰면서, 나 자신, 자기 자신을 객관화시키는 일에 전념하다 보면, 이제까지 써온 작업에 계속 이어지는 작업이 기다리고 있습니다. 나의 대표작은 죽기 전에 언젠가 쓸 겁니다. 그 소설에 여러분들이 등장할지도 모릅니다."

"어머… 소설에다가 우리를 멍청이라고 쓰진 마세요." 수필을 쓰다가 소설을 시도한다는 서시연이란 중년이 그렇게 이야기를 텄다. 수강생들은 아무도 웃지 않았다.

"교수님, 하나만 더 물어봐요. 수필은 자기를 털어놓는 문학이니까, 아무거나 소재를 삼을 수 있는데, 소설은 다르잖아요. 소설 소재가 없어서 작품 못 쓴 사람 많걸랑요. 소설 소재 찾는 방법 좀 가르쳐주세요."

"소재 찾는 방법? 어떤 대상이든지 다 소재가 될 수 있어요. 다만 작가의 의식이 개입되어야 합니다. 대왕암 아시지요? 거기 전하는 전설 혹은 신화도 아시지요? 설화와 사실 사이, 설화에 몰두하는 향토사학자, 그 진실을 파고 드는 『주간Q』 기자, 돈이 아쉬운 그의 여친… 이야기는 그렇게 만들고, 아니 대왕암 탐사하겠다고 스킨스쿠버 고용하고, 향토사학자가 욕심을 내어 입수 했다가 죽고… 이야기는 그렇게 만들면 됩니다. 다른 경우도 마찬가지입니 다." 수강생들이 재미있다는 듯이 들었다. 서시연이 이어서 물었다.

"소설 속에서 의식은 어떻게 설정해요?"

"의식? 콘시어스니스? 리추얼? 글쎄요, 여러분들의 몫인데, 말하자면 한국 의 인디애나 존스 키우기…, 돈과 진실 추구 그 사이의 갈등… 신라의 용신 앙… 한중 관계… 중국의 용이 신라로, 신라의 용이 중국으로… 신라 문화의 세계화, 그 과정에서 드러나는 새로운… 관계."

어, 천강월이 내 이야길 하네. 밖에서 쿠르릉, 소리와 함께 강의실 건물 이 흔들렸다. 천강월이 소재를 어떻게 만드는가 예를 들고 있던 중이었다.

수강생들이 책상 밑으로 엎드려 기어들었다. 다행히 진동은 한 번으로 끝 났다. 뒷자리에서 고양이가 양양거렸다. 잠시 뒤 양양거리는 소리가 다시 들 렸다. 천강월이 검지로 입을 가로질러 세웠다. 여자 수강생이 고양이 채롱을 들고 밖으로 나갔다.

"여러분 증묘, 고양이 삶기 그런 풍습 아세요? 고양이 원혼에 억울하게 죽 은 인간의 원혼을 전이해서 원풀이를 하는 풍습… 지금 나간 분 다음 시간에 는 안 오겠지요? 내가 누군가의 소설 소재가 된다면, 그 운명을 예측할 수 없 습니다. 운명을 예측할 수 없기 때문에 소설 소재가 됩니다." 수강생들이 눈 살을 찌푸렸다.[10]

"다른 예를 들자면… 지진으로 원전 냉각탑이 무너진다… 그런 가정도… 해보세요. 그런 일이 실제로 일어나선 안 되겠지만 말입니다. 우리가 공부하 고 있는 건물이 무너지고, 거기 남녀 둘이 갇히고… 폼페이 가보셨지요?" 화산재에 묻혀 굳어버린 오입쟁이 화석… 천강월의 얼굴이 일그러지는 중이었다.

"저기요, 그만하세요." 나는 나도 모르게 소리를 질렀다.

천강월은 별다른 반응을 보이지 않았다. 소설가는 저래야 하나 …

몇몇 수강생들이 이의 제기를 했다. 강의 내용이 너무 어렵다든지, 강의 내용을 소설 쓰는 데 적용하기는 한계가 있다, 소설을 쓰는 구체적인 방법을 알려달라, 그런 사항들이었다. 사랑을 소설로 쓰는 방법을 알려달라는 수강생도 있었다. 사랑을 소설로 쓴다? 소설가들이 만나면, 흔히들 하는 말로 멋진 연애소설 하나 쓰고 죽고 싶다는 이야기가 떠올랐다. 그런데 천강월은 수강생들에게 불행의 의식을 주입하고 있었다. 나는 천강월의 그런 시각이 마음을 살살 건드리는 걸 느꼈다. 행복을 강요하는 사회, 사실 나는 부담스러웠다. 위로와 위안은 가식으로 둔갑했다. 주관적 철학이 아니라, 사회학이라야 했다. 소설도 마찬가지라고 …

나는 뭔가 머릿속에 바람이 일어날 것 같다는 예감을 갖게 되었다. 아울러 아버지의 죽음 문제를 다시 생각하게 하는 계기가 될지도 모를 일이었다. 어떤 결론에 이를지는 알 수 없었다. 그리고 한 학기 듣는 소설 창작 강의에 크게 기대할 바가 없는 것도 사실이었다. 소설에 대해 가지고 있던 편견을 조금 덜어낸다면, 그나마 다행일 터였다. 그리고 내가 시도하는 작품 하나 완성하는 것….

다음 주부터는, 수강생이 제출하는 작품을 검토해주겠다는 이야기를 끝으로, 천강월은 옷걸이에서 코트를 떼어 걸쳤다.

그리고는 뒤도 돌아보지 않고 벚꽃 길을 걸어 멀어져갔다. 남자의 뒷모습… 고독한 소설이 될 것 같기도 하다. 그런데 고독은 말이 없다. 말이 없으면 소설은 이미 물 건너간 거다.

3

천마를 찾아서

4월 29일, 봄이 이울어가고 있었다.

토함산문학관에서 개설한 소설 창작 강의에는 강사 둘이 참여했다. 격주로 강의하는 걸 큰 원칙으로 했다. 그런데 강사의 형편에 따라 강의 일정이 조정되었다. 천강월은 두 주일이 지난 다음에 강의에 나왔다.

그사이 벚꽃이 피었다가 거의 이울었다. 산자락에 산벚꽃이 연록색 이파리 사이에 하얗게 피어 휘늘어진 가지가 바람에 하늘거리며 날렸다. 산벚꽃은 눈물을 연상하게 하는 빛깔이었다. 가까이 보면 환희롭게 터져나는 모양이었다. 거릴 두고 바라보면 슬픈 인연의 아쉬움을 자아냈다.

"두 주일 지나갔는데, 아득한 시간 격차를 느끼게 하네요. 아무래도 내가 여러분들 보고 싶었던 모양이지요. 세상에 보고 싶은 사람 있을 때까지가 살 맛 나는 겁니다. 자아 그런데…"

수강생 가운데 노상 끝자리에 앉는 언양에서 강의를 들으러 오는 양미주가 손을 들까 말까 하다가 입을 열었다. 나는 잠시 긴장했다. 전번 강의 끝나고 나가면서, 하던 말이 떠올라서였다. 강사의 지적 수준, 그 논리의 높이가 강의 질을 보장하지 않는 거라면서, 우리가 뭐 스카이 대학 대학원생인 줄 아는 모양이라고, 현실감각 없다는 불평을 늘어놓았던 양미주.

"남아진 씨, 피의 일주일, 찾아보았습니까?" 나는 잠시 멍해졌다. 사실 두 주일 동안 땀을 뺐다. 천강월 강사와 짝을 이루어 출강하는 백순필 박사의 과제를 처리하느라고, 단편소설 한 편을, 자판을 손가락 아프게 투드려 마무리했다. 합평회를 위한 일종의 목적소설 같은 작품이었다. 정작 쓰고 싶었던 것은 천강월로 해서 촉발된, 변형된 모티프였다. 지귀의 변신…

"선생님 말씀하신 '지귀' 찾아다니느라고 시간 다 갔네요."

"그렇군요. 그런데 지귀의 어떤 점이 관심이 가요?"

"선덕여왕에 대한 사랑, 예술적이지 않아요? 불가능을 추구하는 예술혼이랄까…."

"사랑과 예술… 이야기가 잘 풀릴까…."

"사랑이 예술이라는 말도 있잖아요."

"음, 뭐어냐, 서술자가 이야기하는 결말은 지귀가 신라 화재를 막아주는 방화의 신이 되었다는 거지요? 어떤 소재가 주어졌을 때, 쓰는 사람이 설정하는 한 줄기 충동을 오롯이 살려야 소설이 됩니다. 공식 벗어나는 정신, 소설은 고정관념에 대한 저항의 언어형식이라 해야 할 터인데… 원형, 아키타입을 깨야 소설이 되는 겁니다."

사랑을 이야기하는 경우, 원형적 상징의 문제 따위는 제쳐놓아야 한다는 뜻으로 이해가 갔다. 사실 나는 선덕여왕대 신라의 성 문화에 초점을 맞추고 싶었다. 중국에서 유입된 노장사상이 방중술로 둔갑을 해서 풍속을 와해해 가는 중이었다, 그런 식이었다.

"소설가는 이중적인 의미에서 비평가입니다. 소설을 쓴다는 것은 일차적으로 인생의 비평입니다. 그리고 소설가는 자신의 내면에 비평가를 세워두고 있어야 합니다. 소설을 통해 의미를 창출하는 한편, 자신의 작품을 비판적 시각에서 검토할 줄 아는 능력을 가지고 있어야 합니다." 구체성이 떨어지는 이야기였다.

나는 전에 읽은 어떤 글을 떠올렸다. '문학은 인생의 비평이다.' 어떤 평론가가 자기 평론집에다가 인용한 F.R. 리비스[11]의 말이었다. 1932년이던가… 거의 한 세기 전 이야기를 반복하고 있는 셈이었다. 소설에서 새로운 추구가 가능할까. 소설이 새롭다는 걸 전제한다면서…

"비평가들 밥 빌어먹겠네." 누군가 그렇게 중얼거렸다.

천강월은 소설은 이야기값, 즉 스토리밸류story value를 가지고 있어야 한다면서, 그것은 소설의 '시의성'과는 다른 문제라고 했다. 나는 잠시 고개를 떨구었다. 이야기값보다는 스토리밸류가 더 자연스럽게 들리는 게 스스로를 낯설게 하였다. 아버지 삶의 스토리밸류는 무엇일까. 답이 있을 까닭이 없었다.

"나는 뭐랄까, 역마살을 타고난 것 같습니다. 호모 비아토르[12]라는 말 아시잖아요. 떠돌아다니는 인간, 이건 다른 말로 하자면 노마드 인간, 또 한 번 달리 말하자면, 방황하는 인간이란 뜻이 되기도 하는데, 소설가 속성으로 본다면, 삶의 의미를 찾아 떠도는 존재, 그게 여행하는 인간의 본의라 할 만합니다. 소설에 관한 한 완성된 인간상은 없습니다. 그러니 여러분들이 찾아내야합니다." 수강생들은 아무런 반응 없이 덤덤한 표정으로 앉아 있었다.

나는 천강월의 강의에 흥미가 있었지만 수강생들은 다른 태도였다. 한마디로 심드렁했다. 이런 분위기 깨지 않으면 한 학기 탕진하고 말 것 같은 염려가 슬슬 밀고 올라왔다.

"선생님, 질문 있습니다. 선한 의지와 악인을 대립하도록 플롯을 짜는 건 어떻게 생각하세요? 그래야 주제가 선명하게 형상화된다고 배웠는데, 선생님 생각은 어떠신지요?" 질문하는 수강생의 이름이 안 떠올랐다. 저이가 배웠다는 건 언제 어디서 누구한테 배웠다는 것인가. 백순필 박사 강의에서는 그런 이야기가 없었다.

"글쎄요. 소설의 인물을 다른 말로 캐릭터라고 하잖아요. 개성적 인물이라는 뜻인데 달리 말하면, 보편적인 속성 가운데 차이가 드러나는 인물을 캐릭터라 하는데요, 이게 문제적 인물로 규정되는 한 특성입니다. 다른 말로 문제적 인물이라는 개념으로 이해해도 될 겁니다. 소설의 인물들은 대개 문제아입니다. 홍길동이나 돈키호테처럼…" 천강월은 압축적으로 말하면 그렇다고 주를 달았다.

"선한 의지로 평생 남을 위해 이타적으로 산 사람 이야기는 소설이 안 된다는 말씀인가요?" 양미주가 물었다.

"그렇지요. 책 껍데기에다가 '소설'이라고 써놓는다고 해서, 그게 다 소설이 되는 건 아닙니다. 개념이 늘 변한다는 점을 전제하더라도, 소설다운 소설이 되려면 '소설적 인물'을 설정해야 합니다. 달리 말하자면 행동의 동기가 분명해야 하는데… 기분 우울하다고 소주를 마신다면, 실감이 적습니다. 왜, 소주를 마시느냐 하는 이유가 선명해야 합니다. 그런데 그 이유는 한 사회의 중심적인 문제와 연계되어 있어야 할 것이고 말입니다."

훼손된 사회에서 추구하는 진정한 가치를 이야기하는 듯했다. 역시 낡은 내용이었다. 루카치나 골드만류의 이론… 1910년대… 1964년 정도까지만…, 답답한 일이었다. 그런데 그걸 새롭다 하고…

"소설이 사람 사는 이야기라고 하지 않습니까. 사람 사는 데 매사 어떻게 그런 동기를 찾을 수 있습니까." 백성민의 물음이었다.

"그게 일상 삶과 소설의 다른 점입니다. 소설은 삶에 대해서 언제나 '그럼에도 불구하고, 아버 도흐', 그런 요소를 지녀야 소설이 됩니다. 일상을 지루하게 반복해서는 소설이 안 되는 이유가 여기 있습니다. 제 이야기가 너무 어렵습니까. 이 정도는 알아야 소설 쓴다고 할 수 있습니다. 소설에다가 그렇게 써넣으라는 말씀이 아니라, 소설가의 자세가 그래야 한다는 얘깁니다." 양미주가 나를 흘긋 쳐다봤다.

소설이 기술이 아니라 어떤 소설가다운 자세가 요구된다는 것인데, 나로서는 좀 버거운 내용이었다. 소설이 삶의 반영이라면, 삶의 태도, 삶의 질이 문제가 아닌가 하는 생각이 들었다. 그런데 그 삶이라는 게 누구의 삶인지는 여전히 막연했다. 인공언어로 재조직된 텍스트일 뿐인 삶…

"동기부여, 어떤 행동의 심리적 동력, 그걸 분명히 해야 인물이 살아납니다. 그렇게 인물에 동기를 부여하는 일을 모티베이션이라고 하잖아요."

"그게 음악의 주도동기라는 것과 같은 개념입니까? 소설에서 어떻게 동기부여를 하는지 구체적으로 말씀해주셔야 우리가 그걸 소설로 쓰지요. 우린 쥐여주어야 알거든요." 쥐여주어도 모르는 인간은 먹여주어도 몰라. 옆자리 친구가 중얼거리는 소리가 들렸다.

"예컨대 당대 폭압에 저항하는 인물을 그린다고 합시다. 다 같은 역적이 아니라 그 인물의 이력, 가족사, 성격, 모반에 참여하는 계기 그런 것에 따라 인물은 그다운 동기로 역모에 참여하는 게 됩니다. 예컨대 스텐카 라진이라고… 혹시 아시는 분… 인물은 몰라도 노래는 아실 텐데…" 천강월이 나를 쳐다보고 무의미한 웃음을 던졌다.

천강월의 〈스텐카 라진〉 이야기는 아버지 생각을 지펴올렸다. 아버지는 러시아 농노제도와 소설 문학의 관계를 연구했다. 그게 아버지가 도모하던 러시아 문화사의 한 꼭지인 셈이었다.

"여기 있습니다. 틀어볼까요?" 음악학원을 운영한다는 비비캡이 웃으면서 말했다. 수강생들은 그를 대표로 뽑아놓고 각종 소통을 그에게 맡겼다. 사실 소통은 심부름이었다.

"빠르기도 하시네. 그렇게 합시다." 비비캡은 신형 스마트폰의 볼륨을 한껏 올렸다. 노랫소리가 강의실 창을 타고 밖으로 흘러갔다. 이연실이 부른 노래였다.

> 넘쳐넘쳐 흘러가는 볼가 강물 위에
> 스텐카 라진 배 위에서 노랫소리 들린다
> 페르샤의 영화의 꿈 다시 찾은 공주의
> 웃음 띄운 그 입술의 노랫소리 드높다
> 돈 코사크 무리에서 일어나는 아우성
> 교만할 손 공주로다 우리들은 주린다
> 다시 못 올 그 옛날에 볼가강은 흐르고
> 꿈을 깨친 스텐카 라진 장하도다 그 모습

"어때요? 슬프지요. 이연실이 본래 슬픈 노래 잘 부르지만, 혁명의 노래는 대개 비탄조요. 혁명은 피와 눈물이 범벅이 되어 있어요. 1670년, 조선 현종 11년, 정확하진 않습니다, 이때 경신 대기근이라고, 엄청난 기근이 들어요. 지구 역사로는 '소빙하기'라고 하는 기간인데 태양의 흑점이 턱없이 커지면서 한랭기류가 지구 북반부를 뒤덮어요. 러시아에서는 농노들이 차르 체제에 반기를 들고 일어나는데 돈강 볼가강 지역의 코자크들이 스텐카 라진을 대장으로 해서 봉기해요. 당시 황제는 알렉세이 1세였고요. 라진은 전력이 약해지자 페르시아에 지원을 청하지요. 페르시아의 배반을 염려한 그는 공주를 볼모로 잡아두게 돼요. 그런데 공주의 빼어난 미모에 대장이 홀딱해서 공주와 사랑이 불타고, 혁명군의 사기는 추락합니다. 병사들 사이에는 대장을 질책하는 소리가 높아지고, 대장은 사랑인가 의리인가 기로에 서게 됩니다. 공주와 마지막 밤을 지낸 대장은 다음 날 뱃전에서 공주를 강물에 던져버리고 맙니다. …군사들 반응이 어땠을 거 같아요? 소설적으로…"

천강월은 그러한 양가감정이 작용하는 시점에서, 사람들의 반응을 어떻게 다루는가 하는 데 따라 소설의 성격이 결정된다는 이야기를 했다. 수강생들은, 그 사태를 다루는 방식에 따라 소설이 어떻게 달라지는지 확실한 결론을 내지 않는 천강월을 불만 섞인 표정으로 바라보았다.

아버지는 술이 거나해져 들어오는 날은 〈스텐카 라진〉을 불렀다. 러시아 민요라고 알려진 이 노래를 독립군들도 불렀고, 80년대 90년대 민주화운동에 참여하는 젊은이들도 이 노래를 부르며 밤새도록 소주를 마시고 시대를 한탄하며 울분을 토하기도 했다. 신라에는 혁명이 없었나… 통일신라의 민란… 지귀 때문에 스캔들이 생기지 않았을까. 내 연상은 리버럴리스트였다. 아니 아나키스트인지도 모를 일.

동구 현실사회주의의 몰락과 러시아의 개혁개방… 그 물결에 휩쓸려 아버지는 가족 팽개치고 러시아로 유학을 떠났다.

"내 이야기가 너무 어렵습니까?" 천강월이 수강생을 둘러보았다.

알아듣기 힘든 게 사실이었다. 나로서는 지적 호기심을 충족시켜주는 것은 물론, 개인사와 연결되는 의미 고리를 제공해주기 때문에 흥미로웠다. 다른 데서는 듣기 어려운 강의였다. 수강생들은 팍팍하다는 듯이 노트에 무얼 끄적이고 앉아 있었다.

"인물이 살아 있는 느낌이 들도록 하려면 인물을 고민에 빠지게 하세요. 번민, 환희, 환호작약, 좌절, 나락으로 떨어지는 영혼, 아니 내가 영혼이라고 했습니까, 영혼은 수직적 상상력을 타고 작동하기 때문에 추락과 비상을 반복합니다. … 설정한 인물에 대한 점검, 관찰, 안타까워하지 말고, 판단하지 말고, 인물을 비평적으로 검토하세요." 천강월의 말은 과도하다 싶을 정도로 힘이 들어가 있었다.

"작가가 작중인물과 함께 울고 웃고 해야 인물이 생생하게 살아 있는, 그런 인물을 그릴 수 있는 거 아닙니까? 그건 독자를 고려해야 하는 작가의 책임, 그런 거 아닙니까. 음악회에 청중이 없으면 그거 음악 되겠어요? 특히 독자가 즐거워하는 인물… 우리는 그런 인물 그리는 방법이 알고 싶거든요." 비비캡이 미간에 주름을 세우고 진지한 어투로 물었다.

천강월은 헤픈 웃음을 흘렸다. 천강월이 우습게 보는 이 사태가 비비캡에게는 엄청난 부담의 고민거리일 수도 있겠다는 생각이 들었다.

"작가는 신이 아닙니다. 아니 신일지도 모릅니다. 다만 성찰하는 신, 회의하는 신, 허허, 신이 회의에 빠지면 어떤 얼빠진 작대기가 신의 발아래 무릎을 꿇겠습니까. 그러나, 그래야 합니다. 윌리엄 버틀러 예이츠[13]의 묘비명 기억하세요?"

그 인물을 알까 말까 한데, 묘비명을 아느냐고 들이대는 것은 천강월의 클리셰, 상투어 같았다. 나는 손을 들까 말까 망설이고 앉아 있었다. 예이츠(William B. Yeats, 1865~1939)가 아일랜드 독립운동에 적극 참여했다는 게 생생하게 내 기억 갈피에 새겨져 있었다. 아일랜드 역사에 절절한 애정을 보인 예이츠가 묘비명에 남겼다는 한 구절은 실감이 적었다. 'Cast a cold Eye/On Life, on Death/Horseman, Pass by.'

삶에, 그리고 죽음에/싸늘한 눈길을 던져라./말 탄 자여, 지나가라.

결론을 기대하지 말라. 결론에 집착하지 말라. 그런 메시지를 던지는 문장으로 보였다. 내가 이 작품의 주제가 뭐냐고 묻는 독자들에게 하는 소리는 늘 과녁을 빗나갔다.

"소설의 주제는 없습니다. 주제를 찾아가는 작가와 그걸 함께 찾아가는 독자가 있을 뿐입니다." 하는 식으로 답을 하곤 했다. 그건 신인상 시상식에서, 나에게 다가와 손을 내미는 어떤 작가를 화나게 한 말이기도 했다. 그는 내 작품이 주제가 선명해서 좋다고 추켜올렸다.

"우리 시대는, 홉스봄이 진단한 것처럼 극단의 시대고, 그렇다고 결론이 확실한가 하면 그렇지도 못합니다. 도무지 내러티브가 만들어지지 않는 시대입니다. 스베틀라나 알렉시예비치(1948~ , 벨라루스)의 소설, 이상한 소설『체르노빌의 목소리』읽어보신 분?" 뒷자리에 앉은 양미주가 손을 들었다.

"언양에서 왔다고 했던가요? 양미주 씨?" 수강생들은 천강월이 선택적 기억을 가지고 있다는 듯이 비실비실 웃었다.

천강월이 "언양이 왜 불고기가 유명하지요?" 하는 바람에 분위기가 싹 달라졌다. 언양 불고기? 혹시 양미주가 천강월과 언양에 다녀온 건 아닌가, 방정맞은 생각이었다. 더구나 나는 그 작품을 읽지 않았다. 꿀리는 부분이었다.

"『체르노빌의 목소리』, 그 작품이 노벨상 감이라고 생각하세요?" 양미주는 어설프게 웃음을 지을 뿐 대답을 못 했다. 아니 대답을 안 하는 것인지도 몰랐다.

"순간은, 아니 순간적으로 일어난 일은, 서사를 만들지 못하잖아요. 서사적 시간질서로 사건을 정리할 수 없어요. 그러니까… 서사란 게 뭐예요… 어떤 사건이 있었고, 누군가 그 사건을 정연하게 정리해서 이야기해야, 증언을 해야 서사가 됩니다.

그런데 체르노빌 원전 폭발이라는 사고가 있었고 건물이 불타고 사람이 죽고 실종되고 있는데, 그 과정을 전체적으로 이야기할 수 있는 사람이 없는 겁니다. 그 사건 전체 과정을 본 사람, 아는 사람이 없으니 증언할 서술자를 세울 수 없는 겁니다. 서사에서 서술자가 없는 상황. 목소리만 남아 있는 정황. 전체를 모를 때 편린을 모아 제시하고 전체를 짐작하게 하는 방법이 소설 기법으로 동원됩니다.

빅뱅에는 스토리가 없어요. 그래서 태초에 서사가 있었다, 이야기가 있었다가 아니라 태초에 말씀이 있었다, 그렇게 정리되는 겁니다." 천강월이 이야기를 진지하게 할수록 그의 표정은 허옇게 바래 보였다.

나는 천강월의 이야기 내용을 요점을 추려 적으면서 우리는 증언자 없는 사건 속에 허우적거리고 있다는 생각을 했다.

"그건 서사의 본질과 어긋나는 작품이 되겠네요. 시뮬레이션이 불가능한 사건은 사건이 아니라는 거지요. 이해가 됩니다. 그런데 챗지피티나 AI를 이용해도 서사가 구성되지 않을까요?" 비비캡이 물었다. 사실 그건 내가 흥미를 가진 주제이기도 했다. '지귀'를 소재로 한 소설에서 이용할 수 없을까, 그런 생각…

"문학에는 본질이 없습니다." 천강월은 놀라운 눈으로 자기를 바라보는 수강생을 훑어보았다. 서사에 본질이 없다면, 문학에 본질이 없다는 이야기가 될 것 같았다.

"문학에 본질이 존재하지 않는 이유는 간단합니다. 인간에게 본질이 존재하지 않기 때문입니다. 인간을 규정하는 각종의 명제는 가정, 일종의 어섬션에서 출발합니다. 창작에도 본질이 없습니다. 그런 게 있어도 정작 작가는 그걸 알지 못합니다. 안다고 해도 보편성을 띨 수 없습니다. 창작의 본질을 이야기하는 모든 창작론은 가짜입니다. 그런 허접한 책들에 속지 말아야 합니다. 그게 작가가 되려는 여러분들의 윤리입니다. 아니 안목입니다."

여기저기 하품하는 소리, 책상 위에 펼쳤던 책을 정리하는 소리… 누군가 핸드폰이 울리기도 하고… 알았어, 곧 끝나… 그렇게 어수선하게 긴장했던 분위기가 흩어지고 있었다.

천강월은 바지 주머니에서 손수건을 꺼내 입가를 닦았다.

아버지도 〈스텐카 라진〉 한 판 부르고 나면 휴지를 뽑아 입가를 닦았다. 그러고는 냉장고에서 보드카 병을 꺼내 한 잔을 따라 마시고는 했다.

"너도 한잔 할래?" 내가 안 먹는다고 할 걸 뻔히 알면서도 아버지는 꼭 그렇게 물었다. 어머니가 다가와 눈을 흘겼다.

"내가 여기 강의 나오는 이유 아시겠어요?" 천강월이 수강생들을 둘러보았다.

"새로운 인간관계 트기… 아닐까요?" 양미주가 천강월에게 엄지척을 해 보였다.

"경주, 매력 있는 도시입니다. 여기 토함산문학관에 와서 강의하면서 나도, 본전 빼야 할 거 아닙니까? 금쪽같은 토요일, 애인 만날 계획 다 포기하고, 강의 준비하고 여러분이 내는 작품 읽고 검토 자료 만들고 그러다 보면, 나는 여기 오느라고 사흘을 탕진하는 겁니다. 내 시간은 누가 지켜줍니까? 그래서 경주를 배경으로 또는 경주를 모티프로 해서 소설을 쓰려고 합니다. 내가 명색이 선생인데 여러분들 하는 만큼은 해야 하지 않겠어요?"

"교수님은 소설 한 편에 얼마 받으세요? 원고료가 소설가 평가 기준이라던데…" 비비캡이 물었다.

"본전이 꼭 경제적인 것만은 아닙니다. 아무튼 여러분들은 나의 첫 독자입니다. 단톡방에 작품 올릴 테니, 퍼나르지 말고, 씹어먹지 말고 꼭 읽어주세요."

나는 약간 긴장하고 있었다. 수강생을 자신의 첫 독자로 생각한다는 것은 단순한 심정 고백으로 들리지 않았다. 저건 과도한 애정 아닌가 싶었다. 냉연한 제3자의 정신을 강조하는 천강월이 흔들리고 있다는 느낌이 돋아올랐다.

'저러다 일 내는 거 아닌가.' 나는 나도 모르게 그렇게 속으로 뇌었다.

'세상에 일 한번 못 내는 인간, 그건 인간이 아니다.' 아버지의 말이었다. 이러다가 내가 심하게 흔들릴 거 같다는 생각이 솔솔 고개를 들기 시작했다. 나는 아버지 이미지와 천강월의 영상을 겹쳐놓고 그 경계면을 오갔다.

기다리던 천강월의 작품이 메일을 통해 전달되었다. 다른 수신자는 적시되어 있지 않았다. 덧붙이는 말도 없었다. 텍스트 알맹이만 전해졌다. 장르 표시는 되어 있지 않았다. 제목은 '천마天馬를 찾아서'였다. 그리고 필자 이름은 적혀 있지 않았다.

나는 천강월의 메일을 다운받아 프린트해서 차근차근 읽어보았다. 프린트물에 메모한 내용은 여기 그대로 옮기지 않는다. 번거로운 일은 가급적 피하기로 했다. 나의 소설 작업에 도움이 되지 않는 일은 모두 잘라버리기로 했다. 내 일상이 세속적으로 얽히면 찾을 게 아무것도 없을 듯했다. 천강월이 나에게 작품을 읽어보라고 보낸 속뜻이 무엇일까.

천마天馬를 찾아서

서울에서 경주까지, 기차로 2시간 반이 못 미치는 거리였다. 그것은 일종의 시간여행이었다. KTX가 Korea Train eXpress, 한국고속철도라는 걸 모르는 바 아니었다. 그러나 '기차'라는 말이 더 익숙했다.

서울역에서 9시에 기차를 탔다. 기차를 철마鐵馬라고 했던 기억이 떠올랐다. 물론 그때는 석탄을 때어 스팀을 일으켜 피스톤 가동하는, 말 그대로 김으로 움직이는 기차汽車였다. "철마는 달리고 싶다." 철원 월정리역에, 멈춰서서 녹슬어가는 기차에 붙어 있는 표어였다. 남북이 갈려 오고가지 못하는 기차가 그런 구호 가운데 녹슬어가고 있었다. 북을 향해 달리고 싶은 철마. 북방은 고구려를 떠올리게 한다.

신경주역에 내리면. 승용차를 가지고 마중을 나오마고, 나신엽이 전화를 해왔다. 고마운 일이었다.

- 내가 마중 나갈까 그러는데, 어때?

- 어떻긴 좋지. 나를 태워준다고? 계환수는 음충맞게 웃었다. 크크크⋯ 그 웃음이 나신엽에게 들린 모양이었다. 나신엽이 자기를 태워준다니⋯ 태워준다는 건 둘만 아는 암호였다. '한번 태워줄래? 그건 살 섞기를 한판 하자는 메시지였다.

- 지금 무슨 생각 하는 거야? 계환수는 입을 닫았다. 그리고 차 도착하는 시간을 얘기했다. '나 요새 딴 사람 태워주거든⋯ 잊을 건 잊고 살자.' 나신엽은 속삭이듯 말했다. 어차피 지나가는 사람이라고 접어두기는 했지만 자줏빛 노을처럼 아쉬웠다. 생각이 엉뚱한 데로 튀었다. 불국사의 자하문紫霞門, 보랏빛 노을이 물드는 문루라는 뜻이었다.

기차는 예정 시간에 정확하게 도착했다. 신경주역에 내렸을 때, 나신엽은 나와 있지 않았다. 두 팔을 벌리고 다가와 폭 안길 장면을 머릿속에 그리고 있었다. 그 기대는 빗나갔다. 딴 사람 태운다는 게 이런 뜻이었나 싶었다. 계환수는 대합실에서 바장이고 있었다.

신경주역 대합실 주랑은 십이지신상 조각으로 장식되어 있었다. 아직은 돌에 시간의 때가 묻지 않아 석질이 곱게 살아 있었다. 계환수는 십이지신상 사이를 빙빙 돌면서 조각상을 살폈다. 조각 솜씨가 탁월했다. 인간 운명 혹은 DNA를 의인화한 12신. 그것은 불교보다는 동양의 음양오행 사상과 연관되는 석조 예술이었다.

계환수는 말 조각, 마신馬神 앞에 섰다. 말 머리에 사람 몸을 한 마신은 평복을 입고 손에 창을 들고 있었다. 옷자락 안에 '물건'이 살아 있는지 불뚝하게 돌아올라 보이게 조각한 의장意匠이 웃음을 자아내게 했다. 석공의 장난이었을까. 어찌 보면 그저 옷자락이 비스듬히 흘러내린 모양일 뿐이었다.

그는 말띠였다. 1990년 3월 15일생. 계환수桂歡樹. 지금은 수안遂安으로 본관이 통합되었지만 본래 경주 계씨의 후손이었다. 부친은 성씨의 연원을 신라까지 밀어올렸다. 시림始林이라고도 불리는 계림鷄林은 계림桂林으로 쓰는 경우도 있었다. 거기가 자기 조상 태어난 곳이라고 했다.

'말과 인간equus et homo' 계환수는 학회 주제를 음미하는 중이었다. '한국발굴고고학회'에서 개최하는 '천마총 발굴 50주년 기념 국제 학술대회'를 경주에서 개최한다는 것이었다. 계환수에게 주어진 주제는 '동아시아 말 문화와 신라의 천마 이미지'라는 것이었다.

학회의 지향과는 약간 거리가 있는 주제였다. 학회는 실증을 중시했고, 발표문은 상상을 이야기하고 있었다. 천마총의 '말다래 그림'이 말의 형상이고, 그 말다래를 단 말을 타고 다니던 주인공은 지증왕이 확실하다는 주장을 펼 생각이었다. 지증왕과 전해오는 설화를 방증 자료로 이용할 셈이었다. 그런 생각을 굴리면서 십이지신상을 돌아보고 있는데 전화가 울렸다.

— 차가 키스를 당했어.

— 그래? 어떤 놈이 신엽이 잡아먹으려고 했나 보네.

— 무슨 말이 그래. 어디 크게 다치지 않았나 먼저 물어야는 거잖아.

— 큰일 없으니까 전화하고 그러는 거 아냐?

— 그 꼬는 말투 여전하네. 암튼, 거기, 신경주역에서 700번 버스 타면, 엑스포 컨벤션센터 가거든. 그렇게 타고 와… 그럼 회의장에서 만나자구.

전화가 끝나고 십여 분 지나서 700번 버스가 정류장에 도착했다. 계환수는 목적지를 확인하지 않은 채 버스에 올랐다. 차내 방송이 지금 서는 정류장과 다음 정류장을 계속 알려주었다. 옆에 사람이 없으니 풍경이 눈에 들어왔다.

백매화가 봉오리를 벌어 화사하게 피어 있고, 사이사이 살구꽃 분홍빛깔도 풍경에 색조를 더했다. 저런 꽃들이 신라시대에도 이맘때 저렇게 피었거니, 생각하매 눈알이 알알해졌다. 멀리 산자락에 솔들이 퍼렇게 생기를 피워내고 있었다. 버드나무는 버들개지를 달고 조용히 가지를 뻗고 숨을 가다듬었다.

남쪽 차창으로 따가운 햇살이 비쳐들었다. 봄날 치고는 따가운 햇살이었다. 계환수는 햇살 가득한 들판을 바라보며 생각에 빠져들었다.

머리에 두건을 쓴 병졸들이 말을 다루고 있었다. 들판을 달리고, 작은 언덕을 뛰어넘고, 통나무를 갈지자로 세워놓은 사이를 요리조리 피하면서 재빠르게 빠져나갔다. 말 우리에서는 젊은이가 암수 교접하는 걸 고개를 앞으로 빼고 서서 바라보고 있었다. 수말이 코끼리 코 닮은 마장馬藏을 암놈의 밑에다가 밀어 넣느라고 입에다 거품을 물고 씨근덕거렸다. 그 콧바람은 어쩌면 고구려 평원에서 불어오는 북풍 한 자락인지도 몰랐다.

"손님예, 창문 쫌 열어주이소." 창문을 여는 손에 땀이 배어나 찐득거렸다. 교접하는 말의 환상을 좇고 있는 사이 속으로 잔뜩 긴장을 한 모양이었다.

나신엽의 해맑은 얼굴이 떠올랐다. 나신엽은 생강나무 꽃향기를 흘리면서 계환수에게 다가들곤 했다. 계환수를 태워준 건 꼭 한 번 있던 일이었다.

– 몸의 요구를 속이는 것은 죄가 아닐까? 나신엽은 가느다란 눈꼬리를 꼬부장하니 아래로 접으면서 계환수에게 다가들어 허리를 두 팔로 감았다. 느릅나무가 물이 오르는 계절이었다. 계환수는 나신엽과 더불어 몸의 요구를 확인하면서 이십대로 접어들었다.

– 물이 오를 때는 물오른 대로 숨을 쉬는 거야. 계환수는 말을 꺼내려다가 입을 닫았다. 말을 늘어놓는 게 오히려 죄가 될 듯싶었다. 일테면 말은 존재를 가리는 장막이었다.

세미나 홀에는 아는 얼굴들이 이미 여럿 와 있었다. 반갑게 인사를 나누었다. 나신엽은 아직 모습을 드러내기 전이었다. 차 사고라니, 아무래도 처리하는 데 시간이 걸릴 터였다.

　그런데 발표자와 토론자가 섞여 있는 가운데 아프리카 세네갈에서 온 젊은이가 눈에 확 들어왔다. 그야말로 얼굴이 숯빛깔로 까만 '흑인'이었다. 이름이 '응코아'라고 했다. 그는 불어를 썼다. 영어는 서툴러서 불어로 이야기한다고 하다가 멈칫거린 끝에, 어색한 한국어로 인사를 건네왔다. 처가가 제주라 했다. 제주 '종마양성원'에서 일한다고. 참으로 기연이란 생각이 들었다. 아프리카, 세네갈, 제주, 경주, 말, 연결이 정연하지 못했다. 그러나 가능성은 열려 있었다.

　– 한국인 아내를 어떻게 만났습니까? 좀 식상한 질문이었다. 그러나 궁금했다.

　– 진수기가 먼저 나를 올라탔습니다. 아니, 이 친구가 한다는 소리가… 그래서 뒤에는 당신이 올라탔다는 거냐고 물으려다 입을 다물었다. 대신 키키키 웃었다. 응코아도 따라 웃었다.

　– 한국 여자들 용감해요. 암말처럼, 쿠라주 콤므 위느 쥐망courage comme une jument… 계환수는 또 한 번 웃음을 터뜨렸다. 암말이라는 '쥐망'은 종마種馬를 가리키기도 했다. 아내를 종마로 생각하다니? 빌어먹을 작자 아닌가.

　– 아내는 언제 만났는데? 계환수는 발표에 대한 건 까맣게 잊고 응코아에 빠져들기 시작했다. 응코아가 세네갈 승마장에서 종마 관리사로 일할 때였다. 종마 관리라는 게 일이 그다지 번거롭지 않은 편이었다. 한가한 때는 부설로 운영하는 승마장에서 승마 배우는 초보자들을 돕는 일을 했다. 세네갈에 코이카 요원으로 일하던 진수기陳秀器가 귀국할 무렵이었다. 아프리카 아니면 다른 데서 하기 어려운 게 무어 있는가 생각하던 중에, 승마를 배울 생각이 떠올랐다. 승마장에서 말에 오르고 내리는 것은 물론, 말이 앞으로 가고 돌고 멈추고 하는 과정을 일러주는 청년이 응코아였다. Mcore라고 쓰

고 응코아라고 읽었다. 진수기는 그 이름을 고쳐주었다. M-Corée. 한자로 은고려殷高麗라고 써주었으나, 그는 응꼬레, 응꼬레 그렇게 발음했다.

　- 진수기가 무슨 뜻입니까? 불어로 물었다. 할아버지가 너는 집안의 명품이라고 붙여준 이름이란 대답. 자식이 명품 되기를 바라는 부모의 진정이었는지 모를 일이었다.

　- 세 프로디 마흐께…?(명품인가?) 응코아가 물었다.

　- 정말로? 반갑소! 엉샹떼! 그렇게 지내는 동안 둘이는 털빛깔 다른 강아지들처럼 어르고 얼리면서 아프리카 대지 위에 뿌리를 내리며 지냈다. 마침내 둘의 뿌리가 바오밥나무 뿌리처럼 얽혀들었다. 응코아의 집안은 세네갈의 왕족 가운데 하나였다. 세네갈은 종족이 하도 다양해서 왕족이래야 동네 이장 경력 있는 정도 집안일지도 모른다고 짐작했다. 그러나 응코아는 우람한 나무처럼 믿음직하고, 인간 자체가 아름다웠다. 검은 대리석으로 조각한 작품 같았다. 따뜻한 품은 넓고 어깨는 참나무처럼 단단했다.

　응코아와 얽힌 인연 다 잘라버린 듯, 진수기는 한국으로 돌아왔다. 둘의 결합은 도무지 감당이 안 되는 일이었다. 한국에 가서 얼굴 까만 애를 낳는다는 걸 생각하기만 해도 머리가 내둘렸다. 한국은 피부 검은 아이를 너그럽게 품어줄 문화 풍토가 아니었다. 그리고 응코아의 직장도 문제였다. 진수기는 사랑이 아니라 결혼의 여건을 계산하고 있었다. 그런 알량한 계산이 혐오스러웠다. 끝내 아프리카에 뼈를 묻을 생각을 못 하는 자신이 야박스러운 생각이 들었다.

　진수기가 한국에 돌아와 공무원 시험 준비를 하고 있을 무렵이었다. 세네갈에서 응코아가 진수기를 찾아왔다. 응코아를 못 본 지 두 해가 되어가는 시점이었다. 진수기가 통역을 해서 부모들에게 인사를 시켰다. 어떻게 알았는지 응코아는 넙죽하니 엎드려 큰절을 했다. 그리고 한국어를 뜨덤뜨덤 구사

했다.

  — 나는 당신의 딸님 진수기를 내 목숨처럼, 꼼므 라비 드 무아, 내 생명처럼 사랑합니다. 무릎을 꿇은 채 진수기 어른들에게 하는 말이었다.

  — 죽을 때까지 둘이 사랑할 수 있겠는가? 진수기 아버지가 다짐을 받는 듯이 물었다.

  — 죽음은 지평선 저쪽에 있습니다. 어떻게 알아들었는지 진수기의 아버지는, 암 그렇지 하면서 고개를 주억거렸다.

  — 네가, 뭐라고, 도무지 한주먹거리나 되겠냐, 그런 너를 찾아 아프리카에서 한국에 온 저건 진정, 아니 사랑이다… 살아보고 못 살겠으면 물리더라도, 둘이 결혼해라. 진수기 어머니는 아버지보다 너그럽고 단호했다.

  — 메르씨 보꾸, 보꾸, 오 몽 디우!(고맙고 고맙습니다, 오 하느님!) 응코아는 진수기 어머니를 끌어안고 볼에 입을 맞췄다.

  — 이보게, 손 좀 만져보세. 진수기 어머니는 응코아의 손등을 쓸어보면서 고개를 갸웃했다. 말을 다루던 손 치고는 너무 곱고 살결이 부드러웠다.

  — 저 친구 속살은 더 부드러워요. 비단결처럼.

  — 무어라? 진수기 어머니는 딸을 쳐다보며 눈을 하얗게 흘겼다.

  발표가 시작되기 직전, 나신엽은 왼팔을 붕대로 감은 채, 어깨끈으로 둘러메고 학회장에 나타났다.

  — 아니 어떻게 된 거야? 팔이 부러진 모양이네. 한참 고생하게 생겼구만.

  — 하아, 사람 달라진 거 같아. 균형 맞추려면 오른팔도 부러져야 하지 않느냐고 할 줄 알았지. 생각해보니 말투가 꼬여서, 그랬던 거 같았다. 계환수는 겸연쩍게 뒤꼭지를 긁었다.

  — 금방 내 발표 차례가 돼. 어디 가서 좀 쉬다가 만나자구.

- 내 걱정은 말고 발표나 잘 하셔. 너무 주관적으로 왜곡하지 말고. 계환수는 알았다고, 나신엽을 향해 손을 살래살래 흔들어주었다.

- 발표의 본론에 들어가기 전에, 천마와 관련된 제 개인적 경험을 말씀드리겠습니다. 나는 나 스스로 천마가 되기를 꿈꾸어왔습니다. 천마를 몰고 하늘을 치달려 저쪽, 예컨대 도솔천, 그런 세계로 초월을 시도했습니다. 그 초월이란 나 자신의 초월로 연결되는 구도의 과정이었습니다. 그것은 상상의 세계이지 현실세계는 아닙니다. 꿈꾸는 인간이 그리는 그림은, 사실성 여부를 따질 일이 아닙니다. 그리고 역사에서 발굴과 해석의 문제는… 말이지요. 계환수의 말이 길어질 조짐을 보였다.

- 자아, 이제 본론으로 들어가시지요. 좌장이 계환수의 말을 자르고 들어왔다.

- 고대사에서 50년은 그리 긴 시간이 아닙니다. 우리가 다루는 〈천마도〉는 세상에 실체를 드러낸 지 50년, 그 제작은 1,500년 전으로 거슬러 올라갑니다. 우리는 지금 1,500년 전의 그림 한 폭을 두고 논의를 진행하고 있습니다. 연구사를 검토하는 중에, 이 그림이 말인가, 기린인가 하는 논의가 있었다는 걸 알았습니다. 거기 논문 요약집 22쪽에 써놓았습니다.

결론을 먼저 말씀드리자면, 말과 기린을 갈라 보는 것은 학술적 의미가 없다는 겁니다. 전제가 잘못되었기 때문입니다. 이건 실재 혹은 실물을 그린 것이 아니라 신라인이 꿈꾸던 세계, 꿈꾸던 세계에서 인간을 저쪽 세계로 이끌고 가는 존재, 그리스 신화의 헤르메스 같은 존재를 그린 걸로 보아야 합니다. 뒤쪽에서 방청객 하나가 하품을 했다. 계환수는 말을 멈추었다.

- 요약해서 말씀드리겠습니다. 계환수는 예술의 상상과 실재의 관계에 대한 전제를 제시하고 이야기를 이어갔다.

고구려와 신라의 소통이 있었다는 점에 대해서는 더 실증적인 고구가 있어야 합니다. 말다래를 만든 백화수피, 자작나무 껍데기가 신라 지역에서 안 나온다는 것은 문제가 안 됩니다. 백화수피는 불교 유입과 문화 전파 과정에서 자연스럽게 신라로 들어올 수 있다고 추정됩니다. 백화수피에다가 글을 쓴 일은 당시 동아시아 문화 보편성의 맥락에서 보아야 합니다. 아울러 그림을 그리는 일 또한 그렇게 볼 수 있습니다. 당시 그림을 그린 안료에 대한 과학적 분석이 필요합니다. 이는 제가 고구할 과제 범위를 넘어섭니다.

그 그림이 말인지 기린인지 가리는 것은 발굴 중심의 실증사학에서는 중요한 문제가 될 수도 있지만, 문화사학에서는 달리 해석할 소지가 충분합니다. 그게 말인지 기린인지는 크게 문제가 되질 않습니다. 그 말을 타는 존재가, 그게 왕이든지, 지체 높은 귀족이든지, 신령한 대상이라면, 그가 타는 말은 신화적 메신저입니다. 꿈을 향해 달리는 말은 입에서는 불을 내뿜고 발굽이 땅을 박찰 때마다, 지기를 쳐대는 '영기'가 꽃구름처럼 피어납니다. 이를 구태여 중국이나 고구려와 연관을 맬 필요는 없을 겁니다. 신라인의 상상력이 불교적 상상력으로 제한하는 것도 단견이라고, 저는, 그렇게 생각하는 편입니다.

기린은 중국 중심의 상상의 동물입니다만, 말은 다릅니다. 세계 보편의 실재하는 동물입니다. 저기 아프리카 세네갈에서 온 말 전문가 웅코아 씨가 이 학회에 함께 참여하고 있습니다만, 지구상에 말이 존재하지 않는 대륙은 없습니다. 그리고 말을 타는 인간은, 기마민족의 경우 말고는, 해당 사회의 지배권력에 해당하는 존재들입니다. 따라서 말이라는 존재는 문화자본[14]의 중요한 역할을 한다고 보아야 할 겁니다. 말다래, 한자로는 장니障泥라고 하는 물건은, 아니 거기 그려진 그림은 그 말을 탄 인물이 고귀한 존재라는 점을 상징적으로 보여줍니다. 아마 신라에서는 왕일 터인데, 그동안 고고학에서 밝힌 바로는 문서 기록과 일치하는 점이 많습니다. 다만 문서를 해석하는 안

목에 문제가 있습니다. 그러나 천마총의 주인을 지증왕으로 추정하는 관점에 저는 동의합니다. 그런데 기록된 사항은 문화사학적으로 해석이 요구됩니다. 예를 들어 지증왕의 신체 형상에 대한 기록이 문제가 될 겁니다.

여러분이 잘 아실 터이지만, 자료를 보여드리겠습니다. 발표 자료집 33쪽에 자료가 들어 있습니다. 계환수는 자기가 가지고 있는 자료집을 펼쳤다. 『삼국유사』에 이런 기록이 있습니다.

(전략)··· 지증왕의 음경의 길이는 무려 1자 5치나 되었는데, 음경이 너무 큰 관계로 마땅한 신붓감을 구하기가 어려웠다. 이 탓에 처녀들은 사랑을 나누려 하면 너무 아파 울면서 도망갔다. 그래서 지증왕은 각 지방에 사자를 보내 자기의 음경을 능히 감당할 만한 처녀를 수소문하였다. 어느 날 지증왕이 보낸 한 사자가 모량부에 도착해 동로수冬老樹 아래에 쉬고 있는데, 큰 개 두 마리가 북통만 한 누런 똥을 양쪽에서 물고 으르렁거리고 있었다. 이것을 본 사자는 쾌재를 부르며 마을로 내려가 그 커다란 똥덩이의 주인이 누구냐고 동네 사람들에게 물었다. 그러자 한 소녀가 말했다. "아, 그거요? 그것은 모량부 상공 어른의 따님께서 빨래를 하다 숲속에 숨어서 눈 똥입니다요." 사자가 그 집을 찾아가 소녀가 말한 처녀를 보니 정말로 키가 큰 여자였다. 보니 키가 7자 5치나 되었다. 사자는 급히 지증왕에게 그 처녀를 소개했고, 지증왕은 수레를 보내 궁중으로 불러 왕비로 삼았다.

─ 잘 아시는 자료이기 때문에 자세한 설명은 피합니다. 청중이 자료에서 눈을 떼고 발표자 계환수에게 눈길을 집중했다. 계환수는 이야기를 이어갔다.

– 이 자료는 물론 설화입니다. 여기 나오는 수치들이 사실과 잘 맞아들어 가지 않는다는 점을 들어 신뢰하기 어렵다는 견해를 표명하는 분들이 있습 니다만, 텍스트의 성격을 고려해야 합니다. 계환수는 자기 설명을 이어갔 다.

설화적 화법은 대상의 성격에 따라 특정한 방식으로 과장됩니다. 일상적 으로도 키가 큰 사람은 키가 육 척이나 된다고 합니다. 육 척이면 대개 190 센티미터가 넘습니다. 여자들의 경우 허리통이 깍짓동만 하다는 식으로 표 현합니다. 하물며 왕인데 키가 오척단구라든지 짜리몽땅했다는 식으로는 표현하지 못하는 게 설화적 어법입니다. 성기 크기를 과장해서 왕의 위대함 을 드러내려 했다는 사례가 없다고 하는데 그렇지 않습니다. 여러분 부처의 32상호 잘 아시지요? 그게 무슨 뜻인가 하면, 부처님의 남경이, 말의 음경이 숨어 있는 모양이란 뜻입니다. 색욕을 잘 다스려 말이 음경을 오그라들게 해 서 뱃속에 감추고 있는 것처럼, 말하자면 번데기만 하게 뱃속에 지니고 다녀 라 하는 것은, 비구들을 향한 계율적 의미를 지닙니다. 그러나 달리 생각하 면 그 성능은 타의 추종을 불허하는 말의 음경과 같다는 뜻입니다. 부처님의 상호를 임금에게 전이하는 방식을 거부하거나 부정할 이유가 없습니다.

지증왕의 신체 치수를 실측 차원에서 고증하는 것은 상상력을 제한합니 다. 고귀한 존재는 지상적 존재의 삶을 벗어나야 합니다. 그런 말도 있습니 다. 정혁중인가 하는 변호사가 어디선가 한 말인데, "시종의 눈에 영웅은 없 다."고 합니다. 가까이서 보면, 천하를 호령하는 영웅도, 시종과 더불어 똑 같이 먹고 싸고 하는 존재일 뿐입니다.

영웅은 거리 두기에서 탄생합니다. 여러분 '지귀 설화' 아시지요? 선덕여 왕 사모하다가 가슴에서 불이 나서 탑을 돌다가, 불길이, 가슴에서 불길이 일어 탑과 함께 타 죽어 불귀신이 되었다는 그 이야기, 거기서는 지귀가 선덕여왕을 끌어안고 접문, 키스를 했다든지, 함께 밤을 지냈다든지, 그렇게 세속화하지 않고 그리움의 대상으로, 거리 유지를 하고 있습니다. 임금이 신하와 똑같다든지, 부처님도 똥 누고 오줌 싼다는 그런 서사 문법은 존재하지 않습니다.

그러니까, 우리 주제로 돌아와서, 말을 탄 임금의 말다래에 꼭 말을 그려 넣어야 하는가 하는 의문을 제기하는 분도 있습니다만, 그건 '말상투'를 한 진짜 말이 아니라 저 세계를 향해 가는 천마고, 하늘을 나는 비마飛馬입니다. 이 말은 입에서 불을 뿜어 용의 수준으로 향상된 존재입니다. 결론을 말씀드려야 하겠습니다. 계환수는 탁자에 놓인 물병을 들어, 목에 콸콸 소리가 나게 물을 입에 따라 넣었다.

— 제가 이야기하는 이 그림은, 1,500여 년 전, 더 높은 세계를 꿈꾸던 신라인들의 소망을 그린 그림으로 보아야 한다는 게, 그게 저의 결론입니다.

청중들의 박수 소리가 자글자글 끓어올랐다. 질문이 있는 분들은 토론자의 토론이 끝난 다음, 종합 토론 시간에 이야기 나누기로 하겠다고 좌장이 언급하고, 발표를 이어갔다.

나신엽은 발표회장 로비에서 계환수를 기다리고 있었다. 응코아가 다가와 둘 사이에 끼어들었다.

— 어머, 반가워라, 나 진수기 친구예요.

— 엉샹떼(반갑습니다)…! 나신엽과 응코아는 볼에다가 키스를 주고받는 비주 인사를 했다. 진수기가 아프리카로 코이카 봉사 활동 간다는 이야기를 하고, 세네갈에서 근무하는 동안, 나신엽에게 아무 연락이 없었다. 삼 년 전이었다. 진수기가 전화를 해왔다.

— 나 말야, 세네갈에 눌러앉을까 하는데 갑자기 나신엽이 보고 싶네.

— 세네갈, 거기 흑인들 나라, 이슬람교도 나라 아냐? 네가 그런 문화와 종

교 소화할 능력이 있겠어?

　- 애기가 생겼거든…

　- 정말야? 너 혼자 그 애 키울 수 있겠어?

　- 왜 그런 생각을 하는데?

　- 애 키우는 거, 그저 장난이 아니거든. 전화기 속에서 진수기는 흐느끼고 있었다. 그리고 삼 년이 지난 작년이었다. 진수기는 남편과 함께 제주에 와서 살게 되었다면서, 한번 놀러 오라고 연락을 해온 것이었다. 그러면서 남편이 제주도 종마연구소에서 근무한다는 이야기를 했다. 인연 참 희한하다는 생각을 했다.

　- 진행 측에서 말야, 점심은 각자 알아서 먹으래. 잘 되었네. 내가 보여줄 데가 있는데 같이 가자고. 가보고 나서 식사하고 들어오자구. 응코아 씨는 발표가 끝 순서던데 같이 가요. 나신엽은 어딘가로 전화를 했다.

　- 금방 와야 해. 알았다구? 나신엽이 태운다는 그 사내인 모양이었다.

　낡은 에스유비 테라칸에서 내리는 사내는 기골이 장대했다. 턱수염이 부글부글하고, 선글라스로 눈을 가려 표정은 정확히 알기 어려웠다. 원성왕릉이라 하는 괘릉의 페르시아인 상을 떠올리게 하는 풍모였다.

　- 신세를 지게 되어 미안합니다. 계환수가 운전대를 잡고 있는 사내에게 말했다.

　- 편히 좀 갑시다. 말투가 편하지 않았다.

　토함산을 향해 올라가는 소로길은 지나는 사람이 드물었다. 차량 또한 별로 눈에 띄지 않았다. 이따금 매화꽃이 화사하게 피어 아직 잎이 나지 않은 나무들과 을씨년스런 대조를 이루었다. 살구꽃은 연분홍 향기를 흘리고 서 있었다. 살구꽃에 특별한 향기가 있는지는 확실하지 않았다. 그러나 연분홍 치마를 떠올리게 했다. 봄날은 간다… 꽃이 피면… 같이 웃고…

– 저 앞에서 좌회전!

마당에 차가 멈췄다. 일행이 내리고, 일행 앞에서 차를 몰고 온 사내가 선글라스를 벗고 인사를 했다.

– 장동경입니다. 반갑습니다. 본관이 덕수, 덕수 장씨일 거라는 짐작이 들었다. 그러나 묻지는 않았다. 회회인 후손이라는 이야기를 나눌 계제는 아니었다.

아담한 고패집이었다. 마당 섬돌 밑에 수선화가 줄지어 피어 있었다. 장독대와 담장 사이에 살구꽃이 마치 꽃등처럼 환하게 피어 흐드러졌다. 뒷산 숲에서 꾹꾹이가 울었다. 그런데 아무도 나와 보는 사람이 없었다. 빈집 같은 썰렁한 기운이 응달 마루에서 흘러나왔다.

창틀에 작년에 자란 환삼덩굴이 얼기설기 마른 채 얽혀 있었다. 전체적으로 아담하기는 하지만 사람의 훈김이 사라져 냉기가 감도는 한옥집이었다.

– 문 안 열고 뭐 해? 장동경이 마루로 올라갔다. 안방으로 짐작되는 방에는 자물쇠가 채워져 있었다. 장동경이 선반에서 키를 찾아 문을 열었다. 향을 사른 냄새가 알싸하니 풍겨 나왔다.

– 할머니가, 과수댁으로, 여기서 75년을 살았어요. 배꼽도 안 떨어진 아들 하나 키우면서 말이지요. 우리 아버지가 올해 75세거든요. 할아버지? 만주를 거쳐 몽골까지 가서, 거기서 말 그림 그리면서 살았다는 거지. 왜 몽골이고 왜 말인가? 그런 맥락에 이유가 있겠어? 암튼, 소식 끊기자 할머니는 할아버지 따라가듯이 저승으로 갔어요.

– 그게 언젠데? 꼭 한 해 전이라며 나신엽은 눈가가 젖어왔다.

– 할머니가 평생 안 찾던 분곽을 찾아달라는 거예요. 저기 저 침상에 앉아『반야심경』을 외면서, 나더러 얼굴에 분을 발라달라는 거지 뭐야. 그게 박가분이었는데, 할아버지 출분하고 나서, 사내들이 할머니한테 흘려, 연지분

사 들고 찾아와 문전을 어정거렸어. 그건 나도 눈으로 봤어. 산수유가, 오늘처럼, 질펀하게 필 때면, 할머니는 신열을 앓곤 했어. 그게 무병이었을지도 몰라. 무병을 혼자 다스리는 건 죽기보다 어려운 일이라구. 아무튼… 할머니는 오뉴월 땡볕에 덴 사람처럼 열이 풀풀 났어. 그러면 뒤뜰에 나가 물을 죽죽 들러썼는데… 있지… 젖꼭지가 발갛게 복사꽃처럼 돋아나고, 거웃에 햇살이 어룽거리면 두 다리 사이에 무지개가 서는 거야. … 계환수가 크음, 헛기침을 했다.

─ 계환수 씨한테, 보여줄 게 있어서 가자고 한 건데… 장동경 씨한테도 안 보여줬던 거야. 저이가 이 집 저 아래채에 화실을 꾸미고 작업을 해. 그건 그렇고, 할아버지 그림 좀 볼래? 나신엽이 안방에 이어진 웃방 문에 걸린 자물쇠를 열었다. 자그마한 신당이 꾸려져 있었다. 소반 위에 향로와 함께 정화수 그릇이 놓여 있었다. 그 뒤로 길쭉한 탁자가 자리 잡아 배치되어 있었다. 그 뒤로 한지로 깔끔하게 바른 벽에 그림이 붙어 있었다.

양피지? 그건 적절한 말이 아니었다. 양 껍질이었다. 양 한 마리를 잡아, 통째로 껍질을 벗긴 후 무두질을 하면 뽀얀 양피(지)가 만들어진다. 그 양피(지) 위에 바탕색을 칠하고 그 위에 그림을 그렸다. 천산산맥을 넘어가는 비마상이었다. 날개 달린 말 세 마리가 발굽에 영기를 피워올리며, 입에서는 불길을 내뿜었다. 말머리가 향하고 있는 산맥의 연봉은 하얀 눈을 둘러쓰고 있는 설산이었다. 설산 위로 엷은 보랏빛 노을이 비껴 지나갔다. 말의 머리에는 '말상투'가 외뿔소 뿔처럼 돋아올라 있었다. 머리를 흔들며 달려가는 말의 머리 위로는 꽃구름이 피어올랐다. 그것은 천마총에서 나온, 자작나무 껍질 말다래에 그려진 〈천마도〉 그대로 옮겨놓은 것 같은 모습이었다. 신라, 경주, 몽골… 그렇게 이어지는 천마의 꿈… 할아버지를 내륙 깊숙이 내몰아간 열정은 아마 더 달리고 싶었을 것이다.

계환수는 그림 앞에 무릎을 꿇고 앉았다. 자신도 모르게 두 손을 깍지 끼어 잡았다. 마치 간절한 기도를 올리는 듯한 자세로 한참을 앉아 있었다. 이마에 땀이 흘러내리기 시작했다.

– 뭔 영감이 와? 나신엽이 물었다. 그건 영감이 아니라 사실의 확인 같은 것이었다. 하늘을 나는 말을 상상하는 것은, 어쩌면, 유라시아를 넘어 세계적인 보편성을 지니는 인간현상인 것 같았다. 그것은 그림 한 장이 불러오는 환상이면서 현실적 실상이었다. 앞치마만이나 한 말다래에 그려진 〈천마도〉한 폭과, 양 껍질 한 장에 그린 비마도가 사람의 영혼을 휘저어놓는 것은 일종의 종교적 이적의 체험이었다. 나신엽은 고개를 끄덕이며 손을 들어 눈을 가렸다. 창을 통해 들어오는 햇살이 눈을 찔렀다.

– 나 이거 좀 거들어줘. 나신엽이 종이 쇼핑백에다가 옷가지를 넣다가 한숨을 쉬었다. 한 손을 붕대로 묶어 둘러메었기 때문에 행동이 자유롭지 못했다.

– 아니, 이건 뭐야.

– 어머, 피 묻은 게 아직 그대로 있네. 나신엽의 어머니는 벽장에 넣어둔 당목 치마를 보자기로 잘 싸두기는 했지만 세탁을 한 적은 없었다. 할머니가 남긴 신물神物 같은 것이었다. 첫날밤을 지낸 핏빛 기억이 담긴 옷가지였다. 할머니가 아버지 낳고 삼 일이 안 되어 할아버지는 화구 몇 가지 꾸려가지고 집을 나갔다. "내 뒷일은 당신 알아서 하시오." 그 한마디를 남기고서였다. 미안하다는 말은 덧붙이지 않았다.

– 저어기, 혹시 들어봤어? 경주시에서 '세계마예박물관'을 건립한다는 이야기를 했다. 〈천마도〉를 비롯해서 전 세계에 널리 퍼져 있는 말 그림을 체계 세워 정리하겠다는 기획이었다. 계환수는 마화馬畵가 아니라 왜 마예馬藝라고 했는가, 그 까닭을 물었다. 말을 소재로 한 그림을 위시해서 말 조각상,

말을 기르는 과정, 마구, 말 신앙의 민속 등 자료를 종합적으로 전시한다는 계획이었다. 그렇게 해서 실크로드가 경주에서 출발해서 로마에 이르기까지, 이어지는 가운데 말의 역할을 종합적으로 부각하자는 의도라 했다. 말과 연관된 상상력의 자장磁場을 확장하는 문화사적 기획인 셈이었다. 그런 사업이 벌어진다면 자신은 무슨 일을 할 수 있을까, 계환수는 생각이 일자리로 돌아가는 중이었다.

함께 간 사람들은 대청에 앉아서 마당가에 피어난 살구꽃을 바라보며 이야기를 나누고 있었다. 계환수의 전화가 울렸다. 응코아의 발표 순서가 되었다는 것과, 계환수에게는 종합 토론에 참여할 준비를 해달라는 내용이었다.

학회장에 앉아서, 응코아의 발표를 듣는 동안, 계환수는 천산을 넘어가는 천마의 행렬 환상에 휘달리고 있었다. 그것은 자신의 꿈이 소용돌이치는 과정과도 겹쳐지는 것이었다. 상상력의 문화사를 공부하고 싶었다. 동서를 갈라놓는 인식 체계를 뒤섞어 동서의 보편성을 확인하고 싶었다. 그런데 학계는 실증사학[15] 중심으로 운영되기 때문에 냉큼 용납되어 들어갈 틈새가 보이지 않았다. 유물 유적이 발굴되어야 논문이 몇 편 나오는 형편이었다.

– 아프리카 사막을 건너는 데는 말보다는 낙타가 유용성이 뛰어납니다. 아프리카 사람들은 낙타에 날개를 달지 않습니다. 대륙에서는 시간이 천천히, 아주 천천히 흐르기 때문입니다. 그러나 말이 사는 나라에 따라, 그 형상이 달라집니다. 그렇게 말하고 푸우 한숨을 쉬었다.

–「향수」로 잘 알려진 정지용이라는 시인의 작품에 「말」이라는 게 있습니다. 원문은 발표집 28쪽에 있습니다. 계환수는 자료집을 펴보았다. 거기 이런 시가 적혀 있었다.

말아, 다락같은 말아,
너는 점잔도 하다마는

너는 왜 그리 슬퍼 뵈니?
말아, 사람 편인 말아,
검정콩 푸렁콩을 주마.

이 말은 누가 난 줄도 모르고
밤이면 먼 데 달을 보며 잔다.

  ─ 식민지 조선에 태어난 말은 초월을 향해 치달리며 흙먼지 피워내는 말
과는 근본이 다릅니다.
  인문학적인 상상을 펼치다가 이야기 가닥이 확 바뀌었다. 응코아는 말의
인공수정에 대한 이야기를 하고 있었다. 야생마를 붙잡아 매놓고 기르기 때
문에 생산력이 약화된다는 사례를 들고 있었다. 계환수의 말과는 층위와 구
조가 다른 말 이야기였다. 달리 생각하면, 상상력 공간에 존재하는 말만이
말의 원형적 심상을 환기하는 것은 아닐 터였다. 본질 이전의 말, 현존재로
서의 말이란 무엇인가를 생각하는 중에, 박수 소리가 강당을 울렸다.
  종합 토론에서 계환수가 받은 질문은 하늘을 나는 말들에 관한 것이었다.
동명왕 신화에 나오는 '오룡거五龍車'가 천마가 아닌가 하는 질문이었다.
  ─ 인간세계와 천상세계를 운행하는 수단은 여러 가지가 있습니다. 잘 아
시는 것처럼『장자』의 붕새라든지, 인도 신화의 가루다, 신라의 천마 그런 것
들이 지상세계와 천상세계를 연결하는 수단들입니다. 이들은 형상은 서로
다르지만 기능은 동일합니다. 그 기능은 해석의 영역이지 실증의 대상이 아

닙니다. 사실 계환수는 자신 없는 대답을 우겨대고 있었다. 다른 질의가 있었다.

— 천마 혹은 비마를 그리는 상상력이 보편성을 띠자면 동서가 함께하는 모티프가 있어야 할 것인데, 기독교에서는 천마가 어떻게 나타나는지, 혹시, 아시면 말씀해주세요. 질문자는 고개를 갸웃거렸다. 이건 대답이 어려울걸, 그런 눈치였다.

— 제가 신자가 아니라서, 읽은 기억에 따라 말씀드리겠습니다. 구약성서 「열왕기列王記」는 영어로 킹스Kings라고 하잖습니까. 「열왕기」 하권에 선지자 엘리야와 그를 스승으로 모시며 따르는 엘리사 이야기가 나옵니다. 자기를 끝까지 따라오겠다는 엘리사를 지상에 남겨두고 천상으로 올라가는 엘리야는 '불전차와 불말'에 태워져 회오리바람과 함께 하늘로 올라가는 걸로 되어 있습니다. 그 불말, 즉 화마火馬를 그림으로 그린다면, 천마총에서 나온 백화수피에 그린 천마와 흡사한 형상이 되지 않겠나 그런 생각을 합니다.

다만, 이스라엘은 말보다는 당나귀를 이용하는 게 편한 지형입니다. 프랑스의 시인 프랑시스 잠[16]은 천국에 갈 때 당나귀와 함께 가고 싶다고 노래합니다. '영원한 사랑의 투명함'을 당나귀의 속성으로 상상합니다. 이건 인간의 존재 조건을 초월하기 위한 상상력의 작업으로 생각됩니다. 대답이 엉뚱한 데로 가는 것 같습니다. 요컨대, 상상력의 산물을 실증으로 규명하려 하는 노력은 언제든지 한계에 봉착한다는 점입니다. 계환수는 말을 멈추고 청중을 돌아보았다. 질문을 하겠다고 손을 드는 이는 없었다.

차 시간이 촉박해서 뒤풀이에 참여하기는 어려웠다. 나신엽과 그의 아버지, 그리고 그 할머니의 생애가 궁금했다. 그보다 더 궁금한 것은, 애 낳은 지 일주일이 되기도 전에 출분한 그의 할아버지, 양가죽에 〈천마도〉를 그려

보낸 그 할아버지가 사뭇 궁금했다.

  ─ 마예박물관 개관할 때 부를게. 그때는 팔 다 낫겠지. 나신엽이 오른팔을 계환수의 팔에 걸었다.

  ─ 제주도에도 오세요. 응코아가 손을 내밀었다.

  학회장 현관 앞에 에쿠스 승용차가 와서 멈췄다. 중년 남자가 차에서 내렸다. 계환수가 뜨악하니 서 있자, 나신엽이 깔깔 웃었다.

  ─ 우리 아버님이셔. 인사해…. 친아버진지 시아버진지는 말하지 않았다.

  ─ 내가 장동경 애비 되는 사람입니다. 그는 지갑을 꺼내 명함을 건네주었다. 대한마사회 회장 장균정. 경주에도 마사회가 있던가, 그런 의문이 들었다.

  ─ 우리 아들이 선약이 있다 해서 내가 나왔습니다. 신경주역까지 간다고 들었는데….

  차는 경주 시내를 비켜 우회도로로 달렸다. 차창으로 벌판이 다가오고 지나가고 했다. 길가에 늙은 벚나무들이 줄지어 서 있었다. 아침에 보았던 벚나무 꽃몽오리가 유두만 하게 부풀어 있던 게 떠올랐다. 천마가 이 길을 지나 토함산으로 해서 하늘로 날아올랐을 것 같았다.

  ─ 저어기, 뒷자리 옆에 책 하나 있는데, 챙겨 가이소. 매운향이라는 시조 시인이 거기 계환수 씨 강의 듣고 감동했다고, 전해달래서… 계환수는 자리 옆에 놓인 책을 집어 들었다. 중간에 '천마상'이 새겨진 간지가 꽂혀 있었다. 「그 여자를 위한 변명」이라는 시가 실린 면이었다. 무슨 연인지 그 페이지가 108쪽이었다.

  ─ 아버님, 창문 좀 열까요. 삼월 햇살이 오뉴월 땡볕 같습니다. 그 말이 떨어지자 창이 스스로 아래로 밀려 내려갔다. 들판을 치달려 온 천마는 막 형산강을 건너는 중이었다.* (2023.3.16.)

며칠간 답글을 쓸 수 없었다. 강의실에서 얘기한, 나의 첫 독자, 그건 립서비스인지도 모른다. 양가죽이나 양피지, 백화피가 아니라 '닥종이'에 〈천마도〉 밑그림을 그리지 않았을까. 몽골까지 갔으면, 그 다음을 이어가는 길은 넉넉히 짐작할 수 있지 않은가. 신라 서라벌에서 중국 장안을 거쳐 몽골, 우즈베키스탄, 아랍, 비잔티움 로마 그런 길을 실크로드 모양으로 페이퍼로드를 그릴 수 있을 것 같았다. 그것은 달리 말하자면 신라의 종이가 세계로 뻗어나간 길, 계림지鷄林紙가 그리는 페이퍼로드로 설정할 수 있을 듯했다. 실크와 닥지, 종이는 같은 길을 나란히 이어나갔을 터였다. 그 '종이 길'을 따라 지귀도 선덕여왕도 함께 걷지 않았을까. 신라의 지귀가, 더구나 죽은 지귀가 중국으로 가서 선덕여왕을 도울 수 있는 방법이 무엇일까. 이제까지 다른 사람들이 쓴 소설과는 위상이 다른 작품이 되어야 할 터.

그것은 천강월의 글을 읽고 내가 얻은 일종의 개안開眼과 같은 것일지 몰랐다. 물론 성급한 생각이었다.

답글을 요구하는 문건은 아니라고 생각하기로 했다. 천강월이라는 강사가 쓴 글에 대한 나의 책무는 사실 명확한 것은 아니었다. 자꾸 소통을 해보겠다고 불끈거리는 자신을 눌러놓으면서, 소설이 완벽한 소통의 가장 중요한 방식이라고 하던 백순필 박사의 강의 내용을 되씹고 있었다.

'소통 안 해도 죽지 않는다.' 그렇게 생각하자 마음이 가라앉았다.

스메타나[17]의 〈나의 조국〉을 반복해서 들었다. 특히 강물 위에 춤추는 달빛을 연상하게 하는 금관악기 선율이 마음 한가운데 움직이기 시작했다. 선덕여왕은 다뉴브 강에서도 푸른 옷자락을 끌고 춤을 추었다. 될 듯도 하고 아니라는 감이 오기도 했다.

평온하게, 마음을 안추르면서 다음 강의를 기다렸다.

4

자하문 저쪽

5월 13일, 드디어 다가온 토요일이었다.

두 주일은 설레는 기다림의 시간이었다. 천강월 앞에 작품을 내놓고 평을 들어야 하는 것은 기대와 부담이 반반이었다. 수강생 가운데는 이미 등단해서 문단 이력을 쌓은 사람들이 몇 있었고, 말발이 깔끄러운 이도 있었다. 토함산 문학관 창작반은 이른바 이질 집단이었다.

지난주, 토요일 백순필 박사 강의에서 합평을 하는 과정에 있었던 일이 떠올라, 그 장면이 눈앞을 오갔다. 합평이라는 게 말은 좋아, 서로 많은 것을 얻는다 하기는 하지만, 공연히 목청만 높이고 내용은 진부했다. 그러고는 많이 배웠다, 고맙다, 나는 언제 당신처럼 쓸지 아득하다⋯ 그런 이야기들이 헛소리로 들리는 것이었다.

"합평에 앞서서 내 시 한 편 소개하려 합니다. 요즈음 나는 그런 생각을 합니다. 창작을 가장 잘 가르칠 수 있는 사람은 스스로 작품을 써서 수강생들 앞에 내놓고, 의견을 듣기도 하고 하면서 모범을 보이는 거라고 말입니다. 그래서 앞으로 여러분 만나는 동안 소설도 쓰고 시도 쓰고 해서 내놓고 모범을, 그게 모범이 될지는 모르지만, 최소한 성의로 그렇게 할 생각입니다. 복사본 나눠드렸지요? 누가 한번 읽어줄래요." 천강월은 양미주 쪽으로 눈길을 주고 있었다. 양미주가 기다렸다는 듯이 일어나 시를 읽었다.

이팝나무

이팝나무, 거기다가 꼭 '꽃'을 달아야 할까.

나무의 뿌리와 줄기와 잎과 꽃을 한꺼번에 부르지 못해도

이팝나무 꽃이 피면, 피어 흐드러지면

누군가, 순영이, 순실이, 순성이 그런 이름의 순한 얼굴들

꽃그늘 아래 나무에 기대어 서서 날 기다릴 것만 같은

하얀 손을 하늘하늘 흔들어 추억인 양 날 부를 것 같은

색기 걷어낸 연두빛 청춘의 향기 머금고

발뒤꿈치 들고 사뿟사뿟 걸어와 미소할 것 같은

미소 짓다 부서질 것 같은 추억과 꿈이 섞여서

휘도는 그 깊이 속에 자맥질 거듭하다가 소용돌이 직전

나비처럼 날아앉는, 앉았다가 무리 지어 저어대는 날개짓

눈을 들어 산봉을 쳐다보면, 산자락 타오르는 순백의 향기…

수강생들이 자각자각 손뼉을 쳤다. 문학과 정치. 내 머릿속을 스쳐가는 화두. 정치가는 박수 소리 먹고 자란단던 시장 후보자가 있었다.

"소설가가 시를 쓰면, 시가 길어지고 산문화되지 않습니까? 시에다가 꼭 인물을 동원해 넣어야 합니까." 비비캡의 볼이 부어 보였다.

"난 그런 거 잘 모릅니다. 다만 이팝나무 꽃 피는 계절에 그냥 지나기가 허전해서 시를 썼습니다. 내가 시작 노트처럼 달아놓은 내용을 읽어드릴 테니 들어보세요."

미리 준비했던 모양, 천강월이 프린트해 온 종이를 들고 낮은 목소리로

읽었다.

녹음 속에 피는 하얀 꽃들은 청순하고 애잔한 향기가 넘쳐난다. 이팝나무 꽃이 그렇다. 나는 이 꽃의 잔잔한 모양과 색조와 향기를 함께 아울러 말로 빚어낼 재간이 없다.

이팝나무 꽃은 하나하나 꽃송이를 분별해서 바라볼 수가 없다. 녹음 짙어가는 나뭇잎 사이로 순수의 백설이 내려, 연두빛에 버무린 순백의 추억, 추억 속에 흐트러지는 연한 향기 까무러칠 지경의 향기는 아니다. 소박하게 스며드는 얼굴 고운 처녀들의 살냄새 닮은 향기가 번진다. 연두빛 섞인 향기는 낮게 깔리다가 바람결에 치솟아 산자락을 오를 무렵이면 아득히 멀어지는 향기가 된다.

이팝, 쌀밥, 쌀밥의 밥알 닮은 꽃… 가난해서 애틋한 추억의 꽃. 아직 찔레꽃 슬픈 사연이 진한 향을 뿌리기는 좀 이른 날, 녹음에 스민 순백의 향기 쏟아져내리면, 자리를 차고 일어나 그 꽃그늘에 가벼운 걸음을 놓아 볼 일이다. (2023.4.29.)

"자아, 내 작품을 보여드렸으니 이제 여러분 작품을 보기로 합시다. 시는 한눈에 들어오니까 걸어놓고 함께 이야기하기 편한데, 소설은 페이지 넘기면서 읽어야 텍스트를 알 수 있잖아요. 읽어가면서 이야기를 하기로 하지요. 우선 오늘의 주인공 남아진 씨가 본문을 적절히 단락 나누어지는 데까지 읽어보세요." 나는 고개를 갸웃거렸다.

12페이지가 되는 긴 글을 다 읽자면 시간이 꽤 걸릴 판이었다. 여기서는 기억을 환기하는 자리이기 때문에 텍스트를 그대로 제시하는 건 별로 소용이 없는 일로 생각되었다. 아니 이미 내 노트북 자료실에 들어 있는 글이다. 나는 목청을 가다듬었다.

발에 대한 염치

발은 손과 함께 인간의 인류학적 특징을 보여주는 기관이다. 발이 있어 직립보행을 할 수 있다. 발은 인체의 최하단부에 있기 때문에 대접을 잘 못 받는다.

인간이 상징적 동물이라고 하는 것처럼, 발에는 상징적 의미가 낡은 양말처럼 걸려 있다. 나는 발이 유별나게 커서 일반 매장에서 구두나 운동화 골라 사기가 영 불편하다. 우리나라에서는 재래적으로, 발이 큰 사람은 도둑의 상이라고 핀잔을 받는다. 머리가 큰 것은 장군감이라고 칭송의 대상이 된다.

내 허접한 인생을 보고하고 싶은 생각은 없다. 다만 가난한 시대를 살았던 나의 기억에 남아 있는 이미지 한 폭을 독자들에게 건네는 걸로 만족하게 될 것이다.

내가 원고를 읽어 내려가는 동안 여기저기서 수군거리는 소음이 일어나기 시작했다.

"자아, 거기까지만 읽고… 나머지는 내용을 요약해보세요. 혹 요약이 안 되는 부분이 있으면 거기를 중간중간 건너뛰면서 읽을 수 있겠지요?" 천강월이 미안하다는 듯이 나에게 그런 제안을 했다.

나는 크음, 목을 가다듬고 몇 단락 건너뛰어 읽었다. 생각처럼 쉬운 일이 아니었다. 전체 이야기는 기억에 떠오르는데, 어느 단락이 중요하고, 어느 단락이 비중이 약한지는 원고를 읽어가면서 한눈에 파악되질 않았다. 한참

버벅거리고 있는데, 비비캡이 목청을 높였다.

"아니, 우리들이 뭐어 소설 좀비인 줄 압니까? 요약도 안 되는 소설 내놓고 우리한테 그거 읽는 거 들으라는 겁니까? 독자도 존경받을 권리 있는 거 아닙니까. 순번이 되었으면 완성도 높은 작품을 내놓고 이야기할 수 있게 준비를 해야지요. 안 그래요?" 비비캡이 버럭버럭 열을 올렸다.

"듣다 보니 고약하네. 내가 뭐 좋은 작품 써서 내놓고 싶지 않았겠어요. 당신은 얼마나 잘 쓰는데 한번 내놔보시지." 자칫하면 바닥에 침을 뱉을 뻔했다.

"조용히들 이야기하세요. 누군 모가지 녹슬어서 못 떠드는 줄 알아요?" 양미주가 천강월에게 눈길을 흘금거리면서 말했다. 양미주의 독기 어린 발언, 저런 끼가 어디서 솟아나나.

"나는 여기 네 번째 수강하고 있는데, 칠 년째 다니는데, 이런 거지 같은 경우는 처음입니다. 여기 싸우러 온 사람들 같아요." 앞자리에 앉는 정숙정 여사가 부르르하니 나섰다. 정숙정 여사는 칠 년 동안 공부를 계속해서 작년에 내로라하는 문학잡지 『벨레트르』에 신인작가로 당선이 되어 기성작가 대접을 받았다. 명함에도 '소설가' '벨레트르 작가상 수상', 그런 문구가 적혀 있었다.

"칠 년 해서 안 되면 그만두지 뭐 나온다고 질질 끌고 나와서 쭈그리고 앉아 있어요? 강사들이 잘 썼다고 칭찬하니까 자기가 정말 뭐라도 된 것처럼, 그 칭찬 정말 칭찬 같아요? 다 사는 책략입니다. 칭찬을 해야 수강생 안 떨어질 거잖아요. 천 교수님 말씀대로 문학에 속지 말자고 공부하는 거라잖아요. 우리 솔직하게 문학에 고해성사를 하는 심정으로 강의에 임해야 하지 않겠어요." 비비캡은 혀를 마구 휘둘렀다.

천강월에게 대드는 것처럼 이야기를 해온 것과는 다른 톤으로, 천강월에게 고분고분 숙어드는 태도였다. 소설이 잘 안 써지니까, 비평의 목소리가 커지는 것은 아닌가 싶었다. 그렇다면 어딘가 한 군데가 트이는지도 모를 일.

"합평 같은 거 그만둡시다. 나는 천강월 교수님 강의 들으러 왔지 여러분들 싸우는 거 보러 오지 않았습니다." 옥적성이 나섰다. '동해문예대학'에서 소설 강의 듣고 모 지방지에 등단했다는 여성이었다.

천강월은 얼굴이 붉으락푸르락 하면서 두 손을 마주 잡고 화를 다스리느라고 얼굴이 일그러졌다. 마침내 얼굴이 하얗게 핏기가 가셨다. 천강월이 수강생들을 눌러놓고 이야기했다.

"자아, 내 얘기들 들으세요. 여기는 토함산문학관에서 설강한 소설창작교실입니다. 동인들 모임이 아니라구요. 동인이라는 게 뭐냐. 문학에 모가지 걸고 나서는 사람들이 의기투합해서 자기들 실력 기르자고 모인 모임, 그게 동인이라는 거 아시지요. 그러니까 합평 과정에서 아무리 험한 소릴 해도 서로 양해하고 지나갑시다.

여기는, 토함산문학관은 동인회가 아니란 말예요. 각자 수강료 내고 와서 공부하는, 일종의 공공 영역이라구요. 공공 영역은 어떤 경우든지 각자 구성원들 사이에 친밀함과 함께 거리를 유지해야 합니다. 거리 유지가 뭡니까. 상대방에 대한 예절입니다. 예절은 배려입니다. 이런 강의에서 남의 작품에 대한 의견 개진은 작품 쓴 사람 속 상하지 않게 배려해야 하는 거라구요. …내가 여기까지 와서 그대들 박터지게 싸우는 거 보려고 왔겠어요? 이미 나이 먹을 만큼 먹은 성인들이 왜 그럽니까. 내가 부끄럽습니다. 문학을 한다는 이들이 말예요." 천강월은 각진 눈으로 수강생들을 휘둘러보았다. 하의 봉제선 옆에 축 처진 손이 덜덜 떨리는 게 보였다.

"다른 사람들은 어떤 형식으로 강의하는지 몰라도, 나는 내 소신대로, 내 강의 중심으로 진행할 겁니다. 내 이야기를 포함해서, 합평회에서 하는 모든 이야기는 작품 내놓은 제출자에게 참고사항일 뿐입니다. 누구도 남의 작품을 책임질 수 없습니다. 그 사람의 인생이 녹아들어 있는 게 작품입니다. 함부로 건드리면 안 됩니다. 현재 수준이나 형태가 어떻든, 그 사람이 공들여 쌓은 탑이 아니겠어요.

소설은 일종의 운명 아니 팔자 같은 거라서 자기 하는 짓, 자기가 쓴 글 자기가 최종 책임을 지는 겁니다. 참고가 되는 몇 가지만 이야기하겠습니다. 그렇게 합니다아?"

그렇게 묻는 말 가운데 '사람'이라는 말이 꼭 '인간'으로 들렸다. 이의 있는 인간… 수강생들이 숙연한 분위기로 돌아갔다.

나는 소설이 한 인간의 운명이나 팔자라는 이야기에 귀가 번쩍 띄였다. 등단하면 뭐가 되겠지 하는 막연한 기대를 들이치는 말이었다. 내가 쓰는 소설을 내 운명으로 생각한 적이 있던가?

인간이 인간을 가르친다는 게 얼마나 어려운 일인가, 오류 없이 학생을 가르친다는 건 거의 불가능한 일이었다. 거의가 아니라 필연적으로… 그놈의 가소성, 플라스티서티… 주무르는 대로 빚어져 나오는 인간… 교육은 프랑스 사회학자 부르디외[18]가 말하는 대로, 계급의 재생산 구조를 넘어서는 억압이라는 생각이 들면서, 내가 나를 풀어놓지 못하면 미치거나 죽을 것만 같았다. 학교에서 가르친다는 게 목숨 살기 위한 호구지책으로 타락하고 있었다. 아이들은 잘 따라주었다. 그러나 내면에서 솟아 올라오는 회의는 비켜갈 수 없었다. 종교적인 개종만큼이나 나에게는 커다란 전회轉回였다. 그것은 세속적 의미의 사건을 넘어서는 내면적 사건이었다.

나는 나를 옹호하는 논리를 더 전개하지 못하고 직장에서 물러났다. 생각해보면 과도하게 단순한 생각일지도 모를 일이다. 그러한 벼랑에서 소설가로 등단을 했다. 뭐라도 하지 않고는 삶이 허무해서 견딜 수가 없었다. 그래

서 어금니 악물고 쓴 것이 「지옥의 계절」이란 중편이었다. 혹심한 자기혐오
증을 앓고 있는 시인을 내세워 허무감을 극복하는 과정과 시적 성숙을 나란
히 놓고 서사를 구성한 작품이었다.

아버지가 모델이었다. 아버지는 '나라를 위해 일한다'면서도 나라라는 게
뭔지를 고민하느라고 속 편할 날이 없었던 것 같다. 국가, 권력, 정치… 그런
코드를 하나씩 내버리면서 철학에 몰입한 듯하다. 아버지 서재에는 『양명학』
이니 『현상학』 『존재의 심리학』 『조선사회경제사』 그런 책들이 옆으로 뉘어져
있었다. 최종적으로 더듬어본 것이 '문학'인 듯하다. 아버지가 문학에 안주할
수는 없었을 터였다. 현실과 마주 서서 대결하는 행동문학이나 참여문학이
아니었다. 까닭은 잘 모르겠는데 러시아 형식주의 계열의 문학에 몰두한 것
같다. 그때 아버지 머리를 틀어쥐고 있던 문학은 실천으로서의 문학이 아니
라 언어이론을 바탕으로 한, 현실과는 거리를 두는 '문학이론'이었다. 이론과
실천상에 놓인 구렁은 인류 역사상 뛰어넘어본 적이 없다. 눈에 보이는 벼랑
을 향해 달려간 광인, 데몬 그게 아버지였던 것 같다.

천강월의 강의 내용이 흥미롭게 다가오는 것은 소설을 쓰면서 다시 읽은
책들 덕분이었다. 책을 읽으면 이어서 읽어야 할 책들이 뚜렷이 떠오른다. 뒤
이어 읽은 책은 앞에 읽을 책을 더 깊이 이해할 수 있게 했다. 그런 과정은 정
신적 리사이클링이 되었다.

천강월은 물병을 기울여 벌컥벌컥 마시고는 벽에 걸린 시계를 흘금 쳐다봤
다. 강의가 마무리되기까지는 30분 정도 시간이 남아 있었다.

"얼마 동안 쓴 건지 모르지만, A4로 12장 엮어낼 수 있는 건 소설 쓸 기초
가 탄탄하다는 뜻입니다." 그렇게 시작해서, 이야기가 이어졌다. 대개 이런
내용이었다.

작품의 부제와 에피그램은 제거하는 게 좋을 듯하다. 독자의 독서 방향을

제한할 염려가 있기 때문이다. 작가는 독자를 옭아매는 존재가 아니다. 독자를 풀어주어야 상상력이 활발하게 작동한다. 그러니 주제를 미리 암시하는 것은 섣부른 수작이다. '수작'이라니?

사건 진행을 선명하게 정리할 필요가 있다. 의문을 지연해 나가는 '서스펜션'의 효과는 살아날 수 있지만 독서의 지연 효과가 과도하게 부각될 수도 있다. 플롯을 너무 비틀지 말고 명료하게 정리하는 게 좋겠다.

인물 사이의 너무 선명한 대립 구조는 사고의 경직성을 노출할 수 있다. 작중인물 친구의 가정과 우리 집의 대립, 아버지와 어머니의 대립… 형과 누나의 대립 등 자연스럽게. 아울러 동기화가 강화되어야 할 것이다. 두 집안이 어떤 과정을 거쳐 그렇게 집안 분위기가 달라졌는가, 아버지의 술주정과 폭력을 자행하는 습성은 어떤 과정을 거쳐 형성된 것인가, 설명이 있어야 할 걸로 본다. 아버지의 성격, 막노동꾼… 너무 일반화하는 것은 아닌가… 대개 수긍이 가는 문제들이었다. 그런 지적을 동료 수강생들에게 도저히 기대할 수 없다는 생각이 들었다.

천강월은 이야기를 멈추고 나를 그윽한 눈으로 바라보았다. 너무 신경 쓰지 말라는 암시처럼 보였다. 이런 강의 들으러 올 생각을 왜 했는가 묻는 듯하기도 했다.

"여기까지만 합시다. 힘들어서 그만 하겠습니다. 일찍 끝냈다고 강사료 깎지야 않겠지." 혼자 중얼거리듯이 말하면서, 탁상 위에 내놓았던 물건들을 주섬주섬 챙겨 가방에 넣었다.

다음 주에는 천강월이 강의에 안 올지도 모른다는 생각이 들었다. 안 온다고 큰일이라도 일어날 것은 아니지만, 공연히 서운한 느낌이 솔솔 밀고 올라왔다. 오랜만에 만난 지적 갈증을 채워준 천강월이었다. 그것은 선망과 질시가 뒤얽힌 감정이었다. 그의 지적 수준은 놀라웠고, 감성은 신선했다. 나는 멀리 보이던 언덕을 하나 넘어서는 중이었다. 이마에 가벼운 열기가 잡혔다.

다음 날, 천강월은 메일로 검토 내용을 보내왔다. 고맙기보다는 강의 그만 하겠다는 선언처럼 느껴졌다. "합평 과정에서 분위기 때문에 이야기하지 못한 거 몇 가지만 간단히 이야기하려 합니다." 하는 문장에 이어 이런 내용들이 적혀 있었다.

ωω 인물의 성격이 선명하게 부각되도록 조정할 필요가 있습니다. 서술자 나, 장훈, 천득, 성환 이들의 성격이 개별적으로 선명하게 부각되도록 손질하길 바랍니다. 인물의 성격을 메모해두세요. 메모한 걸 중심으로, 행동, 언어, 습관, 사고방식 등을 각각 변별되게 하세요.

문장을 갈라 쓰는 데 붙인 기호 ωω를 보고 혼자 낄낄 웃었다. 그게 오메가 금딱지 시계에 표시된 오메가 Ω의 소문자라는 것은 찾아보고 알았다. 안 그러면 엉덩이 까고 똥 누는 모습이라 냄새난다는, 똥 같은 경우를 당했다는 뜻으로 보였을지도 몰랐다. 장난기일까? 장기에 이상이 있다는 얘긴가. 망상…

ωω 대화를 현실감 있게 손질하는 게 좋겠습니다. 사건 전개를 따라 적절한 대사를 도입하고, 무작정으로 튀어나오는 '욕설'은 다듬어야 합니다. (소설이 아무리 현실을 반영한다고 해도) 소설은 우리들의 현실 언어에 영향을 미치기도 합니다.

ωω 형사가 준우를 범인으로 몰아가는 과정을 치밀하게 묘사하고, 거기서 빠져나오고자 하는 몸부림을 실감 있게 그리면서, 박형준의 살해가 자기와 아무 연관이 없다는 점을 증명하기 위한 고투를 그리면 박진감이 증가할 걸로 보입니다.

ⓦⓦ 매체로 인한 장면의 제시 제한을 섬세하게 살피기 바랍니다. '전화라 안 보이기는 하지만' 그런 부가적 내용을 적절히 다듬어서, 전화를 주고받는 장면에서도 독자가 사건 진행을 쉽게 읽어낼 수 있도록 하기 바랍니다.

ⓦⓦ 서술 주체의 혼동이 보이기도 합니다. '나'를 중심으로 서술하다가 삼인칭인 '아이'가 등장하기도 하는데, 혼란을 정리할 필요가 있습니다. 5쪽 하 3행 등…

메일 끝에 "그대의 웃는 얼굴 보고 싶어라!" 하는 한 구절이 달려 있었다.

나는 피식 웃었다. 전날 내가 상을 찌푸리고 앉아 있었던 모양이라는 생각이 들었다. 강의 안 나오는 일은 없을 거란 막연한 기대가 떠올랐다. 근거는 없었다. 다만 그런 감이 올 뿐이었다. 그리고 나에게 다른 연락을 할 것 같은 기대감이 솟아났다. 그것도 감에 지나지 않는 것이긴 마찬가지였다.

내 예측이 맞아들어갔다. 천강월이 다시 메일을 보내왔다. 파일명인지 '서라벌 기행 (2)'이라는 타이틀이 붙어 있었다. 글의 제목은 「자하문기紫霞門記」였다.

메일을 다운받아 프린트해서 읽어보았다. 어느 사이에 천강월이 보내는 메일 처리하는 방법이 자동화되어 있었다. 자하문紫霞門, 불국사… 천강월과 불국사에 한번 들러보고 싶었는데, 그런 제안을 하지 못한 채 시간이 흘렀다. 소재를 빼앗겼다는 느낌이 들었다. 경주에 살면서 경주를 경주답게 살지 못한다는 생각은 전부터 했던 터였다. 어쩌면 천강월이 바꾸어놓은 인식으로 길이 트일지도 몰랐다. 막연한 기대일 것이지만.

자하문기

토함산문학관 소설 창작 전문가 과정. 새로 부임한 소설반 강사 석자명.

그는 강의실에 들어서자 펠트 중절모자를 벗었다. 시원하게 벗겨져 올라간 이마에 땀이 배어 있었다. 양손으로 옆머리를 쓸어 올리면서 말했다.

"소설, 그거 의문에서 시작하는 문학입니다."

석자명은 꽂아 넣는 듯한 눈길로 수강생을 훑어보면서 말을 이어갔다.

자연은, 사물은, 그대로 내버려두면 아무 말도 안 한다는 것이었다. 세상에 말하는 돌멩이 보았는가? 석굴암 본존불, 그 잘 다듬은 돌덩이는 말이 없다. 사람들이 그에게 말을 걸고 자기 심리를 거기 투사해서 되돌려받는 게, 그게 돌과의 대화다. 나무도 아무 말을 하지 않는다. 그런데 이양하라는 수필가는 나무의 덕을 글로 썼다. 그게 「나무」라는 수필이다.

"아마 외로웠겠지요. 지독하니 외롭지 않으면 가만 있는 나무한테 왜 말을 걸겠습니까." 문학, 그거 외로우니까 하는 겁니다. 사물에, 다른 인간에게 말 걸기 그게 문학이고 소설이고 그렇습니다. 말을 건다는 것은 묻는다는 의미입니다.

예컨대 피천득의 수필로 쓴 수필론 「수필」, 소설가 김동리의 소설 「무녀도」 그런 거 다 외로우니까 하는 얘기입니다. 외로우니까 말을 거는 겁니다. 이런 일이 있었다는 게 아니라, 이런 일 아시는가 묻는 겁니다. 단지 그대로 아는 게 아니라 묻는 겁니다. 어떻게 생각하시는가. 그러니까 독자는 작품에 대답할 의무가 있습니다. 이러한 인간 행위에 대한 원인 규명은 명쾌하지 않습니다. 거의 본능 차원의 일입니다."

그렇게 예를 들고 설명하다가 말을 뚝 끊었다. 그러고는 칠판에다가 썼다. 昔－紫－鳴. 석자명… 그 석 자를 써놓고는 주절거리기 시작했다. 이거 내 이름입니다. 내가 붙인 게 아니라, 우리 할아버지 작품입니다. 작품? 소설 작품이라고 하지요? 작품이 뭡니까? 영어로 '워르크'라잖아요? 작업과 작업의 결과… 그게 작품입니다. 말을 가지고 수작을 하는 게 작품입니다. 수강생들이 저 이야기 어디로 튈까, 호기심을 가지고 바라보고 있을 때였다.

"사람의 머리는 논리적으로 질서정연하게 대상을 수용하지 않습니다. 멋대롭니다. 여러분 내가 금방 쓴 이거 보고 뭘 생각하세요? 이게… 석-자-명, 여기 나랑 종씨 되는 분 안 계신가…?"

"저는 돌 석 자 석씨입니다." 맨 앞자리에서 턱을 괴고 강사의 이야기를 듣고 있던 수강생이 몸을 비틀면서 나섰다.

"그럼 본관이 어디십니까?" 수강생들이 히히히 웃었다. 지금이 어느 시댄데 본관 따지느냐는 표정들이었다. 충주? 광주? 해주? 성주? … 무주? 수강생들이 또 웃었다.

"무주공산이라… 그런 제목 소설 읽어본 분?" 손을 드는 사람이 없었다. 그것은 석자명이 전에 써서 어디 어수룩한 지방지에 발표한 소설 제목이었다.

"그건 그렇고… 나는 석탈해의 후손 석씨입니다. 신라인입니다. 그런데 불국사 가보신 분?" 두엇을 빼고는 손들을 들고, 그건 나도 할 얘기 있다는 얼굴들을 했다.

"불국? 그게 어디 있는 나라지요? 법국은 어디지요? 덕국은? 떡국은? 신라에 왜 불국사가 있어요? 기림사[19] 가봤지요? 불국사는 본래 기림사의 말사였는데… 시대 변화를 따라 불국사가 큰절, 대가람이 되었습니다. 절도 교통이 좋아야 신도들이 공양미 들고 모이는 겁니다. 교통이 좋다는 것은 수도에 접근하기 용이하다는 뜻이지 않겠어요." 수강생들은 조용히 듣고 있었다. "새전賽錢은 신작로로 옵니다." 석자명은 그렇게 잘라 말했다.

그러고는 또 물었다. 새전이 뭐지요? 수강생들이 대답이 없자 설명을 덧붙였다. 절에 가면 부처상 앞에 '불전함'이라고 쓴 큼지막한, 뒤주같이 생긴 나무 상자 있지요? 그 불전함에 넣는 돈, 그걸 새전이라 하잖아요… 교회로 치면 헌금이지요. 교회에서 헌금하는 것은 비율이 정해져 있어요. 수입 대비 십 퍼센트, 그게 십일조잖아요. 불교에서는 그렇게 정해놓은 게 없습니다.

"기림사 앞에 골굴사[20] 있는데, 가본 분?" 강사가 수강생들을 돌아보았다.

대답이 없자 또 이야기를 이어갔다. "불교무예 도량. 그건 본론이 아니고, 내 말이 너무 곁으로 새면 여러분이 교통정리를 좀 하세요. 선생한테 대드는 학생이 선생 똑똑하게 만드는 겁니다. 학생이 똑똑한 학교 선생님들 얼간이 같은 거 봤어요?"

"아무튼 종교도 경제력이 뒷받침되지 않으면 제 구실 못 합니다." 그렇게 규정해놓고는 또 자문자답을 이어갔다.

경제력은 권력과 연결되어 있습니다. 큰스님이라는 게 뭡니까? 지역에서 경제권 휘두르는 인사와 연을 대어 불사를 잘 하는 이들이 큰스님입니다. 더 큰 스님은 종교와 정치를 연결하지요. 정치권의 대장, 절대권력을 왕이라고 하잖아요. 중국으로 친다면 황제입니다. 왕과 황제는 다스리는 사물 모양이 다릅니다. 아무튼…

"종교와 정치가 손을 잡을 때, 정교일치에 연결되어 '불국사'라는 절이 탄생합니다. 불국은 일종의 아카디아를 뜻한다는 말씀입니다. 아카디아는 낙토, 도화원, 천국, 극락 그런 개념에 연결됩니다." 강사는 수강생을 둘러보다가 또 물었다.

"원찰이라는 말 들어보셨지요?" 석자명은 願刹, 칠판에다가 원찰을 한자로 썼다. 나라의 소원, 궁중의 소원을 대신 빌어주는 절을 원찰이라고 합니다. 수원 용주사 아시지요? 용주? 여의주! 그게 그건데, 정조대왕이 아버지 넋을 기리기 위해서 직접 세운 절이 용주사인데, 조정의 원찰이었습니다.

"불국사는 본래 효심의 사찰입니다. 말하자면 '부모은중경父母恩重經[21]'의 사찰이었습니다. 김대성이 현생의 어머니를 위해 세운 절이라지 않아요? 전생의 부모를 위해서는 석굴암을 건조했다고 전합니다." 수강생들은 귀를 기울였다. 모르던 걸 이야기해야 사람들이 귀를 기울이기도 하지만, 아는 이야길 해야 집중하기도 한다. 장거리에서 각설이 만나면 반가운 것처럼.

문학이 말 걸기라고는 한 데 비하면 석자명은 혼자 독백을 이어가는 꼴이었다. 석굴암 이야기는 곁가지고요. 불국사가 국가의 원찰이 된 것은 한참 뒤였습니다. 김대성이 당대 현실 권력자였기 때문에 불국사 조성은 가능한 일이었습니다. 그렇게 말하다가, 석자명은 손을 들어 훤한 이마를 손으로 툭툭 쳤다. 말이 엉뚱하게 흘러간다는 것을 알아차렸다는 뜻인 듯했다.

"박목월 선생의 시에 「불국사」라고 있는데 암송할 수 있는 분?" 강사는 후우 숨을 내뱉었다. 실망스럽다는 표정이었다. 수강생들은 우리는 배우러 온 사람들입니다. 그런 표정을 지었다. 뒷자리에 앉은 수강생이 핸드폰을 뒤졌다. 석자명은 이럴 때, 가만있지 말고 핸드폰이라도 찾아보라는 제스처를 해 보였다.

"시를 안다는 게 뭡니까?" 본문을 뜨르르 외거나 제목을 들으면 몇 구절이 떠오르는 거, 그게 시를 안다는 겁니다. 소설도 마찬가지입니다. 대강의 이야기를 기억한다든지 작중인물 몇 기억하는 거 그게 소설을 안다는 뜻입니다, 이야기 줄거리는 아무것도 안 떠올라도, 배경과 분위기만 기억에 남아 있는 경우도 있습니다. 우리 기억은 추상적이라기보다는 감각적이고 구체적입니다. 그녀의 방에 들어갔을 때 백합 향기가 풍겼다, 그렇게 나가는 소설은 향기로 끝나고 말 수도 있습니다. 백합꽃은 못 먹습니다. 백합 향기는 사람을 질식하게 하기도 합니다. 그래서 병문안 갈 때 백합 안 들고 갑니다. 가장 우아하게 죽는 방법, 백합 한 다발 꺾어다 방에 두고 수면제 몇 알 먹고 침대에 반듯이 누워 잠드는 겁니다."

맥락을 잡을 수 없게 휘둘러놓는 화법이었다. 수강생들은, 자기가 물었으니 자기가 정리하겠지 하는 표정들로 앉아서 강사를 쳐다보았다. 수강생의 예상대로 석자명이 기다리지 못하고 박목월의「불국사」를 읊었다.

"불국사는, 제목을 '자하문'이라고 해도 좋을 정도입니다. 보세요."

흰 달빛 자하문/달 안개 물소리/대웅전 큰 보살/바람소리 솔소리/범영루 뜬 그림자/흔흔히 젖는데/흰 달빛 자하문/바람소리 물소리. …

"제목은 불국사인데 자하문만 두 번 나오잖아요? 말하자면, 달리 볼 수도 있지만, 자하문은 불국사의 불이문不二門일까, 아니면 안양문이라 해도 좋고, 그 높은 돈대 위에, 청운교 백운교 올라가야 하는 높은 데다 지은 거 이상하지 않아요?"

수강생들은 그런 의문 가져본 적 없다는 듯이 강사를 쳐다보며 눈들을 굴렸다.

석자명은 칠판에다가 '墩臺'라고 썼다. 그리고 설명을 이어갔다. '돈대'는 일차적으로 건물을 짓기 위해 높직이 조성한 집터를 말합니다. 대는, 부산 태종대처럼 높직한 언덕을 말합니다. 그리고 중요한 물건을 올려놓는 자리를 뜻하기도 하는데 부처상을 올리는 연화대 같은 게 그 예입니다. 군사적으로는 진, 돈, 보가 모두 진지를 뜻하는 건데, 크기에 따라 그게 결정됩니다. 저어 강화도 가면, 양화진의 진鎭, 갑곶돈대의 돈墩, 광성보의 보堡 그런 것들이 있는데, 그게 용례입니다. 강화도는 지붕 없는 박물관이라 할 정도로 역사 유적이 많습니다. 경주만은 못 하겠지만… 그렇지 않은가 묻는 식으로 수강생들을 쳐다보며 한참 서 있었다.

"아무튼, 불국사는 경주 시내 다른 절들과는 위치가 다릅니다. 분황사나 황룡사 같은 절들은 시내 평지에 있습니다. 불국사는 산비탈을 잘라 대를 만들고 그 위에 절을 앉혔습니다. 앞에서 바라보면 정면에 자하문이 있고, 우측에 좌경루, 좌측에 범영루 그런 배치가 되어 있습니다. 안에서 보면 좌측에 좌경루, 우측에 범영루가 있습니다. 그런데 가운데 자하문은 그게 왜 자하문인 거 같습니까? 석자명의 자, 그 붉을 자는, 칠판에 紫라 쓰고, 이건 보랏빛을 뜻합니다. 그건 황제의 빛깔입니다. 북경 자금성, 그건 황제의 궁궐이니 접근을 금한다는 뜻인 거 같습니다." 석자명은 칠판에다가 자금성紫禁城이라 쓰고 주의를 환기하기 위해 검지를 꼬부려쥐고 칠판을 툭툭 쳤다. 수강생들은 어리뻥해져 앉아 있었다.

"그런데 불국사 불이문, 아니 안양문이 왜 자하문이지요? 불교 냄새가 안나지 않습니까?" 앞에 앉은 수강생이 손을 들었다.

"저는 취미로 난을 기릅니다. 난 가운데, 요새 피는데요, '자금광신'이란 게 있어요. 궁금해서 알아봤더니 그게 부처님의 몸을 뜻하는 단어라고 하더라구요." 강사 석자명이 창밖을 쳐다보고 멍하니 서 있자 수강생이 하던 말을 멈추었다. 어디선가 들은 적이 있는 내용이었다. 멈칫거리고 있는 사이 수강생이 말을 이어갔다.

"부처님의 몸을 자금광신紫金光身이라고 하잖아요?" 석자명이 눈을 크게 떴다. 관심이 발동한다는 표정이었다.

"그렇군요, 더 얘기해보세요."

"이런 거 아닐까요. 이 문 안에 부처님이 계셔서 금빛을 내고 있다. 그런 뜻 아닐까요?" 석자명이 고개를 끄덕였다. 더 말해보라는 의중을 그렇게 표현하는 듯했다.

"부처님 몸에서 뻗어나오는 금빛 광명, 자줏빛 노을 배경으로, 불국에 멀리 뻗어 나가나니, 이 문 들어서는 이마다 불국에 이르리라…"

"선생님, 시인이세요?"

"저는 수강생, 석—은—중입니다." 석자명은 빙긋 웃었다.

"문제는 사태를 보는 시각, 그걸 소설적으로 전환하는 방법에 있습니다. 석은중 선생님 말씀 다 인정한다고 합시다. 다시, 그런데 자하문이 왜 자하문이지요?" 수강생이 고개를 저었다. 알아먹지 못하겠다는 표정이었다.

"저어, 나랑 한글 종씨, 석 선생, 이름이 뭡니까? 석은중이라구요? 발음 잘해야겠습니다. 썩은 중 같아서. 미안합니다. 밀알은 썩어야 싹이 나는데, 싹 나는 돌? 하기사 연꽃을 피운 돌도 있다는데, 남지심이던가 그런 분의 소설 제목입니다, 아무튼 불국사 자하문에 대해 가능한 한 많은 자료를 수탐해서 다음 시간에, 나는 격주로 오니까, 보름 뒤에 발표하실 수 있겠어요? 특히 현판의 글씨에 의문을 가지고, 그걸 중심으로 갈등이 일어나는 장면을 플롯화해보세요. 오늘은 여기까지 합니다. 석자명은 긴장하고 있었던 모양이었다. 이마에 땀이 내비쳤다.

석은중은 석자명이 자기한테 부여한 과제가 버거웠다. 자하문은 평소에 관심 밖이었던 문루였다. 불국사에 그런 문이 있다는 게 새로운 정보처럼 생각되었다. 석자명 선생이 하라는 대로 의문을 가지고 인터넷을 뒤지기 시작했다. '자하문'을 입력하자 이런 내용이 떴다.

불국사 자하문紫霞門은 대웅전으로 들어서는 중문이다. 『삼국유사』에 신라 경덕왕 때 김대성에 의해 창건됐다고 기록되어 있으며 세종 때 중창한 이래 여러 번의 중건이 있었던 것으로 기록되어 있다. 자하문 안에 걸려 있는 현판 자하문 중창기에 따르면 정조 5년(1781)에 자하문 중수공사를 시작해 그해 7월에 완성하였다는 기록이 있다. (출처:경북매일 http://www.kbmaeil.com)

부여받은 과제를 해결하는 데는 크게 도움이 안 되는 자료였다. 자하문이 왜 자하문인지 암시받을 내용은 나와 있지 않았다. 다른 시각으로, 새로운 시각으로, 이전과는 다른 관점으로 대상을 바라보라는 게 석자명의 요구였다. 다른 시각으로 바라보라는 건 사실 막연했다.

석은중이 찾은 자료에는 '다른 시각'이라는 게 냉큼 나타나줄 것 같지를 않았다. 다른 자료를 찾아 비교해보기로 했다. 다시 '자하문'이란 검색어를 입력했다. 다른 사이트를 뒤졌다.

불국사의 청운교와 백운교를 오르면 자하문이 있다. 자하문이란 붉은 안개가 서린 문이라는 뜻이다. 이 자하문을 통과하면 세속의 무지와 속박을 떠나서 부처님의 세계가 눈앞에 펼쳐진다는 것을 상징하고 있다. 부처님의 몸을 자금광신紫金光身이라고도 하므로 불신에서 발하는 자줏빛을 띤 금색 광명이 다리 위를 안개처럼 서리고 있다는 뜻에서 자하문이라 한 것이다.

세간의 번뇌를 자금색 광명으로 씻고 난 뒤, 들어서게 되는 관문이다. 자하문의 좌우에는 임진왜란 후의 중건 때에 만든 동서회랑이 있었지만 1904년경에 무너졌다. 회랑의 양끝에 역시 경루와 종루가 있었지만, 동쪽 경루는 일찍이 없어지고, 서쪽의 종루만 남아 있다가, 1973년 복원 때에 좌경루左經樓와 더불어 옛 모습을 찾았다.

이 회랑은 대웅전의 옆문과 통하게 되어 있는데, 회랑의 구조는 궁중의 것과 비슷하다. 국왕은 세간의 왕이요, 불佛은 출세간의 대법왕이라는 뜻에

서 대웅전을 중심으로 동서회랑을 건립하는 수법이 생긴 것이다. 그래서 참
배객은 최초의 존경을 표하는 뜻에서 정면문으로 출입하지 않고, 이 회랑을
통하여 대웅전으로 나가게 된다.

석은중은 자료들을 대조 검토하는 중이었다. 다시 찾은 자료는 구체성이
좀 더 두드러졌다. 자하문의 이름은 '자금광신'에 그 유래를 두고 있다는 것,
그것은 이전 자료와 맥락이 다르지 않았다.

종루가 '범영루'로 이름이 바뀐 사실을 알 수 있었다. 일반적인 사찰 가람
배치로 본다면, 범영루는 범종루라야 마땅했다. 범영루泛影樓, 그림자가 흘
러가는 모양 바라보는 누각이 범영루의 의미였다. 그렇다면 이건 석가탑과
연관된 설화와 맥이 닿아 있는 걸로 생각되었다.

석은중은 자하문에 대한 설명을 정리해보았다. 부처님의 몸을 자금광신
이라 한다는 것도 납득할 수 있었다. 그런데 자하문紫霞門이란 어휘의 '자하'
는 붉은 노을을 뜻하는데, 자금문이라든지 자광문이라고 하지 않고 구태여
'자하문'이라고 한 뜻이 무엇인지는 선명하지 않았다.

그리고 자하문을 가운데 두고, 좌경루와 범영루 두 누각의 배치가 의문이
들었다. 건물의 배치로는 어색하지 않았다. 대웅전을 향해 정문으로 드나들
지 않고, 대웅전을 바라보고 오른편 옆으로 들어가 예불 올리고 다시 오른편
문으로 나오는 것은 자연스런 배치였다. 더구나 대웅전으로 연결되는 회랑
을 만들어 그 회랑을 거쳐 대웅전에 이르고, 대웅전에서 부처님께 경배하
고 다시 회랑을 지나 서쪽 문으로 나가게 된 구조였다. 동쪽 문으로 들어가
면서는 다보탑을 바라볼 수 있다. 나올 때는 석가탑을 왼편으로 바라보게 되
어 있다. 쌍탑 일가람의 배치는 안정적이면서도 변화를 느끼게 하는 구조였
다.

그런데 그 누각들의 이름이 서로 엇갈리는 느낌이었다. 대웅전에서 바라보았을 때 좌측에 경전을 보관하는 누각이라면 '좌경루'는 지시적 의미를 담고 있는 걸로 이해가 갔다. 그런데 '범영루'는 그림자가 떠 있는 누각이라면, 좌우 대칭의 원리에 어긋나는 게 아닌가 싶었다. 범영루는 다분히 석가탑의 전설과 연관되는 것으로 짐작이 갔다.

석가탑은 다른 말로 '무영탑'이라 한다. 그림자가 없는 탑이란 뜻이다. 물체와 그림자… 그 사이에 빛이 있다. 아니 빛은 물체와 그림자 저쪽에 있어야 한다. 현진건의 소설『무영탑』을 읽은 기억이 떠올랐다. 탑 짓는 일 부탁을 받고 신라로 간 석공 아사달, 그는 백제인이었다. 백제와 신라 사이에 사람들 오고 감이 원활했던 세월 그것은 빛의 세월이었다.

석은중은『무영탑』이란 소설에 자하문이 나오나 궁금해지기 시작했다. 자료를 찾아보았다. 이런 자료가 떴다.

『무영탑』은 1938년 7월 20일부터 1939년 2월 7일까지『동아일보』에 총 164회로 연재된 소설이다. 1939년 9월 박문서관博文書館에서 초판이 간행되었다.

1938년, 1939년이면 일본제국주의 발호가 극에 달한 시점이었다. 그런 시대에 소설을 쓴다는 게 무슨 의미인가, 의문이 들었다. 생각은 다시금 연원으로 되돌아갔다. 그 연원은 현진건의 소설『무영탑』이었다.

신라 경덕왕 시절, 김대성이 발원하여 불국사를 세웠다. 가람에는 탑이 있어야 했다. 탑을 세우는 데는 백제의 장인들이 솜씨가 탁월했다. 신라 장인들이 따라갈 가망이 없었다. 다보탑과 석가탑을 세우기 위해 백제(부여)에서 장인匠人을 모셔왔다. 그게 아사달이라는 석공이었다. 당시 서라벌에는 여인들이 치마꼬리에 바람을 달고 치달렸다. 주만이라는 여인이 있었다. 그녀는 서라벌 귀족 이손伊飡 유종唯宗의 딸이었다. 주만은 백제석공 아사달에게 온통 마음을 빼앗겼다.

아사달에게는 부여에 아내가 홀로 지냈다. 아사달은 아내에 대한 그리움과 주만의 익애 사이에서 번민에 휩싸인다. 그러나 주만의 열정은 불같았다. 아사달은 주만의 사랑을 도저히 물리칠 수 없었다. 그녀의 열정에 빠져들 수밖에 없었다. 그런데 주만을 짝사랑하는 젊은이가 있었다. 당나라에서 공부한 금지金旨의 아들 금성金城이란 젊은이였다. 금성은 주만을 누구에게도 넘겨줄 수 없었다. 더구나, 주만의 아버지 유종은 금성을 피하기 위해 경신敬信과 혼약을 정한다. 한편, 3년이나 아사달을 기다리던 아사녀는 아버지의 죽음과 더불어 달려드는 팽개彭介 무리의 겁탈 위기로부터 벗어나고자 무수한 고통을 겪으며 서라벌로 달려온다.

드디어 아사달의 석가탑은 완성되었으나 주만은 경신의 도움에도 불구하고 아버지에게 실행失行의 죄가 탄로 나서 화형火刑당하게 된다. 또한, 아사녀는 탑이 완성된 것도 모르고, 중과 뚜쟁이의 행패 때문에 남편의 얼굴도 보지 못한 채 그림자못[影池]에 빠져 죽는다. 이에 아사달은 두 여인을 합하여 원불願佛의 조각을 새기고는 역시 물에 빠져 죽는다.

소설 전체를 뒤져도 '자하문'에 대한 내용은 찾기 어려웠다. 소설 하나 쓰는데 이렇게 헤매고 다녀야 하나, 그런 회의가 들었다.

더구나 같은 문서에 붙어 있는 내용은 석자명이 이야기하는 내용과는 상반되는 것이었다. 석자명은 이렇게 말했다. '소설을 쓰는 일은 일종의 서바이벌 게임입니다.' 소설 쓰는 일 그 자체가 살아가는 방법을 구체화하는 일이라는 주장이었다.

소설을 쓰는 일은 남을 위한 게 아니라 자신을 위한 작업이라는 것. 그런데 문서는 설명 방식이 달랐다.

"1930년대 당시 일본 군국주의 체제가 극렬해지면서 문학이 현실에 대한 직접적인 표현을 하기 어렵게 되자, 과거의 사실을 소재로 한 역사소설이 유행하게 되었다. 이에 편승하여 현진건도 역사와 전설을 변형시키면서 현실직 의미를 담기 위하여『무영탑』을 쓰게 된 것이다." 이러한 주장에 대해 석자명 선생의 의견을 듣고 싶었다.

석은중은 자기가 검색해서 찾은 자하문과 연관된 자료를 요약하고 정리했다. 석자명 선생이 이메일 주소를 공개했기 때문에 그 주소로 메일을 보냈다. 그러나 새로운 관점은 찾을 수가 없었다. 소설이 꼭 새로운 관점이라야 하는가 그런 생각도 들었다. 그러나 석자명의 이야기는 머리 저 깊은 구석에 틀어박혀 완악스럽게 버티고 있었다.

"새롭지 않으면 소설이 아닙니다." 그러면서 덧붙이는 이야기가 떠올랐다. 새로움의 본질을 이해하려면 고정관념이라도 이전 것을 알아야 하니까 읽어보세요." 사실 고등학교 때 소설 몇 편 읽은 것 말고는 소설에서 너무 멀어져 있었다. 석은중이 알고 있는 소설이란 고등학교 때 배운 게 거의 전부였다.

석자명에게서는 메일 받았다는 간단한 답이 오고 다른 응답은 없었다. 열흘 뒤에나 만날 수 있었다.

석은중은 머리가 무거웠다. 조명섭이 부르는 〈신라의 달밤〉을 찾아서 들었다. 그리고 현인의 같은 노래도 들었다. 새롭게 짚이는 것은 없었다. 혹시 어떤 암시라도 받을까 해서「불국사」부터 다시 살펴보기로 했다. 책장 구석에 처박혀 있던『삼국유사』를 꺼내 먼지를 털어냈다. '김대성' 조를 찾아보았다.

고려시대에 작성된 신라에 대한 기록으로는 구체적인 게 놀라웠다. "모량리(牟梁里 : 부운촌浮雲村이라고도 한다)의 가난한 여인 경조慶祖에게 아들이 있었다." 신라시대에 여인의 이름이 기록에 나온다는 건 신라 사회의 성평등 문제를 떠올리게 했다. 성평등은 집안을 유지하기 위해 남녀 가리지 않고 생활 전선에 나선다는 뜻이기도 했다. 머리가 유난히 커서 장래 큰 인물이 될 거라는 기대가 걸려 있는 아들이었다. 그 아들을 기르기 위해 어머니가 부잣집에 가서 품팔이를 했다고 한다. 그 부잣집에서 경조 여인에게 밭 몇 마지기를 주어 생활을 꾸리게 했다는 내용이 인상적이었다.

김대성의 어머니는 보시에 부지런히 참여했다. 흥륜사는 고구려의 아도가 신라에 불교를 전하기 위해 창건한 절이었다. 이차돈이 순교한 절도 흥륜사였다. 서사는 이렇게 연결되어 흘러갔다.

"하루는 점개漸開라는 중이 흥륜사興輪寺에 육륜회六輪會를 베풀고자 시주하기를 권해 베 50필을 시주하였다. 이에 점개가 '불교 신자로서 보시를 잘 하시니 천신天神이 항상 보호하시니, 하나를 시주하면 만 배를 얻어 안락하고 장수할 것입니다.'라고 축원하였다."

대성이 문간에 서 있다가 어머니와 스님이 주고받는 이야기를 들었다. 대성이 뛰어들어 와서 어머니에게 말했다.

"제가 문간에서 축원하는 스님의 말을 들으니 하나를 시주하면 만 배를 얻는다고 하였습니다. 우리가 지금 이렇게 가난하게 사는 것을 생각할 때 전생에 착한 일을 하지 않았기 때문일 것입니다. 또 지금 시주하지 않으면 내세에는 더욱 어려워질 것입니다. 우리가 경작하는 밭을 법회法會에 시주해 후세의 복을 얻음이 어떻겠습니까?" 대성의 어머니는 아들의 이야기를 흔쾌히 받아들였다. 그리하여 밭을 흥륜사의 스님 점개에게 시주했다.

밭을 시주하고 얼마 지나지 않아 대성이 죽었다. 그날 밤 재상 김문량金文

亮의 집에 하늘에서 부르짖음이 들렸다. "모량리의 대성이 지금 너의 집에 환생하리라" 하였다. 집안 사람이 놀라 모량리에 사람을 보내 알아보았다. 과연 하늘에서 부르짖는 소리가 들렸을 때 대성이 죽었다는 것이었다.

그리고 나서 김문량의 부인이 임신해 아들을 낳았는데, 아이가 왼손을 꽉 쥐고 펴지 않다가 7일 만에 손을 폈다. 그런데 손안에 '대성大城'이라는 두 글자를 새긴 금간자金簡子가 있어 이름을 대성이라 하였다. 또한 전세의 어머니를 집으로 데리고 와 함께 부양하였다.

대성이 장성하자 사냥을 좋아해, 하루는 토함산吐含山에 올라가 곰 한 마리를 잡고 산 밑 마을에서 잠을 자는데, 꿈에 곰이 귀신으로 변해 말하기를 "네가 나를 죽였으니 나도 너를 잡아먹을 것이다" 하였다. 대성이 겁에 질려 용서하기를 빌었더니 귀신이 "네가 나를 위해 절을 지어주겠는가?" 하고 물어 대성이 그렇게 하겠다고 맹세하였다.

꿈을 깨니 온몸에 땀이 흘러 자리를 적셨다. 그 뒤로는 일체 사냥을 금하고, 곰을 위해 사냥하던 자리에 장수사長壽寺를 세웠다. 그리고 현세의 부모를 위해 불국사를 창건하고, 전세의 부모를 위해 석불사石佛寺(지금의 석굴암石窟庵)를 창건했다고 한다.

불국사를 조영한 대상大相 김대성은 경덕왕景德王 4년(745)부터 8년(749)까지 중시를 역임했던 이찬伊湌 대정大正에, 그리고 그의 아버지 김문량은 성덕왕聖德王 대에 중시를 역임한 문량文良에 비정되고 있다. 이처럼 김대성 가문은 2대에 걸쳐 재상직에 있었는데, 김대성 가문과 왕실과의 친연성을 알 수 있다. 김대성은 진골 귀족으로서 경덕왕대 개혁정치를 주도했던 인물이었다. 또한 불국사는 김대성이 자신과 그 일족의 사재私財를 보시하여 창건하였는데, 23년간 지었으나 그가 죽을 때까지도 완성하지 못하여 김대성 사후 왕실에서 완성시켰다.

인터넷에 글을 올린 필자는 불국사의 정치사적 의미를 이렇게 규정하고 있었다. 불국사라는 국가 단위의 대가람을 조영하는 일은 개인의 복락 추구와는 거리가 있었다. 그보다는 왕권의 이상 실현에 이념적 바탕을 마련하는 데 기여하는 일이었다. 국가에 대한 충성심의 근원을 개인윤리에 해당하는 효에 설정하였다. 이를 위해 점찰법회를 개설하였다. 점찰법회占察法會[22]는 『점찰경』을 바탕으로 과거의 작죄한 일들을 상고하고, 이에 대해 회개하며, 보시를 통해 극락왕생을 이룰 수 있다는 의식이었다. 불교신앙을 바탕으로 효의 관념을 전파하고 이를 국가에 대한 충성으로 확장하는 정신작업을 했던 것이다. 이는 생활불교를 널리 폄과 국가의 통합 에너지는 이끌어내는 데 크게 기여하는 의식이 되었다.

이 의식은 세속오계를 지은 원광법사에 의해 시작되고 진표율사에게서 널리 확대되었다. 세속오계世俗五戒는 화랑들에게 준 계율이라고 해서 화랑오계라고도 부른다. 원광법사圓光法師가 사량부沙梁部에 사는 귀산貴山과 추항箒項에게 가르친 것에서 비롯되었다. 진평왕 22년(600년) 원광이 중국 수나라에서 돌아와 운문산雲門山 가실사嘉瑟寺에 있을 때 두 사람이 평생의 경구로 삼을 가르침을 청하였다. 원광법사는 사군이충事君以忠, 사친이효事親以孝, 교우이신交友以信, 임전무퇴臨戰無退, 살생유택殺生有擇 등 다섯 가지 계율을 제시했다.

원광법사에게 계율을 들은 두 사람은 이를 잘 지켜서 602년 백제와의 아막성阿莫城 전투에서 화랑의 일원으로 싸우다 순국하였다. 효와 충을 이념으로 하는 사회이념 구축에 기반한 신라로서는 불국사를 건립하는 데 국가이념 차원의 배려가 있을 가능성은 충분했다.

그런데 자하문이 왜 자하문인가 하는 데는 아무런 암시를 얻을 수 없었다. 다만 김대성의 집안이 신라가 국가를 운영하는 데 재상으로서 대단한 직위를 가지고 있었다는 점은 사실성이 높아 보였다.

자하문이 왜 자하문인가 의문을 풀지 못한 채 한 주일이 갔다. 소설을 쓰는 데 이렇게 헝클어진 실타래를 푸는 과정을 거친다면, 더 들어가기 전에 발을 빼는 게 현명한 처사 아닌가 그런 생각이 들기도 했다.* (2023.4.28.)

나는 소설의 결말을 생각했다. 무슨무슨 기記라고 장르가 표시된 글들. 고전문학에서는 그것을 문체라 한다는 것은 대강 알고 있었다. 나는 인터넷을 뒤져보았다. 「자하문기」란 글이 소설이 되는가, 그게 궁금해서였다. '기記'에 대해 이런 설명이 나와 있었다.

"기記는 사실을 그대로 적는 한문의 문체이다. 기는 사물을 객관적인 관찰과 동시에 기록하여 영구히 잊지 않고 기념하고자 하는 데에 목적을 두었다. 기는 『주례』와 『예기』에 처음 나타났으나 문체로서 미비한 점이 많았다. 기는 당나라에 와서야 한유, 유종원 등의 출현으로 완성을 보게 되었다. 기의 문체는 부賦와 같으면서도 화려하지 않고 논論과 같으면서도 단정을 짓지 않았다. 또한 서序와 같으면서도 드날리지 않고 비碑와 비슷하면서도 칭송을 하지 않는 것이 특징이다."

천강월이 소설이란 이름을 달고 쓰는 글이 '기'와 상당히 닮아 있었다. 천강월은 정리해주는 선생이라기보다는 흩어놓는, 말하자면 회오리 같은 선생이었다. 인간사 무질서한 현실에 질서를 부여하는 게 소설이라면서, 플롯의 단계를 설명하던 백순필 박사와는 현격히 다른 문학관을 가진 걸로 보였다.

"두 주일, 금방 가지요? 그사이 나는 글을 한 편 썼는데, 여러분들은 얼마나 고민들을 했을까 궁금해집니다."

"교수님, 우리들 너무 믿지 마세요. 교수님하고 우리를 동급이라 하시면 나중에 실망하실 겁니다." 양미주가 해살갑게 웃으면서 반응석으로 말했다. 천강월은 덤덤히 표정이었다.

"지난주에는 백순필 박사 강의 들었겠네요. '강의 일람'에 소설의 본질이라고 되어 있던데, 강의에서 소설의 본질이 뭐라 하던가요? … 같은 코스에서 똑같은 얘기 늘어놓지 않으려고 그러니, 대강 얘기해보세요. 저어, 석은중 선생, 자료 찾아 보내느라고 애썼습니다. 지난주 강의 내용이…" 천광월은 석은중에게 대답을 재촉했다. 나는 천강월의 얼굴에서 석자명의 영상을 더듬고 있었다.

"아니…!" 하마터면 소리를 지를 뻔했다. 텍스트에서 튀어나온 텍스트가 다른 텍스트에 들어와 있었다. 텍스트가 뒤엉키고 있는 중이었다. 천강월과 수강생들이 만드는 텍스트와 천강월이 석자명이란 인물을 내세워 구성한 텍스트 「자하문기」가 맞물리고 엇갈리는 중이었다. (1) 신라시대 김대성이 이룩했다는 실물 불국사 (2) 박목월이 같은 제목으로 쓴 시의 불국사, (3) 그 시를 인용하면서 서사를 만들어가는 「자하문기」에 나오는 불국사, (4) 이런 맥락에서 소설 창작 강의를 듣는 나의 불국사… 나의 불국사라고 했지만, 그 맥락의 나, 남아진은 정체를 드러낼 수 있을까.

그것은 천강월이 있음으로써 내가 있는 그런 연기 관계 같기도 했다. 그러나 달리 생각하면, 내가 이 강의에 등록하지 않았더라도 천강월과 남아진은 아무 연관이 없는 존재들이 아닌가. 생각이 어지럽게 넝쿨을 벋어갔다. 내가 이런 생각을 하는 걸 천강월이 알까? 동료 수강생들은? 동료? 언제부터…? 그렇게 뒤얽히고 있을 때, 석은중이 천강월의 질문에 대답을 했다. 아니 그것은 천강월이 아니라 석자명의 그림자였다. 아직도 우리는 「자하문기」라는 텍스트 안에 묶여 있는 게 아닌가. 흔들리면서…

"평범한 이야기에 갈등을 부여하고, 우연성으로 가득한 현실에 개연성을 부여해야 소설이 된다는 게, 지난 시간 백 박사님 강의 요점이었습니다." 천강월이 고개를 끄덕였다. 나는 이 지점에서 천강월과 석자명을 맞바꾸어놓고 있었다.

"성인은 풀고 권력자는 잡아맵니다." 수강생들이 눈들을 바로 뜨고 천강월을 쳐다봤다. 석자명이 얘기할 만한 내용이었다.

도무지 소설 쓰는 데 도움이 안 되는 말만 골라서 하는 강사였다. 그게 자존심인지 오기인지 알기 어려웠다. 성인이란 구습에 얽매인 인간을 사상의 자유로움을 누릴 수 있게 풀어주는 존재들이다. 반면 왕과 장수들로 상징되는 권력자는 인간을 힘으로, 제도로 옭아맨다는 것이었다. 그렇지… 그게 누구 목소리일까.

"소설의 주인공은 성인과 권력자 사이에서 왔다 갔다 하는 인간들입니다. 그렇게 왔다 갔다 하는 인간 가운데 인간 취급을 못 받는 존재들이 있습니다. 그들은 새로운 하늘을 꿈꾸다가 권력가들에게 옭혀가서 죽음을 당하기도 합니다. 그런 예로 누가 있을까요? 거어, 석은중, 부승 선생 혹 알아요? 부승에는 이런 것들이 있어요. 腐僧, 負勝, 腐繩… 맛이 간 중, 승부와 같은 말, 썩은 동아줄, 그거 어디서 들은 거 같지 않아요? 미안하오. 이건 내 병이라오."

석자명의 얼굴이 확 붉어졌다. 아니, 그것은 천강월의 얼굴이었다. 연오랑과 세오녀[23] 이야기를 하고 있는지도 몰랐다.

"자하문이 혹시 자하 신위와 연관이 있지는 않을까요?" 천강월은 혼자 흐흐 웃다가 칠판에다가 썼다. 紫霞는 독음이 같은 紫蝦를 뜻하기도 합니다. 이는 곤쟁이라는 뜻입니다. 곤쟁이 젓… 자하에는 이런 것도 있습니다. 紫蝦, 이는 고래 암놈을 뜻합니다. 수강생들이 어리뻥해져 천강월을 쳐다보았다. 저이가 돌았나 하는 눈치였다.

"자하가 자하문과 어떤 연관이 있다는 겁니까? 매력 있는 발상인데…" 석은중이 진중하게 물었다. 선생 앞에서 무릎을 꿇는 자세였다.

"자하 신위에게 감추어두었던 아들이 있었는데 말이지요, 추사 밑에 공부하러 갔다가 추사가 퇴박을 놓는 바람에 실족해서 천하를 유랑하다가 경주로 스며들어 석수장이로 일을 익혀서 목숨살이를 도모하지요. 아까 현빈 얘기하셨지요? 그거 노자에 나오는…" 천강월은 고개를 크게 끄덕였다.

"그렇게 이야기 엮어가면 뭐가 될 것 같은데… 그게 신라와는 어떻게 연결되고, 불국사 자하문과는 어떻게 연결될까…?" 천강월은 수강생들을 쳐다보다가, 교탁 위에 놓인 프린트물을 나누어주었다. 나는 여전히 천강월에게서 석자명의 얼굴을 지우지 못했다.

1593년 5월 의병과 승군의 활동으로 많은 피해를 입고 복수심에 사로잡힌 가토 기요마사를 비롯한 왜군의 방화와 파괴 등으로 큰 피해를 입어 대가람이 전소된다. 이후 전란의 피해가 복구되면서 불국사도 국가의 지원 및 승려들과 신도들의 노력에 의해 1604년(선조 37)경부터 복구와 중건이 시작되어 1765년(영조 41)에 대웅전이 재건되고 1779년 경주 유림의 지원으로 중창하는 등 1805년(순조 5)까지 40여 차례에 걸쳐 부분적인 중수重修가 이루어졌으며 1805년 비로전 중수를 끝으로 중수 기록이 보이지 않는다. 이후 조선 후기 국운國運의 쇠퇴와 더불어 사운寺運도 쇠퇴하여 많은 건물이 파손되고 도난당하는 비운을 겪게 되었다. 그리고 석가탑과 다보탑 중 다보탑에서 여러 가지 문화유산이 나왔는데 그중『무구정광대다라니경』이 나와 주목을 받았다.

'불경', 그건 종이 제품이다. 신라의 그 수많은 불경들, 그 종이를 경주에서 안 만들었으면 그 흔적이 남아 있어야 한다. 혹시 불국사 보수 과정에 '종이'

와 연관된 자료가 없을까.

> 불국사의 보수 : 일제강점기에는 1918년에서 1925년까지 다보탑과 대
> 웅전이 보수되었다. 그러나 경주 불국사 사리탑이나 다보탑 석물 등 유물
> 일부가 일본으로 반출되어 문화재 약탈을 노린 공사였다는 비판도 받는
> 다. 일제강점기에 큰 뼈대만 복원되었다면, 회랑과 난간 등은 1969년부
> 터 1973년까지 총 8억 원을 들여 복원하였다.

"나중에 자료로 쓸 데가 있을 겁니다. 이 자료 그대로 소설 본문에 넣으면
표절 시비에 걸립니다." 수강생들이 고개를 옆으로 흔들었다. 백순필 박사는
시대가 바뀌어 소설의 창조성, 독자성은 멀리 사라졌다는 것이었다. 다른 이
야기는 60년대식인데, 소설 에디톨로지는 자못 현대적이었다. 소설 쓰기는
서사 편집하기일 뿐이라는 것이었다. 백순필 박사의 불국사는 예컨대 불국
사 (5)쯤이 될 터인데, 강의 중에 불국사 얘기는 한 적이 없다.

"일제가 조선 사찰령을 발표한 것은 한일강제 병합 이듬해, 1911년입니다.
전국의 사찰을 정리해서 31개 본산을 결정하는데, 불국사는 거기서 빠집니
다. 왜 그럴까요?"

천강월은 수강생들을 한참 쳐다보고 서 있다가, 자기 스스로 설명을 이어
갔다. 이는 한국 불교의 호국불교적 성격과 연관되는 사항입니다. 불국사가
효도를 강조하면서 그것을 충성으로 이끌어 이념화한 것은 아시잖아요? 호
국이 뭡니까? 나라를 수호하는 게 호국이지요? 호국을 위해서는, 세속오계
를 받는 귀산과 추항처럼 임전무퇴, 나아가 싸우되 물러서지 않는 그런 정신
을 뜻하는 게 아니던가 말입니다. '이러다가 내가 소설 다 써주겠네.' 소설 창
작 수업 이렇게 하면 수강생들이 지레 질려 도망가지 않을까, 천강월이 혼잣

말을 했다.

"나라에 충성한다는 게, 나라가 바뀌는 장면에서는 격심한 혼란을 겪고, 죽고 사는 문제로 부각합니다. 정몽주와 이방원, 아시지요? 이런들 어떠하리 저런들 어떠하리… 그렇게 걸어보니까, 뭐랬어요. 이 몸이 죽고 죽어 일백 번 고쳐 죽어… 그러니까, 진심이지? 죽여! 선죽교의 비화가 그렇지 않습니까? 상황을 식민지 조선으로 바꾸어보세요. 조선 사찰령이 공포되고… 이제는 나라가 바뀌었으니 천황을 옹호하고 나서야 하지 않겠나… 아시겠어요?" 수강생들이 고개를 끄덕였다.

"오비이락이라고 하지요? 참 공교롭게도 불국사에 불이 납니다." 천강월은 그렇게 말하고는 입을 다물었다. 상상은 수강생들 몫이라는 태도였다.

"설마하니… 누가?"

"그래요. 그런 의문이 소설 만듭니다. 정말 그럴까? 아니라면? 예를 들면 1930년대 신문, 잡지 보면 임질, 매독 치료약 광고가 도배를 하고 있어요. 성병이 한 시대를 휩쓸고 있는 겁니다. 이런 사태를 두고 당시 사회가 도덕적으로 타락했다고 매도하는 건 나이브한 대응입니다. 그 뒤에 식민지 경영이라는 일제의 음흉한 책략이 도사리고 있다는 걸 간파해야 합니다. 가정의 파괴는 도덕적 타락을 유도하고, 도덕적 타락은 저항 의지를 말살합니다. …도박도 마찬가지입니다. 판돈 아쉬우면 마누라 팔아먹는 게 식민지 조선의 실상입니다… 아무튼 불국사에 불을 지른 범인 수색은 흐지부지하게 되고,…" 잠시 쉬겠습니다. 천강월은 문학관 마당에 나가 벤치에 앉았다.

"피곤하시지요?" 어느 사이 석은중이 옆에 와서 앉았다.

"불국사에 정말 불이 났던 적이 있습니까?" 천강월은 담배 연기를 공중에 후우 내뿜었다. 알아서 짐작하라는 태도였다.

천강월이 강의실로 들어섰다. 자기들끼리 이야기를 나누고 있던 수강생들이 자리로 돌아가 앉았다.

신라인의 후예로, 석자명과 천강월 어느 게 더 적절한가… 소설에서 인물을 개성적으로 그리는 데에는 작명법이, 작지만 의미 있는 소설 기법 가운데 하나라는 건 누구나 아는 일이다. 천강월… 나 때문에 곤욕을 치른 천강월… 고맙다고 해얄지 미안하다고 터놓아야 하는지 갈래가 트이지 않았다. 어느 사이 천강월이 강의 탁자를 짚고 서서 수강생을 둘러보았다.

"자아, 하던 이야기 또 시작합니다. 이건 일종의 스포일러인데, 작가가 이야기 줄거리 먼저 얘기해서 맥 빠지게 하는 그런 거, 여러분에게 터놓기로 했으니까 다 터놓겠습니다. 내 작품은 말이지요… 말하자면 길에서 줍는 소설입니다."

가운데 줄 맨 끝자리에 앉은 수강생이 손을 들었다. 얼굴을 반질반질 다듬고 꼬리머리를 한 게, 어딘지 본 적이 있는 듯한 얼굴이었다. 혹시 트랜스젠더 아닌가, 그런 생각이 들었다.

"저어 교수님, 순진한 독자들이 꾸며낸 이야기를 사실로 인식하면 안 되잖아요. 역사적 사실을 왜곡하는 소설은 … 아무리 픽션이라고 해도 말예요." 천강월은, 언어로 기록되는 한 역사도 허구라고 이야기하려다 말았다. 설명이 길어질 것 같아 대답을 주춤하게 했다. 수강생 석은중이 슬그머니 일어나 앞문을 열고 나갔다.

"그런 염려 말고 우선 쓰라니까요. 써서 완결 지어야 소설이 되지요. 그게 소설인가 아닌가는, 선생이, 아니 필자가 책임질 일 아닙니다. 쓰는 자에게 복이 있나니 저희가 돈을 손에 쥘 것이오…" 수강생들이 와아 웃었다.

천강월은 다음에 검토할 작품 내라는 이야기로 맥락을 돌려놓았다. 하기는 중요한 질문이었다. 수강생이 어떤 입지인지를 모르는 상황에서 무조건 쓰지 않으니 소설 안 된다고 속단을 하기는 어려웠다.

"예술은, 때로, 죽음의 사신을 불러들입니다." 소설은 예술이 아니다, 그러니 소설 쓴다고 자신이 예술가라고 나서지 말라고 했던 생각이 떠올라 멈칫했다.

"아무튼, 불타버린 중문을 개수하고 현판을 걸어야 할 때가 됩니다. 현판은 불국사 방장 진여스님이 쓰도록 할 예정이었지요. 그런데 진여스님이 입적하게 됩니다. 그러면 현판 글씨를 누가 써야지요?"

"당시 유명한 서예가를 불러오지 않겠어요?"

"그렇지요. 뭐가 좀 풀리는 거 같습니다. 그런데 당시 서예계는 추사 계열의 인물과 자하 문하의 인물이 대립하고 있었습니다. 두 집단이 치열한 경쟁을 벌이고 있었는데, 각각 뒷배를 대는 집단이 달랐던 겁니다. 사태가 더 복잡해진 것은 식민지 본국 일제의 후원 아래 일본 유학을 한 서예가들이 있었기 때문입니다."

"그럼 결론은, 아니 플롯은 부일 서예가를 죽이는 걸로 가야 하겠습니다." 석은중이 슬그머니 제안을 했다. 언제 들어왔는지 석은중은 어느 사이 수강생이 되어 강의실에 앉아 있었다. 나는 층위를 넘나드는 텍스트의 주름 사이에서 물구나무서기를 하는 말을 즐기고 있었다.

"소설에서 사람 함부로 죽이면 안 됩니다. 이때 도교 계열의 서예가가 일을 맡게 됩니다. 어부지리라 할까, 아무튼 도교는 신라에서 상당한 세력을 구축하고 있었습니다. 그 계통이 조선조까지 내려온 겁니다." 천강월은 입을 다물고 조용히 앉아 있는 수강생들을 쳐다보았다.

"증거 있어요?" 꼬리머리를 한 수강생이 물었다. 소설이 허구라는 걸 몰라서 묻는 것 같지는 않았다. 천강월은 이야기를 이어갔다.

"신라? 불국을 꿈꾸던 신라, 사실 신라 인간관계는 좀 복잡합니다. 사상적으로는 유교, 불교, 도교가 섞여 돌아갔고, 도교 계열의 사상 체계가 화랑이라는 조직과 관계를 형성하면서 도덕적 몰락을 초래하게 됩니다. 원광법사가 이른바 세속오계를 가르친 까닭이 무엇이겠습니까. 도교에 대한 반작용일 수도 있습니다. 연단술과 방중술 등으로 왜곡되는 물성과 허물어지는 인간성을 지키려는 노력으로 이해가 됩니다."

"교수님, 아니 강사님 강의하는 게, 그게 소설 창작론입니까 불교사입니까? 우리들이 진정으로 바라는 건 괜찮은 소설을 쓰고자 하는 그 생각 말고는 다른 목적이 없습니다."

"성급하십니다. 모든 강의는 수강생이 어떻게 소화하는가 여하에 따라 가치가 달라지는 거 아니겠습니까. 아무튼 나는 내 이야기를 할 수밖에 없습니다. 도교에서 생각하는 세계 체계는 불교의 세계 구조와 다릅니다." 천강월은 수강생의 질문을 눌러놓은 채 설명을 이어갔다.

상제가 거주하는 궁궐을 자미궁紫微宮, 또는 자미원紫微垣이라고 합니다. 옥황상제가 경영하는 궁원이 낭원閬苑입니다. 낭원에서 복숭아 훔쳐 먹고 삼천갑자를 살아야 하는 동방삭東方朔[24]도 도교와 연관이 있습니다. 불교에서는 부처님이 내뿜는 현란한 빛을 자금신광紫金身光이라 한다고 합니다. 도교에서는 임금 대신 신선이 자리를 차지하고 있는데, 어탑御榻에 해당하는 게 자극紫極입니다. 신선이 사는 곳을 도화원이라고 하기도 하지만, 도교에서는 하동霞洞이라 하고, 서울 자하동도 그런 연유에서 붙여진 이름입니다. 도교에서 중간급 성인을 도사라 합니다. 그 도사가 입는 옷을 하피霞帔라고 합니다. 복잡하게 이야기할 게 아니라 자미화紫微花라고 아시지요? 목백일홍, 배롱나무로 불리는 그 꽃이 자미원 뜰에 피는 꽃입니다.

"그거 배롱나무, 절에도 심지 않아요?"

"불교에서는 그걸 부처꽃이라고 합니다. 아무튼…" 결론을 맺을까 하다가, 소설 창작론으로 다가가자면 어떻게 해야 하는가, 그런 생각이 떠올라 멈칫했다. 눈앞으로 자줏빛 안개가 서리는 듯했다.

"식민지 시대 호국불교, 그리고 불국사, 자하문… 신라시대부터 전해오는 도교사상… 인드라의 망처럼 얽힌 연기와 연기를 소설로 엮어내는 일은 실로 간단치를 않습니다. 원칙을 이야기하는 것일 뿐 내 이야기를 좀더 박력 있게 엮어내는 것은 여러분들의 몫입니다." 수강생들이 숙연한 얼굴들을 하고 앉아 있었다.

"질문 있으신 분?"

"어떤 책에 보니까, 도교의 도사들이 단약을 만들어 영생불사를 도모했다고 하던데, 단약과 마약은 어떻게 다릅니까?" 개량한복을 입은 수강생이 물었다.

"마약이 아니라 미약媚藥일 겁니다. 아무튼 좋습니다. 소설에서 모든 사물은 사건화되어야 합니다. 불국사 현판을 두고 이야기하자면, 불국사에 화재가 나고 일주문이 불타는 사건이 발생했다 합시다. 앞에서 얘기한 대로 말이지요. 그렇게 사건화하지 않으면 현판은 그저 현판일 뿐, 서사는 다 사라집니다."

"사물이 사건화된다면, 그 이야기를 어떻게 다 추스르지요? 밭에 풀을 뽑다가 지렁이 한 마리를 발견하고, 그걸 집어서 던졌는데 고양이가 와서 먹어버린다는 식으로 그렇게요?" 개량한복이 스스로 만족한다 싶은 얼굴을 했다.

"이해력이 높으십니다. 불국사 남문 일주문에 붙어 있는 현판에 한자로 佛－國－寺라고 되어 있지요? 그게 해강 김규진[25]의 글씨거든요. 불국사 서문에는 '吐含山佛國寺(토함산 불국사)'라는 현판이 붙어 있어요. 그 글씨는 고故 박정희 대통령이 쓴 것입니다. 둘 중 정문의 '불국사'를 선택하고, 그게 '자하문'과 어떻게 사건적으로 어떻게 연결될 수 있는지를 생각해 보세요.

불국사 다 보려 하지 말고, 내가 제시하는 게 '자하문'이니 거기 몰두해서 보세요. 몰입이 상상력의 원천입니다. 어떤 사람들은 사랑이 상상력의 샘이라 하기도 하더라구요."

"교수님, 질문해도 돼요?" 감포에서 자가용 몰고 온다는 신나리 여사가 손을 들었다. 수강생들은 여성 수강생 이름 뒤에다가 꼭 '여사'라고 붙이는 게 버릇이 되어 있었다.

"그렇지 않아도 질문을 기다리고 있었는데…요."

"남사스러워서… 그런데, 절에 가면 가는 데마다 대웅전이라고 있잖아요. 대웅전이 왜 대웅전이지요?" 수강생들이 와르르 웃었다. 신나리 여사가, 자기들은 알아? 그런 눈치를 했다.

"대웅이 있는 전각이 대웅전입니다."

"대웅은 뭔데요?"

"왜 자꾸 그러세요? 아무튼 용기가 가상합니다." 석자명은 화제를 돌렸다. 신나리 여사의 눈이 휘둥아갔다.

"소설가는, 역사소설의 경우를 생각해보세요. 예를 들자면 신하 여섯이 왕위 찬탈에 반대하다가 죽었다는 식의 그러한 사건, 그 기본적인 사건은 발명하지 못합니다. 팩트라는 건 그 자체가 존재가치를 가지는 겁니다. 그런데 팩트가 진행되는 과정의 소도구는 발명할 수 있습니다. 아니 발명해야 합니다. 오늘은 시간이 다 되었으니, 자하 신위의 자료를 찾아보고, 여러분이 발명할 수 있는 디테일을 찾아오세요. 그러면 그걸 가지고 수업을 진행하겠습니다…."

"저어, 질문 하나만… 「자하문기」 그거 소설이잖아요, 교수님이 직접 쓴 거지요? 그러면 석자명과 천강월 어떤 게 진짜 교수님이지요?" 양미주가 물었다. 나는 정신이 확 깨어오는 느낌이 닥쳐들었다. 석자명과 천강월이 내 의식 속에서 넘나들었다.

"우린 말이지요, 이천삼백 년 넘게 나비꿈²⁶을 꾸고 있는지도 모르지요. 장자… 모양으로."

"내 마음 나도 모르게… 꿈 같은 구름 타고…"

"그게 진실일까요, 허위의식일까요"

"넘 하셔. 오늘 노래방 갈까요?

"신라의 달밤… 불국사 타종 시간 아세요? 금옥산이 어디 있어요?"

"와 그러시오. 함 갑시다…."

천강월이 시계를 보면서 망설이다가 나를 쳐다봤다. 나는 오른손을 들어 엄지와 검지를 구부려 쥐고 OK 사인을 했다. 천강월이 머리를 쓸어올렸다. 손끝으로 웃음이 흩어졌다. 그것은 석자명의 얼굴이기도 했다.

노래방에서 나오는데, 수강생 김풍년이 자하문 난간에 올라서서 현판을 확인하다가 돌바닥으로 떨어져 계림병원 응급실에 실려갔다는 '뉴스'를 비비캡이 전했다.

"죽지는 않았나?" 백성민이 웃는 듯 얼굴을 찌푸렸다.

"죽기 기다린 것처럼 말하네." 비비캡이 응수했다.

5

모기와 마복자

5월 20일, 오월도 중순을 넘어섰다. 모기가 기승을 부리기 시작했다. 이제 와서 하는 이야기지만, 내가 강사 천강월을 이름 외에 다른 호칭 안 붙이는 이유가 있다. 필기구를 하나 빌리러 사무실에 들렀다가 강사 카드라는 걸 얼핏 보았는데, 희한하게도 천강월은 나하고 동갑이었다.

그건 오기 비슷한 감정인지도 몰랐다. 동갑 나이에 누구는 가르치고 누구는 배우겠다고 턱 괴고 앉아 있는 모양은 사실 그로테스크했다. 그러나 깨달음에 이르고 늦고 하는 데는 규칙이 없다는 생각으로, 꾸역꾸역 강의에 참여했다.

호칭에 관한 한 백순필 박사가 한결 편했다. 나이를 물어보지 않았지만, 여러분은 백 박사 강의 듣는 걸 영광으로 아셔야 해… 하는 데는 웃음이 나오기도 했다. 스스로 백 박사, 닥터 화이트, 독일어로 독토르 바이스를 선언하는 것은 일종의 낭패감 같은 심리가 의식 밑바닥에 자리 잡고 있기 때문인지도 몰랐다. 디엔에이가 표현되는 방식은 역설적이기도 하지 않던가.

"여러분들은, 나한테 뭘 배우겠다고 달려들지 마세요. 소설은 자기가 쓰는 겁니다."

천강월은 이야기를 이어갔다. 독일의 철학자 한스 게오르그 가다머[27]가 말년에 자기가 나온 고등학교에 초청을 받아 강연을 하게 됩니다. 그 강연록을 정리해서 낸 작은 책자가 있는데 그 책 이름이 가다머의 교육관을 압축하고 있습니다. '모든 교육은 자기 교육이다', 하는 겁니다. 소설 쓰기도 그렇습니다. 소설 쓰기는 말하자면 '허구를 현실화'하는 것이지요. 허구가 아니면 자유의 이념을 현실 맥락에서 추구하기 어렵습니다. 흔히 팩트라 하는 그놈의 '사실', 그건 상상력을 제한합니다. 소설을 쓸 때 모델이 있으면 불편한 이유가 그것입니다.

나는 귀를 세웠다. 나를 모델로 소설을 쓸 경우는 어떤가 하는 생각이 들었기 때문이다. 겨우 등단을 하고 다음 작품을 준비하는 단계에서 맞닥뜨린 회의였다. 너무 늦은 회의 혹은 깨달음인지도 몰랐다. 깨달음은 늦고 실행은 늘 더디다, 아버지의 말씀이다.

"사실, 실제 있던 일, 경험, 그런 게 감동의 원천 아닙니까? 엄마가 쪄준 감자, 그 포실포실한 감촉과 구수한 냄새… 안 그렇습니까." 비비캡이 대들듯이 물었다. 천강월은 즉각 대답을 내놓았다.

"그렇지요. 감각의 기억만큼 확실한 게 없어요. 그런데 감각의 기억만으로 이야기가 될까요? 거기가 말하는 어머니의 기억은 언어로 재구성된 허구일지도 모릅니다. 아무튼 사실과 허구는 진실을 향해 가는 일종의 회오리 같은 겁니다. 소설은 사실을 기록한 게 아니라 진실을 추구하는 언어 작업입니다. 진실 추구는 속지 않는 데서 비롯됩니다. 속지 않겠다는 거, 그게 뭐예요. 진실에 갈급해하는 마음 그겁니다." 비비캡이 알겠다는 듯이 고개를 끄덕였다.

그런 이야기를 하면서 천강월은 나에게 동의를 구하기라도 하듯, 그 깊숙한 눈을 내게 향하고 있었다. 좀 받아들이면 어떨까. 사실 감동이라는 것은 실재하는 현실에서는 사실을 바탕으로 하는 경우가 대부분이었다. 그런 점에서 비비캡의 말이 옳았다. 천강월이 잠시 멈췄던 말을 이어갔다.

"혹시 『화랑세기』 읽어보신 분? 아무도 안 계세요? 여러분 경주 사람들 맞

습니까?' 왜, 경주가 어때서⋯ 경주 와서 경주 험담해? 웃겨⋯ 수강생들 궁
시렁거리는 소리가 들렸다.

"선생님은, 말이요, 서울역 앞에 서 있는 왈우 강우규 동상 보셨어요?"
비비캡이 대들었다. 대들면서 웃는 얼굴이 밉상은 아니었다.

천강월은 당연히 보았다는 듯이 빙긋 웃었다. 동상 기단에 어떤 시가 적혀
있는지 아는가 물었다. 천강월은 자기 고향이 서울이 아니라고 피식 웃었다.
대답을 피해 가는 중이었다. 실제로 모를 거 같은 느낌이 들었다.

"『화랑세기』에 말이요, '마복자'라는 게 나옵니다. 부부관계가 무엇인가,
내 자식이라는 게 무엇인가, 그런 의문을 제기하는 성姓, 패밀리네임 결정의
제도입니다. 성 결정이란 애비가 누구인가 하는 논의라 할까, 신분 상승을 도
모하는 애비 꿔 오기 혹은 빌려주기 그런 건데 말이요, 애비는 애비 자신이
무릎 꿇고 등선해서, 어어 배에 타서 결정하는 게 아니라, 자리를 빌려주어
결정하는 그런 제도입니다. 아무튼⋯"

마복자 풍습을 수강생들 앞에서 실감 있게 설명하기는 사실 난감한 일이었
다. 천강월이 멈칫거리는 까닭을 알 듯했다.

"소설을 잘 쓰려면 기존의 관념을 깨라, 사회의 다가오는 지탄 따위에서 벗
어나라, 그런 위험한 이야기를 하고자 하는 건데 말이요. 나는 여러분이 나
한테 무얼 배워서 소설 잘 쓰기를 바라지 않습니다. 나를 만난 걸 계기로 해
서 여러분의 소설 쓰기가 탄탄해지기를 바랄 뿐입니다. 나를 밟고 나아가 한
단계 높은 수준에 올라가라 그런 말씀⋯" 수강생들은 조용히 듣고 있었다.
'나를 밟고 올라서라', 어디서 가끔 듣던 이야기 같았다. 그 도도함은 밉고 정
겨웠다.

"내가 여러분 작품 모두 읽고 하나하나 지시, 지적, 교정을 해드리지는 못
합니다. 내가 받는 강사료로 그런 일 하기는 턱없이 부족합니다. 여러분은 하

루가 얼마치, 일당 얼마짜리 인생입니까? 왜 웃어요? 공짜 영혼은 없습니다. 아르튀르 랭보가 그랬잖아요, 뭇 계절이여, 뭇 성이여, 상처 없는 영혼[28]이 어디 있겠는가. 상처가 무엇입니까? 세속의 요구, 구체적으로는 돈 같은 겁니다."

뒷자리에서 어떤 수강생이 하품하는 소리가 들렸다.

"지루하지요? 오해 없으시기 바라면서, 무릎 까지게 엎드려 헉헉대지 않고 얻은 자식이 어디 있습니까. 마복자도 그런 시각에서 이해하시기 바랍니다. 사람 사는 데서는, 윤리가 먼저가 아니라 생존이 우선입니다. 굶어 죽을 것인가 마누라 내돌릴 것인가…" 아유… 그런 소리가 들렸다.

"김유정의 글 가운데, 「들병이의 철학」이라는 게 있습니다. 들병이가 뭔지 아시지요? 마누라 술청에 내놓고 화대랄까 하회 혹은 행하랄까 걷어다가 생활하는 그런 작대기… 나라가 온통 들병이로 득실거리는, 그런 우습고도 짜릿하고도 쓰라린 현실을, 식민지 조선의 20대 청년 소설가 김유정은 간파를 했던 겁니다. 무슨 얘긴지 아시겠지요?" 천강월은 수강생들을 둘러보았다. 무슨 뜻인지 내 편에 눈길이 오래 머물러 있었다. 질문을 해주었으면 하는 눈치였다.

나는 딴짓을 하고 있었다. AI에 대해서 두려워하지 말라, 귀찮아하지 말라, 포기하지 말라, 그런 지침을 더듬어 읽고 있었다. 자칭 AI 전도사는, 유튜브에서 AI와 더불어 살아야 한다면 그렇게 하라는 격언을 설파하는 중이었다.

"…"

"선생님 약주 잘 하세요?" 나는 침묵을 못 견디고 한마디를 던졌다. 귓전으로 모기가 위이잉 경적음을 내며 지나갔다.

천강월은 대답은 안 하고 히죽 웃었다. 고르지 못한 치열에 한쪽만 쪽니가 보였다.

"내 술은 내 돈 내고 먹습니다." 걱정 말라는 뜻? 돈이 있다는 자랑? 아무튼 한 방 먹은 셈이었다. 나는 주먹을 들어 입을 쳤다.

내가 왜 그딴 질문을 던졌는지는 모르겠다. 들병이니 작부니 하는 이야기를 하는 데에 꼼돌을 놓고 싶은 용심스런 마음이 슬그머니 일었던 모양이다. 주막거리 자주 돌아다녔다는 듯이 이야기하는 투가 밸을 뒤집었다. 그것은 자랑이지 싶었다. 나는 어느 때부터인가 천강월과 엇나가고 있었다. 천강월과 인연을 짓는 일을 내가 감당할 수 있을까. 나는 고개를 저었다.

또 모기 소리가 들렸다. 천강월은 손을 들어 이마를 치곤 했다. 모기란 놈은 인간이 자기가 자기 뺨을 때리게 한다.

"자기가 쓴 글을 스스로 검토하는 방법을 이야기하고 강의 마치겠습니다. 다음 주부터는 순번을 정해서 작품을 내세요. 한 주에 두 사람씩 작품을 검토해드리겠습니다. 그게 토론 형식이 될지 합평 형식이 될지는 잘 모르겠습니다."

합평이라는 게 좀 마음에 걸리는 모양이었다. 지난번 강의의 기억….

사실 나는 합평에 별스런 기대를 가지고 있지 않았다. 수강생들의 소설 읽는 수준은 인상비평에 가까웠다. 비평이란 말을 쓴다면. 내가 소설을 읽는 방법 또한 신비평, 즉 분석비평이란 뉴크리티시즘을 넘어서지 못하는 수준이었다. 현실은 눈부시게 빛을 발하며 초고속으로 내달렸다. 그렇다면 챗지피티나 AI 따위는 빛좋은 개살구 격인지도 모를 일이었다. AI 리터러시 관점에서 보면 더욱 적실했다.

나는 천강월이 제안해준 작품 검토 방법을 노트북에 적어놓았다. 노트북에 기록해야 오래 기억에 남고, 내용을 다시 불러 쓰는 데 편리했다. 이건 어쩌면 내가 이 강의에 참여해서 본전을 찾는 방법인지도 모른다. 천강월의 본전 찾으라는 말이 뇌리에 와서 꽂혔다. 적자생존, 적는 자가 살아남는다. 그 썰렁한 농담에 꽂히다니.

아버지는 삶에 본전이 어디 따로 있는가, 사는 그 자체가 본전이다, 그런 이야기를 자주 했다. 아버지에게 하느님이 부여한 달란트란 어떤 것이었을까. 러시아 문학을 한다면서 왜 이념을 공부하지 않고 러시아 형식주의에 몰두했는지 모를 일이었다. 이념에 절망한 뒤끝이라 그런 결단을 한 것일까.

어찌 보면 정보원이란 매우 예술적인 활동일 거라는 생각이 들기도 했다. 행동 자체가 목적인 그러한 세계… 정보원은 기록을 남길 일이 없었다. 행동과 즉각적인 망각… 생존을 위한 기억이면 충분했다. 그렇게 본다면 이중간첩으로 불리는 복합정보원, 그의 행동이 예술에 가장 접근하는 건 아닐까. 그런 생각이 들었다. 자기를 소외시키지 않는 글쓰기, 동시에 남을 돌려놓지 않는 글쓰기란 무엇인가.

합평을 하면 소설 텍스트 손질하는 지침이 있어야 할 터였다. 그런데 천강월은 무슨 생각을 하는지 내 기대를 착각으로 돌려놓았다.

언뜻 보면 소설 읽는 방법 같기는 했으나, 자세히 뜯어보면 소설에 대해 근본적으로 다시 생각할 점들을 짚어주는 '원론'이었다. 이건 몇 단계 추상의 사다리[29]를 기어 내려와야 하는 내용이었다. 나는 그 내용에 끌려 강의 내용을 자세히 기록했다. 소설 인물 형상화의 원리를 설명하는 내용을 소설 고치기 규칙으로 번역했다.

내가 등단하기 전에 어느 대학 평생교육원에서 강의를 들은 적이 있었다. 그때 들은 내용과 천강월의 강의는 현격한 차이가 있었다. 천강월의 강의는 추상적인 용어가 다수 끼어들었다. 국문과에서 '소설론'을 들은 사람이라야 겨우 이해하고 소화해야 이해한 내용을 자신의 창작에 활용할 수 있는 그런 것이었다.

천강월의 강의 내용은 수강생을 두 편으로 갈라놓았다. 천강월 지지파와 천강월 반대파… 천강월은 고차함수를 어렵게 공부하면 단순한 함수 공부는 거저 먹기라는 식이었다. 소설가의 소설에 대한 이해는 자존심과 연관된 것이라면서, 해박한 소설가가 되기를 기대하고 있었다. 그것은 개안이기도 하고 무거운 짐이기도 했다. 영혼과 상처를 동시에 생각하게 했다. 천강월은 내 안정된 소설관에 균열을 내는 '작업'을 하고 있었다. 아니 그런 작업은 그의 강의를 수용하는 나의 몫이었다.

"이 강의실 모기가 왜 이렇게 많아요?" 천강월이 자기 뺨을 치면서 말했다.

"술 마시고 안 씻어서 냄새 피우는 비만형 인간이 모기에 약하대요." 앞자리에 앉은 양미주가 말했다. 수강생들이 낄낄 웃었다. '신은 언제 웃는가' 나는 그런 제목을 떠올리고 있었다.

유인물의 제목이 '소설의 인물과 언어'였다. 우선 내가 받은 문건을 내 노트북에 옮겨놓고 어떻게 처리할 것인가를 생각했다. 내용은 아무래도 천강월이 독백적 문답식 강의 자료로 보였다.

원하는 수강생의 질문에 답하는 식으로 강의를 할 터이니 질문을 적극적으로 해달라는 요청이 자료 끝에 붙어 있었다. 나는 생각나는 대로 질문 몇 항목을 만들었다. 다음 강의 시간이 기대되었다.

"여러분이 다소 당황스러워할지도 모른다는 생각을 하면서 강의 자료를 만들었습니다. 첫 항목이 '인물 형상화의 이해'인데, 내가 제시한 내용은 여러분이 받은 그 자료 그대로입니다. 다시 한번 읽어보시고 질문을 받도록 하겠습니다." 나는 천강월의 강의 내용을 요약하고 있었다. 천강월은 자기가 써 온 한 문단을 화면에 띄웠다.

소설의 인물은 언어적으로 그려진, 다시 말하면 형상화된 인물이다. 형상 그걸 영어로 figure(인물)라 한다. 피겨 만들기 그게 figuration(인물의 형상화)이다. 이를 실감 있게 그리는 것이 ─configuration(실감, 형상화)이다.

인물을 언어로 그린다는 것은 형상화를 뜻한다. 형상화는 소설 텍스트에 나오는 인물이 실감을 자아내게 하는 방법이다. 실감은 영어로 바꾸면 verisimilitude에 해당한다. 한자어로 逼眞性(핍진성), 迫眞感(박진감) 등으로 표현한다.

"다들 보셨지요? 무조건 어렵다고 하지 말고, 지나가면 다 이해가 될 거라 생각하고, 특히 여러분들이 소설을 써보면서 부딪친 문제와 연관된 질문을 기대합니다." 천강월은 수강생들을 휘둘러보았다.

침묵하고 있는 수강생들을 바라보던 천강월의 시선이 나에게 다가와 머물렀다. 나더러 질문하라는 요청이었다. 나는 천강월의 눈길을 거부할 수 없었다. 천강월의 눈길을 피하는 방법은 그의 요구대로 질문을 해주는 것이었다. 귓가에 모기 소리가 경적을 울렸다.

"내용은 대체로 이해가 갑니다. 그런데 핍진성이나 박진감을 자아내는 구체적인 형상화 방법이 궁금합니다. 내가 소설을 쓰면서도 이 인물이 잘 그려진 것인지는 자신이 없거든요." 억지 질문은 아니었다.

"그래요, 내 이야기가 좀 엉성하지요. 엉성하다는 것은 추상적이란 뜻입니다. 소설적 인물의 실감은 현실적인 대리인으로서 실감이 있을 수 있고, 소설 텍스트 내의 기능에 따를 실감이 있을 겁니다. 예를 들면, 전에 얘기한 염상섭의 「취우」는 우리가 그러한 인물의 레퍼런스를 현실에 가지고 있기 때문에 실감이 갑니다. 그렇지요? 내 강의 들으면서 「취우」 읽은 분?"

아무도 손을 안 들었다. 천강월은 수강생들을 한번 주욱 휘둘러보았다. 한심한 영혼들… 그런 표정이었다. 내가 이들 앞에서 무슨 기대를 가지고 강의할 것인가 그런 낯꽃이었다.

"바빠서 못 죽을 정도로 바쁜 분? 그렇지는 않다는 뜻입니까? 그럼 선생이 읽으라는 걸 읽어야지요. 시험 칠까요?' 뒷자리에 앉았던 수강생 하나가 일어나 책상 사이를 지나 문을 밀고 나갔다. 드디어 판이 갈라지기 시작하는 걸까… '뒷모습이 아름다운 분'… 비비캡이 혼잣말처럼 중얼거렸다.

"내가 나를 상품으로 내놓기는 했지만 이건… 아무튼, '마가의 다락방'에 사람들이 가득할 필요는 없습니다. 우리나라에는 소설가가 너무 많습니다. 허깨비 문인들이 범람하고 있습니다. 내가 여러분들에게 바라는 건…, 여러분이 소설에 대해 편견 없이 읽을 가치 있는 작품을 써달라는 부탁인데… 아무튼 문학은 진실을 추구하는 자의 고독한 작업일 겁니다. 돈도 안 되고요. 하던 이야기 더 하지요. 밴드에 작품 올린 분들…?" 천강월은 수강생을 둘러보았다.

문을 열고 나갔던 수강생이 다시 문을 열고 빼꼼히 안쪽을 들여다보았다. 천강월이 손을 들어 할랑할랑 흔들었다. '앞모습도 괜찮네….' 비비캡이 하는 혼잣말이었다.

"교수님, 모기약 가져왔습니다. 돌아서세요. 모기약 뿌려드릴게요. 어머 이마에 모기를 물려 잔뜩 부풀었어요. 연고 발라드릴게요." 천강월은 손을 내젓다가, 그녀가 하라는 대로 머리를 숙였다. 수강생은 이름은 모른 채 '징크녀, 연고녀'가 되었다.

"이번에 수강생들이 낸 작품을 예를 들어 이야길 하기로 하지요. 김풍년 씨, 「산을 옮기는 사람들」 읽어보았어요. 자수성가한 가장이 경제적으로 망가지는 이야기가 주요 스토리 같습니다. 그런데 내가 뭐랄 거 같아요?"

"얼른 작품 된다 안 된다나 말씀해주세요." 김풍년은 그렇게 말하고는 열적은 웃음을 띄워올렸다.

"성질이 좀 급하시군요. 소설가는 느긋해야 합니다. 아무튼 이야기를 완성한 것은 칭찬받을 만한 일이고… 인물의 핍진성이란 문제만 가지고 이야기한다면… 이런 것들을 생각해보시기 바랍니다."

천강월은 인물의 핍진성을 확인해주는 기준을 이야기했다. 소설의 인물은 작가가 주장하는 데 따라 행동하는 게 아니라, 자율성을 지니고 움직여야 한다는 것. 자율성? 소설의 자율성… 어디선가 듣던 이야기 같은 기시감이 다가왔다.

"인물은, 잘 그린 인물은 매우 복잡한 다중성격을 지닌 존재입니다. 누구든지 성별, 연령, 계층, 직업, 의식, 이념 등의 레이블을 지니고 살아갑니다. 현실을 살아가는 인간과 마찬가지로 소설의 인물도 복합적 유기체로 그려야 합니다. 이런 원칙을 배반해서 성공한 경우도 있습니다. 이효석의 '메밀꽃'에 나오는 인물들이 그렇습니다. 김동인도 그렇고 말이지요." 나는 귀를 더 크게 열었다. 백 박사는 단순한 인물이라야 오래 기억할 수 있고, 독자에게 부담을 주지 않는다면서 의식이 분열된 것처럼 쓰지 말라고 재차 강조했다. 아직도 천강월의 이마에 허연 크림 자국이 남아 있었다. 꼭 부처상 이마에 페인트로 그려 넣은 백호白毫를 연상하게 했다. '도둑맞은 백호', 그런 제목을 떠올리다 피식 웃었다. 천강월의 눈길이 다가왔다.

"우스운 질문 하나. 김 선생은 흉년에 태어났습니까?"

"그걸 어떻게 아세요? 제가 1968년, 무신생 원숭이띠거든요. 영산강 강바닥이 말라 거북등처럼 터질 지경으로 가물던 해였답니다…."

"그렇군요. 혹시 농업과 관련된 직업을…?"

"어떻게 그렇게 잘 아세요?"

"날씨 표현이 정확하거든요. 또 농기구의 이름과 그 쓰임이 경우에 착착 맞더라구요." 김풍년 씨는 고개를 주억거리면서 천강월을 올려다보았다.

"사람은 기후와 직업에 따라 삶의 양상이 달라집니다. 소설을 쓰는 작가 편에서는 자기가 작중인물로 설정한 인물의 삶의 실상을, 어떻게 사는지를 잘 알아야 합니다. 잘 모르면 어떻게 하느냐구요? 찾아보고 확인해야 합니다. 예를 들자면, 정신병에 시달리던 고흐가 권총 자살을 했다고 하잖아요? 그 권총이 어떤 종류인지 아세요? 당시 개인의 권총 소지가 허용되었나요? 권총 한 자루 값이 얼마 했을까? 고흐는 그 권총을 어떻게 구입했을까? 권총 자살을 오래전부터 계획하고 있었을까?

1930년대 식민지 조선, 농촌 회갑 노인네가 논 물꼬를 보러 나가는데, 쇠스랑을 들고 나갔다면 적절할까요? 아니라구요? 그럼 무얼 가지고 나갔을까요? 살포라구요? 살포를 아는 분이 있네. 노인들이 물꼬 보러 나갈 때 가지고 가는 그 작은 삽. 사람들 사는 거 그저 대강 사는 거 같지만 그렇지 않습니다. 매우 조밀하게 조직된 규칙으로 살아갑니다. 그 규칙들의 조직 양상과 운용 방법이 '삶'이라는 겁니다." 천강월이 나를 쳐다봤다. 어쩌면 내가 입을 벌리고 앉아 있었는지도 모른다.

나는, 천강월의 말마따나, 그래서 소설이 과학이라는 이야기가 설명력을 지닌다는 생각을 했다.

"거기 자료에 언어로 소설의 인물을 그리는 방법을 써넣긴 했습니다만, 그저 참고하세요."

천강월의 자료에서, 소설에서 인물을 그리는 방법은 서술과 묘사로 나눌 수 있는데 서술을 narration, 묘사를 description이라 한다. 황홀한 무지개가 떠올랐다 하는 건 서술이고, 소나기가 그치고 해가 벌자 언덕 위에 쌍무지개가 떠올랐다, 그런 식으로 쓰면 묘사가 된다는 설명이었다. 전문가반에서 하기는 수준 이하라는 생각이 들었다. 그러나 백순필 박사 강의에서 따옴표 사용 방법을 이야기했을 때, 감동하는 수강생이 있을 정도였다. 이제까지 그런 구체적인 내용을 이야기해주는 선생이 없었다고 했다. 하기는 서술의 직접화법과 간접화법은 그렇게 간단한 문제가 아니었다.

"언어는 사물이 아닙니다. 라틴어식으로 말하면 사물res/언어verba 그런 대립관계가 성립합니다. 그 사이에는 우리가 넘어설 수 없는 간극間隙, 즉 배리어가 존재합니다." 수강생들은 조용히 듣고 있었다. 무얼 듣는지는 짐작이 안 되었다. 이런 강의에서 리슨과 히어링의 차이를 변별하고 앉아 있는 건 웃기는 짓일지도 몰랐다.

나는 천강월이 끌어다 쓰는 외래어, 외국어에 조금씩 끌리기 시작했다. 이런 예를 들었다. 리리리 자로 끝나는 말은 개나리 보따리 유리 항아리… 학삐리 빠구리… 김풍년 씨의 눈이 갑자기 호동그래졌다. 천강월은 연고 바른 이마를 손등으로 문질렀다. '징크녀'가 티슈를 흔들면서 책상 사이로 달려 나왔다.

"사물화된 언어, 그걸 구체어라고 하지요…. 반면에…" 우정, 영원, 위로, 치유 같은 말들은 추상어. 추상어를 구체어 차원으로 이끌어내려야 시에 접근한다. '시는 의미하는 게 아니라 존재해야 한다'는 어느 시인 겸 비평가의 말이 있다는 걸 참조하라 했다. 전에도 들은 얘기였다. 설명이 이어졌다.

"언어의 기호적 특성은 의미 전달에 있습니다. 따라서 소설을 예술이라고 전제하더라도 그것은 해석을 요하는 '의미의 예술'입니다. 상징주의 철학자 에른스트 카시러[30]의 이야기입니다." 나는 그 맥락을 놓치고 천강월을 멍하니 바라보았다. 나와 동갑인 천강월이 돋보이기 시작했다. '선생님'이라고 부르고 싶었다. 나는 손으로 입을 가렸다. 천강월의 싱긋 웃는 눈빛이 스쳐갔다. 그래 당신은 소설 해낼 수 있어, 그런 말을 던지는 것만 같았다. 물론 감일 뿐이었다.

"사물과 간극이 있는 언어로 쓴 소설을 어떻게 간극을 극복하고 이해하지요?" 내가 물었다.

천강월은 기다렸다는 듯이 이야기를 이어갔다. 나는 자료를 보면서 천강월의 이야기를 들었다.

"인간 인식의 형성적 특성이 언어와 사물의 간극을 메워줍니다. 미완성적인 것을 완성된 형태로 보는 능력인데요, 형제바위, 모자바위, 촛대바위 그런 것들이 예가 될 터인데 말이지요, 생긴 모양이, 대강의 외곽이 비슷한 걸 실체와 같은 걸로 알아본다는 겁니다. 그런 심적 능력을 형상화 능력이라 해요. 독일어로 Ggestalt Fakultät라 하는데요. 예를 들어 자료에 있는 것처럼 이런 기호가 있어요. Ω 이거 뭘로 보이지요? 이어폰? 그럴 수 있습니다. ℞ 이거는? 라틴어 팍스⋯ 평화. 성당의 십자가에 가끔 그런 사인을 볼 수 있지요. 8은 뭐 닮았지요? 땅콩, 번데기, 오뚜기⋯ 부분을 조금 보여주면 청중은 머릿속에 전체를 그리면서 들어요. 이유는 설명할 수 없어요. 그런 정신 능력이 있다는 걸 알 뿐이지요. 뇌과학에선 어떻게 설명하는지 모르지만⋯" 수강생들이 숨죽여 듣고 있었다. 천강월은 잠시 숨을 고르고 이야기를 이어갔다. 언어 용법이 두 가지가 있다는 것이었다.

과학의 언어는 추상의 사다리 최고 수준까지 올라간다. H_2O가 그 예다. 추상화의 최대치에 이른 언어는 보편성이 확보된다. 크렘린 광장의 쑥돌과 명동성당 돌계단의 쑥돌은 성분이 같다. 보편성이 있다.

반면에 문학의 언어는 구체화의 최대치를 지향한다. 강낭콩 꽃보다 더 푸른 물결, 양귀비꽃보다 붉은 마음 그런 예를 생각해보라. 나는 속으로 변영로의 「논개」라는 시를 읊었다.

추상화와 구체화 사이에, 그 중간, 양쪽을 포괄하는 중간에 언어가 개입한다. 문학은 우리 시대의 언어적 지향성을 구체적인 데서 추상적인 데로, 보편적인 방향으로 돌려놓는다. 문학을 지향하는 한 언어를 구체적으로 디테일을 드러낼 수 있도록 정향해야 한다는 데서, 천강월은 이야기를 멈추었다.

"조금 쉽시다." 수강생들이 예에⋯ 하며 일어나 웅성웅성했다. '징크녀'가 천강월을 따라가면서 세수하고 오라고, 이르는 눈치였다.

천강월의 낯빛이 하얗게 바래 보였다. 화장실로 가는 걸음걸이가 불안하게 흔들렸다. 다리를 저는 정도는 아닌데, 천강월의 구체적인 언어 표현으로는 '똥 마려운 개 걸음'으로 화장실로 부지런히, 느리게 걸어갔다. 몸이 어디 한 군데 사개가 어긋나 보였다. 아직 그럴 나이가 아닌데…

"자아, 다시 시작합시다. 이번엔 문양수 씨가 낸 작품을 가지고 이야길 해 보기로 할까요." 천강월이 양문수 씨 편으로 시선을 주었다.

"소설이랄 것도 없고 잡문입니다. 부끄럽습니다." 문양수 씨는 정말 부끄러운 표정을 지었다. 부끄러워하는 표정…

문양수 씨는 수강생들에게 복사물을 돌렸다. 자료가 백순필 박사 강의 시간에 한 번 검토한 작품이었다. 이렇게 해도 되는가, 한마디 할까 하다가 입을 다물었다. 같은 작품이라도 보는 눈이 다르기 때문에, 다른 시각의 조언을 들을 욕심이거니, 그렇게 이해하기로 했다.

"제목이 '치명적 사랑'인데, 사마귀 얘기군요. 소재를 탓할 생각은 없습니다."

"술자리에서 엿들은 얘기라서, 교미 중에 수컷 잡아먹는 게 사마귀뿐 아니라 거미도… 흥미롭더라구요." 천강월은 수강생의 이야기는 귓전으로 돌려 놓았다. 그리고 딴 이야기를 했다.

"문양수 씨, 소설에 대화가 들어오면 어떤 효과가 있다고 생각하세요?"

"말하면서 사는 인간을 그리자면 대화를 문면에 넣어야 독자가 실감을 느낄 거고, 주제를 자연스럽게 형상화할 수 있지 않나요… 그런 생각이 듭니다." 문양수 씨는 손을 뒤통수 쪽으로 가져갔다.

"학교에 근무하십니까?" 수강생 몇이 와아 낮은 소리를 질렀다. 천강월의 눈썰미에 놀라는 눈치였다.

"소설의 대화는 간접화된 언어입니다. 소설의 인물이 허구적으로 구성된 인물, 그의 말이기 때문이니까요. 작가가 인물을 놓아주어 자유를 부여해줄 수 있습니다. 대화는 작중인물이 사는 사회의 언어입니다. 작가의 통제를 받기도 하지만, 자율성을 지니도록 구사해야 합니다. 대화는 작가가 작중인물에게 부여하는 권리 아니 개성 같은 거랄까…"

그렇게 시작한 설명은 대화란 용어의 규정에 이르렀다. 대화는 작중인물의 개별방언idiolect인데, 인물의 말씨, 말투, 어투 등이 실리는 언어다.

소설의 대화에서 운용되는 어휘들을 주목할 필요가 있다. 어휘 성격에 따라 인물의 개성이 드러난다. 그 가운데 대립적으로 인식되는 일종의 어휘체계가 생겨난다. 추상어와 구체어/일상어와 전문어/생활어와 종교언어/자국어와 외국어/직업어와 교육언어 등 짝을 이루어 정리될 수 있는 게 그런 예이다.

"문제는 작가가 대화에서 어떤 유형의 어휘를 사용하는가 하는 데 따라 대화 효과가 달라진다는 점인데… 간호원과 의사의 이야기를 대화로 옮긴다고 해보세요."

천강월은 언어의 두 가지 용법에 대해 설명했다. 언어의 지시적 용법과 정서환기적 용법으로 나눌 수도 있고, 과학적 용법과 가치평가적 용법으로 나눌 수도 있다. 이들은 실상에서 섞이는데, 그 가운데 정서적 언어와 정서환기적 언어가 존재한다. 사물 자체가 가진 정서성을 지시하는 언어가 있고, 사람의 마음을 움직이게 하는 말이 있다. 참고 삼아 영어 단어로 말하자면 정서적은 emotional, 정서환기적은 emotive 이른바 환정적喚情的 용법이라고도 하는데, 환정적 용법은 한자 어휘라서 기피하는 경향으로, 잘 안 쓴다. 그리고 이 둘은 때로 전화가 가능하다.

"교수님, 상호전화가 아니라 상호전환이 아닐까요?" 문양수 선생은 이의를 제기하는 톤으로 물었다.

천강월은 칠판에다가 썼다. 相互 轉換, 轉化… 전환이 자리 바꿈이라면 '전화'는 바꾸어 차원이 다른 어떤 존재가 된다는 뜻입니다. 내가 하늘에서 땅을 내려다본다면 자리가 바뀐 겁니다. 그런데 하늘이 주춤주춤 걸어와 내 게 안긴다, 그렇게 말하면 그게 '전화'입니다. 나는 천강월의 어휘 구사 능력에 놀라곤 했다. 어휘 사용의 진폭이 커서 울림 또한 무게가 실렸다.

천강월은 '하늘의 의미 분화' 이야기를 했다. 하늘은 한울, 하늘, 하나… 한 울님, 하느님, 하나님 각각, 동학, 가톨릭… 개신교에서 쓰는 말들인데, 같은 대상을 언어 운용 주체가 달리 부르는 예이다. 기본 의미는 같지만 환기하는 정서와 부가적 의미, 또는 맥락적 의미는 각기 다르다. 천도교 교령이 '하나 님'이라고 말하면 어떻게 되겠습니까. 목사님이 한울님이라 하는 것도 마찬 가지로 적절성이 떨어집니다.

"스님, 아니 승려를 뜻하는 '중'과 연관된 어휘들은 대개 비하적입니다. 조선 시대 시대이념의 흔적입니다. 조선시대 승려는 한양 사대문 안에 들어갈 수 없 었습니다. 당대 최고의 학자 다산과 인문학자이면서 서예가인 추사와 승려인 초의선사가 만날 때, 경기도 양평 수종사에서 만난 이유가 거기 있습니다. 초 의를 운종가, 즉 세종로에서 만날 수 없도록 법으로 규제했기 때문입니다. 상 상이 되세요?' 수강생들이 어머, 하는 표정으로 천강월의 다음 말을 기다리고 있었다.

시대적으로 천시당하던 승려들이 학자들과 교류할 수 있었던 것은 그들이 일종의 독서 계급이었기 때문이 아니었을까, 한자문화권에서 한문을 공동어 로 하고 있다는 건 소통의 커다란 자산이다, 나는 그런 추정을 하고 있었다.

"언어의 여러 기능이 있습니다만, 현실에서 어느 하나의 기능만으로 언어 가 운용되지는 않아요. 비유가 시적 언어의 원질적 부분이라 하는 건 물론입니다만, 시를 이루는 모든 언어가 비유로 되어 있지는 않습니다. 소설 또한 마찬가지입니다. 산문이라 하지만 비유가 스며들어 있는 언어를 운용하기도 합니다. 그런데, 문양수 선생, 아무개 씨보다는 선생이란 호칭이 더 나을 것 같은데, 문 선생 글에는 의인법이 너무 많아요. 지상림池桑林이란 작가가 가끔 하는 이야기인데, 비유는 위험합니다." 천강월이 탁자를 터억 쳤다.

"아무리 산문이라지만 비유도 적절히 쓰면 나름 효과적이 아닐까요? 예수님도 중요한 이야기는 비유로 말씀했다잖아요?" 비비캡이 치받듯이 물었다.

"좋습니다. 그런데 어떤 예가 있지요?"

"이효석의 「메밀꽃 필 무렵」…?"

"텍스트 먼저 읽어보고 다음 기회에 이야기합시다." 백순필 박사가 강의 시간에 든 예를 비비캡이 반복하고 있었다.

"발상법이 문제인데, 예를 들어 의인법을 남용하는 건 사물의 실상을 왜곡하기 쉽습니다." 천강월의 말이었다.

"조이스 킬머는 나무를 은유로 읊고 있는데, 내가 가장 좋아하는 시입니다." 문양수 선생이 손을 들어올린 채 말했다.

"좋습니다. 소설을 시처럼 써보세요. 다만, 거듭하거니와 의인법은 조심하세요. 아침의 태양이 탄생이라면 저녁놀은 죽음이라 해야 하는데, 소설에서는 그렇게 쓰면 곤란합니다." 천강월은 손으로 옆구리를 짚었다.

"이양하 선생은 「나무」라는 수필에서…" 천강월은 문양수 선생을 향해 손을 내저었다. 그렇게 나가면 강의 들을 자격 없다는 듯한 태도였다.

나는 조이스 킬머의 「나무들」이란 시를 찾아 노트북 화면에 옮겨놓았다. 시의 끝 구절[31]은 신을 찬양하기 위해 자신을 바보로 만들고 있는 건 아닌가, 그런 생각이 들었다.

조이스 킬머(Joyce Kilmer, 1886~1918), 그가 「나무들」이란 시를 쓴 것은 1913

년 27세 때였다. 한숨이 절로 났다. 나는 언제부턴가 작가들이 몇 살을 살고 죽었는가, 생몰연대를 노트에 적어두는 버릇이 생겼다. 사전을 찾아서 작가를 숫자로 못을 박아 죽이곤 했다.

나는 노트북을 닫았다. 내가 이러고 있는 것은, 나 스스로 천강월과 거리를 좁혀가고 있는 증거일지도 모를 일이다. 나는 천강월을 나 자신과 등치하고 있는 느낌이 들었다. 은유화의 작동 구조 속으로 빠져드는 건 아닌가. 알 수 없는 안개로 뒤덮인 늪으로 점점 들어서서 앞이 안 보이는 느낌이었다. 분홍빛 안개. 어설픈 감정. 아니 정서? 나는 노트북을 다시 열었다. 노트북에 입력했던 단어들을 지웠다. 미국인이 프랑스 전선에서, 독일 척후병에게 총을 맞고 죽은 일… 31세 미군 병사. 제1차 세계대전 한국은 식민지 조선. 문득, '식민지는 은유다', 그런 문장이 떠올랐다. 그러면 식민지는 시적이다? 은유는 폭력이다. 그러면 시는 폭력이다. 언제던가 은유는 일상적 언어의 미적인 왜곡이라던 이야기가 떠올랐다. 왜곡distortion, 오히려 비틀어 쓰기라 하는 게 옳을 듯했다.

천강월은 은유에 대한 설명을 계속했다.

"은유는 동일률을 위반하는 어법입니다. 그래서 [A=B]라는 형식으로 실현됩니다. 〈유심초〉, 사랑은 타버린 불꽃… 사랑은 한 줄기 바람인 것을 그런 게 좋은 예입니다. 반면 직유는 비유를 나타내는 어휘를 노출합니다. [A as(like) B], 이런 형식입니다. 강낭콩 꽃보다 더 푸른 물결 위에 양귀비꽃보다 더 붉은 그 마음 흘러라."

같은 이야기를 반복하고 있다는 생각이 얼핏 스쳤다. 내가 다른 데서 들은 이야기를 천강월 쪽으로 전이해서 생각을 펼치고 있는지도 모를 일이었다. 아무튼 한 인간이 같은 말 반복하는 건 의식의 부패를 뜻하는 걸로 여겨졌다. 병이었다.

"비유와 인식의 양식에는 연관성이 깊습니다. 이를 시적 인식과 산문적 인식이라 갈라 말할 수 있습니다. 서정주의「동천冬天」을 예로 들어 설명해보면 이렇습니다. 그 시는 활물 변질형 은유를 중심으로 시상이 전개됩니다.

저어, 남아진 씨,「동천」 한번 암송해보세요." 천강월이 나를 쳐다보았다.

양미주가 이쪽을 쏘아보는 게 느껴졌다. 신경을 좀 꺼주었으면 싶은데, 그럴 생각이 없어 보였다. 나는 양미주의 눈길을 돌려놓기 위해서라도 내 몫을 잘 해내야 한다는, 얄궂은 생각이 들었다.

"내 마음속 우리 님의 고운 눈썹을/즈믄 밤의 꿈으로 맑게 씻어서/하늘에다 옮기어 심어놨더니/동지섣달 날으는 매서운 새가/그걸 알고 시늉하며 비끼어 가네."

"낭송 잘 하시네요. 혹시 국문학 공부했습니까?' 나는 대답을 하지 않았다. 내 전공을 터놓고 싶지는 않았다. 수강생들과는 겨우 한 차례 식사를 했을 뿐 그렇게 살가운 사이가 아니었다. '여승'에게 삶의 곡절을 터놓으라 하는 것만 같아서.

천강월은「동천」을 다시 읊어 보이고는 설명을 덧붙였다. 동천에 대한 설명은 유려했다. 깊이가 있고, 공감을 일궈낼 만한 내용이었다. 사랑을 하려면 이쯤은 돼야 하지 않겠나… 사랑? 나는 사랑이란 어휘가 모기 소리처럼 귀에 걸려들었다. 천강월 스스로 잘 안 쓴다는 어휘였다.

"언어에 절망하면서 그 언어에 기대어 목숨 거는 게 문학 하는 이들의 운명이라면 운명입니다. 예컨대, 이런 문장을 소설에서 어떻게 쓸 수 있겠는지 생각해보시기 바랍니다."

천강월은 칠판에다가 정갈한 문자로 썼다.

'Le silence éternel de ces espaces infinis m'effraie. —B. Pascal'

나는 이 문장을 컴퓨터 화면에 번역해서 써 넣었다. "이 무한한 우주의 영원한 침묵이 나를 두렵게 한다.”

강의가 끝나고 나서였다. 천강월은 황리단길에 갈 일이 있는데 차량 봉사할 지원자 있는가 물었다. 나는 손을 들고 나서려다가, 두 손을 깍지 낀 채 눈알만 굴리고 있었다. 그건 다른 수강생들의 시선을 의식한 결과가 분명했다. 신경이 과도하게 예민해진 모양이다. 소설이 잘 써질 때는 신경도 가라앉았다.

“제가 모셔다 드릴게. 그런데 웬 모기가…” 징크녀가 천강월의 볼을 쓰다듬었다.

‘모기가 문다’, 이빨 없는 모기가 어떻게 물어? 이 말을 천강월은 어떻게 설명할까… 징크녀가 천강월을 문 건 아닌가.

“나들 조금 봅시다!” 턱 가에 사마귀를 달고 있어서 이름이 ‘사마킴’이었다. 여자 수강생들이 사마킴을 따라 찻집 ‘도솔천’에 모였다.

“서울 선생님 불러다 놓고, 우리 너무하는 거 아냐…”

“다아 자기 할 나름이야.”

“우리 수준 높여준다잖아.”

“소설은 자기가 쓰는 외로운 작업이라며…”

“반구대 가서 빠져죽는 인간 나오지 않을라나…”

논의는 분분했다. 그런데 합의된 결론은 ‘천사마’ 결성으로 치달려갔다. 사마킴의 얼굴이 역삼각형으로 부각되어 왔다. 마치 사마귀의 얼굴 같았다.

6

매를 날리며

6월 10일, 육십만세, 사람들은 그날을 차츰 잊어가는 중이었다.

천강월의 강의를 들은 지가 넉 달째로 접어들고 있었다. 어쩌면 다음 주에
도 천강월을 못 만날 것 같다는 예감이 왔다. 아무래도 무슨 일이 있는 게 틀
림없었다. 그런 확신에 사실적 증거는 없었다. 그건 증거 여부와는 상관 없는
일이었다. 확신에 증거가 따라야 하는 건 규칙이 아니었다.

나는 천강월에게서 무슨 소식이 오기를 기다렸다. 전날 강의에 작품을 냈
다가 회오리를 맞은 이후 그에게 무슨 빚을 지고 있다는 느낌에 휩싸였다. 내
가 천강월에 대해 '그'라는 칭호를 써보기는 처음이었다.

첨부 파일이 달린 메일이 와 있었다. 신라시대 '종이'에 대해 자료가 없을
까 박물관에 가서 한나절을 보내고 온 날이었다.

이건 소설 구조를 깨트리는 일이다. 소설에 현실을 이끌어들이는 일이었
다. 예컨대, 그렇게 썼다가 멈칫하고 말았다. 아버지 생각이 떠올라서였다.

우크라이나, 사마르칸트에서 온 고모. 유전자 확인까지 거쳐 고모라는 게
확인되었다. 아버지는 고모를 두고 형제지간은 같은 핏줄이라는 걸 외듯이
말했다. 그러면서 둘러대는 것이 『카라마조프네 형제들』[32]이었다. 러시아 문
학을 한 사람의 머리는 그렇게만 돌아가도록 조정이, 아니 세뇌, 조작이 되
어 있는 모양이다. 고모가 신장이 망가져 죽게 생겼다. 아버지는 고모에게 신

장 하나 나누어주겠다고 나섰다. 식구들은 펄펄 뛰었다. 식구들 반대를 무릅쓰고 중국에 가서 신장 이식 수술을 하고, 마취가 제대로 깨어나지 못해 겨우 목숨을 건지긴 했는데, 아버지는 말이 어눌해졌다.

중국에서 아버지 신장을 떼어내어 고모에게 이식한 수술 집도의 이름이 펑이지方逸志였다. 물론 그게 『백범일지白凡逸志』와는 별다른 연기성이 없다는 걸 나는 잘 알고 있다. 그러나 머리와 달리 '감'은 그런 방향으로 흘러갔다.

천강월에게서 메일이 와 있었다. 아, 무탈하구나… 나는 한숨을 들이켰다.

나는 천강월이 보낸 파일을 프린트해서 읽어보았다. 작가 이름은 황무신이라는 가명이었다.

매를 날리며 – 응방일지鷹坊逸志

일지日誌는 무탈한 날들의 기록이다. 일지逸志는 잊어버리고 싶지 않은 것 적어놓은 기록이다. 또는 잊지 말자고 적어두는 기록이다. 백범 선생이 후자를 택한 이유를 짐작하게 한다. 그 어른이 잊어버리고 싶지 않은 기억, 자손들에게는 잃어버리지 말라고 전해주고 싶은 이야기, 적어두어야 했을 터이다.

사람들은 새가 자유롭게 하늘을 난다고 찬양한다. 선망의 대상이 되기도 한다, 새 가운데는 한을 못 풀고 죽어 된 두견이 같은 새도 있다. 그런데 눈 큰 시인 김수영이 자유로운 새라는 명제에 딴지를 걸었다.

"푸른 하늘을 제압하는/노고지리가 자유로웠다고 부러워하던/어떤 시인의 말은 수정되어야 한다." 그의 「푸른 하늘을」이란 시에 이런 구절이 나온다.

석응명茜鷹鳴이 매에 대해 생각하게 된 것은 다소 우연이었다.(석응명이란 이름에 주목하기를 바란다.) 우연이란 의도치 않았다는 뜻이다. '보라매공원'에 갔다가였다. 보라매공원? 한국문화에서 '매'란 어떤 존재인가 하는 생각이 머리를 쳤다. 좀 해괴쩍은 생각이었다. 보라매, 이름이야 산뜻하지만 신세 가련한 '사냥매'의 한 종류다.

어떤 나라가 식민지가 되면 식민지 본국 인간들 똥구멍 긁어주며 살겠다는 작대기들이 슬그머니 고개를 들고 나타난다. 식민지 본국에 빌붙어 비굴한 웃음을 흘리는 놈이 생기게 마련이다. 식민지 조선의 친일 부역 인사가 그 예다. 고려시대로 거슬러 올라가도 사정은 마찬가지이다. 식민 본국 몽골에 빌붙어 살던 족속들이 있었다. 몽골에 인질로 잡혀간 왕자들은 오히려 몽골의 문화와 풍속을 즐겼다. 몽골에서 매사냥을 익혀 한반도에서 매를 잡아 몽골에 진상하도록 청원을 하기도 했다. 매를 잡아 몽골에 상납하는 데 골 빠진 어른들의 파리한 얼굴에 수염발이 성글었다. 이 수새빠진 일을 하는 기구가 생겼다. 이른바 응방鷹坊이 그것이다.

응방에서는 매사냥은 물론 궁중의 사냥과 관련된 잡일들을 맡았다. 밭에 나가 일할 주민들 동원해서 매를 잡아오게 했다. 잡아온 매는 상부에 공납했다. 하늘을 나는 매가 땅바닥 기는 인간에게 호락호락 잡힐 까닭이 없었다. 한 달 내내 들판과 산록을 헤매던 늙은이는 매 수납 담당 직원에게 칼을 내주며, 이 칼로 내 눈을 찔러주소, 엎드려 하소연했다. 이런 기관이 조선시대까지 내려오며 부침을 거듭했다는 것은 요해가 안 되는 일이었다.

항공사업, 혹은 항공기의 일반적 상징은 새의 형상이다. 인도의 가루다항공을 비롯해서 독일의 루프트한자, 대한항공의 옛날 로고까지 비행기 동체에다가 새를 그렸다. 하늘 가로질러 날던 새들이 공항에 모인 걸 보면 가히

장관이다. 뿐만 아니라 유럽에서는 문장紋章에 독수리가 빠지는 적이 없다. 지금의 보라매공원 자리에는 공군사관학교가 자리 잡고 있었다. 창공을 제압하는 강력한 새 이미지를 환기하기 위해 선택한 것이 '보라매'다. 길들이기 전의 한 살짜리 젊은 매를 그렇게 일렀다. 공군 장교 훈련병에게 적절한 이름이었다. 공군사관학교가 청주로 떠나고 그 학교 자리를 공원으로 조성했다.

보라매공원 옆에 보라매병원이 들어섰다. 그걸 병난 조류 고치는 동물병원이라고 아는 '새대가리들'은 대개 저승에 갔다. 석응명은 어느 햇살 곱게 번지는 봄날 보라매공원에 앉아 있었다. 마침 고려를 배경으로 한 소설을 구상하고 있을 때였다. 몽골에게 고려는 '사냥매' 같은 존재란 생각을 하는 중이었다. 석응명 앞으로 지나가는 대머리 영감의 오디오에서 새타령이 흘러나왔다. "수니지 날지니 해동청 보라매…" 그는 메모장을 꺼내 확인했다. 우선 매들의 낯선 이름이 정리되어 있었다.

수지니 – 새끼 때부터 집에서 사람의 손으로 길들인 매나 새매

날지니 – 날것 그대로의 야생 매

해동청海東靑 – 수지니 중 깃털에 푸른빛이 나는 것

송골매 – 수지니 중 깃털 색이 흰 것

보라매 – 난 지 1년이 안 된 새끼를 잡아 길들여서 사냥에 쓰는 매

육育지니 – 날지 못할 때에 잡아다가 길들인, 한 살이 되지 아니한 매

산山지니 – 산에서 자라 여러 해가 묵은 매나 새매

초初지니 – 두 살 된 매나 새매

재再지니 – 두 해 묵어서 세 살 된 매나 새매

삼三지니 – 세 살이 된 매나 새매를 이르는 말. 동작이 느려 사냥에는 쓰

지 못한다.

이런 것도 적혀 있었다.

　초고리 – 작은 매.

　매와 연관된 어휘가 이렇게 분화되어 있다는 것은, 매가 당시 사회의 문화적 코드 가운데 핵심이었다는 의미이다. 세상에, 매를 잡아 식민지 본국에 바치기 위해 '수할치'라는 전문 담당관이 있었다. 그리고 매의 소유권을 위해 발목에 '시치미'를 달았다는 것도 알 수 있었다. 시치미를 떼어버린 남의 매를 두고, 그게 나의 매라고 주장하는 옛 주인에게 엿먹이는 짓이 시치미 떼기이다. 생각해보면 석응명은 자신에 대해 시치미를 떼고 살아왔다. 힘들어도 안 그런 척, 아파도 안 아픈 척, 인습에 얽매여 지내면서도 주체적이고 자주적인 듯. 생각해보면 자신은 한 마리 '사냥매'였다.

　사냥매는 자본주의를 일찍이 체험한 존재였다. 인간을 위해 사냥해주고, 그에 대한 보상으로 다른 짐승 고기 몇 조각을 얻어먹었다. 몸을 팔아 먹고 사는 존재. 자신이 하는 노동이 자신에게서 멀어진 것. 그것은 허깨비거나 귀신이었다. 석응명 앞으로 환자복을 입은 채로 공원에 나와서 산책하는 늙은이가 절뚝거리면서 지나갔다. 어디선가 많이 본 듯한 얼굴이었다. 그것은 새장을 탈출한 사냥매였다. 공원과 병원은 상징적 담장으로 구분되어 있었다. 둘 다 휴게 공간인 셈이다. 석응명은 그 경계를 어정거리고 있었다. 사냥매가 되는가 자유로운 매로 살아갈 수 있는가 하는 점은 '수할치'가 전권을 쥐고 있었다. 수할치를 스스로 선택한 경우는 그 권한의 의미가 달라진다. 석응명은 손목시계를 쳐다봤다. 14 : 00 수할치, 담당의사를 만나기로 한 것은 14 : 30이었다. 맥박이 좀 빨라지는 느낌이었다. 가슴도 가볍게 두근거렸다.

　석응명은 방어선처럼 쳐진 담장을 삽짝 넘어 응방 공간으로 이동했다. 출입자의 콧구멍을 쑤셔 오염되지 않았다는 것을 증명받아야, '수할치'를 만나게 해주었다. 수할치의 이야기를 알아듣는 데 다른 언어를 익힐 필요는 없었다. 석응명과는 동료 관계였을 터. 동료로 지내지 않았는지도 모른다. 나이가 한참 젊어 보였다. 고압적이지 않고 친근감이 들었다.

　수할치의 책상 위에는 플라스틱으로 만든 내장 모형이 놓여 있었다. 염통, 간, 허파… 그거 삶아놓으면 소주 안주로 제격이었다. 그런데 콩팥 부위는 요리 명단에 오르지 않았다. 콩팥볶음, 신장 버터구이? 오줌을 걸러내는 기관이라서 암모니아 냄새 때문에 식용으로는 부적절한 모양이었다.
　"악성이 아니기를 바랐는데, 그렇지요, 크기는 작지만, 그리고 아직 초기라서 전이가 되지는 않았습니다만, 말하자면, 이 모형에서 볼 수 있는 것처럼, 신장과 방광으로 연결되는 유레터, 수뇨관, 그 안쪽에 작은 세포가 붙어 있습니다."
　수할치는 백지에다가 그림을 그리면서 설명했다. 수할치의 언어는 일상어와 의학용어가 섞여 있었다. 암, 캔서라는 이야기를 직설적으로 터놓기 어려운 모양이었다. 석응명은 그 위치가 수뇨관 한가운데라는 데에 약간 마음이 놓였다. 면도칼로 저며내거나 가위로 잘라내고 이어붙이면 그걸로 끝, 아니겠나. 잘라낸 부위는 실로 꿰매고 의료용 접착제로 철꺽 붙이고. 그리고 끝. 그렇게 처치는 끝날 것이었다.
　"그런데 이 위치가, 말하자면 키드니와 블레더, 방광膀胱을 이어주는 이

도관에 생긴 악성 세포는 증식과 전이가 급속해서…" 수할치는 머뭇거렸다. 석응명은 답답했다. 이미 조직검사를 하자 할 때부터 암 증상이라는 걸 짐작하고 있던 터였다. 그걸 암이라고 하기가 망설여지는 모양이었다.

"편히 이야기하세요. 암이란 말씀이지요?" 청자와 화자의 자리가 뒤집히는 순간이었다. 환자는 자기 자신의 구경꾼이었다. 수술 방법이라든지 제거해야 하는 부위, 입원 날짜, 수술 후의 일상생활 회복 등 몇 가지 설명이 더 이어졌다. 인체에 같은 기능을 하는 기관이 쌍으로 있는 경우 하나 제거해도 다른 하나가 이전 기능의 80퍼센트까지는 복원 작동해주기 때문에 크게 걱정하지 않아도 된다는 이야기였다. 그런데 콩팥은 떼어내야 하고 방광도 수뇨관 연결 부위를 잘라내고 꿰매야 한다는 이야기를 하면서, 환자 동정하는 심각한 표정을 지었다.

"그동안 여러 가지로 고마웠습니다. 혈액검사와 씨티 촬영에서부터 조직검사까지 고생이 많았습니다. 선생님 믿고…"

"말이지요, 암 환자의 수술은 시니어 전문의가 하기로 되어 있습니다." 열패감이 의사의 얼굴을 덮쳤다. 전에는 자신이 다 했는데, 시니어 교수가 새로 와서 자신은 전립선 쪽으로 물러났다는 것이었다. 밖에 나가 기다리면 이름 불러드릴 터이니 다른 의사 선생 만나라는 것이었다. 시스템이라는데 더할 이야기가 없었다. 혹시 의사를 너무 믿어서 그런 결과를 가져온 것인가, 그런 부질없는 생각을 하기도 했다. 오진일지도 모른다는 막연한 의문. 조직검사 끝나고 겨우 물건이 자기주장을 하는 시점. 그래도 살아 있네. 아내는 신통하다는 듯 석응명의 등을 쓸어주었다.

석응명이 호명되었다. 시니어라 역시 시간 끌지는 않는군 하면서, 얼굴이 겁에 질린 아내와 함께 진찰실로 들어섰다. 의사는 컴퓨터 모니터를 쳐다보느라고 고개도 안 돌렸다. 석응명은, 안녕하세요, 기척을 하고는 몸이 팽팽하게 긴장된 채로 서 있었다. 화법의 일반 규칙이 무너지고 있었다. 상대에 대한 믿음과 화자와 청자의 진정성을 바탕으로 대화는 진행된다는 그 순진한 규칙. '나 당신한테 인사한단 말야, 쳐다봐야 할 거 아냐.' 이 수할치 양반.

"옆방에서 들으셨지요? 이런 경우, 글로벌 스탠다드는 신장과 수뇨관 제거하고, 수뇨관이 연결되어 있던 방광 윗부분을 잘라내고 꿰매는 겁니다." 글로벌 스탠다드, 왈 선진국에서 다 그렇게 한다는 것. 코리안 스탠다드는 왜 없나. 신장을 떼어내면 그걸 어떻게 처리하나, 석응명은 그게 궁금했다. 수술 후 혹시 몸이 한쪽으로 기울지는 않는가, 그것도 궁금했다. 또 한 가지 궁금한 건, 고추가 서는가 하는 점이었다. 그건 조직검사차 입원했을 때, 앞 침대에 누웠던 연변 아저씨의 질문이었다. 석응명하고는 띠동갑이라 했다. 하긴 석응명도 그 나이에 막내 하나 더 둘 생각도 해보았다. 천만 원 로봇수술을 했단다.

"의료보험이 적용되는 쪽으로 하세요. 전체 의료수가의 5퍼센트만 본인 부담으로 처리됩니다. 그렇게 하시지요?' 이 양반이 연금수령자 냄새를 맡은 모양이라면서, 석응명은 코끝을 만졌다. 로봇수술을 하면 비용이 천만 원 상회하고, 아무래도 간접적인 방법으로 환부를 제거하기 때문에 깔끔하지 않다는 이야기를 들은 적이 있었다. 석응명의 아내는 낮은 한숨을 쉬는 듯했다.

'두어 달 집중 연속 작업을 할 일이 있는데, 그만한 시간 수술 미루어두어도 상관이 없겠는가' 석응명이 물었다.

"정 급하시면 할 수 없지요…" 신통치 않은 반응이었다. 환자의 뜻을 최대한 존중한다는 태도였다. 그러나 약차해서 문제가 생기면 모든 책임은 당신에게 있다는 표정이었다. 그러다 죽으면 그건 당신 선택이오. 석응명은 의사의 표정을 읽고 있는 자신을 구경하고 있었다. 속생각과는 달리 딴소리 할지도 모른다는 지레걱정과 더불어. 그것은 자아의 분열이고 인격이 고개를 드는 지점이었다. 석응명은 지난 한 주일 지낸 일을 생각했다.

의사 만나 조직검사 결과 확인하고 수술 날짜를 받아놓았다. 그 한 주일, 석응명에게는 알토란 같은 시간이었다. 밀린 원고 세 편을 자판 투드려 끝냈다. 증정본 여남은 편 답신도 썼다. 시를 하루 한 편 꼴로 써서 정리했다. 석응명의 작업 가운데, 깔깔 웃으면서 죽은 어떤 인간 이야기를 초잡아둔 게 있었다. 그것은 회심작이었다.

인간은 태어나면서, 왜 우는가. 어머니 옥문을 밀고 나오자마자 낄낄낄 웃어대어 이름이 대소大笑라 하는 인간. 배꼽줄을 매단 채 낄낄거리는 아이에게 놀란 어머니는 기절해서 사흘 인사불성이 되었다. 그리고 남들 아파서 절절매는 데 찾아가 깔깔대는 통에 매도 무수히 맞았고, 침 뱉음을 당하기도 했다. 그런데 그 인간이 인생의 대미를 장식하는 마당에서 또 컬컬컬 웃는 바람에 중맹이 성인 몰라보는 사이, 아까운 인생 꺾였다고 한숨을 토하는 스님들도 있었다. 웃음의 현상학. 웃음은 문화양식인가. 본능인가. 배운 대로 웃는가 웃는 모양 따라 배우는가. 울음에도 형식이 있었다. 남자들은 아이구 아이구 울고 여자들은 애고애고 울었다. 울음이 안 나오면 체면이 안 선다고 돈 주고 곡하는 사람을 사기도 했다. 대곡자代哭者란 말 들어본 적 있으셔? 한 주일에 끝날 과제가 아니었다. 아무튼 질질 울면서 생을 마감한다는 건 끔찍한 일이었다.

인간은 자기가 운용할 수 있는 공간에 따라 분류된다. 석응명은 병실을 결정하는 일을 두고 신경이 쓰였다. 특실이나 1인실까지는 그렇다고 해도, 다인실에 가서 통증으로 신음하는 사람들 사이에 그래 나도 당신처럼 아픈 인간 하나라오, 그렇게 태연하게 지낼 생각은 없었다. 아직은 자신의 의지를 투여할 수 있는 위치였다. 나는 다인실도 좋다, 군상들의 행태와 언어를 바라볼 수 있는 좋은 기회 아니냐 하는 이야기를 막 털어놓으려는 지점에서, 2인실로 결정이 되었다. 아들이 아버지의 속생각을 읽은 결과였다. 지붕까지 올라타고 도망치는 피난열차, 강제수용소로 달려가는 열차, 아프리카에서 아메리카로 항해하는 노예선… 자신을 그런 공간에 던져 넣고 싶지는 않았다. 책상 하나 놓을 공간이 없는 작가에게 박수를 보낸다면… 우스운 일이다. 석응명은 황제나 술탄이 되어 세계를 자신의 영토 안에 휘갑하고 싶은 생각은 깨알만큼도 없었다. 황제의 관, 그것쯤이야 쿠팡을 통해서도 운송할 수 있지 않겠나. 그러나 책상은 필요했다.

"간편용 책상 하나 준비해다오."

"병원에서 뭐 하시게요. 병원에서는 환자답게 지내세요."

"의자는 병원에서 주는 걸로 쓰면 된다."

석응명의 아들은 속으로 한숨을 쉬었다. 책상에 앉아 원고 쓰다가 죽고 싶다는 부친에 대해 머리를 내둘렀다.

병실은 간호사와 간병인 협조 체제로 운영되었다. 가족은 병실에서 환자에게 필요한 물건을 전달하고 병실을 나가야 했다. 병실은 병원 건물 뒤편에 높직하게 자리 잡고 있었다. 멀리 관악산 연주봉이 바라보였다. 복도 끝에는 새들의 낙원 숲과 연결되어 있었다. 이만하면 입원 기간 좀 길어져도 상관이 없겠다는 비현실적인 생각을, 진실로 하고 있었다. 간호사가 환자복을 들고 병실로 들어왔다.

"팬티 러닝셔츠 다 벗고 이걸로 갈아입으세요. 양말도 벗으세요." 이런, 벗으라는 얘기는 남자 편에서 해야는 게야. 기호 체계가 뒤죽박죽인 시스템이었다. 주체가 기호 체계가 정비되지 않은 시스템에 놓였을 때, 그 주체란 무엇인가. 주체와 대상이 기호 체계에 묶이는 방법에 대한 체계론적 탐구. 니클라스 루만[33], 석응명은 어디선가 날개 퍼득거리는 소리가 들리는 듯해서 손가락을 귀를 후볐다.

"내일 수술이잖아요. 조금 있다가 주사 자리 잡으러 옵니다. 제모도 해야 고요. 내일이 수술이니까, 오늘 자정부터는 금식입니다. 물도 안 됩니다." 그럼, 저녁은 잘 먹어야겠네. 그래야 그 힘으로 굶지. 굶는 데도 힘이 있어야. 주사 자리 잡는다는 건 제법 굵은 주삿바늘을 팔뚝에 미리 꽂아놓고 막아두는 장치를 말하는 거지? 제법 순화되었네. 그런데 제모라? 젊어서 그 무성하던 체모가 다 닳아 깎을 게 별로 없을 터였다. 제모라면 치모를 제거한다는 걸 터인데, 불두던까지 짼다는 거야? 석응명은 손을 펴서 배에 대고 뱀질을 해보았다.

석응명은 파이프라인 공사 현장을 유심히 살피고 있었다. 제법 굵은 바늘이 핏줄로 파고들었다. 피부로 짜아한 통증이 지났다. 간호사 손가락이 가늘고 손톱은 적절히 자라 분홍색 '쌀눈'이 뽀얗게 떠올라 보였다. 몇 개 파이프라인 지선 설치용 배선을 마감질하고, 수고하셨습니다, 폴대를 가까이 다가놓고 쉬세요, 하고는 병실을 나갔다. 인간의 기본 구조가 파이프라인으로 되어 있다는 걸 실감하는 순간이었다. 〈어메이징 그레이스〉 연주하는 백파이프. 스코틀랜드 전통악기. 석응명은 자신의 몸이 하나의 악기라는 생각을 했다. 심호흡 훈련을 하는 구슬 올리기 장치는 소리가 없었다. 이미 고장난 악기였다. 의미 없는 물건들이 상징으로 부각되어 오는 중이었다. 오늘 몸을 눕혀야 하는 이 침상에서 이승을 떠난 이들이 몇이나 될까. 그들의 호흡이 아직 묻어 있는 걸까.

어허, 이 침대가 황제의 어탑이다.

"환자분, 바지 밑으로 내리세요." 석응명은 잘못 들었나, 바짓가랑이를 위로 말아올렸다. 아니, 밑으로 내리세요. 석응명은 환자복 바지를 슬그머니 아래로 밀어내렸다. 간호사의 가늘고 잘 정리된 손이 바지를 아래로 확 끌어내렸다. 이어서 전동 이발기 돌아가는 소리가 스스르르 들리고, 불두덩을 이쪽저쪽으로 밀면서 치모를 깎았다. 이 털 모아두면 붓 하나 근사한 거 만들 터인데. 털 잘리는 감각이 미세한 전기가 지나는 것 같았다. 잠시 입맛 다시는 소리가 들렸다. 아주 부드러운 손이, 석응명의 남성을 이쪽저쪽으로 옮기면서 사타구니 털을 손질했다. 석응명은 바지를 끌어올렸다. 남성이 부풀기 시작하던 것이었다. 황제가 위엄을 잃는 순간이었다. 아니 위엄이 획득되는 순간이었다. 석응명은 이제까지 눈을 질끈 감고 있었다는 것을 새삼스럽게 확인하는 중이었다. 황제에게, 자신의 몸을 만져주는 얼굴은 기억할 필요가 없었다. 그것은 기호성을 상실한 하나의 시니피앙[34]에 불과한 것이었다. 수술실에서 수술을 진행하는 중에도 남성이 발기하는 황제가 있을까 궁금했다. 생의 최대 오르가슴으로 상정하고 있는, 그 죽음의 순간에 남성은 왜 발기하지 않는가. 황제의 왕홀王笏을 스스로 놓아버린 자에게 발기는 없다. 발기는 웃음인가. 웃으면서 죽은 인간의 기록을 가지고 있지 않은 게 현실이었다. 수술 중에 발기하면 어떻게 하나, 그런 순간 마스크가 씌워지고 의식은 증발했다.

마취가 깨면서 다가오는 충격은 혹심한 요의와 배변욕이었다. 하복부가 찢어지는 것 같았다. 뒤가 무주룩하다가 금방 똥 덩이가 밀려나올 것처럼 몸이 뒤틀렸다. 오줌, 똥, 똥, 오줌… 거기다 싸요, 우리가 처리할게요. 아이구 오줌, 똥… 몇 마디 뱉아내기도 전에 몸이 떨리기 시작했다. 떨리던 몸은 격심한 경련을 일으켰다. 몸은 탱크였다. 운전병은 안 보였다. 겨우 생각한다는 게 프로크루스테스의 침대[35]라는 것이었다. 몸을 침대에 눕혀놓고, 침대를 넘어나는 사지를 잘라내는 중이었다. 몸에서 피가 몽땅 빠져나가는 모양이었다. 춥다는 말도 나오지 않았다. 담요가 걸쳐지고, 그 안으로 살균기 파이프 같은 것이 들어와서는 열풍을 뿜어댔다. 못 견디게 괴로워도 울지 못하고… 울어라 열풍아… 이 순간 이미자의 노래 생각하는 걸 누가 알리, 석응명은 자신의 고통을 스스로 살펴보는 분열의 감각이 살아나고 있었다.

"여기 회복실에서 얼마나 되었습니까? 가족들에게 회복 중이라고 알려줘요."

"알았습니다." 땀이 나서 등짝이 끈끈했다. 왈, 한래서왕寒來暑往이 적실했다. 아, 눈썹이 예쁜 인턴!

"내가 그대 얼굴 아름답다고 이야기할 정도면 마취 깨는 거지요?"

"전에, 간호사법 어떻게 보나 물어본 환자분." 조직검사를 위한 수술을 위해, 수술 대기실에서 기다리던 중에 만난 인턴이었다. 인턴은 웃는 얼굴을 끝내 보이지 않았다. 뭐가 잘못될 조짐인가. 아니길… 수술 과정이 궁금했으나, 마취를 시작해서 깨어날 때까지 그 과정은 암흑 속에 있었다. 환자에게는 그랬다. 폴대에다가 링거액과 함께 진통제, 항생제, 안정제 등을 주렁주렁 매단 채 회복실을 나서는 석응명의 카트를 보고, 식구들은 웃음을 참는 얼굴들이었다.

석응명은 근래 삶의 일상성이라는 걸 생각하곤 했다. 의식주, 모든 게 일상이었다. 일상이라야 했다. 일상은 앞뒤가 다른 인큐베이터였다. 하나는 존재를 버텨주는 인큐베이터. 다른 하나는 존재를 녹슬게 하는 인큐베이터. 그 둘 사이는 삼투막으로 이어져 있었고, 동맥과 정맥이 교차하기도 했다.

키드니, 신장, 腎臟 그걸 왜 '콩팥'이라고 명명한 것인지는 근거가 확실치 않았다. 구조로 보면 그럴듯했다. 그런데 제거한 것이 콩인지 팥인지 알기 어려웠다. 하기는 콩이면서 동시에 팥인 존재가 신장일지도 몰랐다. 콩인지 팥인지 개갈이 안 나는 속에서, 둘 가운데 하나를 덜렁 잘라낸 것이다. 석응명은 그 잘라낸 신장을 어떻게 처리하는가가 사뭇 궁금했다. 어느 엽기 식당의 식재료로 팔려 가는 건 아닌가. 콩팥이 배 밖으로 나왔을 때, 그걸 운전하는 주체는 일상적인 놈인가 비일상적인 인간인가. 조직검사를 담당했던 의사를 만났다. 적출한 장기, 신장을 어떻게 처리하는가, 그 궁금하기 짝이 없었던 걸 물었다. 의사가 친절하면 이런 경우를 당하기도 하겠지.

"적당한 길이로 잘라서 파라핀에 처리해가지고 5년 보존합니다." 그러면 그렇지, 비일상적으로 처리할 까닭이 없지. 아닐지도 몰랐다. 의료사고가 있을 경우 증거물로 쓰기 위해 일정 기간 보존하는 것이 더 타당할 듯했다. 5년이 지난 다음에는 어떻게 처리하는지는 묻지 않았다. 태반주사…

밥은 다음 날이나 먹는다고 한다. 물도 먹지 말란다. 좋다. 그럼 물 대신 술을 먹으면 어찌 되는가 묻고 싶었다. 식사는 미음, 흰죽, 쌀밥 순으로 제공한다. 미음이나 흰죽은 먹고 싶지 않았다. 미음이나 흰죽은 성한 사람도 병자로 만드는 상징물이다. 멀쩡한 사람에게 미음 먹여 환자 만드는 의미 조작… 석응명은 머리띠를 둘렀다. 미음과 흰죽을 거부한다. 허공을 향해 주먹을 휘둘렀다. 주는 대로 먹어… 미음이 나왔다. 말하자면 '타락죽'이었다. 또 달리 말하자면 '우유죽'이었다. 설사를 하지 않으려고 유지방을 꼭꼭 씹어 먹었다. 속이 울렁거렸다. 다음 날 아침 쌀밥이 나왔다. 연세우유, 하나가 놓여 있었다. 그것은 mine, landmine… 안전핀을 빼고 밥 먹은 그릇에 따라 천천히 마셨다. 젖비린내, 들큰하고 고소한 맛도 느껴졌다. 로댕 〈늙은 창녀〉의 늘어진 젖가슴… 함석헌, 『뜻으로 본 한국역사』, 구토감, 오심, 간호사가 와서 통증이 심하면 얘기하라 했다. 진통제 주입 양을 높이겠다는 것이다. 나는 지금 구토가 난다….

"소화제 드려요?" 소화제 먹고 조금 지나면 가라앉을 것이니 너무 염려하지 말고 기다리면… 저 바빠요, 그런데 환자가…

"나도 얘기 좀 합시다." 싸가지 어쩌구는 말하지 않았다. 무너지는 것 같은 몸을 폴대에 기대고 화장실에 가서 토했다. 토하는 데는 젖먹던 힘이 들어간다. 뱃가죽이 꼿꼿하게 긴장해서 위의 근육을 조여주어야 토할 수 있다. 뱃가죽 찢어놓은 데서 바람 새는 소리 들릴까, 두려움이 울컥 몰려왔다. 내가 이렇게 죽으면 해변의 묘지에 묻힐까. '해변의 묘지'. 핀다로스의 말이란다.

'목숨 연장하며 오래 살라고 하지 말고 가능성의 영역을 추구하라.'[36] 가능성의 영역 혹은 가능성의 최대치. 나에게 부여된 가능성의 최대치를 향해 달려가는 중이었다. 그것은 석응명이 하는 문학의 이유 같은 것이었다.

바람은 눈물을 불러온다. 눈물은 바람처럼 살고 싶다는 징표일까. Le vent se lève, il faut tenter de vivre! 똑같은 구절을 너무 자주 인용하는 것 아닌가. 일상이 그렇지. 그게 병일지라도. 1920년 만세 부르다가 옥에 갇힌 이들이 구토와 오한에 시달릴 때, 발레리는 자신의 고향 동네 프랑스 남쪽 바닷가 마을 세트에서 이런 시를 썼다. 시를 가능하게 하는 삶의 조건… 우유는 송아지가 먹어야 하는 것. 늙은이가 젊은 아낙 젖가슴 떠올리며 마시는 우유는 전도된 기호 체계다. 전도된 기호 체계에서 식욕은 타나토스[37], 죽음의 충동일지도 모른다. 석응명의 생각은 철근처럼 옹골찼다.

철근공 방씨. 중국 심양에 살다가 한국에 와서 20년 철근공으로 일을 했단다. 석응명은 쇠붙이에 유별한 친밀감을 느낀다. 그게 '피, 血, blood, sang'

등을 환기하기 때문이다. 적혈구. 헤모글로빈, 산소와 결합해서 체액을 운반하는 단백질, 그래서 피에서는 쇠 냄새가 난다, 자유에서는 피 냄새가 난다, 피 냄새는 쇠 냄새다. 혁명의 냄새. 총이나 대포 쏘지 않고 이루어내는 혁명을 무혈혁명이라 한다. 쇠는 무겁다. 무거워서 다루는 사람에게 부담을 준다. 일반 노동자가 일당 15만 원 받으면 철근공은 20만 원 이상을 받는다. 그 돈 때문에, 한국에 돈 벌러 왔으니까 돈 되는 일을 선택해야 한다. 그래서 철근공으로 20년 이상 일을 하고 났더니 어깨가 나갔단다. 어깨의 회전근개 파열로 격심한 통증이 유발한다. 심하면 팔을 들 수조차 없게 된다. 석응명이 겪어봐 아는 일이다. 몸을 덜어내면서 살아가는 거라고 기회 있을 때마다 입을 놀리던 석응명은 방씨 앞에서, 사람 사는 거 다 그렇다는 일반화를 접어서 속에다 욱여넣고 말았다.

비유가 전체를 포괄하지 못하는 법이다. 조직검사를 위해 입원했을 때, 5인실 앞자리에 자리 차고 앉았던 방씨의 아내는 동글납작한 얼굴에 친절미가 넘쳤다. 남편에게는 말공대가 깍듯했다. 남편이 철근공으로 일하는 동안 자신은 간병인으로 돈을 벌었다고 한다. 돈… 그거 생의 감각이야. 영국의 의사이자 소설가 서머싯 몸(1874~1965)의 말.

"사람 알려면 다 늙어봐야 합네다." 고개를 주억거리면서 이야길 듣고 있는 석응명에게 툭 던지는 말이었다. 좀 자만하는 투로 말을 했던가. 아마, 전립선 비대증 수술 끝나고 퇴원했을 것 같았다. 세상에, 딱 한 번 스치듯 만나고 다시 못 만나는 인연이 있는 법이라고 하면서 눈자위가 시려왔다. 입원실에서 맘이 약해진 모양이었다. 맘 약해질 일은 따로 있었다.

입원해 있는 동안은 석응명에게 그야말로 금쪽같은 시간이었다. 물론 한계는 있었다.

담당의사, 수할치가 다녀가면서 한가한 한마디를 던진다. "잘 되어갑니다."

　"아침 먹고 약 드세요." 약을 놓고 나가는 간호원 뒷모습이 고와 보인다. 그 외에는 우선 아무도 시비를 거는 사람이 없었다. 정해진 시간표에 따라 생활할 수 있는 흔치 않은 기회였다. 속에서야 수술한 거 아물고 있을 터이고, 찢었다 꿰맨 자리 아물면 몸 움직인다고 다시 터지기야 할라구. 다리 근육이 빠져 팽팽하던 살이 털렁거리는 건 밖에 나가 활동하면 회복되어 탱탱하게 부풀어 오를 터였다. 석응명이 염려하는 외침은 두 가지였다. 하나는 전화가 걸려오는 것이고, 다른 하나는 페이스북에 글을 안 올리면 페친들이 궁금하다고 성화를 할 일이었다. 전화는 발신자를 확인해서 문자로 답을 하면 끝이었다. 꼭 말로 해서 묻고 따지고 할 일은 없는 셈이었다. 페이스북의 독자라는 것도, 이편에서 먼저 미끼를 던지지 않는 한 답을 하라고 엉겨붙는 경우는 희한하게 적었다. 카톡 안 해서 사람 귀찮게 한다고 핀잔을 듣기도 했다. 그러나 TMI, 투 머치 인포메이션 강도를 줄이는 방법 가운데 하나였다. 소통은 중요하다, 하지만 너무 얽히는 건 석응명이 원하는 바가 아니었다. 나를 위해 오롯이 주어진 시간. 그걸 그저 허접하게 보내고 싶지는 않았다. 그런데 몸이 너는 아직 회복 중이라는 신호를 계속해서 보내왔다. 먼 여행에서 돌아온 뒤처럼 졸음이 쏟아졌다. 식사를 하고는 오줌주머니, 피주머니—두 개나 되는— 건드렁거리면서 복도를 돌았다. 간이 배 밖으로 나온 인간, 간이라기보다는 피오줌을 담아 달고 돌아다니는 오줌보, 맑지 않은 피가 고여서 촐랑거리는 피주머니, 물을 공급하는 링거액, 진통제, 혈전 방지액… 오장이 배 밖으로 나온 채 병원 복도를 선회하는 인간. 서로 처지가 같아서 그런지 누구 하나 인사하는 얼굴이 없었다. 인사성 밝은 늙은이의 수리눈 눈가에는 미소와 함께 눈곱 붙어 있는 게 보이기도 했다.

괜찮습니다. 좋아지고 있습니다. 일주일 지나면 퇴원할 수 있습니다. 불편한 거 있으면 언제든지 연락하세요. 예 고맙습니다. 저녁식사 왔습니다. 고맙습니다. 그렇게 연휴를 향해 날들이 지나가고 있었다. 그동안 석응명은 아들이 들여준 책상에 기대어 길이 짧은 시를 쓰곤 했다. 서사 운용이 어려워지면 시를 쓰겠다던 다짐이 실현되는 지점에 다가가고 있었다. 그나마 책상이 몸을 기대어주어 몇 줄 글을 쓸 수 있는 게 다행이었다.

사냥매. 석응명은 팔자 고치기를 시도해보기도 했다. 몇 번인가는 주인의 손목을 떠나 활개를 치고 달아나본 적도 있었다. 달아나서 며칠 벌판에서 사냥을 해서 식생활을 해결했다. 말이 식생활이지 개구리 한 마리 잡아먹은 게 전부였다. 그러나 사냥은 호락호락하지 않았다. 입원실에서 마주하거나, 휴게실에서 만나는 사람마다 안에 보물을 가지고 있었다. 저는 밭이 천오백 평 있습니다. 우리는 오천 평. 그거 경작하면 그렁저렁 살 만합니다. 나는 삼 형제 낳았습니다. 아, 삼 남매, 저는 오 남매. 둘은 미국에 살고, 하나는 유럽에, 하나는 호주에서 변호사 합니다. 또 하나는 스웨덴에서… 우리 내외만 농사짓고, 겨울에는 애들 찾아다니며 지구 한 바퀴 돌고… 선생은 연금 받으셔? 그거 몇 푼이나 되어야지, 누구 코에 붙일지 모르는… 단작스럽다는 이야기가 튀어나올까, 석응명은 날개를 늘어뜨리고 그래도 자기가 학위 가지고 있다고, 크음 헛기침도 했다. 그에 촉발되었는지 상대방은 기침을 토하기 시작했다.

"혹시 시 읽을 시간 있으세요?" 기침이 멎는 걸 봐서 석응명이 물었다. 상대방은 대답을 멈칫거리고 있었다. 병원에서 콩팥 들어내고 시 이야기할 정신 있는가 묻는 눈치였다. 하긴 그랬다. 수술 잘 되었다 하고 회복이 빠르다고 해도 신장 떼어버린 화상이 시를 운운하는 것은 참말로, 웃기는 꼴이었다. 그냥 놀어… 석웅명이 책상을 짚고 일어섰다. 책상 바퀴가 풀려 죽 밀려났다. 현기증이 나서 바닥에 넘어졌다. 한참을 침대에 누워 현기증을 달랬다.

"환자분 영상의학과 엑스레이실로 가세요." 석웅명의 시에 대한 생각은 거기서 부서지고 말았다. 수술하고 난 뒤 경과를 확인해야 하는 모양이었다. 그런데 옆구리 통증 때문에 몸을 움직이기가 쉽지 않았다.

"제가 도와드릴까요?" 괜찮다 하고, 책상 짚었던 손을 떼고 허리를 펴는데 어찔하니 현기증이 왔다. 눈앞이 깜깜해졌다. 석웅명은 자신도 모르게 간호사 쪽으로 몸이 기울었다. 간호사가 소리치면서 뒤로 물러섰다. 책상이 맘대로 움직이지 못하게 침대 다리에 묶어놓았던 허리띠에 다리가 걸려 앞으로 넘어졌다. 석웅명의 눈앞으로 불꽃이 확 지나갔다. 다행히 골절은 아니었다. 석웅명은 간호사에게 달려드는 자신을 밀어제치는 바람에 넘어진 게 아닌가, 스스로에 대해 그런 의문이 들었다. 제모를 하면서 양물을 매만져주던 간호사인지도 모를 일이었다.

다행이었다. 팔이 부러지는 것은 겨우 면했다. 집도의, 그 수할치가 다녀가면서 다음 주 화요일에는 퇴원할 수 있다고 했다. 거슬러 올라가면 지난 4월, 그리고 5월, 두 달을 몸을 위해 다 바친 셈이었다. 그것은 시를 쓰는 과정이기도 했다. 시는 실천이다, 하루 한 편씩은 쓰자. 본전 찾자면 하루 너댓편은 써야 했다. 본전… 장기 하나 덜어내는 일에 어찌 느낌이 없으랴. 석웅명은 입원실에서 쓰려고 가지고 온 간이책상 위에 놓여 있는 메모장을 열어보았다. 석웅명이 시로 다룬 목록이었다.

전조 : 모든 중요한 일은 전조가 있다. 현명한 자는 전조를 잘 읽어내야 한다. 내 몸에 나타나는 전조를 읽어줄 사람을 나 자신 말고는 없다.

흰죽 : 흰죽은 가난하다. 가난한 사람들의 진심은 무채색이다. 색이 바랜 생애를 스스로 감당해야 하리라. 아무런 희망 걸어두지 않고 살아간 할머니 할아버지.

우유 : 우유는 송아지가 먹어야 한다. 짐승의 젖을 먹고 살아나는 인간은 나라를 세워야 한다. 로물루스 형제들.[38] 나는 나라 세울 일이 없다.

파이프라인 조직체 : 막히지 않아야 피가 돌아간다. 피가 돌아가야 사람이 산다. 유기체를 증거하는 순환작용.

황제 : 인식 코드가 왜곡되어 있다. 인간의 얼굴을 혐오하는 황제… 손으로만 애무해달라는 황제. 얼굴은 인간의 기호성을 드러내는 부위다.

유기체 : 순환의 고리가 끊어진 유기체는 유기체이되 유기체이기를 포기하고, 주체성을 상실할 때 그것은 타나토스 충동으로 치달린다. 그게 '보라매' 혹은 사냥매의 구겨진 팔자다. 석응명은 사냥매의 고리를 끊어버리기로 했다.

석응명은 세면도구 파우치에 넣어둔 손가위를 찾았다. 손가위는 어디로 갔는지 보이지 않았다. 플라스틱 팔찌를 손가락으로 늘려 찢어낼 시도를 했다. 플라스틱이 질겨 끊어지지 않았다. 이빨로 물어뜯었다. 역시 찢어지지 않았다. 창문은 잠겨 있었다. 석응명은 창을 열어보았다. 겨우 한 뼘이 열릴 뿐이었다. 폴대를 들어 창을 부술 생각이었다. 링거액 주머니에 달린 플라스틱 줄이 팽팽하게 당겨지면서 주삿바늘이 팔뚝을 찔렀다. 석응명은 자신의 팔뚝에 반창고로 고정된 플라스틱 줄에서 밴드를 떼어냈다. 그리고는 주삿바늘을 뽑아버렸다. 주삿바늘 자리에서 피가 송송 돋아났다.

석응명은 오줌줄을 뽑아버리려고 플라스틱 줄을 잡고 힘차게 당겼다. 전신을 지지는 통증이 아랫배를 찢고 지나갔다. 그것은 자기 손으로 혼자 뽑아버릴 수 있는 게 아니었다. 석응명은 이미 황제가 되어 있었다. 황제는 남의 손이 필요했다. 잠시 병실 바닥에 주저앉아 숨을 골랐다. 눈가에 물기가 어렸다. 아랫배가 싸아하니 아프면서 꼿꼿하던 장이 움직이기 시작했다. 석응명은 화장실로 들어가 변기에 앉았다.

병실 안에서도 화장실은 일종의 도피처였다. 아랫배에서 똥줄기가 스르르 돌아가기 시작했다. 주삿바늘을 뺀 팔에서는 피가 방울방울 떨어져내렸다.

"환자분 얼른 나오세요." 밖에서 화장실 문을 쾅쾅 두드렸다. 기다리시오. 지금 똥이 돌아 나온다, 사람도…

"자살 난동을 부렸단 말이지요?"

"아니, 이 나이에 익은 밥 먹고 왜 선소릴 하겠나."

시치미 떨어진 사냥매가 하늘로 날아오르는 게 보였다. 그것은 순간이었다. 매는 푸른 하늘 저쪽으로 사라졌다. 관악산 연주대 말바위는 석응명의 가슴에 들어와 박혀 있었다.* (2023.6.6.)

나는 꼼짝 않고 한자리에 앉아서 원고를 다 읽었다. 사실 내용은 크게 관심이 갈 만한 게 없었다. 하고많은 작가들이 늙은이 폄훼貶毀당하는 이야기, 암 투병기, 자식과 소통이 안 되어 발생하는 세대 갈등 등을 주절주절 늘어놓고 있지 않은가. 그런 소설은 천강월이 삐딱하게 바라보는 시각이 세속화된 반수필소설—세미 에세이스틱 픽션이라고 하던 부류에 속하는 것이었다. 그러나 의료 체계에 대한 아이러니적 시각이라든지 작가가 자신을 응시하는 산문적 시각 등은 따라가기 어려운 작품이라는 인상으로 다가왔다.

천강월에게서 메일이 다시 왔다. 수신자를 살펴보았다. 수강생 전원이 나열되어 있었다. 자기 작품에 대해 수강생들의 의견을 듣고 싶다는 소망이었다. 그러면서 문학적 소통은 작품을 읽고 읽은 작품에 대한 평가를 함으로써, 독자 그룹에서 작품에 의미를 부여하는 데서 시발始發한다는 말도 덧붙였다. 강의 중에 본전 찾으라는 이야기를 하던 게 떠올랐다. 그러나 그것은 집착이었다. 한 군데 몰두하지 말고 자유로운 시각으로 대상을 바라보아야 한다던 천강월이 입원 과정에서 치명타를 입은 모양이라는 생각을 했다. 언어가 육신을 이기는 방법은 없을 듯했다.

생각을 달리하기로 했다. 문제는, 한 개인이 당한 고통을 복기復棋하는 건 소설이 아닐지도 몰랐다. 그 고통을 넘어서는 방법이 문제일 터였다. 현실적 고통을 '소설'로 넘어선다는 게 가능한가. 그런 의문을 안고 허적대고 있는 사이, 천강월이 소개한 서정주의「동천」이란 시가 떠올랐다. 은유라는 방법을 통해 새로운 세계를 형성하는 일. 그것은 허구로 세계를 구축하는 것이고, 그 허구 세계가 현실 세계의 변화를 촉발한다던 이야기가 떠올랐다. 자기 넘어서기, 자기 초월을 시도하는 방법론을 담고 있다고 읽어야 할 게 아닌가, 그런데 소설을 통한 초월 그게 가능한 영역일까. 소설 쓰기가 자기 구제라는 점을 증명하는 일은 일종의 필생의 과업이 될 듯했다.

그런데 생뚱맞게도, 천강월이 퇴원하면 누가 간병을 할까, 주책스런 의문이었다. 병원에 입원해 있는 동안 간호사들을 대하는 태도로 보아 집에서는 누구한테도 도움을 받지 못하는 게 아닌가 그런 생각이 들기도 했다.

나는 어느 사이, 백석의 '나타샤' 쪽으로 생각을 굴려가고 있었다.「나와 나타샤와 흰 당나귀」는 매력 있는 시였다.

'가난한 내가/아름다운 나타샤를 사랑해서/오늘밤은 푹푹 눈이 나린다'

이런 아름다운 시를 쓸 수 있었던 백석은, 그가 살았던 시대가 엄혹하기 짝이 없는 일제강점기라고 하더라도, 푸른 소나무 같은 존재였다. 그것은 시적 감성이나 재능을 넘어서는 근원적인 문제였다. 시인의 가치를 이만큼 높이 책정했던 적이 없었다. 수강 과정을 이런 경계도 모호한 기록으로 남길 것이 아니라 시를 쓰는 게 차라리 낫지 않을까, 그런 생각이 머리를 쳤다. 그러나 시를 쓰는 훈련은 바탕이 마련되어 있지 않았다.

백석과 나타샤를 태우고 걸어가는 흰 당나귀 발자국마다, 맑은 바람이 다가와 소용돌이치다가 깨끗한 물이 괼 거라는 생각이 들었다. 나는 바람을 기다리고 있는 게 틀림없었다. 바람(風)을 기다리는 바람(소망), 두 바람은 동음이의어였다. '스물세 해 동안 나를 키운 것은 팔 할이 바람이다', 그 구절의 '바람'을 세속의 바람, 즉 세풍世風 혹은 외풍外風으로 읽는 것은 고식적 방법이란 생각이 들기도 했다. 바람, 위시wish, 소망이 배반과 실망을 낳는 게 아닌가.

바람은 언덕으로만 불어 치올라간다. 바람은 언덕으로, 예배당 첨탑 끝으로만 불어 올라간다. 암 수술하는 그 불안과 고뇌의 시간을 서사로 풀어내는 것은 바람기, 그 말고 다른 말로 표현이 불가능할 것 같았다. 존재의 내면이 바람으로, 소용돌이로 가득해서 존재가 휘돌아가는 이런 일은 가히 하나의 사건이었다. 그 사건을 견뎌낸 천강월은 생애에 가로놓인 거대한 강을 건넌 셈이었다. 병이 인간을 단련할 수 있다는 것은 기적과도 같은 일이었다.

천강월이 보고 싶었다.

핸드폰을 들었다가 그대로 놓아버렸다. 사마킴이 철늦은 코로나에 걸렸다는 소식이 떠 있었다. 맥락 없는 재채기가 터졌다. 콧물이 주르르 흘렀다. 타이레놀이라도 먹어야 할 모양이었다.

'천사마' 멤버들 설치는 꼴 안 보는 것은 그 나름 다행이라면 다행이었다. 저들은 천강월에게 바싹 다가가고 나는 그에게서 멀어지는 중이었다. 높은 산은 멀리서 보아야 잘 보인다고 했다. 백순필 박사의 그 한마디가 왜 기억에 착색되어 있는지는 나도 설명이 궁했다.

7

신라 종이, 계림지

6월 17일, 유월도 중순이다.

나는 강의가 시작되기 20분 전에 강의실에 도착했다. 햇살이 쨍쨍한 오후였다. 벌써 강의실이 열기로 후끈거렸다. 한 학기가 다 지나가는 시점이었다. 나는 천강월 선생이 어떤 얼굴로 나타날 것인가 사뭇 마음을 졸였다. 선생, 그 호칭은 분명히 내가 쓴 것이었다.

천강월은 맑은 얼굴로 강의실로 들어섰다. 깊숙한 눈은 빛이 더욱 힘차게 산란하는 듯했다.

"오랜만입니다. 내가 보내드린 메일들은 다 보셨나 모르겠네요. '응방일지' 말인데요, 여러분들이 읽은 소감을 듣고 싶은데… 누구?" 아무도 손을 드는 이가 없었다.

수강생들은 오히려 천강월의 얼굴을 살피는 중이었다. 나는 천강월이 무서운 인간이란 생각을 했다. 아무리 자신을 객관화한다고 해도, 그게 소설가의 사명이라고 해도 자신의 몸에 칼을 대는데, 마취에서 깨어나지 못하면 죽을 수도 있는 상황에서 이렇게 의연한 것은 매저키즘을 멀리 벗어나는 게 아니란 생각에서였다.

고모가 신장이식을 해야 된다는 결론을 얻을 때까지 병원에 드나드는 과정을 자세히 보았기 때문에 신장내과의 구조나 기능을 어느 정도 알고 있었다.

중국에 가서 이식 수술을 하기는 했지만, 병원에 드나드는 동안, 조직검사 과정에서부터 수술까지 얼마나 고통스러운지를 중간중간 확인하고, 내가 확인하지 못한 구간은 짐작으로 때워갔다. 병원에서 환자의 목숨은 온전히 자기 것일 수 없다. 팔다리 다 묶인 채 집도의들에게 내던져진 존재일 따름이었다. 존재의 피투성(被投性, Geworfenheit des Seins)[39], 하이데거 실존철학의 기본 전제… 늙은 교수는 '나를 보라' 그렇게 말하면서 한숨을 쉬었다.

그런데 천강월은 얼굴에 아무런 표정의 변화가 없었다. 여름 햇살에 조금 그을은 듯한 얼굴일 뿐이었다. 대개 진행된 수술까지의 절차를 짚어보았다. 수술을 한 지 두 주일 정도 지나갔다는 짐작이 갔다. 내가 「발에 대한 염치」란 작품을 내놓고 합평을 한다고 하는 장면이 연출되던 날은, 짐작하건대, 조직검사를 하고 왔을 듯했다. 그날 얼굴이 찌푸려져 있었고, 화장실을 자주 드나드는 눈치였다. 낯꽃 하나 변하지 않고 강의를 진행한 것은 그의 의지라든지 하는 것과는 거리가 한참 멀었다. 오기 아니면 독기였다. 저런 인간의 가슴에 사랑이 자랄 밭떼기가 있을까 싶지를 않았다. 그의 지식과 강의의 열정은 수용한다고 해도, 인간적 교감은 기대하기 어렵다는 생각이 들었다.

"내가 여기 와서 강의하는 거, 이것도 교육이지요? 교육은 가르치는 사람과 배우는 사람의 상호주관적 커뮤니케이션입니다. 가르치는 자가 배우는 이들에게 일방적으로 전달, 딜리버리하는 것은 교화는 될지언정 진정한 의미의 교육은 아닙니다. 더구나 여러분들에게 본전 찾아 가라고 했잖아요. 그러면 나도 본전 생각 왜 안 나겠어요? 저어 백성민 선생은 등단하셨지요? 기성작가의 입장에서 제 글 어떻게 읽었습니까?" 수강생 백성민은 잠시 멈칫거리다가 마지못해 이야기를 꺼냈다.

"장르가 뒤섞여 있는 것 같았습니다. 장르적 일관성이랄까 그런 게 결여되었다는 생각이 들었고요, 주인공이 통변이 되면서 화장실 가 있는데, 상황을 오해한 간호사가 와서 아옹다옹하는 장면에서는 우스워 죽는 줄 압니다. 아무튼 환자가 그런 글 쓴다는 게 놀라웠습니다. 아니, 잔인하다는 생각이, 정말로 잔인한 생각이 앞섰습니다. 저러다가 병실 창문 부수고 투신 자살하면 어쩌나 간이 쫄깃쫄깃했어요. 소설은 사람이 독해야 쓰겠다는 생각도 들었습니다. 산상수훈[40]에 온유한 자라야 복이 있다 하셨는데, 온유하지 못한 소설가는 진리의 말씀을 거역하는게 아닌가. 제가 애통하는 자는 아닙니다만…" 천강월의 얼굴이 굳어 보였다.

놀라웠다는 이야기를 하는 데서는 약간 뒤틀린 얼굴로 천강월을 꼬나보기도 했다. 전에 백순필 박사 수업에서 수강생 정옥적이 제출한 작품을 '마음이 가난하지 못한 자'의 작품이라고 했다가 한판 붙은 적이 있었다. 백순필 박사는 사람 좋은 얼굴로 중재를 하기는 했지만, 내가 이런 꼴 보려고 경기도 안성에서 경주까지 오는 줄 아는가 하면서, 남의 작품 이야기할 때 기본적인 예의가 있어야 한다는 근엄한 소릴 하기도 했다.

그러면서, 어떤 작가가 인터뷰에 나와 이야기하기를 자기는 중학교 1학년 학생이 이 글 읽고 알 수 있을까, 독자 수준을 그렇게 생각한다던 이야기를 소개하기도 했다. 중딩이 2학년 무서워서 김정일이 남한 못 와보고 죽었다는 아재 개그를 하기도 했다. 나는 중학생 수준의 독자, 아니 그런 수준의 소설가가 되고 싶지는 않았다.

"또 다른 분?"

"죄송합니다만, 독자를 중학생 정도로 설정하는 것은 무리가 있다고 해도, 소설 본문에다가 외국어 마구 풀어놓는 건 독자의 독해를 방해하는 일 아닙니까? … 우리말로 충분히 풀어서 해도 상관이 없을 터인데, 불어에다가 그리스어까지 무대뽀로 쏟아놓으면 독자가 주눅들지 않겠어요. 우리는 기본적으로 유럽과 언어권이 다르지 않습니까… 강의에서 지식을 전달하는 것은 우리가 진정 바라는 바이지만, 소설 본문에 과도한 지식이 노출되는 것은 바람직하지 못할 겁니다." 정옥적이 열을 올려 말했다. 백성민을 의식한 게 아닌가 싶기도 했다.

"고맙습니다. 무대뽀란 말은 좀 거슬립니다. 그게 일본어 '무철포無鐵砲'인데 히라카나로 무데뽀むてっぽう라고 쓰잖아요. 아무튼, 이건 왕벌한테 쏘인 느낌입니다. 소설을 생본능으로 쓰는 게 아니라 공부해서 쓰는 먹물 작가들이 항용 범하기 쉬운 착오지요. 알았습니다. 고치겠습니다. 선생님 성함이? 아 전에 정ー옥ー적이라고 했지요?" 옆에 앉았던 수강생이 나섰다.

"정옥적 선생은 그리스 데살로니키대학교에 유학한 평론가입니다."

"아, 그래요? 그리스문학? 어떤 공부를 했습니까?" 천강월은 충동적인 관심을 보였다.

"카바피스라고 아시지요? 보통 영어식으로 카바피라고 하는데, 「카바피스시에 나타난 경험과 지혜의 상호성」이란 논문을 썼습니다."

"어떻게 그런 공부를 했습니까?"

"잘 아실 터인데, 『소설의 제 양상』이란 책을 쓴 영국 소설가 E. M. 포스터가 카바피스를 유럽에 소개했습니다. 교수님 처음 만났을 때, 브루노 간츠 닮았다는 생각을 했어요. 멋있어요, 선생님." 이야기 앞뒤가 부정교합으로 엮였다.

"너무 외피를 기준으로 판단하지 마세요. 영혼의 깊이를 보세요. 고맙습니다."

천강월은 소설을 다듬는 데 도움이 될 게 있으면 메일로라도 보내달라는 이야기를 했다. 그리고 준비한 인쇄물을 가지고 강의를 시작했다.

"소설에서 시점이 혼란스러우면 실패하기 십상입니다. 기본적으로 시점은 서술자를 어떻게 설정하는가 하는 문제와 서술자가 서술하는 내용에 얼마나 깊이 개입하는가 하는 문제로 요약됩니다." 천강월은 그렇게 이야길 시작했다.

서사와 소설의 차이를 간단히 설명한 다음 서술, 시점과 연관된 내용을 별다른 강조점 없이 설명해 나갔다. 천강월은 손으로 허벅지를 가끔 쓰다듬었다. 수술 후유증이 느껴지는 모양이었다.

천강월은 서사란 무엇인가 하는 데서 강의를 시작했다. 서사敍事는 영어의 내러티브에 해당한다. 말한 것, 말해진 것, 이야기한 것 그런 뜻이라고.

"서사화되지 않은 생애는 존재하지 않는다. 그렇게 요약할 수 있습니다." 예를 들었다. 여러분이 이 강의에 참여해서 강의 듣고 작품 내고, 토론하고 그러잖아요. 그런데 토함산에 지진이 나서 이 건물이, 그런 일 생기지 않기를 바랍니다만, 폭삭 땅속에 가라앉았다고 합시다. 아무도 본 사람 없고, 이야기하는 사람 없고, 기록도 없다면, 우리는 아예 없는 겁니다. 즉 서사화되지 않으면 우리는 존재하지 않는 겁니다. 따라서 서사는 인간의 존재 증명입니다. 역사가 뭡니까, 그것도 서사의 한 갈래입니다. 대왕암과 함께 이야기가 존재하지 않으면 대왕암은 단지 갯바위에 불과합니다… 이야기가 세계를 만든다고 해야 하나. 이해하시겠지요?" 이야기는 그렇게 전개되었다.

나는 강의 내용보다, 강의 자료로 제공한 텍스트를 입력했다. 천강월의 눈길이 내게로 자주 건너왔다. 나는 그을은 듯한 얼굴에 가라앉아 있는 그의 병력을 마주 바라보기가 싫었다. 나는 덮어놓았던 노트북을 폈다. 나만 보라면서 보내온 강의 자료가 떴다.

서사敍事, narrative, mythos. 서(글로 풀어내는 것) 사(인간사, 이치, 질서를 의미)… 인간사를 말로 풀어낸 것이 서사다. 서사는 스토리와 화자, 서술자가 기본

요건이다. 화자=서술자(narrator)를 설정하는 문제는 소설기술론의 핵심이다.

　서술자와 인물은 영역을 넘나든다. 서술자가 인물의 성격을 규제한다. 위에서 보기도 하고 아래에서 올려보기도 한다. 이를 톤(tone)이라 하기도 한다. 톤을 조성하는 데는 이름도 한몫을 한다. 이는 이름의 인물의 이름 상징성과 연관된다. 김동리『을화乙火』를 예로 들자. '을'의 이미지는 느끼함을 환기한다. 성적으로 개방되고 성격이 선명하지 않다. 그런 액체성이, 그게 불타오른다. 해서 '을화'다.

　천강월은 어떤 시점을 선택하는가 하는 문제는 소재, 인물, 내용 등과 관련하여 늘 가변적이라는 걸 강조했다. 그러니 각 유형마다 장점과 단점이 있다. 일괄해서 어떤 시점이 좋고 어떤 시점이 나쁘다는 이야기는 하기 어렵다면서 주요섭의 「사랑손님과 어머니」를 읽어보기를 권했다. 그리고 만일 어머니가 자기 이야기를 한다면 이야기가 어떻게 달라질지 생각해보라는 이야기를 했다. 뭘 해보라는 건 과제인 셈인데 천강월이 해보라는 걸 실제 해본 게 별로 없다. 미안한 일이다. 미안하긴… 그거 안 해서 손해 보는 것은 나 자신일 뿐. 정말? 그러고 있는데 천강월이 하는 한마디가 귀에 걸려 들어왔다.

　주관적 보편성과 공통감각이라는 구절. 나누어드린 프린트물 내용입니다. 천강월은 프린트물을 나누어주고 다른 이야기를 했다.

　"이건 허유선이란 분 논문 앞에 붙어 있는 요약문입니다. 나는 감각으로만 소설 쓰는 작대기들 별 볼 일 없는 자들로 봅니다. 아무튼, 아무튼 취미판단이라고 들어봤지요. 칸트 미학의 기본 용어인데, 그게 공통감각, 라틴어로 센수스 코무니스, 어떤 대상을 판단하는 데 누구나 그렇게 보는 공통된 감각이 있다는 걸 전제로, 이론을 펼칩니다. 예컨대 선덕여왕의 기지삼사라는 게 있잖아요, 거기 당태종이 보낸 모란꽃 그림과 모란 씨 이야기가 나오잖아요. 그 그림 어떤 종이에 그렸을까, 혹시 계림지鷄林紙 아녔을까, 그런 추정을 해볼 수 있습니다." 집착일지도 모를 일이었다. 신라에서 계림지라는 닥지(저지楮紙)를 만들어 썼을 가능성은 충분히 있었다.

천강월은 열정적으로 이야기를 해가다가 쿨럭 기침을 했다. 이마에 진땀이 내비치는 것 같기도 했다. 천강월? 나는 뜬금없이 저 이름이 맑은 강물이 멀리 흘러가는 위로 달빛이 부처님 은혜처럼 넘실거리는 모양을 그리면서 지은 이름 아니겠나, 그런 생각을 했다.

"남아진 씨, 요새 신라 종이에 관심이 있다면서요? 왜 신라 종이지요? 아무튼 그건 나중에 듣기로 하고, 그럴 날이 있을라나 모르지만, 프린트물 그거 읽어보세요, 소리 내서… 조금 큰 소리로…"

천강월은 기침을 몇 차례 거듭했다. 얼굴이 벌겋게 달아올랐다. 앞자리에 앉았던 수강생 정옥적이 화장지를 꺼내서 천강월에게 건네주었다.

"고맙습니다!"

"웬걸요!"

천강월이 기침을 수습하고 자리에 앉고서야 나는 긴장이 풀려 프린트물을 읽었다.

"칸트 미학에서 취미판단은 대상의 개념이 아니라 주관의 쾌·불쾌의 감정에 따라 판정된다. 취미판단은 주관적임에도 불구하고 타인의 동의를 요구할 수 있다. 하나의 주관이 아닌 모든 주관에 대해 타당하기 때문이다. 취미판단의 동의 요구 및 정당화는 주관적 보편성과 깊은 관련을 갖는다. 이는 취미판단의 특성과 공통감sensus communis을 근거로 한다. 취미판단의 주관적 보편성의 정당화는 취미판단의 인식적 기반과 공통감에서 기인한다. 취미판단의 주관적 보편성은 인식 능력 중 하나인 반성적 판단력의 활동에 의한 것으로, 마음 상태나 쾌에 대한 감정적인 기반뿐만 아니라 그것을 가능하게 하는 인식적 지반 위에 처음부터 정초되어 있다. 공통감은 취미판단에서 비인식적, 주관적 판단인 취미판단 특유의 보편성과 찬동 요구를 정당화하는 주요 근거로서 필연적이다. 공통감의 주관적 타당성과 소통 가능성에 의거하여 취미판단은 주관적인 동시에 사회적이고 보편적인 것이 될 수 있으며, 소통을 위한 합리성의 토대를 갖는다. 공통감의 확장 가능성은 사회적 의사소통뿐만 아니라 칸트의 도덕이론의 적용 및 수용의 문제와 더불어 고려할 수 있다. 자아가 바라는 것, 타자가 바라는 것은 폭력이나 강제적 수단에 기대지 않고 공감을 통해 교류하고 의지하게끔 지도할 수 있는 수행적 공감performative sympathy을 통해 판단자의 자아가 사회 속에서 타자와 공존하면서 비규정적·확장적·관용적 감정의 지반인 공통감이 경험세계로 드러난다."

천강월은 나의 낭독에 아무런 평이 없었다. 자기 이야기를 해나갔다. 문득 그런 생각을 했다. "강요된 봉사는 진정한 봉사가 아니다." 석영인이라는 작가의 수필집에 나오는 말이었다.

"나는 여러분들이 자아 개념이 뚜렷한 소설가가 되기를 희망합니다. 그러나 여러분을 모두 그렇게 끌어올릴 자신은 없습니다. 아니 솔직하게 말하면, 그럴 만한 교육 경험도 없고 실력도 없습니다. 내가 나의 최선을 다해 소설을 쓰고 그걸 여러분들에게 공개해서, 여러분 스스로 그러한 수준에 오르도록 촉구할 수 있을 뿐입니다.

나는, 내가 엔분의 일1/n 소설가일지는 모르지만, 여러분에게 그저 그렇고 시시껄렁한 1/n 강사가 되기는 싫습니다. 그것은 비윤리적이기 때문입니다. 여러분이 나한테 배워서 등단을 하고 못 하고는, 나는 요만큼도 관심이 없습니다. 현실에 대한 허위 보고를 하는 소설가, 현실에 영합하는 소설가, 그런 소설가를 만들 생각은 없습니다. 그래서 나는 여기 강의 나오는 게 엄청 부담스러우면서 한편으로 즐겁습니다." 천강월은 기침을 몇 차례 더 했다. 시계를 쳐다봤다.

"등단에 대해 콤플렉스 있으세요? 여기 등단한 분들도 있지만 등단 못 한 분들 더 많걸랑요. 등단에 좋은 작품 쓰는 방법도 슬쩍슬쩍 일러주세요. 교수님 제자가 전국에 그들먹하면 얼마나 좋아요. 나중에 강월 팬클럽도 만들고 말예요." 양미주가 나긋나긋한 목소리로 말했다.

팬클럽 어쩌구 하는 소리 때문인지 '사마킴'이 양미주를 향해 눈을 흘긋거렸다.

"발생사적으로, 소설은 대중문학적 속성을 기본으로 한다는데, 교수님은 엘리트주의를 강조하세요. 왜 그러세요?" 백성민이 근엄한 얼굴로 말했다.

"너 자신을 알라는데, 못 알아들으세요." 비비캡이 자세를 바로잡아 앉으면서 말했다.

천강월은 난감한 표정을 지었다.

"나는 내 식으로 강의할 거고, 여러분이 그걸 등단에 활용하는 거야 내가 안 말리겠습니다." 천강월이 목청을 낮춰 말했다.

"조직이 없으면 허전해요. 교수님은 가만 계세요. 우리가 다 할게요." 문학을 위한 조직, 그게 무엇일까. 천사마? 매직 에인절? 교실은 잠시 숨소리도 안 들릴 만큼 조용했다.

"오늘은 선덕여왕 왕릉엘 가볼 계획이 있어서, 이만 합니다. 시간이 너무 빨리 갑니다. 다음 강의는 7월 1일이 되나요. 그럼 그때 만납시다." 천강월은 정옥적이 건네주었던 휴지로 이마를 훔쳤다. '에프카리스토!' 정옥적은 깨끗한 치열을 드러내고 환하게 웃었다. 그리스어 한마디가 소통을 돋구었다.

나는 천강월을 선덕여왕릉에 안내하고 싶었는데…, 어지럼증이 살짝 스치는 바람에 휴게실에서 녹차를 한잔 내려 마시고 앉아 있다가 일어섰다. 머리가 또 휘둘렸다.

전에 황리단길 안내를 했던 양미주가 차편을 제공하거니 그런 생각이 들었다. 무엇인가 잃는 것 같은 썰렁한 느낌. 가슴으로 서늘한 바람 한 줄기가 지나갔다.

"남아진 씨, 등단 예비반 모이는데 같이 갈래요?"

"등단, 그걸 또 하라고?" 나는 고개를 쌀쌀 내저었다.

"우리랑 같이 공부해서 큰 상 하나 받으셔, 흘러가는 돈 잡으라니까." 비비캡이 슬그머니 팔소매를 이끌었다.

"난 혼자 가서 소설 쓸래!"

"그러다가 외롭고 쓸쓸하게 죽는다니까."

"혼밥 하고 고독하게 잠들었다가 갈 테니 걱정 마셔."

별로 뚜렷한 기억이 없는 수강생들이 등을 돌리고 언덕을 내려가기 시작할 무렵, 나는 반대편 길로 차를 몰고 토함산 자락을 벗어났다.

8

토포필리아

7월 1일, 벌써 한 해의 절반이 지나갔다.

마치 인생의 절반이 지나간 느낌. 이게 이 시대 공통감각일까. 천강월과 얼마나 더 만날 수 있을까. 사람이 가까워지면 점점 더 편해진다. 그러다가 둘이 딱 맞아 우리 똑같아졌네, 그 순간부터 상대가 징그러워진다.

강의실 탁자마다 플라스틱 접시가 놓이고, 삶은 감자가 담겨 있었다. 벌써 감자 껍질을 벗겨 먹기 시작하는 축들도 있었다.

"남아진 씨가 감자 먹을 줄 알라나?" 사마킴이 비아냥거리는 투로 나왔다.

"그런데, 새끔맞게 웬 감자예요?"

"몰라서 물으셔? 백순필 박사가, 김동인의 「감자」란 소설의 '감자'가 감자인지 고구마인지 그거 모르면 한국땅에서 소설 쓴다고 하지 말랬잖아." 나는, 줄기식물과 뿌리식물, 그건 초등학생도 안다던 백순필 박사… 매 시간 먹는 일로 시작하겠다 싶은 생각이 들었다.

"지난 시간에 내가 쪼매 독한 소릴 했더니 수강생 두 분이 그만두었다면서요? 자기 발로 걸어 들어왔으니 나가는 것도 자유지만, 사실 나는 좀 불쾌합니다.

절이 싫으면 중이 떠나면 된다고 하지요? 달리 생각할 수도 있어요. 절에 남아서 정풍운동 벌리면 안 됩니까?

교육이 잘못된 거 같습니다. 좋은 친구 골라서 사귀라고 하잖아요? 내가 남에게 좋은 친구가 되어주라고 가르쳐야지요. 누룩 같은 존재, 겨자씨 같은 존재[41]가 되어야 하는 게 아닌가, 나는 그런 생각을 합니다. 성서에도 그런 비유가 있지 않던가요. 겨자씨와 누룩…"

그런 이야기가 이어지고 있을 때 출입문이 빼꼼히 열렸다. 정옥적이 늦어서 미안하다면서 자기 자리로 가서 앉으려 하자, 천강월이 그를 불러세웠다.

"정옥적 씨, 늦게 오느라 수고 많았습니다. 뭐 하나 물어봅시다. 성서에 천국에 대한 비유가 나오잖아요. 교회 나가세요? 그렇다고요? 그럼 겨자, 그 식물 본 적 있어요? 겨자씨가 얼마나 큰지 아세요? 모르실 수도 있습니다. 요새 우리 사는 게 그렇잖습니까. 과정을 몰라요. 그럼 누룩의 비유 나오잖아요, 그 누룩은 뭘로 만들어요?"

"소설 쓰는 데 그런 걸 왜 알아야 해요?" 정옥적은 뽀루퉁한 표정으로 천강월을 올려다보았다. 정옥적은 키가 작았다.

"소설의 실감, 리얼리티를 위해서는 그런 거 알 필요가 있습니다. 예컨대 물이 넘실거리는 논 가운데 겨자 줄기가 무성하게 자라고 있었다, 그렇게 쓰면 안 되니까 말입니다."

한동안 침묵이 흘렀다. 천강월이 다시 말을 이어갔다.

"성서에서 하나님 나라가 겨자씨에 비유되기도 하고, 누룩, 영어로 레이븐, 누룩에 비유되기도 하잖아요. 누룩은 뭘로 만들어요?"

"저어, 뛰어왔더니 다리 아프네요. 앉아서 말씀드릴게요."

천강월이 미안하다면서 자기도 의자에 앉았다. 천강월은 이전에 강의가 진행되는 중에 앉는 법이 없었다. 천강월은 잠시 이야기가 중단된 틈을 타서 칠판에다가 썼다.

효모 ① yeast 맥주 발효용 ② leaven 빵을 부풀리는 데 이용. 설명을 덧붙이지는 않았다. 알아서 공부하라는 모양이었다.

"집에서 술 담그는 걸 본 분?" 손을 드는 사람이 없었다.

"박목월의 「나그네」, '술 익는 마을마다 타는 저녁놀', 그런 구절 있지요? 그런 마을을 묘사할 수 있어야 소설 쓸 수 있습니다." 천강월이 이맛살을 찌푸렸다.

"오늘 술 한잔 하실래요?"

"요새 금주세요?"

"등단 예비반 애들도 챙겨주세요. 의붓자식 취급하지 말고요…."

천강월이 한심한 것들, 그런 표정으로 창밖으로 눈을 돌렸다.

천강월의 강의에 나는 만족해하고 있었다. 그의 강의는 나의 지적 욕구를 기대 이상으로 충족시켜주었다. 그러나 어떤 수강생들에게는 열등감을 촉발할 수도 있다는 생각이 들었다. 적정선에서 타협하는 방법은 없을까, 그런 생각을 하고 있을 때였다.

"여러분한테 내가 너무 애정을 쏟고 있는 모양입니다. 여러분한테 소설의 배경 이야기를 하려고 '다솔사'에 다녀왔습니다. 보통 사천 다솔사라 하는데, 경남 사천시 곤명면 봉명산에 있는, 동래 '범어사'의 말사. 다솔사란 절 이름이 재미있지요? 그 절을 둘러싸고 있는 산들이, 수많은 장수들이 부처님을 호위하고 극락세계를 향해 진군하는 모양 같다고 해서 붙인 이름이랍니다." 천강월은 잠시 말을 멈췄다. 숨을 헐떡거리는 모양이 안쓰러워 보였다.

"어떤 장소는 그 자체로 의미 있는 게 아니라 거기 누가 살고 누가 모이는가 하는 데 따라, 그 장소의 의미는 살아납니다. 내가 여러분한테 참고하라고 글을 하나 찾아 왔습니다. 이것도 과도한 애정인데, 아무튼 버리지 말고 두고 참고하세요. 그리고 여러분이 나와 같은 위치에 있게 될 때, 내 뒤를 이어서 여기 토함산문학관 강사로 초빙되어 와서 강의할 때 이용하세요."

나는 피식 웃었다. 목표치가 너무 식상했다. 토함산문학관 강사…?

"당나라 시인 가운데 유우석(劉禹錫, 772~842)이라는 분이 있었습니다. 유종원이나 백거이 등과 같은 시대 문인입니다. 집현전 학사를 지냈고 나중에 소주蘇州 자사刺史를 지냈다고 되어 있습니다. 그가 쓴 글 가운데「누실명陋室銘」이라는 게 있습니다. 명銘은 중국문학에서 하나의 문체인데, 지금 개념으로 하면 장르나 양식이랄까… 마음 가운데 새겨두고 싶은 내용을 글로 쓴 겁니다. 잠시 시간 드릴 테니 눈으로 훑어 읽어보세요."

낭독하라고 하는 게 아니라 눈으로 훑어 읽으라는 데는 유별한 의미가 있는 것 같았다. 그러나 그게 무엇인지 실상은 잡히지를 않았다. 천강월은 앞문을 열고 슬그머니 나갔다. 걸음걸이가 중심을 잃고 조금 흥청거렸다.

누실명陋室銘 – 초라한 집에서

산이 높다고 해서 명산名山이 아니라 신선이 살고 있어야 명산이다.

물이 깊다고 해서 신령한 것이 아니라 용이 살고 있어야 신령한 물이다.

이 방이 비록 누추하기는 하나 오직 나의 덕망은 향기롭다.

이끼의 흔적은 계단까지 푸르고 풀빛은 발(마루에 걸쳐놓는 발) 아래로 들어와 푸르다.

담소를 나누는 큰 선비가 있고 오고가는 사람 중에 속인俗人은 없다.

꾸밈없는 거문고를 탈 만하고 부처님의 말씀을 읽을 만하다.

음악 소리는 귀를 어지럽히지 않을 뿐이고 조정朝庭에 일이 몸을 수고롭게 하지 않는다.

마치 남양의 제갈량의 초옥草屋이나 서촉 양자운陽子雲(한나라 양웅)의
정자와 같으니
공자 가라사대 "누추함이 있은들 어떠하리오?"[42]

"어떤 생각이 듭니까, 읽어보니까." 티슈로 손을 말리면서 들어온 천강월이
물었다. 정숙정 여사가 젖은 휴지를 받아 책상 모퉁이에 놓았다.
"배경과 인물의 상호관계, 그런 말씀 하는 거 아닌가요?" 양미주가 주변을
둘러보면서 슬그머니 속내를 드러내듯 말했다. 왜 눈치를 볼까. 사실 눈치는
내가 보는 것이었다. 뭐라고 대답을 하든 그건 양미주의 몫일 터인데 거기 마
음을 쓰는 자신이 우습기도 했다.

합평이 진행되는 동안, 나는 프린트물을 정리했다. 양산 통도사 앞 동네에
서 왔다는 정동건의 작품 「적멸보궁」이었다. 부처님의 진신사리가 통도사에
오기까지를 자료를 찾아 추적해가는 과정을 그린 소설이었다. 타이틀 '적멸
보궁'은 불교의 아스라한 논리 저편의 세계를 떠올리게 한다. 저게 소설이 될
까, 나는 호기심이 일었다.
"통도사 가보신 분?" 수강생 몇이 손을 들었다. 조심하는 눈치였다. 일상
에서 벗어난 다소 엉뚱한 질문을 하는 바람에 당황스러운 상황에 처하는 이
들이 있었다. 대개는 히죽이 웃으며 강사의 말에 귀를 기울였다.
"누가 얘길 시작할까요?" 양미주가 손을 들었다. 천강월이 이야기하라고
손을 들어 응낙했다.
"어떤 계기에 통도사에 갔습니까?" 수강생들이 그럴 줄 알았다는 듯이, 피
이 하는 소리를 냈다. 그런데 천강월은 답을 더 기다리지 않았다. 자문자답…
천강월의 얼굴이 푸석해 보였다. 그리고 땀을 자주 씻었다.

"소설의 배경이라고 하지만 두 가지 뜻이 있습니다. 하나는 창작 배경 즉 소설 창작의 모티프motif, 모티브motive라고도 하지요. 그걸 명사화하면 모티베이션motivation－작품을 쓰게 된 계기가 됩니다. 김동리의 「등신불」을 예로 들면, 작가가, 내가 다녀온 '다솔사'에서 김범부, 최범술 등과 이야기를 나누는 중에 소신공양 이야기를 듣게 되는데, 거기서 모티프를 얻어, 이 모티프는 일종의 소설의 씨앗 같은 걸 얻어요. 그걸로 소설을 쓰게 되지요.

그런데 '등신불'은 중국에 있는 어느 절에 안치된 등신대 부처상, 학병에 나가야 하는 일제강점기… 이를 작품 배경이라 하지요. 텍스트, 즉 작품 안에서 작중 인물들이 행동하는 공간과 시간을 배경이라고 하는 경우도 있습니다.

여러분 유현종의 「들불」 읽어보셨지요? 전봉준의 생애가 펼쳐지는데, 정작 전봉준은 부주인공으로 처리되어 있어요. 그리고 주인공은 임여삼이라는 관노, 관청의 노비가 등장하지요. 작가는, 특히 소설가는 시간과 공간에 대한 감각이 살아 있어야 합니다. 경치가 기막히게 좋은 어느 섬… 그런 식으로는 소설이 되질 않습니다. 다른 분… 누가?" 천강월의 시선이 엉덩이를 달싹거리고 앉아 있는 백성민에게로 향했다.

"공간 속을 흐르는 시간, 그걸 포착해야 하는데 정동건 선생의 「적멸보궁」은 공간만 덩그러니 놓여 있습니다. 아니 '적멸보궁', 그런 이름의 건물 하나만 덜렁 지어놓고 시간의 흐름이 없어서 실감이 일어나지 않습니다. 깨달음이 없어요. 적멸이 뭡니까… 자기초월, 그 아스라한 정신의 소실점, 생성과 소멸이 만나서 백금처럼 타오르는 그러한 공간이라야 적멸을 넘볼 수 있는 것… 안 그렇습니까."

백성민의 어투는 다소 들떠 있었다. 의미가 흔들리고 있었다. 백성민의 어투는 천강월을 닮아 보였다. 학습의 효과? 대드세요, 대들려면 질문해야 하겠지요? 질문하고 싶으면 공부해야 하는 거라구요.

"안 그렇습니다. 적멸보궁에서 만나서 사랑이 싹트고, 사랑의 불길로 가슴이 타오르고 그러다가 나중에는 '적멸의 불빛'처럼 소멸하는 사랑을 그린 건데, 제대로 못 읽은 겁니다. 교수님 안 그렇습니까?" 정동건은 천강월에게 지원을 요청하는 눈치였다.

"차분히 이야기하면 누가 벌칙이라도 준답니까. 전에도 이야기했지만, 합평에서 하는 이야기는 참고사항일 뿐입니다. 목숨 걸 일 아닙니다. 그 정도 했으면 이제 내가 이야기하지요."

나는 천강월의 강의를 들으면서 내용을 노트북에 입력했다. 버릇이 된 행동은 언어도 버릇을 만든다.

소설의 공간 : 소설의 공간은 언어로 구축된 공간이다.(실제 공간이 아니라는 뜻. 소설에서 언어로 매개되지 않은 것은 무엇이 있나?)

소설의 공간은 인물의 체험과 의지 등에 따라 조정된다. (당연한 이야기 아닌가. 그렇게 조정을 못 하는 작가도 있다.)

소설의 공간은 소설의 리얼리티 구축에 기여한다. (소설의 리얼리티는 독자가 느끼는 실감이다. 독자 요소가 없으면 리얼리티는 존재하지 않는다.)

조지훈의 「다부원에서」를 찾아 읽어보란다. 소설의 공간 이야기를 하면서 왜 시를 끌고 들어오나? 나는 그 작품을 찾아 노트북에 옮겼다가는 몇 줄만 남기고 지워 버렸다. 감당이 안 되는 작품이었다. 차마 지울 수 없는 구절은 이런 것이었다.

> 일찍이 한 하늘 아래 목숨 받아
> 움직이던 생령生靈들이 이제
> 싸늘한 가을 바람에 오히려

간고등어 냄새로 썩고 있는 다부원

　천강월은 합평 따위는 아예 잊어버린 듯 자기 이야기를 해나갔다. 나는 부지런히 강의 내용을 입력했다. 중간중간 묻고 싶은 것들을 참아가면서였다.

　인간 체험 영역과 공간 : 인간 삶이 이루어지는 '터'는 인간들이 사는 방식에 따라 구분된다. 자연(산과 바다)/농어촌/도시 그런 식으로.

　공간과 삶의 양식—농촌 사람들의 삶의 양식과 도시 사람들의 삶의 양식—근원적으로 자연적 공간과 인공적 공간의 대립. 농촌을 농촌이라 할 수 있는 근거가 있는가. 낭만적 전원, 즉 파스토랄pastorale은 베토벤 시대에 벌써 끝났다. 베토벤(1770~1827), 다산 정약용(1762~1836) '전원교향곡 들으면서 목민심서 읽기', 그런 책 내면 돈이 될까. 순일하지 못한 내 정신, 나는 거기 질렸다. 시대의 변화에 따라 공간의 성격도 달라진다. 1920년대 경성과 2000년대 서울을 같은 공간이지만 너무 이질적인 공간이다. 공간에 시간이 관여한 결과다. 공간인식의 패러다임이 소설의 주제가 될 수도 있다. 어떤 소설이 될까. 나는 내 부질없는 생각을 떨치고 천강월의 강의에 몰두하기로 했다.

　"공간은 다분히 인간 의존적으로 존재합니다. 수학적 공간은 어느 점도 다른 점보다 우월하지 않습니다. 어느 방향도 다른 방향보다 우월하지 않습니다. 그런데 소설의 공간은 '우월성'을 전제합니다. 소설의 공간은 '체험 공간'에 가깝기 때문입니다. 체험 공간은 주체의 의식에 따라 성격을 달리합니다. 여러분 읽어보셨지요?「지하생활자의 기록」도스토옙스키 말예요. 지하라는 상징공간. 우리는 누구나 나의 지하실과 다락방을 가지고 있습니다. 여러분은 나와 함께 의식의 지하실에 갇혀 있는지도 모릅니다." 수강생 백성민이 손을 들었다.

"여기는 이층인데요."

"몸이 놓인 실제 공간과 의식 공간은 같지 않습니다. 백 선생님은 지금 사시는 데가 유토피아 같습니까 디스토피아 같습니까?"

"소설가는 어떤 상황에서 그 상황을 나름대로 정리하면서 글을 쓸 필요가 있습니다. 유토피아면 즐겨야 하고 디스토피아면 혁명을 해야 합니다. 바꾸어야 합니다."

백성민이 뭐라고 받을 기세이다가 그대로 주저앉았다. 천강월의 '강의'가 계속되었기 때문이었다.

"체험 공간의 성격은 묘해요. 체험 공간에는 우월한 중심점이 있습니다. 그 중심점은 체험하는 사람이 머물러 있는 공간 속의 장소를 통해 어떤 식으로든 방향이 잡혀 있습니다. 체험 공간에는 우월한 좌표계가 있습니다. 체험 공간 속의 구역과 장소는 각자 질적인 차이가 있는데요. 체험 공간에는 영역 간 통로와 경계가 함께 존재합니다. 격심한 변동성을 나타내기도 합니다. 체험 공간은 처음에는 폐쇄된 유한한 공간으로 주어지나 경험을 통해 무한히 넓은 공간으로 확장해갑니다. 체험 공간은 인간의 생활터전으로 삶을 지탱하기도 하고 가로막기도 해요. 체험 공간 속의 모든 장소는 인간에게 의미 있는 곳들일 겁니다. 체험 공간은 공간과 인간의 관계를 의미합니다. 인간을 위해 존재하는 공간입니다."

천강월은 아무런 감동도 없는 이야기를 자동화 기계처럼 늘어놓는 중이었다. 천강월이 벽에 걸린 시계를 흘금 쳐다보았다.

"소설을 쓸 때, 공간 설정은 구체성, 상징성을 나타내야 한다고 들었는데요, 현대에는 구체성 없는 공간이 상징적 의미를 지닐 수도 있다는 생각이 들어요. 어떻게 보세요, 교수님은요?" 양미주의 질문이었다.

"양 선생은 식민지라는 공간을 뭐라 규정할 수 있어요? 매팔자 인간들이 아무런 삶의 방책도 없이 허우적거리는 공간… 그게 김유정이 규정하는 식민지 조선의 공간입니다. 전에 얘기한 「만무방」 읽었지요? 거기 나오는 응오, 응칠이 걔네들 매팔자라서 매 응 자 돌림예요." 양미주가 고개를 크게 끄덕였다. 그리고는 나를 흘금 건너다보았다.

천강월이 「응방일지」를 쓰면서 매 응 자를 끌어들인 이유 또한 매팔자 인생을 상징하기 위한 조치가 아니었을까. 나는 천강월이란 텍스트를 양미주와 공유하고 있는 건 아닌가. 좀 치사하다는 생각이 들었다.

"남의 작품에 대해 이야기할 때는, 글쓴 사람 성깔 건드리지 않는 게 상지상책입니다. 거듭합니다만, 여러분이 비평하는, 아니 코멘트하는 작품에 대해 어떤 책임도 질 수 없습니다. 사십이 되면 자기 얼굴에 책임을 져야 한다고 하는데, 자기 한 말, 자기가 쓴 작품에 대해 책임지도록 해야 합니다." 천강월은 그렇게 늙다리처럼 수강생들에게 주의를 환기했다. 수강생들은 천강월의 어조가 엄숙한 데 짓눌린 듯 무표정하게 들었다.

"정동건 선생, 통도사 가봤다고 했지요?"

"마침 집이 거기서 가까워서… 가끔 들르기는 합니다."

"거기 대웅전 있잖습니까. 현판이 몇이나 붙어 있던가요?" 사찰의 전각들은 앉힌 자리마다 상징성이 있다는 이야기를 했다.

"그런데 대웅전, 대웅은 석가모니 부처님 아닙니까. 그리고 통도사 대웅전에는 현판이 동서남북 네 개가 붙어 있습니다. 절에 들어가면서 마주 보이는데 '대웅전'이라고 붙어 있고, 남쪽에는 '금강계단'이란 현판이 붙어 있습니다. 서쪽에는 '대방광전', 북쪽에는 그 유명한 적멸보궁寂滅寶宮이란 현판이 붙어 있습니다. 그런데 남쪽 '금강계단'은 황금색 글씨로 되어 있지요?"

정동건은, 그렇던가 하는 눈치를 하다가, 그렇다고 고개를 크게 끄덕여 긍정했다. 왜 그런가 하는 데는 대답을 못 한 채 눈을 내리깔았다.

"아는 만큼 보이는 게 아니라, 보고자 하는 의욕에 따라 그만큼 보이는 겁니다." 천강월은 설명을 이어갔다.

석파 이하응(1820~1898), 고종의 아버지, 왕의 아버지 글씨라서 현판을 금분으로 도색을 했다는 설명이었다. 이어서 적멸보궁의 의미며 금강계단 이야기를 자세히 펼쳤다. 작품과는 의미의 연결고리가 느슨했다. 내가 맘대로 얘기할 테니 당신은 당신 근기根機에 따라 이해하라 하는 식이었다. 천강월의 말투가 쾌적하지는 않았지만 듣는 사람의 책임을 생각하게 하는 건 틀림없었다.

"원론적으로 말하자면 소설의 배경을 제대로 이해하기 위해서는 인간과 공간, 인간과 시간, 칸트가 말하는 인간의 기본 인식 범주[43]에 대한 공부가 필요합니다."

그러니 소설의 배경을 소설에서 한갓된 부가적 요건으로 취급하지 말라는 것과, 자세히 관찰하지 않으면, 공간에 대한 문화적 인식 패턴을 발견하지 못하면, 배경 설정에 실패한다는 이야기를 했다.

"선생님 작품 가운데, 배경에 특별히 신경 쓴 예가 있으면 제시해주세요. 참고하겠습니다."

"적멸보궁, 그 현판은 누구 글씨지요?"

"구하당 스님 글씨라고 알고 있습니다."

"아하, 아시는군요. 이 절에는 대웅전에 부처상이 없지요? 북쪽으로 창을 내고, 창 뒤로 부처님 진신사리를 모신 부도가 보이도록 공간을 개방해놓았습니다. 대웅전 공간을 이렇게 조성한 것은 건물의 상징적 의미를 드러내는 방법입니다. 공간의 의미화… 작가의 공간… 정동건 선생은 아파트 살아요 주택에 살아요? 아파트에서 집필한 소설과 주택에서 집필한 소설이, 말하자면 그 작품이 만들어지는 공간의 속성 때문에 특성이 달라질까요?" 수강생들이 쿡쿡 비둘기 소리를 내며 웃었다. 신통치 않은 공간론의 속물화라는 듯이.

강의가 끝날 시간이 되어가는 모양이었다. 나는 강의가 진행되는 동안 가느다란 실처럼 가닥가닥 갈라져 나가는 의식을 붙들고 씨름하다가 시간이 뭉청 흘러버렸다. 의식과 시간의 관계…? 수강생들이 소지품을 챙기느라고 어수선했다. 천강월은 몸을 움직이기 불편한 것처럼 교탁에 상체를 기대고 서 있었다. 누군가 도움이 있어야 할 것만 같았다.

'병든 자를 간호하는 데서는 이데올로기가 무화된다.' 아버지 말이 떠올랐다. 선생과 학생의 경계를 지우는 방법…

"병원은 계속 다니세요?" 교탁 옆으로 지나다가 물었다.

"문제는 시간입니다." 나는 고개를 까딱해서 인사를 하고 강의실을 벗어났다. 차량을 제공하겠다는 이야기를 하려다가, 이유 없이 불길한 생각이 들었다.

강의실 앞에 못 보던 봉고차가 와 있었다. 백성민 선생이 젊은이들과 어울려 차에 오르고 있었다. '대왕암 스킨스쿠버'라는 상호가 차 옆구리에 그려져 있었다.

백성민은 '대왕암의 비밀'을 풀어보겠다는 이야기를 한 적이 있었다. 그 실천에 나서는 모양이었다. 소설가와 팩트, 그런 생각을 하며 나는 고개를 옆으로 저었다. 전설을 소설로 끌어들이는 것은 아무래도 위험부담이 있지 싶었다.

"이거 감자인데요, 먹다 남은 거 아닙니다. 가지고 가서 드세요." 사마킴이 플라스틱 통에 든 감자를 백성민에게 넘겨주었다.

"빈 통은 어떻게 하지?"

"문어 잡아서 담아 오세요."

백성민이 하얀 이를 드러내고 웃었다. 백성의 웃음… 그런데 내가 왜 여기 이렇게 오래 서 있는거야. 나는 갑자기 감자를 심고 싶어졌다. 감자 심고 수수 심는… 누구와? 눈자위가 저려왔다. 사람들은 감자 심고 수수도 심는데, 내 생애는 사철 눈이 내리는, 무정한 천리길이었다.

9

크로노스의 초상

7월 15일, 여름으로 접어들어 매미가 극성을 부리기 시작했다.

교탁 위에 플라스틱 통이 분홍 보자기에 싸인 채 놓여 있었다. 천강월이 강의실로 들어오다가 멈칫했다.

"이게 뭡니까?" 천강월이 물었다.

"감포에 갔다가, 교수님 몸보신하라고 사 왔습니다." 사마킴이 보자기를 풀면서 천강월을 할금거렸다.

"나는 두족류 앨러지가 있습니다."

"두족류? 이건 '돌문어'인데 피문어라고도 해요. 문어 앨러지는 머리털 나고 처음 들어봐요. 여름 몸보신에 문어만 한 게 없다구요."

"내가 이따가 신경주역까지 태워드릴게요." 나는 혼자 빙긋 웃었다. 태워준다는 게 이상한 연상을 불러왔다. 「천마를 찾아서」라는 소설에 나온 모티프였다. 문어는 암수가 어떻게 다른가. 그 녀석들은 '태워주기'를 어떻게 할까. 헛스런 생각의 꼬리를 절컥 잘랐다.

강의 계획서에는 '소설에서 시간의 문제'가 강의 제목으로 제시되어 있었다. 소설에서만 시간이 문제될까? 아니 유독 소설에서만 시간이 문제되는 이유가 뭘까. 천강월의 강의를 들으면서 지나간 넉 달 동안, 그건 나에게 어떤 의미의 시간으로 앙금졌는가. 시간의 앙금? 나는 그런 생각을 하다가 흠칫했다. 두 번째 합평 작품을 내놓아야 할 시점이었다. 안 내놓으면 몰라도 내놓을 바에는 반듯한 작품을 제시하고 평을 듣고 싶었다.

천강월의 말대로 그건 내가 본전을 찾는 가장 확실한 방법이었다. 그런데 망설이고 있었다. 그 지겨운 '지귀' 때문이었다. 지귀를 현대적으로 처리하는 방법… 나는 온통 거기 매달렸다. 아니 빠져 있다고 하는 게 더욱 적실할 터였다. 지귀 이야기는 설화다. 소설 시대의 서사가 아니다. 설화의 소설화, 잘못 하다가는 '야담'이 되고 만다. 그건 소설가가 망하는 최종적 추태일지도 모른다. 그 도도하던 김동인이 말년에 운영한 잡지가 『야담』이었다. 소설에서 서사로 후퇴한 것이다.

"수준 높은 작품이래야 인간을 움직이는 법이다. 포르노에는 영혼이 없다. 도스토옙스키는 포르노처럼 살기도 했다. 그러나 소설은 최소한 인간 심리의 깊은 늪을 헤집고 다녔다." 아버지의 말이었다.

이 장면에서 왜 아버지의 말이 떠오르는지 알 길이 없었다. 엊저녁 꿈에 아버지를 만났기 때문인 모양이었다.

"오늘은, 합평 작품을 내기로 한 장한나 선생이 작품이 안 되었다고 결석입니다. 나한테 전화를 해 왔습니다. 그래서, 강의 자료만 가지고 이야기를 하겠습니다. 중간중간 여러분들의 질문을 받겠습니다. AI 잘 운용하려면 질문을 잘 해야 합니다. 아무튼…"

나는 잘되었다는 생각을 하고 있었다. 장한나는 자기 말로는 내가 장하다고, 그래서 '장한 나'라고 자기 이름을 풀었다. 남씨 가문의 으뜸이라는 남아진과 동렬의 작명이었다.

장한나는 수필로 등단을 했다는데, 그 매체가 어딘지는 밝히지 않았다. 천강월은 장한나에게 '장씨 고집'을 버려야 소설 쓴다는 이야기를 몇 차렌가 했다. 장한나는 단군신화의 웅녀를 소재로 소설을 쓰겠다 했다. 천강월은 디테일을 구성할 수 없어서 소설이 안 된다고 충고했다.

"자료가 없으면 상상력으로 새롭게 구성하라고 배웠는데요."

상상력은 팩트를 바탕으로 구성해서 새로운 현실을 만드는 능력이라고 했던 백순필 박사의 얼굴이 떠올랐다. 천강월과 백순필의 강의 내용은 이따금 딱 들어맞는 경우도 있었다.

장씨 집안에서는 자기들이 고집이 세다는 것을 스스로 인정하는 모양이었다. 고집으로 망한다는 말이 떠올랐다. 할머니가 아버지를 두고 가끔 하던 이야기였다. 일일이 반복하고 회상하고 싶지는 않지만, 아버지는 고집으로 흥하고 고집에 꺾였다.

"아무튼, 시간은 존재의 인덱스입니다. 존재의 표지라는 뜻입니다." 무슨 말인지 알겠냐는 듯이, 천강월은 수강생들을 둘러보았다.

"1950년 그는 스무 살이었다. 소설을 쓰면서 일단 그렇게 첫줄을 적었다고 해요. 그 뒤는 어떻게 풀릴까요? 남아진 씨이?"

나는 멈칫했다. 공연히 심장이 콩닥거렸다. 천주교 도래 초기 순교한 인물을 소재로 구성하다가 그대로 둔 작품 「고목故木」의 첫줄이 그랬다. 대답은 준비되어 있지 않았다. 대답이 준비되지 않은 질문은 늘 사람을 긴장하게 한다.

"이차돈을 생각하게 되는데요. 이차돈이 순교한 나이가 스물. 1500년 전 스무 살 청년과 1950년 스무 살 청년, 그리고 목숨을 내놓아야 하는 상황의 동질성… 소설가를 꿈꾸는 스무 살 청년이, 이차돈을 소재로 소설을 구상하는데, 전쟁이 일어나고 전쟁에 나가야 하고… 그런데 살아 돌아올 보장이 없는 건 그렇고, 전쟁에 나가지 말라고 말리는 여친 순실이…"

천강월이 나에게 시선이 멈춰 있다가는, 나와 시선이 교차하자 얼굴이 환해졌다.

"소설이 얼마나 진행되었는데요?" 뜬금없는 질문이었다. 나는 대답을 하지 않았다. 지귀와 이차돈을 어떻게 연결하나 그런 생각을 할 뿐이었다.

"단군과 이차돈 비교해 생각하면, 시간이 왜 존재의 인덱스인지 알겠지요? 그렇다 하고, 영현은 오십에 들어 겨우 생활이 안정되었다. 그런 문장으로 서술되는 생애 그 앞에 어떤 생애가 전개되었는지는 상상할 수 있겠지요?" 수강생들은 표정에 별다른 변화가 보이지 않았다.

"존재는 시간과 더불어 성숙한다." 천강월은 칠판에다가 그 문장을 썼다. 그리고 예를 들었다. '장영훈은 25세에 20세 처녀 민이랑과 결혼했다.' '강남에 산 땅이 30년 사이 100배가 올랐다.'

"사람만 시간과 더불어 성장하는 게 아니라 돈도 시간을 따라 불어납니다. 재산이 축적되는 시간 과정이 안 나타난 소설은 진정한 의미의 소설이라 할 수 없습니다." 진정한 의미의 소설, 그게 뭐지? 답답했다. 이제까지 쌓였던 신뢰가 무너지는 느낌이었다. 나는 눈에 힘을 넣고 천강월을 한참 쳐다보았다. 당신은 진정한 의미의 소설을 우리 앞에 내놓을 의무가 있다, 그런 생각이 지나갔다.

천강월의 이마에 땀이 번질번질 내배었다. 아무래도 수술 후 건강에 문제가 생긴 모양이었다. 저런 상태라면 몸을 쉬어야 하는 게 아닌가. 자신의 몸을 학대하는 실험을 하고 있는 소설가, 안타까웠다.

천강월은 주머니에서 손수건을 꺼내 이마를 훔치고, 수강생들의 주의를 집중하게 했다.

"여러분, 고야라고 아시지요? 스페인의 화가 프란시스코 고야[44] 말입니다.

그의 그림 가운데 〈아들을 잡아먹는 사투르누스〉라는 게 있습니다. 사투르누스는 로마식 이름인데, 그리스신화에서는 크로노스입니다. 신탁이 문제였지요. 아들이 아버지를 살해할 거라는 신탁. 그걸 믿은 크로노스는 아내가 아들을 낳는 대로 잡아먹는 겁니다. 아무튼, 또 아무튼이네요. 아무튼 자연 시간, 운명적 시간 그게 크로노스의 시간입니다. 반면에 카이로스의 시간이 있는데, 이는 질적 시간입니다. 소설에서는 이 두 시간을 함께 다루게 됩니다. 어쩔 수 없는 일입니다. 시간 이야기는 진지하게 하면 할수록 공허하고 재미가 없습니다. 아무튼…"

"아들 잡아먹는 아버지, 그게 현실적으로 가능해요?" 사마킴이 치받듯이 물었다. 천사마가 그런 이야기하면 어떡한대. 어떤 수강생이 투덜거렸다.

"곤충 가운데는 흘레하는 짝을 잡아먹는 경우가 있습니다. 자연은 잔인합니다. 성은 아름답지 않습니다. 사마귀 아시지요?" 당랑거철[45]의 그 당랑 말인가, 백성민이 물었다.

교미 중에 암놈한테 잡혀먹히는 사마귀 영상을 본 적이 있었다. 벌거벗고 침대 위에서 출렁거리는 영상, 아버지 머리 위에 권총이 놓여 있었다. 여자의 손이 아버지 눈을 가리고 권총을 끌어당겼다.

"남아진 씨 재미없어요?" 나는 화들짝 놀라 자세를 고쳐 앉았다.

"'크로노스의 시간은 '그리고 십 년이 갔다', 그런 식입니다. 카이로스의 시간은 릴케의 「가을날」에 나오는 '주여 때가 왔습니다', 그런 게 예가 될 겁니다. 독일어로 Herr, es ist Zeit. 랭보는 「지옥에서 보낸 한 철」에서 '옛날, 내 기억이 정확하다면, 나의 삶은 모든 사람들이 가슴을 열고 온갖 술들이 흘러 다니는 하나의 축제였다.' 불어로는 이렇게 되어 있는데요." 천강월은 그 문장을 스크린에 띄웠다.

'Jadis, si je me souviens bien, ma vie était un festin où s'ouvraient tous les coeurs, où tous les vins coulaient.'

"자기 삶은 축제였다는 것입니다." 천강월은 쿨럭 기침을 했다. 축제… 사실, 삶이 어찌 축제의 연속이었을까.

"박완서의「그 많던 싱아는 누가 다 먹었을까」에 보면, 적군에게 점령당한 서울, 그걸 '짐승의 시간'으로 표현하고 있습니다."

나는 그렇게 두 층위로 나뉘는 시간을 각각 자연시간과 경험시간으로 표시한다는 것을 알고 있었다. 지귀를 다룰 경우 시간을 처리하는 게 쉽지 않아, 고심하고 있던 중이었다. 손을 들었다.

"지귀라는 설화적 인물을 작중인물로 해서 소설을 쓸 경우, 시간이 꼬여서 난감하던데 어떻게 해야 좋을지 말씀을…" 내 작업을 너무 솔직하게 공개하는 게 아닌가, 그런 의문이 들기도 했다. 천강월이 기다렸다는 듯이 대답했다.

"그렇지요, 그뿐만 아니라 삼차원 혹은 다차원으로 진행하는 현실을 선조적으로, 리니얼하게 수행될 수밖에 없는 언어로 서술할 때, 불가결한 시간 착오 현상이 나타나게 됩니다. 이를 불가결한 시간 착오, 영어로 necessary anachronism이라고 합니다. 또, 사건의 시간과 서술의 시간도 착종 현상을 나타내지요. 신라 선덕여왕 때의 지귀 이야기를 지금, 남아진 씨가 소설로 쓴다면 지귀가 여왕의 수레를 따라간 것과 그 이야기를 지금 쓰는 시간도 엇갈립니다.

이런 시간 엇갈림은 사건의 공간성과 서술의 선조성 사이의 착종에 연유해요. 예컨대, '동부전선에는 산악전이 전개되고 있었다. 한편, 서부전선에서는 포격전이 치열했다.' 이 두 문장을 하나로 서술하는 방법은 없습니다. 복잡하지요? 그러나 걱정하지 마세요. 사건적 과거는 서술의 현재성 가운데 한꺼번에 다 녹아납니다."

"그러면 과거가 현재가 된다는 뜻인가요?"

"서술의 차원, 독서가 이루어지는 대상 인식의 차원에서는 불가결한 시간 착오가 착오로 남아 있지 않고 인식론적 현재로 전환된다는 겁니다. 이는 서사의 과거성과 서술의 현재성이 혼용되어 기막힌 인식의 현재성 지평으로 상승한다는 건데요,…"

"그런 소설은 미래를 이야기할 수 없다는 게 되는데, 내가 이해한 게 맞는 겁니까?" 천강월은 나를 빤히, 정말 화살대 같은 빳빳한 눈빛으로 쳐다보았다.

"그렇지요. 모든 이야기는, 아니 대부분 우리가 이야기라고 하는 것은, 과거의 이야기입니다. 소설은 미래를 이야기하지 못합니다. 미래는 예언의 영역입니다. 소설가나 작중인물이 미래에 대한 의식은 지닐 수 있습니다. 이른바 세계관 또는 역사 전망, 불어로 vision du monde은 있어야 소설을 쓸 수 있다는 게 리얼리즘의 논리입니다. 그러니 믿고, 자신의 시간 인식 방법을 믿고 쓰세요." 시간을 잊고 시간을 펼치라는 말 같았다.

나는 모처럼 시원한 이야기를 들었다는 느낌이었다. 그 느낌은 열패감이기도 했다. 지귀를 서사화하는 문제에 대해서는 직접적인 답이 없었다.

"장르에 따라 시간 운용 방식이 다릅니다." 천강월은 서사와 대비해서 극과 서정의 시간 연관성을 설명했다. 수강생들이 알아듣고 못 알아듣는 것은 별로 관심 대상이 아닌 듯했다. 나는 이 강의가 나를 위해 설강된 것처럼만 느껴졌다.

천강월은 장르와 시간 운용의 논리를 설명하고 있었다. 나는 천강월의 강의 내용을 정리해두었다.

극 : **현재형**, 무대 위의 시간은 현재의 연속이다. 소설에서 현재형 어미를 사용하는 경우—행위 주체와 서술 주체의 일치가 가능해야 하는데 원천적으

로 불가능한 일이다. 예) 그는 붉게 타는 노을을 바라본다.(노을을 바라보면서 그 행위를 글로 쓴다? 눈은 노을을 바라보고 손은 글을 쓴다. 이러한 고전적 의미를 해체한 것은 서사극에서이다. 여러분 지금 여러분이 보고 있는 이 극은 사실은 허구입니다. 이런 식으로 무대 위에 나레이션이 도입된다.)

시 : **무시간성 혹은 순간성.** 이미지는 무시간성을 본질로 한다. 예) 선덕여왕이 운명의 치맛자락을 끌고 가는 소리 ─ 연꽃을 바라보면서 쓴 문장이다. 무시간성이란 현실의 개입이 차단된다는 뜻이다. 이는 원칙일 뿐 변형된 구체적 사례에서는 시간성이 다른 양상으로 도입된다.

"시간이 익는다는 표현 기억하세요?" 천강월이 물었다. 기억에 아물아물 떠오를 듯 말 듯한 말이었다.

"서사는 인간 경험을 시간적으로 재편집한 것입니다. 거기 허구 개념이 도입되어 역사 넘어 시간을 논의 대상으로 삼을 수 있습니다. 시간 자체를 소재로 소설을 쓴다면, 아마 마르셀 프루스트(Marcel Proust, 1871~1922)의『잃어버린 시간을 찾아서』를 넘어설 수 없을지 모릅니다. 우리들 삶은 덧없이 흘러갑니다. 그러나 그것도 얼마간은 형태를 지니고 있습니다. 그 막연한 형태는 감각으로만 남을 수도 있고, 지역과 역사 환경에 따라 어떤 형태를 지니는 것 같지 않던가요.

우리나라 민화 가운데 〈평생도〉라는 게 있지요. 아니 〈평생도〉보다는 다른 예를 들지요. 절에 가면, 절 벽의 옆과 뒤편 벽을 10폭으로 나누어 소를 찾아 나서는 그림 〈심우도尋牛圖〉가 있어요. 그건 불교적 상상력으로 도를 찾아나서고 도를 얻는 과정을 그린 그림이지요. 여기서 우리는 세 종류의 이야기를 볼 수 있습니다.

세 종류의 이야기란 세 층위의 시간 양상이라 할 수도 있는데, 프랑스 철학자 폴 리쾨르(Paul Ricoeur, 1903~2005)가 『시간과 이야기』란 책에서 설명한 내용입니다. 그 그림의 주인공을 선재동자라 합시다. 선재동자가 도를 찾아 방황한 과정은 그림에 나와 있는 것과 똑같진 않을 겁니다. 이러한 상태의 이야기 구성을 전형상화prefiguration라 하고, 그걸 그림으로 그린 것은 형상화figuration, 우리가 그 그림을 보고 의미를 고구하면서 이야기를 나누는 것은 재형상화refiguration라 할 수 있습니다. 이 단계에 따라 이야기에 개입하는 시간 양상이 다른 것입니다. 아무튼, 그렇다 하고 소설을 쓸 때, 이러한 논리가 어떤 효용이 있을 것인가 그렇게 생각해 보아야 할 겁니다.

한 생애의 시간은 균질적이지 않습니다. 소설을 쓰다 보면 어떤 장면은 길게 서술하고 어떤 장면은 간단하게 서술하고 넘어가는 경우도 있습니다. 일각이 여삼추라는 말도 있지요. 여기서 우리는 '시간의 밀도'라는 개념을 상정할 수 있습니다.

통도사 대웅전에서 벽에 뚫린 허공에 눈을 주고 명상에 잠긴 시간은 어떤 밀도를 지닐까요. '덴서티 오브 타임'… 나는 몸으로는 힘들기는 하지만, 여러분 만나서 고맙게 생각하고 있습니다. 여러분을 만나는 시간, 그 시간의 밀도 때문입니다." 천강월은 몇 사람 건너 나에게 시선을 고정하고 있었다.

"오늘이 전반기 강의 끝나는 날인데, 그냥 헤어지면 섭섭하지요. 교수님 시간 내주세요."

"서사에 개입하는 시간은 개별적 밀도를 가지는 겁니다."

"내 말에 대답을 하셔야지요."

"좋습니다."

두 달 정도 천강월을 못 만난다고 생각하니 가슴으로 서늘한 바람이 한 줄기 지나갔다. 우스운 일이었다.

그날 저녁식사는 한식당 '가마솥 순두부'에서 가졌다. 서출지[46] 연못과 무량사 사이에 자리 잡은 식당이었다. 나는 서출지의 그 편지 봉투, 편지는 어떤 종이에 썼을까 그런 생각을 하느라고 사람들의 이야기와 움직임에는 관심이 없었다.

백성민 씨가 〈신라의 달밤〉을 뽑고 있을 무렵, 금옥산과 '금오산', 금오산이 왜 금옥산으로 바뀌었을까 그런 생각이 머리를 어지럽혔다. 김시습이 왜 경주에 와서 『금오신화金鰲新話』를 썼을까. 김시습의 생애와 소설 사이에 필연적인 관계가 있을까. 천강월은 이런 문제에 관심이 있을까.

여름은 성장의 시기, 성숙의 시간대이다, 문학은 더위를 타지 않는다, 교수님 건강 잘 챙기세요, 우리들 보고 싶으면 전화하세요, 경주 오실 일 있으면 전화 주세요, 아름다운 궁녀들 그리웁고나… 날 보러 와요… 공작새 날개를 휘감는 염불 소리… 소설은 챗지피티한테나 쓰라고 해… 좀비의 영혼… 자리가 왁자했다. 천강월의 목소리는 안 들렸다.

천강월이 고개를 처박고 있는 내게 다가와 어깨에 손을 얹었다. 나는 화들짝 놀라 튕겨 일어났다.

"신경주역까지 봉사 좀 할래요?"

"어머, 어쩌나. 오늘 차 없어요."

천강월은 얼굴에 쓸쓸한 웃음을 띄우면서, 노래방을 나가고 있었다.

나는 어둠이 고이는 천강월의 뒷모습을 바라보았다.

"방학 중에 작품 완성해… 명작을 쓰라구?" 비비캡이 다가와서 귀에다 대고 속삭였다. 가벼운 술 냄새가 풍겼다. 그것은 남자의 냄새였다.

"등단 클럽은 잘 운영돼?"

"방학 땐 자운암에서 합숙하기로 했어. 위문 올래?" 나는 허탈하게 웃었다.

천강월이 우습게 보는 '등단'이었지만, 등단을 하지 않은 이들로서는 도전의 고지나 다름이 없을 듯했다.

차가 없다는 것은 지어서 한 말이었다. 주변에서 나를, 아니 천강월을 바라보는 시선이 날이 서 있었다. 아니 갈고리가 져 있었다. 미늘이 잔뜩 달린 낚싯바늘 같은 시선이었다. 나는 내면을 저들에게 들키고 있는지도 모를 일이다.

"오랜만입니다. 지귀를 소설로 쓰신다고 들었는데⋯" 언제 왔는지 빈남수 기자가 다가와 손을 내밀었다. 끈끈한 땀기운이 느껴졌다.

"그거 완성되면 우리 잡지에 게재하지요."

나는 대답을 하지 않았다.

"등단 예비자 모임에는 안 가세요?"

그런 게 있느냐고 엉너리를 치고 싶지는 않았다. 바빠서요⋯

"손님 가운데 문어 가지고 오신 분 있어요?"

"어머머, 문어가⋯ 어디?"

"문어 때문에 사람이 죽었어요?"

"문어? 문어가 사람을?"

"천강월 선생이 버리고 간 거야?"

수강생들이 웅성거리며 일어나 현관으로 밀려 나갔다. 세상에 이런 코미디가 있겠나, 나는 소지품을 정리해 에코백에 집어넣고 천천히 일어났다.

밖에서 앰뷸런스 경적이 요란하게 울렸다.

10

산골 물소리

8월 25일, 2학기 개학을 한 주일 앞두고 천강월에게서 메일이 왔다. 나는 우선 글의 길이부터 확인했다. 컴퓨터 화면으로 20쪽 분량이었다. 단편으로는 너무 길고 중편이라 하기는 좀 모자라는 양이었다.

징그러운 인간, 나는 나도 모르게 그렇게 내뱉았다. 그러다가 메일 바탕화면으로 돌아가 보았다.

"겨울 산사는 고독해서 좋고, 여름 산사는 물소리가 대장경을 읊어서 장엄합니다. 소설 쓰는 친구 지상림과 백담사 만해마을에 갔습니다. 그는 발표자였고, 나는 토론자로 참여했습니다. 글쓰기와 삶을 하나로 통일해가는 친구의 글이라, 그 글을 읽으면서 남아진 씨 생각을 했습니다. '잘 빚은 그리스 도자기 항아리'[47] 같은 소설을 생각하고 있습니다. 개강이 가까워오니 몸이 살아납니다."

죽어도 베토벤이 노래한 것처럼 '이히 리베 디히', 그런 말 한마디 못 하고 죽을 것 같은 천강월이란 소설가… 겹겹으로 얽히는 텍스트… 나는 작품과 작가 사이의 혼선에 빠져들었다. 둘의 공분모는 잡히지 않는 지평선이었다. 그리고 '잘 빚은 항아리'[48]에서는 알 수 없는 메아리만 웅웅웅 울려나왔다. 그건 어쩌면 불안의 표정이었다.

산골 물소리

한지는 물론, 종이가 펼쳐지는 마당이면 어디든지, 나 지광택의 필드였다. 종이라는 말만 들으면 빠지지 않고 찾아다녔다. 인디애나 존스 포 페이퍼. 나에게 종이 내러티브는 필생의 과업이 되어가는 중이었다. 한지를 중심에 두고 종이와 연관된 동심원을 겹겹이 그리는 방황이 계속되었다.

"지광택 작가, 백담사에 갈 시간 되겠나?"

시를 쓰는 누님이 백담사에 가자면서 운전을 할 수 있겠나 물어왔다. 내가 전라북도 고창에 살고 있다는 것은 까맣게 잊은 모양이었다.

그러나 상당히 조심스러운 어투였다. 누님과 교분이 있는 다른 시인 하나가 동승할 거라면서, 얼마 전에 남편이 실종되는 바람에 상심하고 지낸다고 했다. 공연히 불필요한 거 묻고 해서 불편하게 하지 말라는 뜻으로 들렸다. 그도 누님처럼 시인이라고 했다. 남편이 실종된 여성 시인. 설명할 수 없는 호사 취미의 호기심이 일었다.

"장마도 끝나가고 하는데, 행사 하루 전에 여유 있게, 백담사도 들러보고 그러자구. 가봐서 뭣 하면 오세암에도 올라가보는 것도 괜찮을 거고."

단순히 운전을 부탁하는 게 아닌 모양이었다. 오세암 이야기가 내 호기심을 사로잡았다. 김시습, 생육신으로 내면의 갈등이 가득했던 생애, 언젠가는 글로 쓰고 싶었던 소재였다. 사실 시인들의 모임은 관심 밖이었다.

정오에 맞추어 방배동까지 차를 대자면, 고창에서 적어도 8시에는 출발해야 했다. 송학산에서 고속도로 인터체인지 입구까지 걸리는 시간을 고려하면 새벽 그 이전에 출발하는 게 안전했다.

아내 라포레는 아직, 아니 평상시대로 가볍게 코를 골며 잠에 떨어져 있었다. 아이들을 데리고 잠에 떨어져 있는 아내의 얼굴은 평화가 가득했다. 나는 설악산 일정을 아내의 머리맡에 적어놓고 문을 열고 밖으로 나섰다. 장마 지나간 하늘에 햇살이 벌기 시작했다. 하늘은 인간이 깨어 있고 잠들어 있는 걸 관계치 않고 운행을 계속한다. 별이 하늘을 운행한다는 것은 신비감을 자아냈다. 어떤 때는 서양 점성술이 예사롭지 않아 보이기도 했다.

서울에 도착해서 일행을 만나 백담사까지 차를 몰고 오는 여정을 이야기하는 건 그리 중요하지 않다. 누님은 아예 코를 골면서 잠에 떨어졌다. 나를 믿고 차를 이용한다는 뜻인 모양이었다. 동행하는 여성 시인은 챙이 넓은 아사천 모자 아래, 그저 빙긋 웃으면서 인사를 했기 때문에 자는지 조는지 관심 밖이었다. 이따금 핸드폰에다가 무언가 적어 넣는 건 알 수 있었다. 오른손으로 왼손 손목을 문지르는 게 특이 행동이라면 특이 행동이었다. 왼손 손목에 기다란 흉이 져 있었다.

백담사 입구 마을 용대리에서 어중띤 점심을 먹었다. 술 안 마신 해장국이었지만 맛이 예사롭지 않았다. 식당 이름이 '금전벽우'였다. 산채 한정식이라는 구절이 한편 타성적이고 한편으로는 여기답다는 생각을 하게 했다. 이 식당은 내외가 운영하는 모양이었다. 아내가 주방에서 일을 하고, 남편이 홀에서 손님을 맞았다. 말씨가 이북말이라서 거북하기는 해도 사람이 친절했다. 여주인이 밀차에다가 반찬을 싣고 돌돌 소리를 내면서 밀고 왔다.

"식당 옥호가 고전적입니다." 내가 말했다.

"우리 주인이, 장안사라고 아시지예, 거기서 일했슴메." 탈북민이라는 뜻인 모양이었다.

나는 장안사나 금전벽우에 대해 더 이야기를 하지 않았다. 다만 지나연이라고 명함을 건네준 시인이 창밖으로 눈길을 던지고, 가벼운 한숨을 내쉬는 데에는 눈길이 갔다. 손수건을 두른 손목에도 눈이 갔다.

"저어기 우리 집 로고송 하나 들어볼래요?" 재미있는 제안이었다.

테너 엄정행이 노래를 불렀다. 그런데 한 구절이 자꾸 귀에 걸렸다. 장하던 금전벽위 찬 재 되고 남은 터에…. '금전벽위'라니 그게, 금전벽우를 무슨 절벽으로 아나, 하기는 금전벽우라는 어구 해석에도 나는 의의를 달곤 했다. 일반적으로 푸른 하늘 아래 금빛 번쩍이는 가람을 뜻하는 걸로 풀었다. 나는 생각이 좀 달랐다. 금전金殿과 벽우碧宇를 둘 다 가람의 건물로 보아야 한다는 게 나의 주장이었다. 금당이라고 하는 것처럼 금빛 번쩍이는 건물과, 푸른 기와를 인 청청한 기운이 도는 건물이 즐비하게 들어찼던 대가람의 위용을 떠올리곤 했다. 그러나 그런 이야기를 설득력 있게 펼칠 자리가 내 앞에는 깔리지 않았다.

이은상이 가사를 쓴 〈장안사長安寺〉. 이은상(1903~1982)은 민족혼 앙양하는 데 선두 역할을 했다. 시조문학 중흥을 도모했고, 이순신을 민족의 '성웅'으로 추앙하는 데 공헌이 컸다.

'장하던 금전벽우金殿碧宇/찬 재 되고 남은 터에/이루고 또 이루어 오늘을 보이도다/흥망이 산중에도 있다 하니 더욱 비감하여라'

금전벽우라는 식당 이름 때문에 연상의 뿌리를 내린 〈장안사〉라는 노래는 내 상상을 백담사라는 사찰로 이끌었다.

백담사를 돌아보는 중에, 전두환이 여기 와서 머물던 내력을 이야기했다. 누님은 전두환 다음에 아무런 지칭어를 붙이지 않았다. 역사의 허무함… 아니 기록하지 않은 역사의 무의미함. 나는 그런 생각을 걷어치우기로 했다.

"오세암에 다녀갈 수 있을까요? 여기까지 올 기회 자주 없는데…" 나는 시계를 보면서 누님의 눈치를 살폈다.

지나연 시인이 낮은 한숨을 쉬었다. 눈길은 산봉우리에 가 있었다.

"산줄기에 무슨, 뭐가, 있습니까. 혹은 산봉우리에…"

"어머, 아닙니다." 화들짝 놀라는 모습 때문에 오히려 내가 주춤했다.

"오세암은 다른 기회로 미루는 게 좋겠어. 여기서 저 아래 용대리 내려가는 차가 금방 끊긴다네. 한 시간 남았네." 서둘러 출발할 것을 그랬다는 표정이었다.

"시화전 하네요. 흥미롭지 않아요?" 누님이 좋다고, 손뼉 치는 시늉을 했다.

'산-강-들 시화전'

산과 들 사이로 강이 흘러가는 풍경. 나는 시화전에 어떤 종이가 쓰이는가 하는 데 촉이 꽂혔다. 특별한 이슈를 발견하기는 힘들 거란 소극적 생각을 미리 하고 있었다.

생각해보면 세상은 종이로 덮여 있었다. 문자를 구사하는 동네는 그 문자의 가치와는 아무 상관이 없이 종이가 끼어들었다. 아니 종이가 뒷배를 대지 않으면 문자는 허공으로 펄펄 날아갈 뿐이었다. 화가들이 붓을 놀려 그림을 그리는 데마다 종이는 모성의 태반이나 다름이 없었다. 종이라는 태반에다가 생명의 씨를 심는 일이 그림이고 글씨이고, 그리고 언어로 수작을 하는 시이고 그랬다.

시화전의 '시화'는 문자와 그림이 함께 종이를 타고 춤을 추는 격이었다. 세계를 누비는 종이 그 다양한 종이문화 가운데 '한지'가 자리 잡고 있는 셈이었다. 한지가 세계 종이의 모태라 하기는 설명이 궁색한 구석이 있었다.

누님은 지나연 시인과 함께 어떤 작품 앞에 서 있었다. 그냥 서 있는 게 아니라 지나연의 어깨에 손을 올리고 있었다. 아마 지나연이 마음에 어떤 동요가 있어서 울컥거리는 모양이었다. 박재삼의 「울음이 타는 가을 강」이라는 작품 앞에 두 여인은 서서 시를 가슴속으로 삭여내는 중이었다.

마음도 한자리 못 앉아 있는 마음일 때

친구의 서러운 사랑 이야기를
가을 햇볕으로나 동무 삼아 따라가면
어느새 등성이에 이르러 눈물나고나.

제삿날 큰집에 모이는 불빛도 불빛이지만
해 질 녘 울음이 타는 가을 강을 보것네.
저것 봐, 저것 봐
네보담도 내보담도
그 기쁜 첫사랑 산골 물소리가 사라지고
그 다음 사랑 끝에 생긴 울음까지 녹아나고
이제는 미칠 일 하나로 바다에 다 와가는
소리 죽은 가을 강을 처음 보것네.

이 작품이『사상계』(1959. 2)에 발표되었다는 전거가 달려 있었다.

"바보 같은 질문 하나 할까요? 가끔은 바보가 큰 깨우침을 일궈내기도 하잖아요."

"남 속 아픈데 공연히 속 지르는 소린 하지 말고…"

"저 시에서 눈물 나는 데가 어느 구절입니까, 물론 전체가 그렇지만…"

지나연 시인은 푸우, 짧은 숨을 뱉아냈다.

"꼭 알고 싶어요?"

나는 말이 안 나와 고개를 끄덕여 그렇다는 표시를 했다. '그 기쁜 첫 사랑 산골 물소리'쯤을 염두에 두고 있었다. 대답은 나의 기대를 뒤엎어놓는 것이었다. '동무' 때문이라는 것이었다. 누님 얘기가 떠올랐다. 시인 남편이 실종되었으니 마음 건드리지 말라는 이야기를 하던 게 예사롭지 않았다. 동무? 나는 어리뻥해져 지나연 시인을 쳐다보았다. 손수건으로 볼을 찍어내고 있었다. 얼굴이 창백해 보였다.

시화전을 본다고 충이다가 막차를 놓쳤다. 백담사 경내에는 숙박 시설이 따로 없었다. 버스 정류장까지 걸어 내려가야 할 형편이었다. 꼭, 어디, 엠티 갔다가 여친 잡아두는 책략을 닮은 구조에 갇히게 되었다.

"내려가는 길이니, 부지런히 가면, 한 시간 남짓해서 용대리에 닿을 겁니다." 젊은 스님은 잠자리를 제공할 수 없는 게 자기 책임이라도 되는 듯이 미안해했다.

오세암, 생육신, 김시습, 불우한 천재, 사경…. 그런 이야기를 드문드문 하면서 길을 걸었다.

"지 선생님, 저어기, 저 앞에 저 모롱이 돌아가면 사람들 잘 모르는 비석이 하나 있어요."

"사람들 잘 모르는 비석이라면, 그런데 그걸 시인은 어떻게 아세요?"

"동무가, 아니 친구가… 백두대간 산줄기 구석구석 잘 아는 친구가 있었거든요."

그게 누군가는 묻지 않았다. 그 비석을 보기 위해 발길을 서둘렀다. 과연, 데크를 설치해놓은 끄트머리 모퉁이에서 산비탈로 한 10미터쯤 들어간 데에 자그마한 비석이 서 있었다.

"저어기, 저게 그 비석예요. 어두워서 안 보일 건데 어쩌나."

"인연이 안 닿은 걸 억지를 쓰면 마가 든다니…" 누님의 말이었다.

핸드폰 카메라로 촬영을 하기는 했으나 비문은 판독이 안 되었다. 다만 비석이 물에 젖어 땀을 흘리고 있는 것처럼 보였다. 땀을 흘리고 있는 비석, 어디선가 들었거나 본 듯한 기시감이 밀려왔다.

"내 이야기는 친구한테 들은 것뿐이라 정확하진 않아요. 비석 이름이 '지귀위령비紙鬼慰靈碑'인데, 종이귀신의 영혼을 위로한다는 뜻인데요, 선덕여왕 사랑하다가 가슴에서 불이 일어 죽은 지귀랑은 발음만 같고 뜻은 달라요. 귀신 귀 자를 쓰기는 했지만, '지혼紙魂'이나 '지령紙靈'이라고 하는 게 적절할지도 몰라요. 아무튼, 김시습, 경열선사에게 종이를 쳐다 주다가 젊은이가 호랑이에게 물려 죽었다는 것은 사실이거든요. 호랑이 이상하지요? 아까 백담사에서 산신각 안에 호랑이 그려진 거 봤잖아요. 호랑이에게 물려죽은 것은 그 혼이 성화, 성스런 존재로 격상되었다는 의미를 지닌다고 보아야 할 겁니다."

"성화라면 서블리메이션, 그거 말인가요?"

"대개 그렇지요. 적어도 신이란 말이 붙으면 성스런 존재가 되잖아요."

김시습이 오세암에서 지낼 때라고 한다. 일마다 뜻대로 되는 것이 없었다. 시름은 깊어지고 목줄이 탔다. 이름이 좋아 곡차였는데, 저 아랫동네 주막에서 등짐으로 쳐다 올려준 술독에 술이 괴고 있었다. 술은 물이 아니라 마시고 나면 혼곤한 수마가 찾아왔다. 졸다 깨다 하면 원치 않는 지난 기억이 송곳 끄트머리처럼 살아나 의식을 찔러왔다. 몸은 쇠약해져 칼은 고사하고 붓 한 자루 들어올리기도 힘들 지경이 되었다.

세조라는 인간, 조카를 펄펄 끓는 방에 처넣어 삶아 죽이고 옥좌를 차지하고 앉은 대군을 처치하지 않고는 명부에 적을 올릴 수 없다는 생각에 시달렸다. 그러나 혼자서 결행할 수 있는 일이 아니었다. 몸은 거처 정하지 않고 부평초처럼 떠돌았다. 뿌리내릴 짬이 없는 신세는 거듭 생각해도 한심했다.

일마다 뜻대로 되지 않아서 事事不如意(사부여의)
시름 속에 취했다가 다시 깨노라 愁邊醉復醒(수변취복성)
새가 날아가듯 내 이 몸은 덧없고 一身如過鳥(일신여과조)

그 많던 계획도 마름풀잎처럼 떠버렸네 百計似浮萍(백계사부평)

소년 시절로 돌아가고 싶었다. 소년 시절 쓰던 자字가 열경悅卿이었다. 동봉이니 설잠이니 하는 대신 열경이라는 자를 불러주는 게 김시습의 처지를 나타내는 데 적합하다는 생각이 들었다. 그러나 나는 듣는 입장이었다. 지나연 시인의 이야기이기 때문에 김시습이라고 해도 나는 열경으로 들었다.

열경은 지난 세월 자기를 거쳐간 악운과도 같은 일들을 생각했다. 임금이 자기를 부추겨주었고, 청운의 꿈을 품었다. 시를 짓는 재능은 타고난 능력이었다. 그런데 10대 후반부터 세상 돌아가는 게 하늘의 뜻과는 아무 연관 없이 궤도를 이탈해서 왜곡했다. 잊을 수 없는 일들이었다. 수양대군은 성군 세종의 아들이라고는 도저히 믿을 수 없이 사람 목숨 처단하기를 쥐새끼 잡아 조지듯 했다. 사육신을 목 벤 것은 열경이 막 스물을 넘긴 무렵이었다. 가슴에서 피가 뜨겁게 끓어올랐다.

차라리 눈이 멀어 눈으로 보지 않고 귀가 먹어 듣지 않으면, 속이 편할지도 몰랐다. 재주와 이름이 몸을 괴롭힐 뿐이었다. 곡차를 한 사발 더 마시고 갈자리 위에 몸을 눕혔다. 목침을 더듬어 베었다. 생각은 날개를 달고 잠은 멀리 달아났다. 꿈이나 꾸어서 시화연풍 농부가나 듣고 싶은데, 머릿속으로 그리고만 있어서는 꿈이나마 형상을 잃고 달아날 판이었다. 뭔가 쓰지 않고는 병이 날 지경이었다.

> 경사(經事, 지나간 일)를 뱃속에 너무 채우지 말게 經事莫鏖腹(경사막염복)
> 재주와 이름은 헛되이 몸만 괴롭힌다네 才名空苦形(재명공고형)
> 베개 높이 베고서 잠잘 생각이나 하리니 唯思高枕睡(유사고침수)
> 꿈에나 순임금 만나 말을 나눠보리라. 更載夢虞庭(갱재몽우정)

종이가 떨어졌다. 열경에게 종이는 자기 존재를 뱉아내어 형상을 볼 수 있는 말씀의 얼굴이었다. 초가 떨어져 마을에 내려가겠다는 젊은 스님에게 부탁을 했다. 종이 한 단을 쪄다 달라는 부탁이었다.

종이를 지고 올라온 것은 열경이 탁배기를 대 먹는 주막집 겸 마방간 막내아들 막둥이였다. 이름이 희한하게도 '귀재'였다. 생각해보니 어느 부모 치고 자식이 남보다 뛰어나기를 바라지 않겠는가. 귀재鬼才로 이름을 붙이면 세상에서 그를 귀신을 넘어서는 재주를 지닌 존재로 알아주기를 바랐다.

"날이 늦었다. 밤길 다니지 말고 나랑 하룻밤 자고 날 밝으면 내려가라."

"염려는 고맙습니다만, 오늘이 할아버지 제사라 내려가야 합니다."

열경은 잠뱅이 걷어올린 아래로 드러난 아이의 장딴지를 쳐다봤다. 울퉁불퉁한 근육이 웬만한 산짐승은 때려잡고도 남을 만했다.

종이 값이라고 건네주는 엽전을 받아 드는 손이 두툼해 보였다. 저런 자식 낳고 살면 나처럼 떠돌지 않아도 살아지는 것이려니 생각하매 눈자위가 알알해지는 것이었다. 강릉에서 혼자 밭을 매고 있을 어머니 생각이 났다. 어머니는 이미 회갑을 넘긴 나이였다. 장마가 지나면 어머니 뵈러 강릉에 가야겠다는 생각을 하고 있었다.

시를 짓고 있는데, 한 줄기 습한 바람이 창으로 들어왔다. 촛불이 끔먹하고 꺼졌다. 어느 산자락에선가 고라니가 샛된 소리로 캬악캬악 울어댔다. 뒷골로 서늘한 물줄기가 스치고 지나갔다. 촛불을 밝힐까 하다가 부시가 누져서 말을 안 들을 것 같아 그대로 갈자리 위에 누웠다. 어머니 얼굴이 눈앞에 오락가락했다.

설핏 잠이 들었다. 하늘에서인가 하얀 너울이 내려와 얼굴을 덮었다. 이슬비가 뿌렸다. 하얀 너울은 열경이 시를 초잡던 닥종이었다. 닥종이는 그 쓰임이 종잡을 수 없었다. 그 위에 시를 쓰고 그림을 그리기도 하지만 죄인의 숨을 멈추게 하는 데도 썼다. 도모지塗貌紙라는 게 있는 모양이었다. 얼굴에 도포해서 숨을 끊어지게 하는 종이. 가슴이 답답하고 숨이 막혔다. 열경은 손을 휘저어 얼굴을 덮고 있는 종이를 제쳐냈다. 어디서 달려왔는지 몸집이 거대한 호랑이가 등 쪽으로 덮쳐왔다.

열경은 아이가 내려간다는 걸 말려야 하는 것을! 주먹을 들어 벽을 쳤다. 흙벽에 구멍이 뻥 뚫렸다.

"지귀紙鬼를 곡함…." 우리는 걸음을 멈추고 한동안 어둠 속을 바라보고 있었다.

"그런 내용을 읊은 시가 남아 있습니까?"

"내가 한문을 잘 몰라서… 다만 김시습은 그 비를 세우고 강릉으로 갔습니다. 어머니가 돌아가셨을 겁니다. 세 해 동안, 강릉에서 시묘살이를 했다는 것은 알고 있어요. 선교장 옆에 있는 김시습 기념관에서 알았습니다."

나는 고개를 주억거렸다. 원주 감영에서 만든 종이를 설악산 백담사, 오세암까지 옮겨 오는 길목마다 호랑이가 사람의 목숨을 노리고 있었던 험악한 길이었다.

백담사 만해마을에서, '만해축전'의 일환으로 한국시인협회가 주최하는 세미나가 있었다. 주제가 촌스러웠다. '시 교육'이라니. 관산대학교 사범대학에서 문학을 가르치고 시를 쓰기도 한다는 석자명 교수가 주제 발표를 했다. 시를 알고, 즐기고, 시를 쓰는 일까지 시 교육의 범위에 포함해야 한다는 이야기를 했다. 시를 쓰는 일이 어떤 가치가 있고, 그게 왜 즐거운 일인가를 석 교수 자신이 쓴 시를 예로 들어 펼치기도 하면서, 시를 알고 즐기도록 가르쳐야 한다는 내용을 강조했다. 많은 청중이 공감하는 눈치였다. 그런 공감은 토론을 맡은 석영인 교수가 구체적이고 새로운 시교육 방법을 제안해서 유인력을 높여갔다. 발표가 끝나고 자리를 뜰 때 청중들은 기립할 분위기로 박수를 쳐댔다. 시를 잘 모르는 나까지 공감이 가슴으로 밀려드는 느낌이었다.

세미나가 끝나고 다음 프로그램이 진행되기까지는 한 시간가량의 짬이 있었다. 누님이 차를 한잔 하자면서 '백담다원'이란 찻집으로 우리를 이끌었다. 우리란 나와 동행한 시인 지나연을 가리킨다. 지나연 시인은 안개가 끼어 있는 산자락을 이따금 넋 놓고 바라보았다. 거기 무슨 이야기라도 잠겨 있는 모양이었다. 어제 박재삼 시에서 동무, 친구 그런 어휘를 들어 이야기를 하던 게 떠올랐다.

"배부르면 시 안 써진다지? 배에 도넛 생기면 졸음부터 오거든. 배둘레햄이 되면 말할 것도 없고."

누님이 지나연을 두고 들으라고 하는 이야기처럼 눈길을 흘금거렸다.

누님은 지나연에게 말을 아주 놓는 것도 아니고 그렇다고 깍듯한 예를 갖추는 것도 아니었다. 누님의 약간 시통터진 자부심이 묻어나는 어투였다. 너 시 그렇게 쓰면 못 쓴다는 어투가 묻어났다.

"이번 프로그램은 특별한 행사가 포함되어 있습니다. 우리 시인들이 종이 잡아먹는 사람들이라고 종이 혼을 위로하는 '지혼제'를 지내는 겁니다. 이 세미나 끝나면 냇가로 내려가, 수변 공연장이 있는데 거기로 모이시길 바랍니다."

지혼제紙魂祭라니. 재미 있는 발상이었다. 하기는 종이는 나무 잘라서 만드는 물건이었다. 나무가 혼이 있다면 원통하고 한 맺히는 일일 터였다. 더구나 닥나무는 거목이 되도록 자라지 못하고 매년 줄기 뽑아올려 두어 발 자라면 싹둑 잘라다가 껍질 벗겨 열탕에 삶아 '닥'을 만드는 것이다. 아무튼 지혼제라는 게 처음 듣는 거라 흥미로웠다.

제단은 간소했다.

삼베옷 비슷한 두루마기를 갖추어 입은 제관이 나서서 고유문告由文을 읽었다. 나무를 베어 삶아 닥을 내고, 거기다가 닥풀 그 황촉규 뿌리를 넣어 다시 삶으면 섬유가 달빛 번지는 모양으로 번지는 과정…. 문인 화백들이 달빛 어린 바닥에다가 먹칠을 해서 시를 짓고 글 쓰고, 화공들이 그림을 그려 예술품 만드는 데 몸을 바쳐 봉헌하니 그 인고의 과정 거쳐 예술로 승화하니, 안타까운 그대 혼 거룩하게 다시 태어나매 그 위에 천지의 기운이 엉키고 흩어져…. 한지 중심으로 종이의 덕을 쳐들어 높이는 고유문이었다. 제관은 고유문을 촛불에 대어 불길이 붙었다. 불길은 나풀거리며 하늘로 날아올랐다.

"멋있지, 저 제관이 입은 두루마기가 종이 천으로 만든 거래."

지혼제가 진행되는 과정을 바라보고 있던 참여자 하나가 제관의 입성을 칭찬했다.

아무튼 나는 시인들답다는 생각을 굴리고 있었다. 자기들이 소모하는 종이에 혼을 부여하고 그 혼을 위로하는 제사를 지내는 것은 다른 영역에서는 보기 어려운 진혼제였다.

시업詩業의 자세 : 콜벨이 드르럭 드르럭 울렸다. 차가 나왔다는 소식이었다. 누님은 십전대보탕을, 지나연 시인은 에스프레소, 나는 모카커피를 시켰다. 내가 찻잔 담긴 쟁반을 들고 왔다. 지나연 시인이 일어나 쟁반을 받았다. 왼팔 팔뚝을 가로질러 벌건 흉터가 드러나 보였다. 이 여자의 생애 곱지 않았을 거란 생각이 들었다.

누님이 커다란 도자기 찻잔을 슬슬 불면서 찻잔을 들었다 놓았다 하다가, 아예 탁자에 멀찍이 밀어놓고는 이야기를 시작했다. 소설가들이 하는 것처럼 대화로 처리하기는 조금 고약한 식으로 이야기를 길게 이어갔다.

아까 좀 도도하게 이야기하던 발표자 생각이 나서. 지나연 시인도 두보(杜甫, 712~770)라고 잘 아시잖아요. 신라로 치면 성덕왕 11년에 태어나 혜공왕 6년에 생애 마감한 시인이지요. 왜 두보를 들추냐고. 이런 제목의 시를 썼대요. 江上値水如海勢聊短述(강상치수여해세료단술). 이게 무슨 말인가 하면 '강가에서 바다 기세 닮은 물 만나 짧게 짓는다', 그런 뜻이라네. 중국은 땅덩어리가 하도 크니까 강인지 바다인지 구분이 안 되는 그런 강이 있잖아.

"아, 항저우에서 본 전당강, 정말 바다 같더라구요." 누님은 고개를 끄덕여 알겠다 하고는 이야기를 이어갔다.

말복이라고 조카와 앉아 치맥을 하는 중이었는데, 글 잘 써야겠더라고, 투덜거리듯 말했지 않겠어요. 누구한테 하는 소리냐 물어 왔어요. 막연히 내가 아는 '당신들'이라고 하고 싶었는데 일단 함구하고, 두보의 한 대목을 불쑥 내밀었지 뭡니까. 그게 '어불경인사불휴 語不驚人死不休'라는 도도한 구절이었는데 말이지요.

나는 나 스스로 부끄러워 이렇게 말했다오 "내가 쓴 글이 사람들 놀라게 하지 못하면 죽으면 죽었지 글쓰기 포기하지 않겠다." 사람들이 두보처럼 다부진 자세로 글을 써야 한다는 뜻이었는데, 말지이죠.

조카가 다 안다는 듯이 하는 소리가 이래요.

"남 걱정 말고 고모나 잘 하세요"

내가 그랬지. "어허, 너어 제법 많이 컸다." 속으로야, 어디 대고 그런 말을, 함부로 하는 건가. 너는 내 조카잖아. 조카 얘기가 맞아요.

생각해보니 내 글 읽고 놀라기는 고사하고, 거들떠보기라도 하면 천행이라는 생각이 드는 거예요. 그래서 원문을 들이댔지 않겠어요. 너 이런 글 읽을 줄 아느냐, 하는 셈으로. 봐요. 여기 입력까지 해놓았다니까. 지나연 시인은 누님의 폴더폰 화면을 응시했다. 그 내용이 궁금해서 핸드폰을 당겨놓고 보았다. 이런 글이 떴다.

爲人性僻耽佳句 語不驚人死不休
老去詩篇渾漫興 春來花鳥莫深愁
新添水檻供垂釣 故著浮槎替入舟
焉得思如陶謝手 令渠述作與同遊

　지나연 씨는 이런 것쯤이야 뜨르르 할 거잖아. 히야, 이거를 조선말로 풀어달라는 거예요. 응당 그래야겠지요. 더듬거리면서 대충 짚었는데 대강 이렇게 풀었어요.
　내 성미가 그리 되어먹어서 제대로 된 구절에 미치나니 내가 쓴 글이 세상 사람 놀라게 못 하면 죽어도 그만두지 않아 늙어가며 시라면 혹해서 생각은 흐드러지나니 봄에 오는 꽃과 새는 경이로울 게 없어 술술 읊고 물 위 한 발 더 나가 난간 내어 낚시 드리우려 내둥 떠 있는 뗏목 제쳐두고 작은 배에 살풋 들어 도연명과 사영운의 글 같은 뜻을 얻었으면 그들과 더불어 글 수작하면서 함께 노닐면 좋으련.
　조카 가소롭다는 듯이 왈 "고모 돌아가시기는 영판 글렀구만요." 세상사 람 놀라게 할 글쓰기는 기대할 바가 바이 없다는 뜻이렷다. 나는 탁자를 손 바닥으로 탁 쳤어요. 결과야 내 알 바 아니거니와 글 쓰는 자세는 마땅히 그러해야 하지 않겠나. 나는 최소한 그렇게 살았다고 자부하는 편인데, 시인이 자존심도 있고, 낯도 세워야고, 그래야지 않을랑가 몰라. 요새 자꾸 내가쓴 시가 종이 죽이는 일 아닌가 그런 생각이 들곤 한다니까.
　"누님 대표작이 뭐지요?"

"대표작은 미래형으로 놔두고…. 나의 대표작은 미래형이다." 그런 캐치프레이즈를 달고 산다고 할까.

조카 모르게 손으로 꼽아보니, 두보보다 십 년이나 더 살았지 않았겠어요. 시절 좋아졌잖아. 이런 걸 두고 '요순시대'라 하는 모양이라고 하니까, 허하니 웃음이 나오더라구. 조카가 말복이 24절기 가운데 몇 번째인가를 묻는 거야. 뒤통수 맞았지. 그날이 말복이었거든.

"그게 왜 그렇게 들렸을까. 앞으로 기대 연한이 얼마나 남았는가 묻는 거 같은 거야. 김 아무개 혁신위원장처럼, 얼마나 더 살라고 그러셔, 묻는 모양인데, 하마 그러기야 했을라구. 우리 착한 조카가. 설마하니."

누님이 착한 조카라고 하는 이에게 하는 행동이 꼭 나를 두고 '착한 동생'이라고 하는 거 같아 속이 편치를 않았다. 누님의 이야기도 이야기지만 나는 지나연 시인의 팔뚝에 난 상처 자국이 신경이 쓰여 흘금거리고 자꾸 쳐다봤다. 지나연 시인은 범연하게 앉아서 눈알만 한 에스프레소 잔 가장자리를 훑고 있었다. 잔 가장자리에 능소화 빛깔 루즈가 묻은 게 눈에 거슬렸다.

"오늘 지혼제를 보니까, 전에 언니랑 의령에 갔다가 보았던 '지령굿'이 생각나더라구요. 종이가 혼을 가지려면 살아 있어야 하는 건데, 그건 나무를 통째로 갖다가 갈아서 만드는 펄프에는 깃들지 않겠다는 생각이 드는 거예요."

"혼이야 인간이 비벼서 틀어넣으면 어디라고 없을까."

"시도 사물에 혼을 비벼 넣는 일이란 뜻인가요?"

누님은 고개를 끄덕거릴 뿐 별다른 반응이 없었다. 전에 언제던가, 시는 사물의 영혼을 끄집어내는 일이란 이야기를 하던 게 떠올랐다.

생각이 고창으로 치달렸다. 고창에서 생산한 한지에다가 지혼을 불어넣는 방법은 무엇인가, 그런 생각이었다. 시인들이 종이에 글을 쓰고 소설가가 소설을 써서 소모하는 종이, 나아가 한지를 혼이 담기는 문질 혁명을 일으키는 방법은 어디에도 없었다.

유마경維摩經 : 다음 프로그램은 '나는 어떻게 시인이 되었나', 그런 제목이었다. 교회로 말하자면 간증의 시간인 셈이었다. 그 간증에 나선 시인 가운데 남구하라는 이는 만해 시 가운데 시조가 있는데, 그 시조에 감명을 받아 민족의 미적 형식으로 시조를 탐구하기로 했노란 이야기를 힘주어 했다.

만해 한용운이 지은 시조―세 수를 한 제목으로 했으니 연시조라 할 만하다. 춘주春晝라니, 뜻이야 따뜻한 봄날이라고 하지만, 미당의 동천冬天만큼이나 낯설다. 아무튼 그 시를 메모장에다가 적어두었다.

봄날이 고요키로 향을 피고 앉았더니
삽살개 꿈을 꾸고 거미는 줄을 친다.
어디서 꾸꾹이 소리 산을 넘어 오더라.

따슨 볕 등에 지고 維摩經 읽노라니
가벼웁게 나는 꽃이 글자를 가리운다.
구태여 꽃 밑 글자를 읽어 무삼하랴.

대실로 비단 짜고 솔잎으로 바늘 삼아
萬古靑 수를 놓아 옷을 지어두었다가
어즈버 해가 차기 전 우리 님께 드리리라.

간증인은 말했다. 특히 만해선사의 시조 제2수가 내 가슴을 쳤습니다. 문학을 하게 되는 계기는 기적같이 옵니다. 학교에서 아무리 가르쳐도 그게 시인이나 소설가 만들지 못합니다. 은혜처럼, 계시처럼 오는 깨달음이 있어야 합니다. 시는 신앙을 지향합니다. 신앙은 사랑입니다. 만해스님이 『유마경』을 읽었다고 하잖아요. 유마힐은 재가승이었어요. 성질이 고약해서 석가모니 제자들을 들입다 욕하면서 타박하기를 일상으로 했어요. 그런데 유마힐이 병이 들어요. 석가모니가 이 말을 듣고 제자들에게 문병을 가라고 이야기하지요. 제자들은 겁나고 말대꾸하기 귀찮고 해서 다들 뒤로 빼지요. 그런데 마침 문수사리보살이 석가모니의 뜻을 받들어 병문안을 하게 됩니다. 두 사람은 말을 놓기도 하고 시를 읊기도 하면서 이야기판을 펼칩니다. 주로 유마힐이 이야기를 하지요. 이야기 신이 들리면 병도 낫습니다. 시 잘 써지면 코로나도 물러갑니다. 아무튼 유마힐은 도를 통하는 데 꼭 출가를 해야 하는가, 아니다, 재가승으로서도 도를 터득하는 것은 얼마든지 할 수 있다, 그러면서 출가를 하면 도를 핑계로 생활을 잃게 되는 거지요. 시도 마찬가지입니다. 세속의 생활 속에 시를 얼마든지 쓸 수 있습니다. 에즈라 파운드 보세요. 「지하철 역에서」[49] 그게 어디 입산수도하면서 쓴 시겠어요? 아무튼 사랑이 시를 쓰게 합니다. 여러분 사랑하세요. 그리고 시를 쓰세요. 청중들이 사랑에 환장한 사람들처럼 박수를 쳤다.

"지나연 시인은, 어이 졸고 있었나 보네? 사랑을 고백하기 위해 시를 쓰기 시작했다고 했지?"

"한 번 인연이 한 번으로 끝나면 무슨 번민이 있겠어요. 스님이 하필이면 『유마경』을 읽었을까, 짜안한 마음이 드네요. 대승 소승이 문제가 아니라, 재가승이 산에 와서 『유마경』 읽고 있는 흉중이 어떠했을까. 언니는 그런 생각 없어요?"

누님은 지나연 시인의 물음에 손수건을 꺼내 입을 닦았다. 입은 귀로 통하는 길이었다.

벽오동 : 그날이 2023년 8월 11일이었다. 뭔가를 쓸 때 날짜를 적어
두는 것은 내 버릇이다. 구태여 이유를 대자면, 이 이야기는 시간이 오르내
리며 전개되기 때문이다. 다시 잘 엮어보시라는 뜻이다. 다른 하나. 조선
조 500년, 실록을 기록하면서 날짜를 안 적어두었다면 그 가치가 절반도 안
될 터였다. 내가 쓰는 글을 실록의 기록 읽듯이 읽어달라는 자부심과 오만
이…. 아무튼 한국시인협회에서 주관하는 세미나를 마치고, 저녁식사를 하
는 자리에 모였다.

내 옆에 앞에 앉은 이들의 면면이 낯익은 듯 낯설었다. 지면을 통해 보았
노라는 이야기는 열적었다. 그렇다고 희미한 영상만 남아 있는데 디테일을
과장하고 싶지도 않았다. 더구나 누님 기사 겸해서 따라온 나를 같은 테이블
에 숟가락 놓아주는 것만도 감지덕지다. 입은 혁명적이다. 전봉준네 식구도
밥그릇으로 세고, 임여삼이네 식구도 밥그릇 수로 센다.

건너편 벽을 건너다보고 있었다. 대련 두 구를 적어놓은 소박하고 작은 액
자가 흰 벽에 걸려 있었다. 내용을 메모지에다가 대충 적었다.

'禪夢復相忘 선몽복상망
窓前一碧梧 창전일벽오'

협서에는 작은 글씨로 萬海禪師 詩, 新晴 具慈雲, 그리고 연기가 기록되
어 있다. 참선과 꿈을 함께 잊어버리니 창 앞에 벽오동 한 그루만 뚜렷하다,
대강 그런 뜻이다. 그런데 新晴신청, 비 개고 맑은 날이라는 이름이 낯설다.
끝에 구자운이라는 이름은 잊고 있었던 50년대 시인이라는 기억이 떠올랐
다. 신구문화사에서 나온 『한국전후문학전집』이란 책이 있었다. 그 가운데
'시집'에서 구자운이란 이름을 보았던 생각이 났다.

다음 날 집에 돌아와 그 두 구절을 검색창에 입력해서 찾아보았다.

용운선사龍雲禪師라는 제목, 글을 쓴 사람은 新晴신청, 어제 식당 벽 작은 액자에서 보았던 그 이름이다. 5언 4행으로 내려가는 시는 이렇게 되어 있었다.

새소리 꿈 밖에 싸늘하고 禽聲隔夢冷(금성격몽냉)

꽃 향기 선정 속에 고요하다 花氣入禪無(화기입선무)

선과 꿈을 다 잊으니 禪夢復相忘(선몽복상망)

창 앞에 한 그루 벽오동뿐일세. 窓前一碧梧(창전일벽오)

작품 제목에 대한 설명이 낯익어서 낯설다. '용운선사(1879~1944)… 이름은 봉완(奉琓), 별호는 만해(卍海). 24세 때 백담사에 출가, 시인이자 독립운동가로서 잘 알려짐. 저서『불교 유신론』『님의 침묵』등…'.

말이 되는 듯도 하고, 별스런 메시지를 담고 있는 것 같지 않은 시였다. 앞에 앉았던 젊은 시인이 물었다.

"인생을 숙제하듯이 살지 말고 축제하듯이 살라고 하는데 어떻게 생각하세요?"

질문이 근간에 유행하는 말이라서 거북살스러웠다.

"나는 시인이 아니라…. 아까부터 저 액자 바라보고 앉아 있었는데, 다만 새와 꽃이 어울리고 선인지 꿈인지 구분이 없어지면, 실상을 현시하는 존재 벽오동 한 주만 오롯이 보인다는 경지 아니겠나, 거기 이르면 숙제도 축제고 축제도 고달프고 그렇겠지요. 보세요, 잼버리…. 희비가 엇갈리잖아요. 아마 케이팝 애들 만나면 자지러질 겁니다. 야당에서는 또 씹어댈 거고."

젊은 시인 옆에 앉았던 중년 사내가 명찰을 들고, 나 이런 사람이요, 자기를 내세웠다. 이름이 희한하게도 장충단張忠丹이었다. 나는 피시시 웃었다. 충성과 단심… 저의 부모가 친일파였는지도 모른다는 생각이 들어서였다.

"당신 맘에 들어, 나이트 씨. 나이트는 나이트야. 우리 축제하러 갑시다. 저어 앞에 가면 '무애無碍'란 '곡차집'이 있는데 거기 갑시다. 아까부터 말없이 고전처럼 앉아 있는, 그대도 시인이오? 내가 이름을 몰라서, 거기하고, 언니라는 순애 씨랑 그렇게 갑시다."

"사람을 골라? 당신 맘에 안 들어…" 옆자리에서 도토리묵의 오염 해소 효과에 대해 설명을 늘어놓던 장성식이 말했다.

"나는 불평등주의자여. 만국의 술꾼이여 단결하라, 그렇게 외치는 사기꾼들하고는 안 놀아. 그런 당신은 '만당'을 따로 만들어, 제길할…"

'만당? 나는 귀를 의심했다. 만해 한용운 선사가 금강산 건봉사와 사천 다솔사에서 만당을 조직해서 불교개혁과 독립운동을 도모하던 모임, 그게 만당이라는 걸 알고 있었다. 나는 핸드폰에 저장한 '만당 선언문'을 확인했다.

보라! 삼천 년 법성이 허물어져가는 꼴을!
들으라! 이천만 동포가 허덕이는 소리를!
우리는 이 법성을 지키기 위하여, 이 민족을 구하기 위하여 향자는 동지요 배자는 악권이라. 단결과 박이만이 있을 뿐이다.
우리는 안으로 교정을 확립하고 밖으로 대중불교를 건설하기 위하여 신명을 걸고 과감히 전진할 것을 선언한다.

만해가 생각하는 대중불교란 어떤 것이었을까, 그런 생각을 하는 사이 일행은 술집 '무애'에 도착했다. 백담사 곰취 막걸리가 나왔다. 장충단이 도토리전을 안주로 시켰다. 막걸리는 맛이 산뜻하고 도토리전은 맛깔스러웠다.

술이 몇 순배 돌아갔다. 그날 세미나에서 이야기된 내용들을 정리하면서, 시 교육은 본격적으로 해야 한다는 주최 측의 테마를 반복 확인하는 자리가 되었다.

"같은 이야기를 반복하는 건 표절이래, 자기표절이라나… 시도 똑같은 거 쓰면 안 된다는 거야." 누님이 그렇게 이야기를 꺼냈다.

"인생은 윤회를 반복하는데 같은 시를 쓴다고 그게 뭔 죄가 될까?" 지나연 시인이 호동그란 눈을 뜨고 주위를 둘러봤다.

"저승도 없고, 내세도 없어요. 그러니까 윤회는 현재에 이루어지지 않으면 무의미해요."

"현재에 이루어지는 윤회? 대가리 잔디 나고 처음 듣는 소리요."

"아니지요. '당지발복'이라는 말도 있잖아요. 기독교식으로 말하자면 거듭난다는 것과 비슷한 말입니다. 저승이 아니라, 내세가 아니라, 지금 여기, 히크 에트 눈크, 현장에서 내가 다른 존재로 거듭난다는 게 당지윤회라는 겁니다."

"맞아요. 시는 결국 인생의 거듭나기를 돕는 일 같아요. 방향이 거꾸로 되기도 하지만."

"장충단 선생, 혹시 〈안개 낀 장충단공원〉 하나 불러보실랍니까."

"좋오치요. 그거 내 십팔번입니다. 어떻게 아시고…."

반주 없이 부르는 노래는 조금 삐걱거렸다.

안개 낀 장충단공원 누구를 찾아왔나 낙엽송 고목을 말없이 쓸어 안고 울고만 있을까 지난날 이 자리에 새긴 그 이름 뚜렷이 남은 이 글씨 다시 한번 어루만지며 떠나가는 장충단공원

비탈길 산길을 따라 거닐던 산기슭엔 수많은 사연에 가슴을 움켜쥐고 울

고만 있을까 가버린 그 사람이 남긴 발자취 낙엽만 쌓여 있는데 외로움을 달래가면서 떠나가는 장충단공원

지나연 시인이 턱을 괴고 앉았다가 탁자를 짚고 일어섰다. 일어서려다가 몸이 휘청하면서 휘둘렸다. 지나연 시인은 홀 가운데 서 있는 기둥을 감싸안고 무너지듯이 미끄러지면서 바닥으로 주저앉았다. 시인 장충단이 달려들어 지나연의 겨드랑이에 손을 찔러 넣어 일으켰다. 지나연이 장충단의 손을 벌레 털어내듯 옆으로 제쳐버렸다. 그러고는 욱욱 구토를 뱉으면서 화장실을 찾아 나갔다. 들어오면서 화장실이 상당히 멀리 있다는 것을 눈여겨보았다.

"장충단 선생님, 혹시 구자운이라는 시인 아시지요?" 내가 물었다.

"잘 알지요. '신청'이라는 호를 쓰는 기구한 운명의 시인. 제가 요즈음 구자운론을 쓰고 있어서 자료가 있습니다. 물론 이건 '나무위키'를 그대로 옮긴 것인데, 복사본 참고하세요. 끝에 필자 이름이 나와 있어요." 세미나에서 자료로 쓸 생각으로 가져온 거라면서 복사지를 나누어 주었다.

구자운은 1926년 11월 3일 부산시 중구 부용동에서 태어난다. 경기도 여주군 대신면 후포리가 고향인 아버지 구명회는 일본 메이지대학 출신의 인텔리였다. 시인은 1남 3녀 가운데 독자로 태어나는데, 두 살 때 심한 열병을 앓고 나서 평생 다리를 절게 된다. 그는 어린 시절을 부산에서 보내며 부산 진보통학교와 입정상업학교를 졸업한다. 1944년 그는 고등학교를 마친 뒤에 아버지의 고향인 경기도 여주로 간다. 그림에 남다른 재주가 있던 그는 이 무렵 문학은 물론 그림 공부에도 열중한다. 이런 습작 과정은 뒷날 그의 작품에 세련된 미의식이 스며드는 바탕이 된다. 1945년 해방을 맞은 뒤 아

버지가 서울로 발령을 받자 그의 가족은 삶의 터전을 서울로 옮긴다. 아버지는 불구인 자식의 교육에 태만했지만, 구자운은 뛰어난 영어 실력으로 한 개업의의 영어 가정교사를 하며 스스로 학비를 벌어 1949년부터 동양외국어전문학교 노문과에서 수학한다. 그러나 6·25가 터져 학업은 중도에 접고 피난지 여주에서 읍사무소 직원으로 근무하며 시 쓰기에 매달린다. 1954년께 서울로 돌아온 그는 대한광업회에 취직을 하고 결혼까지 한다. 구자운은 1955년부터 1957년에 걸쳐 서정주의 추천으로 『현대문학』에 「균열龜裂」 「청자 수병靑磁水甁」 「매梅」 등을 발표하며 등단한다. 그의 2회 추천작인 「청자 수병」에 대해 서정주는 다음과 같은 추천사를 보탠다. '구군具君'의 「청자 수병」은 보시는 바와 같이 먼저 형식 세련에 있어 근래에 보기 드문 역작이다. 이만큼 시의 말솜씨를 유창하게 마련해 가지기도 여간 어려운 일이 아니다. 작년 봄 그가 처음으로 우리에게 보였던 작품 「균열」의 의미 중심의 시업詩業에서부터 1년 잘되는 동안에 그는 그의 정신의 운율까지를 마련하는 데 성공해가고 있는 것을 이 작품에서 보여주어 여간 반갑지 않다. 이 시기에 그는 옛 항아리나 병과 같은 고기古器에서 느낄 수 있는 그윽한 정적미를 세련된 언어로 형상화해 1959년 제4회 '현대문학상'을 차지한다. —장석주 시인, 비평가

한 시인이 출발하는 데 기댈 언덕이 된 인사가 있다는 것. 그런데 그 인사가 일그러진 이력을 가지고 있다면…. 머리가 얼크러졌다.

산골 물소리 : "이거 따끔거리고 쓰리고 해서 못 참겠네요." 지나연 시인이 무애 홀로 들어오면서 말했다.
"아하, 저런, 낙엽송…. 그거 고약스럽습니다. 나무 껍질 전체가 가시로 되

어 있는 나무가, 그게 낙엽송입니다. 어렸을 때는 안 그렇습니다만, 나무가 크면 껍질이 모두 잔가시로 변합니다."

"설명이 필요한 게 아니라, 그래서 어떻게 처치를 해야 하는가, 그게 문제 아닙니까?"

"낙엽송 고목을 왜 쓸어 안아. 가버린 그 사람이 남긴 발자취 그게 모두 가시입니다."

"아니, 그래서 어떻게 한다는 겁니까. 이 집, 무애에 족집게 없을까?" 누님이 물었다. 사실 족집게가 있어도 시력 때문에 쓸 수 없는 형편이었다.

"한 가지 방법이 있기는 합니다만. 가시 든 손가락을 불로 태우는 겁니다. 남이 하면 안 되고 본인이 자기 손가락을 불로, 불꽃으로 지져야 잔가시가 끄트머리가 타서 덜 따끔거립니다. 내 양초 얻어올 테니 한번 해보실래요?"

"세상에 어떻게 손을 불로 지진대요." 지나연 시인은 고개를 살래살래 흔들었다. 그리고는 몸을 뒤틀었다. 블라우스 자락 밖으로 나왔던 목덜미에도 가시가 박힌 모양이었다. 낙엽송 기둥을 쓸어안고 미끄러지듯이 주저앉은 것이 탈이었다.

"아이구, 나 못 살겠네. 언니, 어떻게 좀 해줘 봐요."

"난 눈이 안 보여서 안 돼. 아우님이 어떻게 좀 해봐."

"우리가 대책 없이 이러지 말고 인제나 원통 어디 병원 응급실이라도 가봐요. 그럴래요?"

지나연은 그러자고 고개를 끄덕였다. 나는 차 몰고 나갈 일 없으리라고 술을 좀 마신 편이었다. 그러나 백담사 골짜기에서 음주단속을 할 까닭은 없을 듯했다.

태풍과 폭풍우가 멈춘 뒤라서 길에 나온 차량은 드물었다. 이따금 서울 쪽에서 오는 차들의 라이트가 눈을 찌르고 들어왔다.

"장충단공원이 왜 그렇게 충격적이세요?"

"아까 장충단 씨가 나누어준 프린트물, 그거 자세히 봤어요?"

"아니요."

"거기 희한한 이야기가 나와요. 내가 얘기하는 게 어떨지는 몰라도, 이런 얘기예요."

지나연 시인은 가렵고 따가운 가시 통증을 참으면서 이야기하는 눈치였다.

"강파, 강운파, 그 인간과 구자운 시인의 악연은 유명해요. 강운파가 절간 생활을 마치고 속세로 나왔어요. 환속이지요. 그러나 갈 데가 없었어요. 서울 그 넓은 대한민국 수도에 머리 누일 데라곤 어디에도 없었던 거예요. 구자운은 환속하여 세상에 나온 강운파가 딱해서 자기 셋방으로 불러들여요. 호의를 베풀어 그를 자기 집에서 먹고 자게 해줬어요. 그런데 인간이 할 일이 없으면 남자들은 뭐야, 그 고추 주무르게 되어 있어요. 결과는 뻔하잖아요. 칼보다 강한 펜, 그거 들고 강운파란 자가 구자운의 아내 배에 올라탄 겁니다. 그게 인간이 할 짓입니까." 이를 가는 소리가 뽀드득 들렸다.

"인간이니까 그런 거 하는 겁니다. 그게 인간의 깊이입니다."

"하기사, 무지개는 늪에서도 뜨는 거니까. 그런데 그런 일을 당한 당사자는 존재가 갈가리 찢어집니다. 구 시인의 아내는 자녀들을 버리고 밤중에 도망쳐버렸어요. 구 시인은 소년기에 급성 뇌막염을 앓아서 다리를 절기 시작했는데 평생 절뚝거리면서 살아야 했어요. 몸을 끌고 다녔다는 표현이 옳을 겁니다. 구 시인은 혼자서 아이를 키우면서 번역 원고료를 받아 생계를 유지했다고 합니다. 동양외국어대학이라는 교육기관이 있었는데, 거기서 러시아어 번역을 공부했다지 않아요. 번역 원고료마저 떼이면서… 몸은 불편하고, 믿거라 했던 강운파란 인간이 배반을 하고 고통을 폭음으로 녹여내던 시인은 47세를 일기로 세상을 하직하고 맙니다.”

나는 혀를 끌끌 찼다. 눈앞으로 무언가가 후딱 지나갔다. 급브레이크를 밟았다. 고라니가 지나간 모양이었다.

“희한한 건 말예요. 문상객들이 구 시인의 집을 찾아가 보니, 강운파란 자가 시신 옆에서 사발에 막걸리를 부어놓고 젓가락으로 사발 전두리 두드리면서『반야심경』을 염송하고 있었다는 거잖아.”

“그 양반답네요. 이런 구절 아녔을까요? 사리자, 색불이공 공불이색 색즉시공 공즉시색 수상행식 역부여시….”

“그렇겠지요. 사리자, 시제법공상 불생불멸 불구부정 부증불감… 논리로야 그렇지요. 그런데 그게 말이 돼요? 47세로 세상을 등진 구 시인의 목숨 덜어간 죄를 뉘우쳐야지요. 어미 아비 없는 애들은 어떤 인생을 살겠어요. 죄와 벌을 현요한 논리로 모두 무화하는 것은 무책임합니다. 그런 깨달음이, 그걸 깨달음이라고 한다면, 그게 생을 발양하는 데 어떤 득이 있는 겁니까.”

지나연 시인은 낙엽송 가시 때문에 쓰리고 아픈 걸 잊고 이야기에 몰두하는 눈치였다.

마침 인제에 근래 설립된 ‘새하얀피부과병원’이 환한 광고 조명을 밝히고 있었다. 그런데 문은 굳게 잠겨 있었다. 안내판에 나와 있는 033 전화번호로 전화를 했다. 병원 구내 전화인지 받지 않았다. 응급실을 열어놓고 있는 다른 병원을 알아보았다. 우선 전화를 했다. 당직자가 전화를 받았다.

“가시 때문에 고통당하는 환자가 있어서 전화를 드렸습니다.”

“농담하시는 겁니까? 어디 공룡능선이라도 갔었습니까. 공룡 가시가 박혔다면 몰라도….”

공룡의 가시라고? 나는 상대방의 음성이 사라졌는데도 전화기를 귀에서 떼지 못하고 슬슬 웃었다.

"아무래도 날이 밝아야 하겠습니다."

"아이구, 미치구 환장해서 팔짝 뛰겠네."

"일단 숙소로 돌아가야 할 거 같습니다."

지나연 시인은 고개를 깊이 떨구고 한숨을 내쉬었다. 병원을 알아보느라고 차에서 내려 시간을 축이고 있는 동안 어떤 일이 있었는지 차가 펑크가나 있었다.

"시인과 하룻밤, 그런 플롯이 짜이는 거 같습니다."

"차가 고장 나면, 고치면 되잖아요." 타박하는 투였다.

"나는 내 손으로 타이어 바꿔 끼워본 적이 없습니다."

"그러면서 자기 시는 자기가 고칠 수 있는 안목이 있어야 한다는 그런 당찬 소린 하는 거예요?"

운전을 할 줄 알 뿐이지 정비는 배우지 않았다는 이야기를 하지는 않았다.

'호텔 인제는' 호텔 이름이 재미있었다. 준비가 다 되었다는 뜻 같기도 하고, 더 이상은 기다리지 못한다는 뜻으로 읽히기도 했다. 인제 어쩔 수 없이 잠자리를 잡아야 할 때가 되었다.

"방 둘 잡을까요?"

"낭비 아닌가. 남녀가 여관에 같이 들어가면 무슨 일 나는 줄 아는 건, 그건 세속적, 아니 속물적 상상력이다." 어느 사이 말투가 달라져 있었다. 몸이 조금 편해진 모양이었다.

내가 키를 받아 가지고 호텔로 들어갔다. 지나연 시인은 먼저 들어가라 하고는 곧 뒤따라 들어가마 했다.

내가 양치질을 하고 냉장고를 열어보고 있을 때였다. 지나연 시인이 종이봉지에다가 무얼 담아 한 아름을 안고 들어왔다.

컵이야 있겠지. 혼잣말을 하면서 화장실로 들어가는 지나연의 뒷모습이 눈에 익었다.

"희한하게, 이런 게 호텔에 비치되어 있네. 화장실에다가 누가 읽다가 여길 펴놓은 모양이야."

"그게 뭔데?"

"제이씨 정이라고 알아요? 「시를 잊은 그대에게」 이따 보고 우선 맥주나 한 잔."

"편하게 하세요. 겉옷 벗어도 돼요."

"내가 누구 허락 받고 옷 입고 벗고 하는 줄 알아?"

지나연이 안고 들어온 맥주 다섯 병은 거의 비워갈 즈음이었다. 지나연의 전화가 방정맞게 울렸다.

"언니로구나. 그러지 안 해도 전화한다는 게…."

"지나연, 너 아까 연극한 거지? 사람 눈을 그렇게 감쪽같이 속인다냐, 거기 인제야 원통이야?"

"인제인지 원통인지 호텔이야."

"좋겠다아. 모든 가시는 혀로 핥으면 녹아내린댄다. 너 태워준 그 기사한테 그렇게 해달라고 해."

"알았어." 전화기 저쪽에서 '너는 오늘 땡잡았다. 앙큼한 것, 시도 그렇게 앙큼하더니 인간까지 그럴 줄은 몰랐다 얘.'

지나연은 「시를 잊은 그대에게」에서 박재삼의 「울음이 타는 가을 강」을 펴놓고 뜨덤뜨덤 감정 싣지 않고 읽었다. '친구의 서러운 사랑 이야기…' 그 대목에서 나를 빤히 쳐다보며 물었다. 그거 듣고 싶지 않아? 목소리가 물젖어 있었다.

"우리들은 정말, '그 기쁜 첫사랑 산골 물소리' 그 속에서 살았어. 아니 우리가 산골 물소리 그 자체였지. 밝아오는 아침마다 새들은 희망찬 울음으로 정원을 가득 메웠지. 남편은 내 어깨를 감싸안고 노래를 불렀어. 푸르른 날은 그리운 사람을…. 그게 누군지, 안 물어봐서 잘은 모르겠는데, 네가 죽고 내가 산다면, 내가 죽고 네가 산다면, 그런 구절에서는 내 목을 끌어안고 입술을 더듬으면서 울었어. 그리고 그 사람은 배호 노래를 엄청 좋아했는데, 〈안개 낀 장충단공원〉을 특히 좋아했지. 그런데 말야….” 지나연은 말을 이어가지 못했다.

“말하자면, 첫사랑, 그 사랑 끝에 생긴 울음까지 녹아날 날이 없었지. 미칠 일만 연속되었어. 그게 뭐냐면….”

지나연의 남편은 장충단공원에 산책을 나갔다가 연행되었다. 둘이는 아주 사소한 일로 다툰 적이 있었다. 출장이 너무 잦다는 것이었다. 남편은 내가 자리를 비워야 당신이 시를 쓰지 하면서 잦은 출장에 대해 ‘사나이 대사’에 태클을 걸지 말라면서 구체적 언급을 피했다. 눈치로 봐서는 태국, 미얀마 그런 데를 드나들었다. 중국을 통해 탈북하는 사람들을 국내로 들어오도록 돕는 일로 짐작이 되었다. 말 그대로 짐작일 뿐이었다.

남편이 연행되어 간 날, 그게 연행인지는 확인할 길이 없었다. 약차해서 무슨 일이 있으면 연락하라는 긴급 전화를 남편은 남기지 않았다. 둘이만 쓰는 전화는 연결이 끊겨 있었다. 불안한 저녁 뉴스 듣기가 무서웠다. 땅거미가 질 무렵 등치가 우람한 사내 둘이 집 대문을 밀고 들어왔다. 늘 대문을 열어놓고 살았다. 동네 강아지며 고양이는 물론 산에서 고라니가 내려와 비비추 잎을 몽땅 뜯어먹기도 했다. 그런데 희한하게도 사람들은 아무도 집에 들어온 적이 없었다. 외로움을 달래는 유일한 수단이 시였다.

‘위대한 인격을 고독 속에서 길러진다’는 괴테의 말을 그야말로 금언으로 알고 시에 몰두했다. 시간이 나면 그림을 그렸다. 계절이 바뀌면서 피어나는 꽃을 그대로 두고, 바라보기만 하면서 넘어갈 수가 없었다. 내가 내 손으로 심어서 기른 꽃을 내 손으로 다시 그리는 것은 창조의 이중나선과도 같은 것이었다.

사내들이 들어와 맨 먼저 찾는 것이 핸드폰이었다. 핸드폰을 챙겨 작은 가방에 넣고는 랜선을 찾아서 잘랐다. 두꺼비집을 내려 전기를 끊었다.

사내 가운데 등치가 조금 작은 사내가 주절거렸다.

"우리들하고 인연은 오늘 시작해서 오늘 끝이다. 놀라지 말고, 당신 남편하고 하나도 다르지 않은 하느님의 자손이라고 생각하라. 남편과 다른 남자를 비교할 수 있는 마지막 기회가 되길 바란다. 시는 고독 가운데 겪는 놀라움에서 비롯된다고 들었다. 우리들과 지낸 이야기를 시로 써도, 시라는 것도 소설 모양 허구니까 아무도 당신 당한 일을 안타까워하지 않을 것이다. 샤워실을 다녀와도 좋다. 그러나 안 다녀와도 아무 상관이 없다. 옷 벗고 기다려라."

아, 저것들이 시귀신, 시귀詩鬼거나 시마詩魔라는 거구나 그런 생각을 했다고 하면서 그때는 정말 죽고 싶었다는 직정적 이야기를 했다.

"두 놈이 두 탕씩을, 번갈아 내 밑에다가 정액을 쏟아놓고는 집을 나가더라구. 그 이후 나는 그림자놀이를 하는 중이야. 나는 내 껍데기를 살아가는 거야. 껍데기는 자주 물에 빨아주어야 해. 그래서 물소릴 듣는 버릇이 생겼지. 나 잠깐 강가에 나갔다 올 거야. 보디가드로 따라 나오지 않아도 괜찮아."

지나연을 기다리다가 강가로 나갔을 때였다. 버들 숲 저쪽에서 첨벙하고, 뭔가 강물에 빠지는 소리가 들렸다. 거의 본능적 반사신경이 작동해서 달려갔다. 하얀 블라우스 자락에 감긴 머리털 한 다발이 강 안쪽으로 밀려들어가는 중이었다. 나는 앞뒤 가릴 사이 없이 강물로 뛰어들었다.

내가 축 늘어진 지나연을 끌고 강가로 나왔을 때, 순경들과 119 구급대원들이 기다리고 있었다. 내가 혼자 충분히 물에 빠진 사람을 끌고 나올 수 있으리라고 믿은 것 같았다. 인제 경찰서장이 말했다.

"그런 일은, 만해 한용운 선사같이 독한 사람이나 하는 일이요. 강물에 빠진 젊은 아지매 들쳐업고 나왔을 때, 백담사 주지스님이 그랬다는 거라. 여자 다뤄본 솜씨라고."

나는 만해선사가 왜 시조에서 『유마경』을 읽는다고 했는지, 조금은 알 듯했다. 선사는 산골 물소리 속에 첫사랑을 듣고 있었는지도 모를 일이었다.*
(2023. 8. 23.)

나는 천강월이, 지상림이 쓴 것이라고 보낸 글을 조심조심 읽었다. 여름 산사 옆을 흘러가는 물소리와 이 작품에 나타난 이미지가 얼마나 어울리는가 생각했다. 천강월 자신이 강의하는 중에 이야기한 것과 소설 내용이 얼마나 잘 어울리는가 의문이 되어 돌아왔다. 물론 친구의 작품이라는 것을 감안해야 할 터였다. 그러나 그 작품을 나에게 보낸 까닭은 무엇인가. 다소 혼란스러웠다. 인간적 정리인가 문학적인 신뢰인가… 아니면 다른….

한편으로는 이 글에는 무엇인가 빠졌다는 생각이 들었다. 종이 때문이었다. 종이로 시작하기는 했지만 정작 종이 이야기는 다른 물줄기를 타고 흘러가 버렸다. 지상림은, 아니 천강월은 종이의 행로를 추적하고 있는 중이 아닌가. 그렇다면 나와 천강월은 일종의 동지 관계인 셈이었다. 선덕여왕과 종이…. 설악산 백담사와….

아버지는 따바라시Товарищ라는 말을 자주 썼다. 깜라트Кампад와 어떻게 다른가 물으면, 공작을 함께 하는 동무, 동지가 따바라시라는 것이었다. 아버지와 리디아는 단순히 따바라시의 관계가 아닐 것 같았다. 리디아는 아버지에게 자야jaya였는지도 모른다. 백석이 김영한이라는 여성에게 붙여준 별명이 자야였다는데, 그게 '나타샤'와 동일시되는 그런 인물이듯, 리디아를 두고 그렇게 불렀지 않을까. 아버지의 애인…? 그러면 어머니라는 존재는 무엇인가.

아버지와 애를 삭이지 못하고 출분出奔해버린, 어머니 생각하면 안타깝기는 하지만, 내게는 금기의 영역이었다. 나를 어떻게 해서 배게 되었는가를 묻는 것만큼이나. 그 환희롭고 저속한 질문, 세상은 그런 질문으로 가득하다. 다만 답이 없고 질문만 흘러다닐 뿐. 시니피에는 지평 저쪽으로 아득히 멀어지고 끊임없이 미끄러지는 시니피앙…. 그 속에 내가 있다. 아버지는 당신의 시니피앙일 뿐 내게 깔끔한 시니피에로 다가오지 못했다.

11

문화 뒤의 가면

9월 9일, 방학이 끝났다.

"여름을 잘들 나셨는지 얼굴이 훤하십니다."

천강월의 첫마디였다. 수강생들이 와아 웃었다.

"교수님도 많이 좋아지셨지요?"

양미주가 눈가에 잔잔한 웃음을 달고 말했다.

"그런데 이거 뭡니까?" 교탁 위, 밀짚으로 엮은 여치집에 사마귀 몇 마리가 서로 얽혀 톱날 갈퀴질을 하고 있었다.

"교미 중에 수컷 잡아먹는 암놈, 그거 수업 재료로 쓰시라고 잡아왔어요. 급한 대로 잡아 넣었는데 교수님이 교미를 시켜보세요. 정말 암놈이 수놈 잡아먹나… 이건 시간철학 같아요. 교미하는 시간이 있고, 알을 슬는 생성의 시간, 여성적 시간이 있잖아요. 그리고 잡혀먹히는 남성의 시간 타나토스의 시간이 교차하거든요. 그래서 「시간철학서설 —당랑거철」 그런 거 하나 썼걸랑요, 교수님 유식한 거 좋아하잖아요… 우리 천사마 가운데 말이지요… 교수님 환장하게 좋아하던 민희선이 월영지에 빠져 죽었어요."

"이거 당장 치우세요."

"그런 일은 남자가 하는 겁니다요."

천강월이 여치집을 들어 올리자 밑이 빠지면서 사마귀들이 뛰쳐나와 교실 공간을 어지럽게 선회했다.

서시연이 '킬러 코리아 K-Killer'란 상표가 붙은 스프레이를 들고 교실 구석을 쫓아다니면서 사마귀를 향해 뿌려댔다. 서시연은 대구의 모 대학에서 생물학을 전공했다는 여성이었다. 생물의 생태를 소설로 쓰고 싶어서 5년째 공부하고 있다는 이야기를 한 적이 있었다. 그녀가 말하는 생물은 '인간'을 잘못 쓰는 거 아닌가 싶었다.

천강월이 달려들어 스프레이 통을 빼앗아 창밖으로 집어던졌다. 창문을 열어 사마귀를 내쫓고 수강생들이 잠시 밖에 나와 숨을 돌리는 동안, 천강월이 먼저 강의실로 들어가면서, 나를 손짓해 불렀다.

"사무실에 데리고 가서 찬물이라도 먹여요." 천강월은 사마킴을 바라보며 말했다. 내가 얼굴에 진땀을 흘리고 있던 모양이었다.

사마킴은 어느 사이 콜라 병을 들고 목에 따라 붓는 중이었다. 자아, 시작합시다….

"지난번 책걸이에서는, 책걸이… 두부집… 왜 과부집 생각이 나나 모르겠네…. 아무튼, 댕기풀이라고 아시지요? 저어기, 출판사 사장 만나서 출판 계약 끝나고 나면… 나가서 식사 같이 하자 할 때, 댕기풀이는 해야겠지요… 그렇게 말하잖아요. 내가 무슨 이야기 하는 건가, 아무튼… 내가 아는 지방 유지 가운데 문명을 날리는 이가 쓴 글이 있는데, 댕기풀이를 이렇게 설명하고 있어요."

천강월은 자기 태블릿을 들고 읽었다.

"'댕기풀이'는 '관례나 혼인을 하고 나서 동무들에게 한턱내는 일'을 가리키는 말이다. 남자가 관례를 치르면 그동안 땋아서 늘어뜨리고 다니던 머리를 틀어서 상투를 올리게 되고, 혼인을 하면 마찬가지로 여자의 머리를 올려

주게 된다. 이렇게 되면 총각, 처녀가 모두 어른이 되는데, 이때 땋은 머리를 묶고 있던 댕기를 풀게 된다는 데서 생겨난 말이다." 천강월은 전북에 사는 안도라는 시인의 글이라고 소개했다.

"오늘 우리가 미팅을 한다면 그게 댕기풀이, 2학기 시작하는 개강 모임이라는 뜻이지요? 나는 댕기풀이가 꼭 옷고름풀이 아닌가 그런 감이 오는데, 교수님은 어떻게 생각하세요?" 비비캡이 흥미롭다는 듯이 말했다. 천강월이 말없이 고개를 주억거렸다.

"맘대로 생각하세요. 상상의 새는 주인 허락 받고 나는 법이 없어요. 그러나…"

천강월이 말을 조심하는 눈치였다. 천강월은 강의로 돌입했다.

"오늘 우리가 이야기하자 하는 건, 소설을 문화라는 시각에서 바라보자는 겁니다."

'그거 뻔한 소리 아닌가', 그런 생각이 안에서 슬금슬금 밀고 올라왔다. 이어서 '비욘드 컬처', 그런 영어 구절이 떠올랐다. 아버지는 그렇게 말했다.

'문화 뒤에 야만이 가면을 벗는다.'

갑자기 속이 울렁거리기 시작했다. 과식을 했거나 잘못 먹은 게 없었다. 아낀다고 냉장고에 넣어두었던 치즈는 먹었던 게 아닌가… 치즈와 구더기[50]… 나는 에코백에서 휴지를 찾아 들고 자리에서 일어났다. 천강월이 나를 쳐다보고는 의미 있는 웃음을 지었다. 너 뭐 하려는지 내가 다 안다는 그런 표정이었다.

'화장실은 문화의 얼굴입니다' '아름다운 사람은 머문 자리도 아름답습니다', 그런 표어를 화장실에다가 붙인 주체는 '(사)화장실문화협회'라는 단체였다. 화장실문화?

"인간 행동치고 문화 아닌 게 없습니다. 그 가운데 시라든지 소설 그런 걸

둘러싸고 하는 인간의 행동을 일괄해서 언어문화라 합니다. 범위를 좁히면 문학문화라 하겠지요." 천강월의 목소리가 분명한데 어디서 들려오는지는 알 수 없었다. 강의실 강의 내용이 화장실에서 녹음되고 있다? 모든 화장실은 녹음실이다… 여러분이 문화의 주체입니다, 여러분 스스로 여러분의 근기에 어린 장처를 찾아야 합니다. 종일수타보 자무반푼전終日數他寶 自無半錢分… 경봉스님이 읽었다는 어느 '경'에 나오는 구절이란다. 하루 내내 남의 보물 숫자 헤아려보아야, 반푼어치 가치도 없는 일이다, 그런 뜻이란다.

화장실에 비치된 소지품 거치대에 문학관 간사가 나누어준 핸드아웃이 놓여 있었다. 실수인가 의도적인 행동인가. 천강월의 강의는 최소한 화장실에서 읽는 책 따위와는 스스로 변별되는 '퀄리티'를 지니고 있었다. 창작론 강의 끝날 즈음 어디 지방지라도 소설 하나 내서 등단하고 싶은 이들에게는 별로 흥미가 없을지도 몰랐다. 그들에게는 핀트가 안 맞는 내용이 대부분이었다. 강의 내용이 정갈하게 정리되지 않았다.

소설가는 비평가보다 유식해야 하고, 도도하고 대차게 나가야 한다.

무식한 자가 용감하다 하지요? 그렇지 않습니다. 앎이 용기의 바탕입니다. 모르는 자의 용기는 만용일 뿐입니다.

행동적 실천의 용기는 철저한 앎에서 솟아나옵니다.

소설은 자아인식 혹은 자기완성의 여정에서 얻어지는, 아니 가피加被를 입는 은총 같은 겁니다.

함부로 영혼을 이야기하지 마세요. 당신의 영혼을 내놓아보라 했을 때, 당신이 할 수 있는 일은 무엇인가?

소통은 소똥, 쇠똥 같은 거다. 위장된 대화에 속지 말라. 소통을 지향하는 의지가 있을 뿐 소통이 완결된 상태는 디스토피아다. 소통이 완결되는 순간 기도할 제목이 사라진다. 다 이루었다, 그다음은 다시 허무의 절벽이다. 언어는 그 인식의 절벽 저쪽에 대해서는 무지요 무명이다.

나는 내 기억의 벌판에 새싹처럼 돋아나는 천강월의 '아포리즘aphorism', 누군가 말로 하면 꼴리는 aphrodisiac, 그런 구절들에 매료魅了되는 중이었다. 멀어졌다가는 다시 다가와 눈앞에 어른거리는 밀당을 언제까지 계속해야 하는가… 눈 꾹 감고 한번 '태워줄까'….

"우리나라에 양변기가 언제 들어왔을까? 문화는 폭력이다. 폭력이란 억압을 뜻한다."

예) 나일강 가에서 엉덩이 까고 똥 누어본 적 있는가? 중국 농촌 개방식 화장실, 암모니아 냄새가 코를 삭히는 데서 용변을 처리해본 적 있는가?

예) 쟤가 이제 '큰똥'은 떨어졌다. 아이의 성장을 용변과 연관지어 말하는 말 습관, 그게 문화론적으로 왜 중요한가.

전화기엔 문자 오는 소리가 들렸다. '그대와 함께하는 콘체르토―문자 주세요.'

'이게 누가 누구한테…?' 찔끔거리며 나오던 오줌이 나도 모르게 멈췄다. 아랫배가 싸르르 쓰렸다.

"헬로 미스터 양, 기브 미 어 리서브 티슈!" 아버지와 리디아는 그렇게 휴지 한 장으로 인연이 트였다고 했다.

"그 여자는 달거리를 하고 있었던 거야." 어디를 가든 다른 건 몰라도 휴지는 꼭 챙겨가지고 다녀라. 더 좋은 것은 휴지 없이 그걸 말끔하게 처리하는 거야. 그 방법은 문화권에 따라 다 다르다. 네이처 콜스 미, 거기서 네이처는 컬처와 동의어다, 오줌이 마려운 것은 자연적 현상일지 몰라도 그걸 처리하는 방법은 문화적이라는 말씀이었다. 내가 왜 이런 말들을 기억하고 있는지 나는, 사실, 모른다. 원치 않는 환영이 문득문득 나타나는 것은 야만이고 폭압이다.

사람의 기억은 선택적이다. 본래 그렇다. 내가 투사하는 의식이 대상을 만들어낸다. 지베르니 가봤지? 모네의 정원 말이다. 아무튼 이야기하세요. 지베르니를 찾아갈 만한 여유가 없었다. 아르바이트를 해서 겨우 학비 마련하는 형편이었다. 모네의 정원에서, 거기 가는 사람마다 보는 꽃이 다 다르다. 수련만 보는 이도 있고…, 퐁 자포네, 초록색으로 칠한 그 다리를 기억하는 이도 있다. 그런데 그 다리의 배경이 되어주는 나무들의 수종樹種을 기억하는 이들은 흔치 않다. 그런 이야기를 하다가, 아버지는 나를 끌어안으려 했다. 나는 아버지를 향해 주먹을 날렸다. 아버지는 코피를 주르르 흘렸다.

"네가 제법이다. 많이 컸다."

그 일이 있고나서 아버지는 '작업, 라보타' 때문이라며 가방을 챙겨 들고 집을 나갔다.

아버지 생각이 나서 콧물이 흘렀다. 나는 들고 온 휴지로 코를 풀었다. 오줌이 찔끔거렸다. 뒤가 무주룩했다. 아랫배에서 얽혔던 창자가 스르르 풀리는 게 느껴졌다.

나는 모처럼 시원하게 뒤를 보았다.

그런데 난감한 일이 생겼다. 화장실에 휴지가 비치되어 있지 않았다. 관리인들이 채워놓지 않았을지도 모를 일이었다.

플라스틱 합판 가림대 저쪽에서 남자들 목소리가 들렸다. 남자의 용도…! 어디서 그런 생각이 났는지 알 수 없었다. 소설 공부한 덕인지도 몰랐다. 그 남자들 가운데 자비로운 손이 있었다. 아줌마 이따 봐요… 아가씬지 아줌만지 어떻게 알아? 아니, 오줌발 소리 들으면 몰라? 이롱증인 모양이다… 귀 안 들릴 나이도 되었지. 아버지가 리디아 만나는 인연을 내가 그대로 복사, 반복하고 있었다.

나는 이따금 천강월의 강의 내용을 가공하지 않고 그대로 노트북에 옮겨두기도 했다. 천강월이 우리들에게 쏟는 열정은 거의 '포틀라치' 수준이었다.

포틀라치 때문에 아버지 생각을 했다. 아버지는 마르셀 모스[51]의 『증여론』을 읽고 있었다. 원본은 불어로 되어 있었다. Essai sur le don. '동', 재미있는 단어다. 준다는 동사 donner에서 유래하는 단어. 그게 왜 '똥'처럼 들리는지는 모를 일이었다.

남이 주는 거 더럭더럭 받아먹으면 선물이 독이 된다. 선물은 답배를 요구한다는 게 아버지의 지론이었다.

"너한테는 예외다. 줄 뿐 받을 시간 여유가 없을 것이다."

아버지가 리디아라는 여자와 바이칼 호수로 떠나면서 나에게 통장을 하나 넘겨주었다. 나는 아버지가 넘겨준 통장 잔고를 헤아리지 않았다. 그것은 돈이면서 아버지의 사랑이었고 영혼이었다.

통장 주인은 육아진, 남쪽을 뜻하는 유크Юг와, 하나 아진ОДИН을 이어붙인 이름이었다. 비밀번호가 6001이었다. 사인은 편하게 육아진이라고 한글로 쓰도록 되어 있었다. 전에 아버지가 글씨 못 쓴다고 꾸중하면서 일러준 정자체 이름이었다.

나는 천강월이 화면에 띄워놓은 내용을 핸드폰으로 찍어 노트북 화면에 옮겼다. 잠시 내용을 훑어보았다. 제목이 '소설과 문화 혹은 소설문화'라고 되어 있었다. 소설문화란 말은 낯설었다.

늙은 교수들의 강의가 그렇듯이, 천강월은 늙었는지 용어의 개념부터 설명하려 들었다. '문화란 무엇인가', 그렇게 물었다. 대나무가 어떻게 문화적인 의미를 부여받는가 하는 이야기는 새로웠다. 「오우가」에서 「죽창가」까지 대나무는 이미지의 변용을 보인다는 것이었다. 안치환의 노래 가사 대신 그 원작이라고 하는 김남주의 「노래」를 찾아보았다. 죽창이 누구 가슴에 꽂힌다는

지 맥락이 선명하지 않았다. 가슴이 죽창이라는 것 같기도 했다. 그런데 쌩뚱맞게 청송녹죽靑松綠竹이란 점잖은 수사는 뭐란 말인가. 다시 보면, 청송녹죽을 읊어대는 썩은 사대부의 가슴… 그런데 다시 '으로'라는 조사는 뭔가. '한양으로', '서으로 가는 달', 그런 맥락의 '으로'인가 〈유심초〉처럼 '한 송이 꽃으로 … 지지 않는 사랑의 꽃으로', 그런 맥락의 '으로'인가… 시의 언어가 본래 모호한 게 본질이라 하기는 하지만, 아무튼… 사람들은, 조선 낫으로 썩벤 '죽창'을 들고 일어서는 반란군을 떠올리며 고함을 질러대는 것이다. 시가 사회 맥락에 놓일 때, 시어는 어떤 쪽으로 왜곡되기 마련… 김수영의 시「풀」에서 풀은 무엇인가? 풀이라고 하면 풀로 알아들으면 그만일 터인데, 독자들은 자신들의 고정관념, 그걸 근사한 말로 에피스테메[52]라고도 하지… 빌어먹을 그 '인식의 틀'을 가지고 그 틀에 맞추려고 안달을 한다.

> 되자 하네 되고자 하네
> 다시 한번 이 고을은
> 반란이 되자 하네
> 청송녹죽 가슴으로 꽂히는
> 죽창이 되자 하네 죽창이

천강월이 제공한 자료는, 문화의 층위를 이야기하면서 예를 든 것들었다. ① 실체로서의 문화 : 문화산물 … 농기구, 음식, 옷 … ② 사유방식으로서의 문화 : 자연에 대한 인식. 인간에 대한 인식 ③ 사회풍속으로서의 문화 : 개화경, 개화장 … 자유연애. 철도 자살 등. 그것은 백 박사도 거의 같은 내용을 설명해서 쉽게 이해가 되었다.

상위문화와 하위문화란 절에서는 이런 어휘들이 나열되어 있다. 원효, 율곡, 칸트, 헤겔… 그리고 펜트하우스 … / 베토벤, 바그너… 그리고 설운도, 진성, 김연자 / 카라마조프 도스토옙스키 … 벌레 먹은 장미- 방인근 … 그 뒤에 *표를 하고 '문화의 양다리 걸치기 현상-강남 좌파의 소주 마시기', 그런 예를 들었다. 설명 따르지 않는 OHP 자료 모양으로 구체성이 떨어졌다.

'문화로서의 소설'이라는 항목은 '소설 현상'이란 용어 설명에서 시작되었다. '소설현상', 소설 쓰고 전파하고, 소설 읽기. 소설을 둘러싼 인간들의 제반 행동. 소설을 둘러싸고 있는 상황 전체를 소설 개념 안으로 끌어들이기를 통해 텍스트를 일차적으로 환기하는 '소설'이라는 용어에서 벗어나야 한다는 내용의 설명에 이어 이런 내용이 전개되었다.

소설 수용의 계층-누가 소설을 읽는가, 소설을 읽을 수 있는 사회적 조건… 여가와 소설

소설은 당대 문화를 반영한다/ 소설은 문화를 창출한다 (『마담 보바리』)

소설의 유행-어느 시대의 문화 (이광수의 신문 연재 소설)

소설산업--소설공장, 소설인쇄소 (발자크와 소설기업)

소설은 현실을 어떻게 왜곡하는가/ 소설은 한 사회의 얼굴을 어떻게 그려내는가

'소설이 내적 형식'이란 항목에서는 이효석을 예로 들었다. 「메밀꽃 필 무렵」의 주제는 길이다. 길은 시간이다. 알 듯 말 듯한 내용이었다. 염상섭 『삼대』 왜 삼대인가… 소설에서 지향하는 총체성은 실제와 관념 두 차원을 포괄한다.

소설에 언급된 소설, 소설에 대한 소설을 메타픽션, 크리티픽션이라 한다는 항목에는 설명이 달려 있지 않았다. 설명이 없어서 내가 생각할 수 있는 여지를 주는 효과가 있는 듯했다. 소설이라는 게 있고, 그 소설을 어떻게 쓸 것인가 하는 과제가 제기된다. 소설을 쓰고자 하는 사람에게… 소설 쓰는 방

법이란 강의가 이루어진다. 천강월이라는 강사의 강의가 있다. 물론 그것은 소설은 이러이러하게 쓴다, 소설 쓰기의 의욕, 발상, 서술기법, 자기가 만든 텍스트 점검하기, 자기가 쓴 소설의 가치 증명하기 혹은 인정받기…(로서의) 등단… 그 가치와 효용의 양면성 등 긴 이야기를 거의 혼자 한다. 강의는 대개 그렇게 전개됐다.

그리고 합평이란 이름으로 다른 동료 작품 읽어주기… 그게 비평인가… 그리고 수강생인 나, 남아진은 그 강의 내용을 기록한다. 강의 전체가 하나의 서사이기 때문에 이런 기록이 소설에 접근할 가능성은 충분하다. 그런데 이런 기록을 '소설'로 읽어줄 독자가 얼마나 있을까. 나는 지금 메타픽션을 쓰고 있는 것인가. 소설 창작 강의 청취가 곧 소설 쓰기로 텍스트 전환을 하는 셈인데, 소설을 소설답게 하는 허구적 상상력은 어떻게 작동하는 것인가.

자료는 소설 현상에서 독자에 대해 이야기하는 쪽으로 전개되는 중이었다. 타이틀이 '소설에 대한 독자의 기대'라고 되어 있었다. 이런 내용이 들어 있었다.

전문 독자와 일반 독자… 독자는 평등하지 않다. 독서 양태는 계급적 혹은 이데올로기적이다. / 독자의 취향과 작가의 의도… 의도를 죽여야 소설의 자유가 살아난다. / 작가의 의도와 소설의 자율성 – 최소한의 자율성이 확보되어야 소설답다.

(여기서 나는 내 기록을 한 단락을 건너뛰어야 하겠다. 현명한 독자들께서는 내가 화장실에 가서 휴지가 없어 쩔쩔매던 정황을 기억하시리라, 19세기 어떤 소설이라면 그렇게 쓸 수도 있을 듯하다. 내 기록이란 천강월의 강의 텍스트를 번역한 것이나 다름이 없었다. 영어권에서 제롬이라 하는 히에로니무스[53]가 떠올랐다. 사자와 해골과 글쓰기 혹은 번역하기… 바울은 데살로니키 성도들에게 썼다. '여러분의 믿음의 행위와 사랑의 수고와 소망의 인내를 떠올리며 밤낮으

로 기도하라'고.)

내가 그 남자의 도움으로 뒤처리를 끝내고 강의실로 돌아왔을 때였다. 강의실엔 아무도 없었다. 내 에코백 하나만 덜렁하니 책상 위에 놓여 있었다.
'아사달에서 댕기풀이 합니다. 늦더라도 합류하세요.' 대표가 보낸 문자였다.
나는 모임에 가는 대신, 천강월이 이전에 제시한 '자하문'에서 해결하지 못한 문제를 생각해보기로 했다. 불국사에 들렀다. 버스로 세 구간을 타고 가면 되는 가까운 거리였다.

상상력은 팩트에서 출발합니다. 천강월이 강조하는 말이었다. 또 그런 이야기도 했다. 상상력은 기억을 바탕으로 해서 자라납니다. 콜로세움에서 벌어지는 인간과 사자의 싸움, 콜로세움이 무슨 건물인가를 알지 못하는, 기억하지 못하는 사람이 거기다가 갖다 붙일 수 있는 사건은 없다, 사건은 기억에서 만들어진다. 맞다! 나는 강의를 듣는 동안 내 스스로 조금씩 변하고 있다는 것을 감지했다. 합평에서 나오는 우정 어린 칭찬과 적대감이 겉으로 드러나는 폄하 같은 것에는 별 관심이 없어졌다. 문제는 내가 제대로 된 소설을 쓸 수 있는가 하는 데 있었다.
천강월의 강의를 듣는 방식을 바꾸어야 한다는 생각이 들었다. 다시 문제는 천강월에게 작품을 내놓을 수 있어야 하는 것. 그 이전에 천강월이 제시한 문제를 해결해보는 것. 천강월이 제공하는 선물에 대한 나의 유일한 응답… 그의 제언대로 그것은 제대로 된 작품이라야 했다. 일차적 단계로 천강월의 작업에 대한 반응, 응대가 필요할 것 같았다.
불국사의 자하문과 자하라는 호를 쓴 '신위' 사이에 연관이 있을까. 나는 불국사 '박물관'에 앉아 검색에 몰두했다. 이런 자료가 떴다.

신위申緯 : 조선 후기 시, 서, 화 삼절三絕로 일컬어진 문신. 화가, 서예가. (1769년(영조 45) 출생/1845년(헌종 11) 사망)

본관은 평산平山. 자는 한수漢叟, 호는 자하紫霞 · 경수당警修堂. 신석하申錫夏의 증손으로, 할아버지는 신유申曘이고, 아버지는 대사헌 신대승申大升이다. 어머니는 이영록李永祿의 딸이다.

생애 및 활동 사항 : 1799년(정조 23) 춘당대문과에 을과로 급제, 초계문신(抄啓文臣 : 당하관 중에서 제술과 강독에 의해 특별히 뽑힌 문신)에 발탁되었다. 1812년(순조 12) 진주겸주청사陳奏兼奏請使의 서장관書狀官으로 청나라에 갔는데, 이때 중국의 학문과 문학을 실지로 확인하면서 자신의 안목을 넓히는 기회로 삼아 중국의 학자 · 문인과 교유를 돈독히 하였다. 특히, 당대 대학자 옹방강翁方綱과의 교유는 신위의 문학세계에 많은 영향을 주었다.

1814년에 병조참지를 거쳐, 이듬해 곡산부사로 나갔다. 이때 피폐한 농촌의 현실을 확인하고 농민의 고통을 덜어주기 위하여 조정에 세금을 탕감해달라는 탄원을 하기도 하였다.

1816년 승지를 거쳐, 1818년에 춘천부사로 나갔다. 이때 그 지방의 토호들의 횡포를 막기 위하여 맞서다 파직당하였다. 1822년 병조참판에 올랐으나 당쟁의 여파로 다시 파직된 뒤, 곧 복관되어 1828년에는 강화유수로 부임하였다. 그러나 윤상도尹尙度의 탄핵으로 2년 만에 또다시 물러나 시흥 자하산에서 은거하였다.

1832년 다시 도승지에 제수되었으나 벼슬 생활에 환멸을 느낀 끝에 사양하였다. 다음 해 대사간에 제수되었으나, 경기암행어사 이시원李是遠이 강화유수 때의 실정을 거론, 상소하다가 평산에 유배되었다. 그 뒤 다시 복직되어 이조참판·병조참판 등을 역임하였다.

신위는 글씨·그림 및 시에 많은 업적을 남겼다. 시에 있어 한국적인 특징을 찾으려고 노력하였다. 특히, 없어져 가는 악부樂府를 보존하려 했는데, 한역한「소악부小樂府」와 시사평詩史評을 한「동인논시東人論詩」35수, 우리나라의 관우희觀優戲를 읊은「관극시觀劇詩」등이 있다.

신위의 시를 가리켜, 김택영金澤榮은 시사적詩史的인 위치로 볼 때 500년 이래의 대가라고 칭송하였다. 이러한 신위의 영향은 강위姜偉, 황현黃玹, 이건창李建昌, 김택영에 이어져 우리나라 한문학을 마무리하는 구실을 하였다.

또한 그림에 있어서는 산수화와 함께 묵죽에 능하여, 이정李霆, 유덕장柳德章과 함께 조선시대 3대 묵죽화가로 손꼽힌다. 강세황姜世晃에게서 묵죽을 배우고 남종화南宗畵의 기법을 이어받아 조선 후기 남종화의 꽃을 피웠다. 신위의 묵죽화풍은 아들 신명준申命準, 신명연申命衍을 비롯, 조희룡趙熙龍 등 추사파秋史派 화가들에게까지 영향을 미쳤다.

저술 활동 : 대표적 작품으로「방대도(訪戴圖)」와「묵죽도」가 전한다. 또한, 글씨는 동기창체董其昌體를 따랐으며, 조선시대에 이 서체가 유행하는 데 계도적 구실을 하였다. 저서로『경수당전고』와 김택영이 600여 수를 정선한『자하시집紫霞詩集』이 간행되어 전해지고 있다.

1812년, 자하가 40을 넘겨 3년이 지나는 시점이었다. 진주겸주청사陳奏兼奏請使의 서장관書狀官으로 청나라에 갈 기회가 있었다. 추사가 다녀간 지 3년이 되는 시점이었다. 추사가 만나서 영혼에 소용돌이를 일으켰다는 옹방강을 방문하게 되었다. 옹방강은 아들 옹수배를 앞세워 늙은 가슴에 묻었다. 작은아들 옹수곤도 몸이 튼실하지 못했다. 그러나 재주는 뛰어났다.

"몇 해 전에 조선에서 왔던 선비 추사라는 이가 있었는데, 내왕을 하며 지내시는지요?" 옹수곤이 자하에게 물었다. 추사는 자하보다 15년이 연하였다. 그러나 인물이 출중하다는 이야기는 많은 이들에게 들었다. 그의 부친 김노경은 자하보다 세 살이 연상이었다. 내왕이 크지 않은 판에 긴 이야기를 할 필요는 없을 듯했다.

"인편에 전언은 듣고 있습니다만…" 옹방강이 알고 있다는 듯이 오른손을 들어 의자의 팔걸이를 턱 소리가 나게 내려쳤다.

"조선에 다녀온 이들한테, 조선국 경주, 계림에 '불국사'란 대사찰이 있다고 들었소이다. 그런데 마침 공의 아호가 자하紫霞, 붉은 노을이란 걸 알고 있소만, 불국사로 들어가는 솟을대문이, 청운교 백운교 석계를 올라가 본전으로 들어가는 문이 자하문이라고 하던데, 그대는 불교 신자입니까."

"멀리 동이의 나라 동쪽의 계림을, 계림에 있는 그 절을 그렇게 자세히 알다니 경이롭습니다."

"그렇지 않습니다. 오래전부터, 아마 당 황제 시절부터일 터인데 중화에서는 '원생고려국 일견금강산願生高麗國 一見金剛山'이라고 일러왔습니다."

"궁금해하시니 말씀을 드리고자 합니다." 자하는 옹방강을 올려다보았다. 팔십을 앞둔 노인 치고는 허리가 꼿꼿하고 눈빛이 형형했다.

신라 사람들은 자신이 살고 있는 땅이 부처님의 나라라고 생각했습니다. 부처님의 나라를 이 땅에서 이룩하자고 염원했습니다. 그러한 염원을 대가람을 이룩하는 데 반영했습니다. 그러자면 자연히 세계의 총체적인 원융상을 사찰 건축에 새겨넣어야 했습니다.

중생이 기거하는 지상에서 극락에 이르기 위해서는 인간을 천상의 공간으로 이끌어주는 다리가 있어야 하는 건 정한 이치가 아니겠습니까. 지상에서 천상으로 옮아가는 데는 인간이 구름을 타고 이동하는 게 이치의 당연함입니다. 그래서 니토에서 묻은 흙을 씻어내는 연못을 잇대어 돌계단을 축조했습니다. 그게 청운교 백운교라는 돌계단입니다. 그 돌계단 밑으로는 홍예를 조성하여 동서를 이어주었습니다.

돌계단 두 층을 올라가면서 영혼의 향상을 기하고 문을 들어서게 되는데, 그게 자하문입니다. 그 문 자체가 보랏빛 노을이라는 뜻이 아니라, 금빛과 보랏빛으로 눈부시게 빛을 발하는 부처님이 계시는 공간, 그건 용화세계라 해도 되고 연화장 세계라 불러도 좋을 겁니다. 건물로는 잘 아시는 것처럼 '대웅전'이 상징적 공간입니다. 그 성스런 공간으로 진입하는 문이 자하문입니다. 제가 쓰는 '자하'라는 호와는 거리가 멉니다.

저는 이름이 가로줄 위緯인데, 성과 어울리면 경위 바른 피륙이 될 겁니다. 그 경위가 바른 피륙 가운데 제가 서 있습니다. 지금 내가 서 있는 곳, 내가 발디딘 이 땅에 생의 모든 의미가 연화처럼 꽃피어나는 그런 세계를 지향해온 것이 신라 불교의 이념이고, 그것을 건물로 탑파로 형상한 것이 불국사고, 석굴암입니다. 불국사에 딸린 석가탑과 다보탑이 있습니다. 이 또한 불국의 이념을 예술로 형상화한 것입니다.

"청컨대 수곤 대형이 조선을 방문해서 불국사에 들르시어, 자하문을 나란히 걸어 들어가 하늘 향해 손을 모아 인류 보편의 염원을 호흡하면 여원이 없겠습니다. 불국사가 자리 잡은 옥토가 토함산吐含山입니다. 천지의 기운을 빨아들이고 내뱉는 산이라는 뜻입니다."

"그대 아호가 그런 기운을 다 감당할 수 있겠소?"

"저의 별호야 조선 경기도 시흥에 있는 '자하동'을 땄을 뿐입니다. 앞에 말씀드린 대로입니다."

여기까지 썼을 때, 저녁 예불을 알리는 범종이 울리기 시작했다. 저녁노을과 범종의 맥놀이가 맞물려 파장을 이루면서 내면으로 스며들었다.

조금은 후련하기도 하고, 한편으론 천강월에게 신경이 쓰였다. 글의 앞부분을 제안한 천강월의 「자하문기」에서 필자가 추구한 것과 얼마나 상응할 수 있는가 하는 의문이 들었다.

사실은, 글을 황제와 연관 짓는 쪽으로 몰고 가고 싶었다. 자하 신위가 중국에 갔던 해는 1812년이었다. 당시 청나라 황제는 도광제였다. 도광제의 아들 둘이 아편에 중독되어 죽게 된다. 유럽의 최강국 프랑스가 러시아와 벌인 전쟁에서 대패하고, 퇴각한 해이기도 하다.

신위가 황제를 만날 기회가 있었다면, 어떤 장면이 연출되었을까.

'황제를 잠깐 올려다보았다. 그때 신하가 물담배 통을 가지고 어전 회의실로 들어왔다. 황제는 물담배 파이프를 몇 차례 빨다가 물렸다. 황제의 볼이 유난히 홀쭉해서 빈약해 보였다. 곧바로 바라볼 수는 없었지만 눈빛이 그윽하니 흐려 있는 듯했다.'

옹방강의 아들 둘도 아편에 중독되어 죽은 것은 아닐까. 큰아들은 자하가 옹방강을 만나기 전해에 세상을 떴다. 작은아들 옹수곤은 자하가 옹방강을 만난 3년 후 죽게 된다. 그의 나이 29세 때였다.

소설의 결말을 처리하는 방법 여하에 따라 소설의 예술성이 결정된다는 가정을 가지게 되었다. 자하문에서 비롯된 생각이 너무 넝쿨이 벌어 정리가 잘 안 되었다. 결국 작품을 완성하는 것은 각자의 몫일 뿐이라는 생각에 빠져들었다. 자하문보다는 지귀가 더 급한 나의 과제였다. 강의가 끝나기 전에 마무리해서 천강월에게 완성품을 내놓고 싶었다. 작품이 완성된다면, 그 절반은 천강월의 몫이었다. 작품을 들고 손질해준 적은 없었다. 그러나 소설에 대한 새로운 눈을 뜨게 해준 것은 큰 소득이었다.

플로베르의 '무에 관한 책'이라는 언급은 오래 기억에 남았다. 지귀를 주제 말고, 문체로만 존재하는 이야기로 엮는 방법은 무엇인가. 뭐가 될 듯 될 듯 했다. 어떻게 되었든지 지귀를 소설로 쓰지 않고는 한 해 탕진하는 처지가 될 것 같아 마음이 조였다.

본전 찾기, 달란트의 비유를 들지 않더라도, 내게 주어진 기본 능력을 믿어야 할 모양이다. 내가 나를 믿고 부추겨주어야 그나마 내게 주어진 능력이 자라날 것이 아닌가. 천강월은 옳았다. 욕구의 자발성, 창작을 공연히 남을 위해 봉사한다 할 게 아니라 자신의 가능성 탐구라야 할 터였다.

12

계림지를 찾아서

9월 23일, 노염老炎이란 말이 실감이 난다.

중고등학교 학생들 개학한 지 한 달이 다 되어가는 시점인데 한여름 더위 못지않았다. 기후 대재앙을 실감하게 하는 날씨였다.

나는, 에코백에 천강월이 보낸 작품을 프린트해서 넣었다.

핸드폰으로 온 문자는 연애편지라도 되는 것처럼 자꾸만 입에서 되뇌게 되었다.

> 방학에 하나 발견한 게 있습니다. 사소하나 소중한 일입니다. 그대 이름이 러시아어 숫자에 연원을 두고 있는 거라고 확증했습니다. 아진 один, 드바два, 뜨리три, 치띠리четыре 그렇게 나가는 '아진'… 나에게도 그대는 아진입니다.
>
> 통도사에는 혼자 다녀왔습니다. 콩트 길이 벗어나는 거 하나 엮어보았습니다. 읽어보시기 바랍니다.

통도사에 정말 혼자 다녀왔을까. 하기는 취재 여행에 옆에 누가 붙어 있는 건 귀찮은 일이기도 하다. 친구 불러 영화 보러 같이 간다는 이야기를 나는 안 믿는 편이었다. 남자친구와 영화관에 갔는데, 짙은 베드신이 돌아가고 있을 때, 자신도 모르게 곁눈질하는 장면, 그건 천강월의 말마따나 소설적 진실이 될지는 몰라도 낭만적이지는 않기 때문이다. 낭만을 위해서는 자신을 속이는 게 진실이라는 생각이 들기도 했다. 그러나 그것은 생각일 뿐 양미주가 모는 차 조수석에 앉아 양미주의 허벅지를 흘금거리는 천강월의 얼굴이 자꾸 떠오르는 것이었다.

천강월이 통도사에 관심을 가지는 것은 '한지' 때문이었다. 순전히 감이기는 하지만 천강월은 삼국시대에 이미 신라에 신라 종이, 계림지鷄林紙가 존재했다는 확신을 가지고 있었다. 그가 경주 몇 군데를 돌아보고 싶어 하는 것도 까닭은 분명했다. 채륜이 발명했다는 한지漢紙는 질적인 측면에서 닥종이 '한지韓紙'를 넘어서지 못한다는 확신을 가지고 있었다. 천강월에게 한지는 계림지와 동음이의어 한가지였다.

해서, 세계 페이퍼 로드의 시발점은 마땅히 계림이라는 것이었다. 계림지, 닥종이 즉 저지楮紙를 뜨기 위해서는 저전리楮田里 같은 이름이 붙은 마을이 있어야 했다. 서축암 근처에 '지산리'라는 작은 마을이 있었다. 천강월은 그 마을 이름은 지산리紙産里가 틀림없다고 믿고 있었다.

그의 강의 내용에 공감하고 몰두해서 이따금 보내오는 종이 이야기는 기록을 하지 못했지만, 천강월은 종이에 대해서는 집념에 가까운 확신을 가지고 있었다. 그가 보내온 메일 몇 편은 신라 종이 탐색의 과정이었다. 사실「산골 물소리」도 종이 이야기를 설악산 백담사로 끌고 간 것과 다름이 없을 터였다.

그렇게 긴 글이 아니고, 내가 대충이나마 아는 통도사라는 레퍼런스가 있어서 내용이 쉽게 다가왔다. 학예사 최창학은 지영탁의 '따바라시'인 셈이다. 나는 종이 뜨는 사람들 사이에 얽혀드는 느낌이었다. 그런 느낌이 거북하지 않은 데는 까닭이 있었다. 선덕여왕과 느슨하지만 '연기되어' 있기 때문이었다. 나는 선덕여왕과 지귀 이야기를 한 편의 소설로 엮어가는 중이었다. 그것은 종이의 길과 연기되어 있었다. 연기라는 어휘가 자연스럽게 나오는 것은 그동안 선덕여왕과 지귀가 매개가 되어 신라정신이 내면화된 결과 아닌가 하는 생각이 들었다.

종이의 길

그것은 오로지 종이, 정확히 말하자면 '한지韓紙' 때문이었다. 거기다가 지영탁의 꼬드김이 있었다. 헛발질의 조짐이 없었던 건 아니었다.

"최 형, 나 지영탁입니더. 혹시 계림지라고 아십니꺼? 선덕여왕 때 그림, 모란 그림이 한 다발 고스란히, 마아 원형 그대로 나왔심더."

전화하는 목소리가 떨리고 있었다. 학예사 최창학은 핸드폰 든 손이 굳어붙는 듯했다.

"그기 어디서 나왔을랑가, 사실이라면 이건 대박, 아니 대형사고입니다."

"맞십니더. 대박을 치고 만 거라 아입니꺼."

최창학은 에스유비 내비게이션에 경주 천마총을 입력한 뒤 차를 몰고 출발했다. 오래전부터 설정했던 가설이 맞아들어갈 조짐이었다. 그 결정적 계기가 목전에 전개되는 것이 아닌가. 신라 종이가 당나라에 갔다가 다시 신라로 역수입되는 과정에 선덕여왕이 자리를 차지하고 있었다.

가슴이 답답했다. 심장이 두근거리는 소리가 들리는 듯했다. 가슴속에서 무언가 툭툭 쳐대기 시작했다. 의사는 동계動悸라는 어려운 말을 썼다.

88고속도로 지리산휴게소에 차를 댔다. 호흡 조절을 해야 할 참이었다. 아직 심장박동기를 써야 할 정도는 아니었다. 그러나 심장이 시도 때도 없이 제멋대로 투둑거리는 건, 몸이 자기를 배반한다는 느낌으로 다가왔다.

경상-전라, 말하자면 신라와 백제가 트고 지내야 한다는 논의가 비등할 무렵이었다. 나라의 국운이 걸린 서울올림픽을 앞두고 있었다. 올림픽 정신으로 국토의 동서를 트자는 이야기 끝에 광주에서 대구를 잇는 고속도로 건설이 합의되었다. 그런 기록이 휴게소 기념탑에 새겨져 있었다.

핸드폰이 드르르 울렸다. 경주 들르지 말고 통도사로 직접 오라는 메시지가 왔다.

내비게이션 목적지를 통도사로 바꾸었다.

전북 고창에서 경북 양산 통도사까지는 세 시간이 넘게 걸릴 거로 내비게이션이 예고하고 있었다. 천여 년 전 신라와 백제가 왕래하던 그 시절, 백제의 명장들이 오가던 그 길을 뒤이어 가는 셈이었다. 물론 길은 달랐다. 백제인들은 육십령을 넘어 거창으로 해서 가야산 지나 경주로 갔을 터였다. 그 길이 아직 그대로 살아 있기는 하지만, 찻길로는 좀 험한 코스였다.

'언젠가는 이런 날이 올 줄 알았지.'

소망이 혁명을 이룬다. 꿈이 역사를 바꾼다. 꿈을 꾸면 땅속이 보인다. 모든 발굴은 꿈에서 시작한다. 자주 듣던 말이었다. 그러나 말이야 그렇지만 그게 현실로 실현된 적은 별로 없었다. 발굴의 역사는 기대에 대한 배반의 기록이었다. 이른바 '운때'가 맞아야 성공하는 일이었다.

신라, 특히 서라벌 경주가 우리나라 한지 연원이라는 가정을 하면서 지내기는 십 년이 넘었다. 그런 발상은 천마총 말다래 그림, 〈천마도〉를 주제로 한 학술발표회에 들렀을 때부터였다. 말다래니까, 그 용도 때문에 자작나무 껍질에 그렸을 뿐이 아닌가. 그 용도가 종이로는 적절치 않았다. 달리는 말의 말발굽에서 튀어오르는 흙을 막아내는 데 종이는 너무 연약했다. 그러나 바탕 그림은 종이에 그렸을 게 틀림없었다.

한마디로, 신라인들은 종이에다가 〈천마도〉를 그렸을 터였다. 그런 생각을 하는 연유는 간단했다. 종이가 어느 한 영역에만 쓰이는 게 아니라는 점. 인간은 어떤 물건이든지 물건을 돌려쓰는 재주가 있었다. 넥타이만 해도 그렇다. 목에 매고 다니다가 낡으면 허리띠로도 쓰고, 골치 아픈 춘향이 어미 머리를 두르는 데도 쓰는 것은 물론, 어느 특수시 시장처럼 목을 매달아 생애를 결단하는 데도 유용한 물건이다. 종이 또한 마찬가지라서 요즈음 애들 기르는 데 기저귀 펄프 제품으로 쓰지 않던가. 어느 돈 많은 청상 서답으로 쓰지 말라는 법이 없었다.

당시 신라에서는 절을 짓고 수많은 불경을 간행했다. 불경을 판각해서 종이에 찍었을 터였다. 한지의 원류가 신라시대로 거슬러 올라간다는 가정을 가지고 자료를 탐사하고 있는 중이었다. 신라 종이가 중국에 가서 '계림지鷄林紙'로 명성이 높았을 걸로 추정되었다.

기록이 없는 게 문제였다. 실물이 없으면 기록이라도 있어야 역사는 구성되고 기술될 수 있다. 기념물이라는 건 기록이나 마찬가지였다. 종이의 원류는 돌에 있다는 주장을 하는 이도 있었다. 인류 최초의 기록이 동굴 벽화나 암각화 같은 것들이라는 데 근거를 두고 유추해서 그걸 기록의 원형으로 보는 견해가 설득력을 얻기도 했다. 기록에 사용되는 모든 재료가 종이의 원관념을 지니고 있다는 것이었다. 너럭바위, 나무판자, 철판, …종이, 플라스틱, 브라운관, 엘이디 모니터 그게 다 종이를 원관념으로 해서 기록을 가능하게 하는 매체들이었다. 혜원 신윤복 같은 화가에게 치마폭 벗어 펼쳐놓고 난 하나 쳐달라 할 때, 그 치마폭의 원관념은 종이가 아니던가.

한국 한지의 원류가 삼국시대 이전으로 거슬러 올라간다는 추정을 하고 있던 최창학에게는 귓바퀴가 벌떡 일어서는 소식이었다.

"여근곡이라고 알제요? 어떤 고고학자가 거길 팠다 아닙니꺼. 모란을 그린 종이가 한 다발 나왔습니다. 칠함에 차곡차곡 접힌 채로 그대로 있다 아 닙니까. 퍼뜩 달려오소."

학예사 최창학은 경주에 종이와 연관된 자료가 나왔다는 데 대해 반신반 의했다. 선덕여왕대면 충분히 종이 만들어 썼을 거라는 추정을 하는 중이었 다. 선덕여왕 만나러 갔다가, 졸고 있는 사이, 아마 사랑을 하는 꿈을 꾸느라 고 일부러 졸았을지도 알 수 없지만, 아무튼 선덕여왕이 품에다 안겨놓고 간 팔찌 끌어안고 몸부림하다가 가슴에서 불이 치솟아 타 죽었다는 지귀. 한자 로 志鬼라고 쓰는 그 사내… 활리역 하급 공무원, 아마 기록을 담당하는 역 할을 했을 터인데, 志는 誌와 통용되는 터이고, 鬼는 귀재鬼才라는 단어에서 알 수 있는 것처럼 탁월한 재주꾼이라는 뜻일 듯했다. 그렇다면 적발이 잘 하는 대서인écrivain public 아닌가. 그런 생각을 하게 되었다. 그러니까 지귀 는 한자로 紙鬼라고 쓰는 게 마땅했다. 종이에 관한 한 귀신 같은 존재, 그게 지귀였다.

신라 종이 뭉치가 있다는 이야기는 최창학을 한껏 들뜨게 했다. 단숨에 달 려갔다. 한 가지 생각에 빠지면 잡념이 사라진다. 결과적으로 머리를 식힐 겸해서 나선 길이 되었다.

이제까지 그렇게 열공을 해본 적이 없었다. 역사와 문화는 물론 각종 회화 론을 읽어야 했다. 그것도 번역본이 없는 경우는 한문으로 된 자료를 옥편 (자전)을 뒤지면서 더듬어 읽어야 했다. 그렇게 단련을 하지 않고는 학예사 간판을 걷어치워야 할 판이었다.

"평생 관광 해설이나 하고 살라면 몰라도…" 관장이 말끝마다 달고 나오는 소리였다. 그런 말속에는 이 무식깽이 같은 작자들, 노골적인 비아냥이 배 어 있었다.

학예사 일이 그렇게 만만치는 않았다. 일의 가닥이 여러 갈래로 흩어졌다

모이곤 했다. 작품을 감상하고 판단하는 일은, 말하자면 머릿속의 일이었다. 그 작품이 만들어진 과정에 대한 이해는 막노동이나 다름이 없었다. 그림 속에는 온통 세계가 다 들어 있었다. 그것은 꿈의 세계였다. 어떤 그림이든지, 그 그림을 그린 화가의 삶에는 노동의 그늘이 짙게 드리웠다.

학예사 최창학은 화가들의 작업 과정을 공부하고 있었다. 화가들이 작업한 결과, 그게 그림이다. 그러나 그림 그것만으로는 화가의 세계를 충분히 이해하기 어렵다는 생각이었다. 사실 그림은 화가의 삶 전체다. 그걸로 생계를 해결해야 하고, 신분 상승을 꾀하는 수단으로 삼아야 했다. 그림은 때로 정치화되어 이념적 표상 노릇을 하기도 한다. 붓을 만든 사람, 종이 뜬 사람, 안료 채집한 인물 등은 잊어버리고 산다.

최창학은 빈센트 반 고흐와 그의 동생 테오를 생각했다. 그림을 그리면 그게 팔려야 화가가 먹고산다. 먹고 살아야 그림을 그릴 수 있다. 수염이 석 자라도 먹어야 양반이라는, 속언을 곧이곧대로 믿고 싶지는 않았다. 그러나 먹는 일을 자연화하는, 추켜들어 기록할 가치가 없는 걸로 보는, 누구나 그건 기본으로 해결하는 것으로 간주하고 전개하는 논리는 사실 공허했다.

옛사람들이 그림을 그리는 도구들은 사실 간단했다. 이른바 문방사우라는 종이, 붓, 먹 그리고 벼루가 그것이었다. 그리고 색을 입히는 안료 몇 가지가 그림을 그리는 재료(마티에르)의 거의 전부였다. 이 간단한 재료로 산을 일으키고 물을 흐르게 하며, 구름의 일고 잦음을 그려내는 화가들은 가히 신에 가까운 존재들이었다. 뿐만 아니라 사람의 얼굴을 화면에 재생하는 솜씨는 혼이 빠지게 하는 일이었다. 더구나 임금의 용안을 그리는 성상 제작은 목숨을 걸어야 하는 작업이었다. 임금은 범접을 허용치 않는 신과 다를 바 없는 존재가 아니던가.

그림을 그리자면 바탕이 있어야 했다. 비단폭은 값이 너무 비쌌다. 삼베는 거칠어서 섬세한 질감이 드러나지 않았다. 나무판자는 현판이나 주련을 써 붙이는 데 한정되었다. 값이 헐하고 다루기 편한 것은 역시 종이가 제일이었다. 그것도 '한지' 넘어서는 게 없었다.

종이는 그 제조 연원이 깊었다. 전하는 말로는 2천 년 전쯤 중국의 채륜이라는 환관 벼슬을 하는 이가 발명했다고 한다. 목간木簡이나 척독尺牘에 글을 쓰자면 손놀림이 자유롭지 못했다. 그리고 양이 많아 운반도 어렵고 펼쳐 읽기도 수고로웠다. 남아수독오거서男兒須讀五車書라는 말은 목간으로 된 책의 양으로 계산한 책 더미의 분량이다. 지금 종이책 다섯 트럭이면 엄청난 양이다. 감당이 안 된다. 공자가 『주역』을, 그 가죽끈을 몇 번이나 바꿀 정도로 많이 읽었다고 한다. 책끈은 죽간에 구멍을 뚫어 엮었던 가죽끈을 뜻한다. 채륜은 종이를 발명한 덕으로 일개 환관이 제후의 반열에 올라 신분 상승을 했다. 채륜이 발명한 종이를 채후지蔡候紙라고 하는 것은 그의 나중 벼슬을 따서 붙인 이름이다.

종이는 생산이 제한적이었다. 화가 스스로 종이를 만들어 쓰기는 지극히 어려웠다. 종이 만드는 시설을 해야 했다. 작업 과정 또한 시간이 걸리고 힘든 일이었다. 화가에게는 종이를 구하는 일이 큰 과업이었다. 종이가 그렇게 호락호락한 게 아니었다. 종이는 그림의 텃밭이나 마찬가지였다. 또한 인문학의 밑바탕이었다. 인간 이야기를 하면서 글로 쓰지 않고 되는 일이라고는 없었다. 종이에 쓴 글을 두고 다시 논의를 전개하는 일 또한 종이 위에서 하는 작업이었다. 글을 읽고 글을 쓰는 작업은 어차피 종이 위에서 이루어졌다.

종이는 그림은 물론 글을 쓰고 책을 만드는 기본 재료였다. 글을 쓰고 책을 발간하는 일은 사대부의 전유물이었다. 종이는 계층을 구분하는 하나의 표준이었다. 식자층이나 독서 계급이니 하는 말들은 종이를 사용하는 계층을 뜻한다. 일반 백성들이야 애를 낳아 금줄 달 때, 외새끼에 매다는 종이 조각으로 생애가 시작해서 지방을 쓰는 걸로 생애 전체가 휘감된다.

종이작업자와 비종이작업자로 신분이 갈리는 셈이었다. 종이작업paper work 가운데는 국가의 기록이 으뜸이었다. 당대 이념과 지식을 적어 보급하는 일은 권력자들의 전유물이었다. 종이는 권력이었다. 그 종이는, '백지장도 맞들면 낫다'는, 속담 속의 그 백지장일 수만은 없었다.

종이는 한 인간의 생애를 망가뜨릴 수도 있었다. 한 집단을 와해시키는 일도 했다. 조선조 왕실에서는 종이의 중요성을 알아 '조지서造紙署'라는 관청 부서를 두어 종이 만드는 일을 국가에서 관장했다. 소설가 좌공은 조지서라는 그 이름을 듣고 낄낄거리고 웃었다. 조지가 서면 그거 어떻게 하느냐면서, 콧등에 주름을 잡았다.

상가 일반에서도 개인적으로 종이를 만들어 돈을 장만하는 이들이 있었다. 상가常家란 반가班家에 맞서는 말이었다.

사찰에서는 종이를 대대적으로 만들어 썼다. 불경을 발간해야 하는 과업 때문이었다. 목판본에서는 중간에 각수刻手가 매개역을 한다. 나무판자에 글자를 새기고 그것을 종이에 찍어내는 일, 그 일을 하는 이들은 이름없는 부초들이었다. 각수들은 가끔은 자기가 새긴 문자에 오류가 있을 터이니 헤아려 읽으라는 겸사를 적어놓기도 했다. 양반 사대부들의 '문자놀음'을 위해서는 아랫것들이 땀 흘려 일해야 했다. 그러나 안타깝게도 그 땀 흘린 흔적을 종이에 써놓은 기록은 매우 적었다.

유교국가인 조선에서 승려는 팔천에 속하는 계급이었다는 게 일반적인 인식이다. 팔천이란 노비, 기생, 백정, 광대, 공장, 무당, 상여꾼, 거기다가 승려를 포함한다. 그러나 승려僧侶는 독서 계층이었다. 독서 계층이란 지식인 그룹에 속한다는 뜻이었다. 문자와 독서로 유학자들과 통할 수 있는 길이 트였다. 그리고 사찰에는 많은 토지가 분배되어 있었다. 이른바 '사원경제'의 바탕은 토지였다. 땅이 있어야 종이를 만들기 위한 닥나무[楮木]를 재배할 수 있었다. 원래 닥나무는 저포楮布라는 피륙을 만드는 재료였다. 닥나무를 종이 재료로 쓰기 시작한 것은 고려 이후로 보는 시각이 널리 퍼져 있다. 그러나 신라의 많은 유물에서 추론되는 바로는 한결 위로 올라갈 수 있어 보인다. 학예사 최창학은 그 근거가 언젠가는 세상에 나타나 자기 추정이 공리가 될 날을 기다렸다.

하아, 드디어, 자신의 예측이 사실로 드러나는 영광의 날이 다가오고 있었다. 최창학은 가슴이 우둔우둔 뒤누었다. 액셀러레이터가 자기도 모르게 쿡쿡 밟아졌다. 속도계가 130과 140 사이에서 발발 떨었다. 길 모퉁이를 돌아가자 속도 단속 감시카메라가 나타났다. 최창학은 급히 브레이크를 밟았다. 차가 휘뚱했다. 한 바퀴 돌아가지 않은 것은 다행이었다. 그동안 자신이 추구해온 일들, 뭔가 과속을 하고 있다는 생각이 들었다. 핸드폰이 드르르 울렸다. 차내 폰으로 연결되었다.

"최 형, 나 지영탁입니다."

"지금 경주 가는 중입니다."

"길이 엇갈렸네예. 미안합니다. 마아 나는 지금 태국에 가는 중이라예."

최창학은 기가 막힌다는 표현은 이런 데 쓰는 거란 생각이 들었다. 주절주절 이야기하는 내용은 태국에서 닥을 수입하기로 했는데, 태국 닥 생산 업체와 엠오유를 맺으러 가는 중이라고 했다. 한국에서 나오는 닥이 질이 좋기는 한데 너무 비싸서 수익성이 없다는 푸념을 늘어놓는 걸 들은 적이 있었다. 그럴 만한 일인데, 하필 신라 종이 뭉텅이가 나왔다고 호기심에 불을 지피고 자신은 태국으로 달아나다니. 이건 무어지, 하는 의혹을 불러왔다.

"최 형도 아시겠지만, 일은 순서가 있는 거 아니오. 가까운 데서 먼 데로, 익숙한 데서 낯선 데로 그렇게 원심적으로 행동을 조정할 필요가 있습니다. 신라까지 가기 전에 조선시대를 좀 더 더터보고 갑시다. 그러니 최 형 혼자 통도사엘 들러 보이소."

목소리가 힘이 실려 있었다. 어떤 데서 비롯되는 자신감인지 알기 어려웠다. 한국의 한지를 세계에 보급하겠다는 구상을 하는 작자가, 태국에서 생산되는 펄프를 수입한다는 게 말이 되질 않았다.

"언제 돌아옵니까?"

"나 기다리지 말고, 통도사에 가서 자료나 찾아 가지고 올라가소."

황당하기는 했지만, 일면 알아들을 만한 일이기도 했다. 좀 가까운 데를 확인하고 멀리 올라가는 게 순서일 듯했다.

최창학은 그동안 공부한 내용을 환기하고 있었다.

"한지연 씨가 안내할 겁니다."

화면에 전화번호가 뜨는 것을 보고, 차를 졸음휴게소에 세웠다. 한지연은 전에 도움을 받은 적이 있었다. 천마총 '천마도' 보도 모임에서 〈천마도〉의 저본이 있을 거라는 암시를 해주었다. 아무런 대본 없이 〈천마도〉 같은 명품이 나올 턱이 없다는 것이었다. 인물화의 귀재 루벤스도 대작을 시작하기 전에 스케치를 수도 없이 해대지 않던가.

최창학은 그의 의견을 귀 기울여 들었다. 한국 한지의 연원은 최소한 삼국시대로 거슬러 올라간다는 것. 그렇다면 어딘가에는 그 흔적이 남아 있을 것이라고 가정하는 일은 그리 어렵지 않았다. 국립박물과 큰 절의 성보박물관을 더텄으나 사실적 근거를 찾을 수 없었다. 방황이 오래 계속될 조짐이었다.

"경주 오신다고 하셨어예? 저어, 한지연인데예, 오늘 집안 행사가 있어서 나가는데 어떡하지예. 죄송합니더."

운전대를 쥔 손에 힘이 풀렸다.

눈앞으로 안개 같은 기운이 서려 너울거리며 흘러갔다.

'통도사로 가자…' 아무도 기다리지 않는 길에는 늘 옛날의 기록이 남는다. 하늘로 날아오르는 방패연처럼 종이가 새가 되어 날아오른다.

최창학은 노트북 컴퓨터를 꺼냈다. 그리고 전에 기록해놓은 걸 읽어보았다. '지역 혁파비'라는 이름으로 저장한 파일이었다.

닥나무는 나라에서 재배 면적을 정하고 관리했다. 종이가 중국에 바치는 조공품에 들어가기 때문에 닥나무 식재를 권장할 수밖에 없었다. 일반에서 재배하는 닥나무는 규모에 한계가 있게 마련이었다. 따라서 대규모 닥나무 재배와 조공품 공납에 도움이 되는 집단을 찾지 않을 수 없었다. 그 불똥이 사찰로 튀었다. 승려들은 종이 만들어 바치는 일에 모든 역량을 투자해야 하는 형편이었다. 말이 역량 투자지 수탈이나 다름이 없었다. 수탈을 지나 불교 멸살의 구체적 행태였다. 도무지 종이 때문에 중노릇 제대로 할 방법이 없었다. 불경을 읽고 부처님 말씀을 염송할 시간이 없었다. 사찰 내수용으로 판각해놓은 목판을 찍을 종이조차 장만하기 어려웠다. 사찰 문 걸어맬 형편이 되었다.

종이 공납에 가장 시달린 사찰 가운데 하나가 양산 영취산 '통도사通度寺'였다. 통도사는 절 규모가 클 뿐만 아니라 닥나무 기르는 데 여건이 좋아 종이 생산에 적격이었다. 그러다 보니 조정에서는 통도사를 종이 공납 표적으로 삼아 과중한 공납 양을 결정하고 혹독하게 족쳐댔다. 승려들이 죽어날 판이었다. 종이 생산에 몰두하다 보니 사찰 운영에 다른 여력이 없었다. 심지어는 승려들이 먹을 식량을 준비하지 못해 기력이 떨어지고, 절에서 머슴처럼 일하던 승려 가운데는 담을 넘어 도망쳐 나가는 이들이 생기기도 했다. 절은 폐사 직전에 이르렀다. 주지스님을 비롯해서 나이 높은 승려들이 모여 대책을 논의했다.

"이러다가는 종이 때문에 천 년을 지켜온 우리 절이 문을 걸어닫을 판이 되었습니다. 닥나무 밭 저전을 파버리고 절 규모를 줄여야 하지 않을까 합니다."

저전楮田은 닥나무 기르는 밭이었다.

"한 번 돌이켜볼 말씀이오나, 조정과 타협을 해서 우리 금강계단을 유지해야 할 것 같습니다." 금강계단金剛戒壇에는 부처님 진신사리가 보장되어 있었다.

"저들은 신앙에 관한 한 타협이 없습니다. 사서삼경과 주자류의 언설에 몰두한 나머지 다른 종교는 안중에도 없습니다. 보십시오. 근간 서쪽에서 온 젊은 기독승려들을 목 잘라 장대에 걸어놓는 만이 같은 행투를 보면 타협이 애초에 불가야입니다."

만이蠻夷는 오랑캐를 뜻하는 말이었다. 사대부를 오랑캐로 명명하다니 누가 들으면 목 달아날 언설이었다. 하기사 상감도 잠들었을 때는 욕을 먹는다 하지 않았던가 싶기도 했다.

"그래도 누가 나서서 조정에 끈을 대야 합니다. 우리가 잘만 접근하면 만이 취급이야 당하겠습니까." 말소리는 컸으나 선뜻 손 들고 나서는 이가 없었다.

"그 어려운 일에 누가 나선다는 말입니까?"

"덕암당 스님이 영의정 나리와 사연이 있으시다고 들었습니다만…" 주지스님은 조심스럽게 운을 떼었다. 사연私緣은 사적인 인연을 들어서 하는 말이었다.

"승상을 만나자면 도성 안에를 들어가야 합니다. 그런데 우리 먹장삼 입는 족속은 도성 출입을 금하고 있지 않습니까. 이 문제부터 처결할 방도를 찾아야 합니다."

"미친 척하고, 중노릇 잠시 벗어던지면 어떻겠습니까?"

"어떻게 하잔 말씀이신지요?" 덕암당 혜경스님이 조심스럽게 물었다. 위급한 상황이라 말 한 마디 한 마디가 조심스러웠다.

"머리 기르고 속인들 속에 파고들어가는 겁니다."

한 대여섯 달 머리를 길러 상투를 틀고 무명수건을 질끈 동인 다음, 물장사를 시작하자는 것이었다. 물장사 잘하면 한양도성 문안에도 들어갈 수 있고, 소문이 잘 나면 대갓집 물 대는 일을 맡을 수도 있을 거란 안이었다.

덕암당 스님은 하늘을 올려다보고 껄껄 웃었다. 눈가에는 물기가 잡혀 보였다. 중질 힘들어 못 하겠으면 가사 벗고 자기 찾아오라던 곱단이 얼굴이 떠올라 눈앞에 어른거렸다. 곱단이 말이 맞을지도 몰랐다. 인연의 길이 그렇다고는 했지만, 그게 꼭 자기가 선택해야 하는 인연인지는 확증이 없었다. 주지스님의 얼굴에 그윽한 미소가 번졌다. 덕암당은 속을 들킨 것 같아 얼굴이 화끈해졌다. 한양에 가면 곱단이를 만날지도 모른다는 생각이 들었다.

"저 말고는 달리 사람이 없을 듯합니다."

"보시라고 생각하시오. 인욕바라밀을 늘 상념하시오."

덕암당은 손을 모아 합장하고 목례를 했다. 약사전에 가서 108배를 올렸다.

"바라밀은 경우에 따라 실천 방법이 다르오."

그 말에 이어 주지스님은 혜가단비慧可斷臂 이야기를 했다. 불가에서는 널리 알려진 이야기였다.

달마대사(470~536)는 남인도 향지국香至國 임금의 셋째 왕자로 태어나 어려서 불교에 입문했다. 당시 불교계에 선편을 쥐고 있던 반야다라라는 스승에게서 중국에 불교를 전파하라는 소명을 부여받는다. 당시 중국은 양나라 무제武帝 때였다. 낙양 인근에 있는 숭산 소림사로 갔다. 숭산 정상에는 커다란 바위굴이 있었다. 그 굴에서 9년을 정좌 수행을 했다. 이후 달마는 신격화되기 시작하면서 많은 이적이 화재畵材가 된다. 달마가 갈댓잎 하나 잘라서 그걸 타고 양자강을 건넜다는 이야기 그림이 〈달마절위도강도〉였다. 달마대사가 면벽수도 9년을 했다는 이야기는 〈달마벽관도〉에 담겼다. 달마가 가죽신 한 짝 끌고 서역으로 돌아갔다는 이야기는 '척리서귀'라 요약되는데, 그 행적을 그린 〈척리달마도〉 등이 그것이다. 행적이 신화가 된다는 것은 그가 영험한 이적을 보였다는 뜻이었다.

당시 혜가(慧可, 487~593)라는 스님이 달마에게 처음으로 입문을 청해온다. 혜가의 본래 이름은 신광神光이었다. 달마가 선정에 든 석굴을 찾아가 사흘을 눈을 맞으며 기다렸다. 사흘이 지나 달마가 내놓은 화두는 이런 것이었다.

"너의 마음을 내놓아보아라."

아무리 생각해도 마음의 정처를 알 수 없었다. 정신을 모아 생각에 생각을 거듭했다. 몸과 마음이 따로 존재할 수 없는 일이었다.

"몸과 마음의 경계를 알 수 없습니다."

"다시 묻건대 그대는 눈 속에서 무엇을 구하고자 하는가?"

"감로수의 문을 열어 어리석은 중생을 제도하고자 하옵니다."

"공덕은 미미하고 마음은 교만하다. 어찌 그런 사소한 일로 참다운 법을 바라는가?"

"어찌하란 말씀이옵니까?"

"하늘에서 붉은 눈이 내리면 그게 마음이니라."

말이 떨어지자 독수리 한 마리가 혜가의 정수리를 치고 지나갔다. 발가락으로 이마를 긋고 지나는 바람에 피가 흘렀다. 손으로 이마를 쓸어보았다. 이마는 육신인지라 작은 상처로도 쓰리고 아팠다. 마음이 어디 있단 말인가?

마음은 내놓을 수 없어 몸을 내놓기로 했다. 혜가는 칼을 들어 자기 팔을 잘랐다. 붉은 피가 눈 위에 흩어졌다. 그때 언 땅을 뚫고 파초 한 줄기가 널찍한 잎을 벌리고 올라와 혜가가 자른 팔을 감싸쥐었다. 혜가는 소리내어 읊었다.

"눈속에서 괴로움을 잊고 팔 끊어 구하니/마음 찾을 수 없는 데서 비로소 마음 편하구나./훗날 편안히 앉아 평온한 마음 누릴 이여/뼈를 부수고 몸을 잊어도 보답은 모자람이여.(入雪忘勞斷臂求/覓心無處始心休/後來安坐平懷者/粉骨亡身未足酬)"

덕암당은 주지스님을 향해 머리를 숙였다.

"인욕으로 법을 이루시기 바라오." 덕암당이 산문을 나서는 날 푸른 하늘에서는 흰 눈이 내렸다. 덕암당에게는 그게 붉은 눈으로 보였다.

대감을 만나러 가는 길은 참으로 멀고 아득했다. 영추산 아래 저전마을에서 물을 길어 올리는 동안 덕암당 스님은 맨발로 돌 자갈길을 밟고 다녔다. 처음에는 얼어 터지고 돌에 차이기도 하고 해서 피가 흘렀다. 멈출 만하면 진물이 나서 감발한 무명천이 누렇게 변색했다. 감발마저 풀어버렸다. 상처에 딱지가 앉고 발바닥에 굳은살이 박이기 시작했다.

발바닥에 굳은살이 돋아나는 동안 머리도 자랐다. 비로소 속인의 꼴이 나기 시작했다. 수염도 길렀다. 가사 대신 중의적삼을 입고 지냈다. 마당에 나오는 석간수를 돌보지 않고, 저동 저전마을 저 아래 큰 우물까지 물지게를 지고 내려가 물을 길어 올렸다. 한양에 가서 물지게질을 금방 능숙하게 할 수 없을 것 같아서였다.

물장사의 말씨도 익혀야 했다. 우선 촌로들의 말을 익히기 시작했다. 견유불성犬有佛性이나 구자무불성狗子無佛性 따위의 말들은 나무아미타불 찾는 불자들의 전유물이었다.

촌로들은 이렇게 말했다. '마아, 수캐가 암캐 만나면 방맹이 내놓는다 아이가.' 지나온 길인데 잊고 지낸 셈이었다. 옥빛깔 언설에 시커먼 먹물이 들어 생활의 실감이 바래서 뿌연 먼지만 일었다.

한양까지 길은 멀고 몸은 고단했다.

덕암당은 과천에서 발길을 멈췄다. 말죽거리까지 단걸음에 다가가기가 조심스러웠다. 한양이 무섭다니까 과천부터 긴다는 말을 그대로 수행하기로 했다. 큰일 맡았다고 설칠 일이 아니었다.

물장사의 세계는 돈을 매개로 해서 움직였다. 자리를 사고팔았다. 도성 안으로 들어가자면 집 한 채 값은 착실히 들어가야 했다. 덕암당은 그럴 수 없었다. 우선 이름이 나 있는 물장사를 알아보았다. 이름은 모르는 채 '장가'라고 불리는 물장사의 하수로 들어갔다. 덕암당이 물지게를 지고 경정거리면서 걸어가면 장가는 뒤에서 곰방대를 물고 어정거렸다.

얼마 지나자 장가는 아예 덕암당 따라나서기를 그만두었다. 문안으로, 그리고 대감들 집이 몰려 있는 북촌으로, 물지게를 지고 드나들 수 있었다. 대소 집안일을 거들어주었다. 어떤 때는 막힌 굴뚝도 뚫어주고, 뚫어진 솥바닥도 때워주었다. 막힌 수채를 뚫어주고 빨랫줄도 매주었다. 덕암당의 소문이 입에서 입으로 전해졌다. 드디어 영의정 권돈인의 귀에까지 덕암당의 이야기가 들어갔다. 경상도 사람이라고 해서 '겡상인'으로 통하던 물장사 스님은, 그렇게 해서 영의정 권돈인을 만날 수 있었다.

"답답하오. 종이에다가 몇 자 적어 보내면 해결될 일을…"

"이 어려운 부탁을 어찌 편지로 한답니까."

"알았소. 위로 오르시오."

물장사로 들어간 덕암당이 대감집을 나올 때는 통영갓을 쓴 선비가 되어 있었다. 그리고 그의 손에는 첩지牒紙 한 장이 들려 있었다. 전국 사찰에 내려진 지역紙役을 면하거나 감쇄한다는 내용이었다.

그렇게 해서 대감 권돈인을 만나, 통도사에 내려지는 극형과도 같은 지역을 면할 수 있게 되었다.

학예사 최창학은 수행의 방법이 일정할 수 없다는 생각을 했다. 한퇴지 사설師說의 한 구절이 혹하니 떠올랐다. 성인은 일정하게 정해놓은 스승이 없다, 왈 성인무상사聖人無常師[54]란 구절이었다. 덕암당이야말로 누구누구 가리지 않고 배움을 이루어간 분이란 생각이 들었다. 꼭 팔을 자르고 남근을 베어버려야 얻을 수 있는 지혜라면 그게 어디 진정한 지혜겠는가. 그런 생각을 하면서 부도전으로 내려갔다.

고승대덕들의 사리부도, 공적비들이 즐비했다. 그 가운데 한구석에 모서리를 잘라버린 평판 비석이 하나 눈에 들어왔다. 한가운데 비명이 새겨져 있었다. 비석 한가운데 세로로 이런 비명이 각자되어 있었다. 덕암당혜경지역혁파유공비德巖堂蕙璟紙役革罷有功碑라는 비석이었다. 비면에 각자된 시를 더듬어 읽었다.

我師之前 累卵之團(아사지전 누란지단) 우리 스승님 이전에는 매우 위태로운 지경이었는데

我師之後 泰山之安(아사이후 태산지안) 우리 스승님 이후는 태산과 같이

안정되었네.

千里京洛 單獨往還(천리경락 단독왕환) 천 리나 되는 서울 혼자 다녀오시고 나니

春回覺樹 蔭陰葳蕤(춘회각수 음음위유) 보리수에 봄이 돌아오고 초목은 무성했다네.

其儦不億 可止可居(기려불억 가지가거) 그 수를 헤아리기 어려워 머물고 거할 만하거늘

樹此豐功 有寺無之(수차풍공 유사무지) 여기 큰 유공비 세웠는데 절만 남고 스님은 안 계시네.

지역에서 풀려난 후인들이 공덕비를 세울 정도로 '지역'은 혹독했다. 덕암당이 문제를 해결하기 전에는 누란의 위험에 처했는데, 스승께서 한양에 가서 문제를 해결하고 나니 사찰이 태산과 같이 안정되었다니. 그런 공덕을 세우고 스님은 세상을 떠서 절만 남아 있다는 심회가 사뭇 가슴을 밀고 들어왔다.

덕암당이 찾아갔던 영의정 권돈인(1783~1859)은 추사 김정희의 절친이기도 했다. 누가 먼저인지는 모르지만 추사와 권돈인 둘이 똑같이 〈세한도〉를 그렸다. 그리고 초의선사와 추사를 통해 권돈인을 만난 소치 허련(1808~1893)이 당대의 화가로 이름을 날린 데에는 권돈인의 각별한 우정이 자리 잡고 있었다.

학예사 최창학은 화가의 삶이 무엇인지를 다시 생각했다. 종이의 역사를 쓰고 싶은 생각도 들었다.

날이 저물고 주막에 지등紙燈이 밝혀졌다. 자신이 근무하는 남양문화박물

관 한 켠에 종이역사관 같은 특별실을 하나 마련하고 싶었다.* (2023.4.18.)

천강월이 경주에 강의를 나오면서, 통도사에 관심을 가지는 이유를 얼마간 이해할 수 있었다. 한지라고 하는 한국 종이의 원류를 신라로 설정하는 관점은 탓할 데가 별로 없었다. 다만 문화적인 현상을 수치로 잘라 시점始點을 설정하는 것은 무리가 될 수밖에 없었다. 특히 최초니 시발, 원류 하는 말들은 대개 무리가 수반되었다.

종이가 사람 먹고사는 문제 모든 것에 직접 연관되는 것은 아닐 터. 그러나 문화로서의 종이는 글과 그림 등, 정신문화와 연관되는 건 사실이었다. 특히 종교와 연관된 한지의 수요와 생산은 검토가 필요한 사항이었다. 교육과 연관되는 서적, 학자들의 각종 저술을 출간하는 데 필요한 종이… 그리고 화가들이 그림으로 상상력을 펼치는 종이의 쓰임은, 미시사 즉 마이크로 히스토리 차원에서 문화사를 새로 쓰는 계기가 될 것 같기도 했다. 그 이야기가 꼭 소설 양식을 취해야 할 이유는 별로 없었다.

사실 종이는 한중관계 속에서 거대서사의 맥락에 자리 잡는다. 중국에 대한 조공朝貢의 중요한 품목이 되었던 것이다. 나라에는 종이를 생산하고 유통하며 관리하는 조지서라는 관청이 생길 정도였다. 다른 나라에 종이 사업을 관장하는 관청이 있었던가는 알 수 없었다. 다만 종교개혁이 종이 없이는 성사될 수 없었다는 점은 한지와 연관된 맥락에서도 유의미한 참조 사항이 될 것 같았다.

강의 탁자 위에 탐스런 해바라기 몇 송이가 유리병에 담긴 채 놓여 있었다.
"이거 무슨 꽃입니까?" 천강월이 수강생들을 둘러보며 물었다.
"교수님 생신이라고 해서, 천사마들이 준비한 겁니다." 서시연이 '천사마'

란 구절을 멈칫거리며 말했다. 천사라는 말을 본인 앞에서 하기가 겸연쩍은 모양이었다.

"최고의 충성은 면전에서 아부하는 것이다."

"최고의 충성을 바친 자가 가장 먼저 총을 맞는다." 아버지는 그런 맥락을 알기 어려운 말을 했다.

"해바라기 보니까 이런 시가 기억납니다. 들어보세요. 조지훈의 시인데 제목은 여러분이 맞춰보세요." 천강월이 시를 읊었다.

門을 열고
들어가서 보면
그것은 문이 아니었다.

마을이 온통
해바라기 꽃밭이었다.
그 훤출한 줄기마다
맷방석만한 꽃숭어리가 돌고

해바라기 숲속에선 갑자기
수천 마리의 낮닭이
깃을 치며 울었다.

파아란 바다가 보이는
산 모롱잇길로
꽃상여가 하나

조용히 흔들리며 가고 있었다.

바다 위엔 작은 배가 한 척 떠 있었다.
五色 비단으로 돛폭을 달고
뱃머리에는 큰 북이 달려 있었다.

수염 흰 노인이 한 분
그 뱃전에 기대어
피리를 불었다.
꽃상여는 작은 배에 실렸다.

그 배가 떠나자
바다 위에는 갑자기 어둠이 오고
별빛만이 우수수 쏟아져 내렸다.

문을 닫고 나와서 보면
그것은 문이 아니었다.

수강생들이 짜각짜각 박수를 쳤다. 정옥적이 손을 들었다.
"그거 「꿈 이야기」라는 시지요?"
"많이 알려지지 않은 작품인데… 역시!"
역시? 유학파 실력 있다는 뜻인가, 그런 생각이 들었다. 참 못된 버릇이 불
끈거리고 돋아났다. 그것은 '여승 콤플렉스'인지도 모를 일이었다.
"시인 솔로모스의 잃어버린 시어를 찾아가는 알렉산드르, 교수님은요, 브

루노 간츠 닮았어요. 멋져요." 정옥적이 애정 가득한 눈을 반짝이며 말했다.

"테살로니키에서 공부했다고 했던가요? 학위논문이 카바피스 시의 경험과 지혜의 상호관계라 했지요?"

"어머머, 어쩜… 사브리시오스!" 저러다가 한번 태워주겠다고 나오는 건 아닌가 싶었다.

"어떤 텍스트든지, 독자가 채워 넣어야 할 공간을 지니고 있습니다. 이런 사정은 언어로 모든 걸 다 서술할 수 없기 때문입니다. 그리고 다른 하나는 독자를 텍스트로 이끌어 들이는 일종의 구심력을 텍스트에 부여해야 하기 때문이기도 합니다. 텍스트는 명시적으로 의미를 표명하는 부분과 독자가 개입할 수 있는 공백, 슬롯이 교직되어 형성됩니다. 시는 더욱 그렇습니다.

우리 고전에서 예를 볼까요. 김만중의『구운몽』첫머리입니다." 천강월은 화면에다가 한 문단을 띄웠다.

천하에 이름난 산이 다섯이 있으니 동은 가로되 동악 태산이요, 서는 가로되 서악 화산이요, 가운데는 가로되 중악 숭산이요, 북은 가로되 북악 항산이요, 남은 가로되 남악 형산이니 이른바 오악이라. 오악 중에 형산이 가장 머니 구의산이 남녘에 있고 동정호가 북에 있고 상강물이 삼면에 둘렀고, 일흔두 봉 가운데 다섯 봉이 가장 높으니 축용봉과 자개봉과 천주봉과 석름봉과 연화봉이라. 항상 구름 속에 들어 청명한 날이 아니면 그곳을 보지 못할러라.

"이 산들을 연결할 수 있어요? 그리고 이 산들을 그림으로 그린다면 하나의 봉우리로 그릴 수 있어요? 아니지요. 토함산만 해도 그렇지요. 동해바다에서 경주 동부까지, 20킬로미터에 걸친 권역에 수많은 마을과 숲과 작은 개

울들이 자리 잡고 기능적으로 움직여갑니다. 그런 디테일은 독자가 텍스트 빈 공간에 구체화하여 넣습니다. 그러니까 소설의 텍스트는 독자의 독서를 통해 구체화되는 겁니다. 그러니까…

그러니까, 여러분들은 텍스트 구성의 구체성에 너무 속 썩이지 마세요. 다만 전체적인 윤곽 속에서 자연스럽게, 그려 나가세요."

"저어, 교수님께서 보내준 글에는, 종이 길이 양산 통도사에서 서울까지만 그려져 있는데, 그 길이 더 이어지려면 어떻게 해야 하지요? 예루살렘까지 가는 종이 길… 성서는 초기에 송아지 가죽에 기록되었다고 하는데요, 양가죽이나 사슴 가죽이 이용되었다고 합니다. 송아지 가죽이 무엇입니까. 들판의 풀이 송아지 몸에 들어가 가죽이 되었잖아요… 그러니까 말씀을 풀잎에 기록한 셈이잖아요." 백성민은 제법 시적인 발상을 일궈냈다.

"발상이 시적입니다."

"칭찬하시는 거지요?" 백성민이 아멘, 작은 소리로 감격을 뱉어냈다.

"그런데, 어떤 송아지의 가죽인가가 문제가 됩니다. 말하자면, 당대 사회에서 송아지를 어떻게 다루었는가… 그런 면을 파지하는 감각이 필요해요. 유대교 경전을 기록한 책 『토라』[55]를 만들기 위해 살아 있는 송아지를 잡으면 재산이 줄어들잖아요. 그래서 죽은 송아지 가죽을 썼다고 합니다. 그게 다시 사람들의 에코 마인드인지 어린 송아지 사망률이 높았는지 그건 가려보아야 합니다. 아무튼 시적인 문체를 백 선생님 트레이드마크로 만들어보세요.

혹시 '마분지馬糞紙'라고 아세요? 물질의 순환… 이름이 그래서 그렇지 마분지는 말똥으로 만든 게 아니라 짚종이입니다."

"도무지, 교수님은 모르는 게, 뭐예요? 역시…" 서시연이 물티슈를 빼서 천강월에게 건네주었다.

"약사보살 현신한 거 같습니다."

"교수님 불자세요?" 서시연이 합장을 하고 물었다. 나는 '여승은 합장하고 절을 했다', 그런 구절을 떠올렸다. 이제 천강월과 웬만큼 동일시가 이루어진 모양이라는 생각이 들었다.

"짝패는 내면의 악마야, 조심해야 헌다." 아버지 말씀이었다. 나는 짝패가 무엇인지 물었다. 아버지는 르 두블, 그렇게만 말하고 한숨을 쉬었다. 르 두블le double, 요즘 표현으로는 아바타쯤 되는 개념으로 이해되었다.

강의가 시작되고 한 10여 분 지났을 때였다. 사마킴이 등나무 줄기로 엮은 바구니에다가 닭을 한 마리 담아 가지고 왔다. 바구니는 분홍색 보자기로 싸여 있어서, 닭은 목만 내밀고 눈알을 또록또록 굴렸다.

"아니, 이건 뭡니까?"

"오늘이 베드로 제삿날입니다. 아버지를, 아니라고, 모른다고 세 번 부인했을 때, 닭이 울었다잖아요. 그래서, 할아버지는 닭장에 가서 닭을 잡아 목을 잘라라 말했다잖아요. 할머니가 부엌칼을 들고 가서 암탉을 잡아 목을 잘라 거기 나오는 피를 기둥에 발랐다네요."

"잠깐만… 텍스트에 빈자리가 너무 많아 채워지질 않네요. 아버지는 누구고 아들은, 누구…?"

"기독교 신자입니까?"

"아닙니다."

"어부였습니까?"

"오디예…"

"사기꾼이었습니까?"

"천만에…"

"교수님 저 닭 모가지 자를까요?" 비비캡이 슬그머니 일어섰다.

"아직 안 울었습니다."

어디서 구했는지, 비비캡이 부엌칼을 들고 강의실로 들어왔을 때, 바구니에 묶인 닭이 꼬꼬댁 꼬꼭, 꼬끼요 울어제꼈다.

"목을 칠까요?" 비비캡이 칼을 들어올렸다.

"칼을 쓰는 자 칼로 망한다." 아멘… 백성민의 목소리 같았다.

마태복음 26장… 그런데, 예수 옆에 서 있던 그놈은 왜, 칼로, 옆에 서 있던 자의 귀빼길 잘랐을까? …

우리 아버님은 부자간에 독립운동에 참여했어요. 아버님이 잡혀서 고등계 형사한테 문초를 당하고 있었어요. 그때 아들이, 우리 그이가 잡혀 들어왔어요. 우리 집안은 찰진 야소꾼 집안이었답니다. 그이 세례명이 베드로였어요.

"저 닭이 똥을 쌌나, 닭똥 냄새가…" 어휴 지독하네 냄새… 정숙정 여사가 코를 쥐고 자리를 일어섰다.

"교수님, 닭은 왜, 염소처럼 똥글똥글한 똥을 누지 않고 물똥을 싼대요?" 정옥적이 달려들듯이 물었다.

"조류는 모두 총배설강이라서… 그렇다고 알고 있는데요." 백성민이 다가 앉았다.

"잠깐 쉬겠습니다." 천강월이 사마킴에게 닭 치우라고 눈짓을 했다.

"여러분, 이따가 '씨암탉' 식당에서 봐요. 교수님도 꼭 오셔요." 씨암탉은 닭 요리로 이름이 나 있는 민속식당이었다.

"모든 일에는 조짐이라는 게 있다." 재앙을 앞두고는 작은 일들이, 전조로 보이는 일들이 생긴다는 것이었다. 잠수함이 가라앉으려면 토끼가 기가 죽어 늘어진다. 혁명이 일어나려면 감옥 담밑에서 쥐가 구멍을 뚫는다. 전쟁이 나려면 동구에 서 있는 둥구나무 가지가 부러져 내리기도 한다. 역사를 예언하는 예언자의 목소리는 그렇게 조용하다. 전조 혹은 조짐… 아버지의 영상은 편집을 거부하는 시간 착오 가운데 흔들렸다. 아무래도 올해는 이 과업을 실천하지 못하고 말 것 같은 예감이 들었다.

씨암탉 모임은 등단 예비반 멤버들이 준비하는 모양이었다. 천강월이 참여하면 같이 갈 생각이 있었다. 그러나 줄렁대고 따라갈 생각은 별로 일어나지 않았다. 베드로가 예수를 세 번 부인해서 닭이 울었을까, 닭이 운 다음에 부인한 것을 기록을 그렇게 한 것일까. 사건 시간과 서술 시간은 그렇게 엇갈릴 수밖에…

모처럼 빈남수 기자에게서 문자가 와 있었다. 인사 없이, 만나자는 것이었다. 누가 어떤 작품을 발표했는지 궁금했다.

씨암탉 식당 대신 '반월성'이란 찻집으로 차를 몰고 갔다.

수탉… 계림… rooster, cock, cocktail… gaulois, gallus… de Gaulle… 앞에 가던 포르쉐가 급정거 페달을 밟았다.

길가로 달려 빠져 달아나는 소년의 뒤꼭지가 보였다. 앞으로 임신 가능성이 20퍼센트 정도 남았습니다. 계림산부인과 의사의 말이었다. 체리가 익는 날들은 짧단다. 아버지… 나도 모르게 눈물이 흘렀다. 20퍼센트의 임신 가능성. 여자로서 생명은 끝난 셈이었다. 대신 소설이라고? 임신은 못 해도 사랑이야 남겠지.

빈남수 기자에게 단편 「낮에 우는 닭」을 메일로 넘겼다.

"암탉이 울면 집안 망한단다." 할아버지는 소설을 읽은 적이 없었다. 유림회에서 개최하는 백일장에 나가 장원을 하기도 했다. 상품으로 놋대야를 타서 들고 왔다.

"뒷물 할 일 끝나니까 놋대야 타 가지고 오네."

할아버지는 부르르하니 솟아나는 성깔을 누르면서 헛간으로 달려가 정釘

을 들고 나와서는 놋대야 전두리에 구멍을 뚫어 새끼줄을 꿰어 들고, 징징따 징, 징을 울렸다.

동네 사람들이 몰려들었다. 잔치가 벌어졌고…

할머니는 봉숭아 핀 뒤란에서 옷고름으로 눈물을 찍어냈다.

13

변신의 계절

10월 14일, 강의가 두 번 남았다.

지렁이 울음소리 때문에 잠을 설쳤다. 대개들 풀벌레 소리로 알고 있는 지렁이 울음소리는 주파수가 높은 기계음처럼 찌르르르 하다가 찍지직 쉬고, 그러다가 다시 찌르찌르 울곤 했다.

지렁이를 한자어로는 토룡土龍이라 하기도 하고, 지룡地龍이라 부르는 경우도 있다. 후백제의 견훤甄萱이 지렁이 혼신을 쓰고 태어났다는 설화는 전국에 널리 퍼져 있는 듯했다.

왕궁에 궁녀가 있었다. 밤이면 자단紫緞 두루마기를 잘 차려입은 남자가 침실에 들어 궁녀를 범하곤 했다. 궁녀는 그런 사실을 유모에게 이야기했다. 유모는 그 남자 옷자락에 실을 길게 느린 바늘을 꽂아두라고 했다. 다음 날 아침 그 실을 따라가보니 궁장 밑 굴 속으로 이어져 있었다. 굴 끝에 사람 몸뚱이만 한 지렁이 등에 바늘이 꽂힌 채 자빠져 죽어 있었다.

궁녀가 만삭이 되어 아이를 낳았다. 아이는 기골이 단단하고 눈에 서기가 뻗어나왔다. 이 아이가 자라서 후백제를 일으킨 견훤이다.

이 설화가 신라의 용신앙과 연관되지 않을까. 막연히 그런 생각이 들었다.

빈남수 기자가 만나자는 연락을 해왔다.

"사람 사는 거 뭐 있어요. 만나고 소통하고 그러면서 뭔가 주고받는 가운데, 관계 형성하고 그러면서 사는 거잖아요." 뒤로 빼지 말라는 투였다.

근래 나는 인간 행위 전반에 혹심한 회의에 빠져 휘둘리고 있었다. 그 가운데 '소통'을 비롯한 인간의 언어 행위에 대한 터무니없는 긍정이 울렁증을 일으키곤 했다. 글 쓰는 사람이 가지는 태도 가운데, 언어에 대한 믿음은 최종적인 것이라고, 천강월은 기회 날 때마다 강조했다. 그런데 매체가 개입하는 소통은 간접화되어 부실한 구석이 남아 있었다.

메일로 소통하기… 나아가 에스엔에스에 글쓰기… 일상언어의 스캔들화… 스캔들의 일상화… 극단적 언어의 일상화… 한나 아렌트[56]의 『예루살렘에서의 아이히만』을 떠올리게 하는 한심한 정황… 악의 평범성… 언어에 대한 무감각… 소통지상주의를 내세우는 이들에게 문학이란 무엇인가, 소설은 먹힐 구석이 있는가… 웃은 죄… 김동환…『국경의 밤』… 식민지 조선의 국경, 소금 밀수출… 국경수비대… 나는 운전대를 잡은 채 혼자 중얼거렸다.

지름길 묻길래 대답했지요.
물 한모금 달라기에 샘물 떠주고,
그리고는 인사하기 웃고 받았지요.

평양성에 해 안 뜬대두
난 모르오.
웃은 죄밖에…

천강월이 서사 전환이 수월한 시들을 소개하는 가운데 「웃은 죄」라는 작품
이 들어 있었다.

"이데올로기와 심성의 변증법… 심성은 이데올로기 이전입니다. 심성보다
본능이 더 근원적입니다. 본능 차원에서 보자면 이데올로기는 가상이나 허
상입니다. 스님과 수녀가 연애를 하는 경우… 그때는 부처님도 성모님도 '사
랑'을 이기지 못합니다." 내가 가지고 있던 통념의 돌담 한구석이 무너지는
순간이었다.

나는 운전 중에 아슬아슬한 곡예를 하고 있었다. 운전 중에 인터넷을 뒤지
다니, '뒤어질 짓'을 하고 있었다. 김동환이 미심쩍어 찾아보았던 것. 이런 자
료가 떠 있었다.

1939년 3월 '북지황군 위문 문단사절'의 실행위원으로 활동했고, 같은
해 10월 조선문인협회 결성에 참여해 간사를 맡았다. 1940년 5월 『애국
대연설집』을 편집 · 발간했다. 1941년 1월 도쿄의 모던일본사가 주관하
는 제1회 조선문학상의 문학 부문 심사위원을 맡았으며, 같은 달 국민총
력조선연맹 문화부 문화위원이 되었다. 8월에는 조선문인협회 문학부 상
무간사, 홍아보국단 준비위원회 경기도 준비위원, 임전대책협력회 준비
위원과 상임위원을 맡았으며, 10월 조선임전보국단 상무이사가 되었다.
1942년 2월 국민총력 경성부연맹과 조선임전보국단이 공동 주관한 '저축
강조 전진 대강연회'의 강사로 선출되어 경성부에서 순회강연을 했고, 5
월 『삼천리』를 『대동아大東亞』로 개명했다. 같은 해 6월에는 국민총력조선
연맹 선전부 위원과 참사로 활동했고, 1943년 8월 징병제가 시행되자 『매
일신보』에 시 「님의 부르심을 받들고서」를 발표했다. 이 밖에도 다수의 친
일 관련 글을 남겼다. 1944년 7월 『조선동포에게 고함』을 편찬 · 간행했

으며, 같은 해 9월 국민동원총진회 상무이사를 맡았다. 1945년 2월 대화동맹大和同盟 심의원, 6월 대화동맹의 자매당인 대의당大義黨의 위원이 되었다.

나는 길가에 차를 세웠다. 아랫배가 싸르르 아파왔다. 짚어보니 멘스를 할 기간이었다.

빈남수 기자는 내가 자리에 앉자마자 물었다.

"본전 찾기는 성공적으로 수행하고 있으세요?" 수행하고 있으세요, 그 구절은 자연스럽지 못했다.

"나는 찾아야 할 본전이라는 게 없어요. 본전 그런 게 있었다면 소설 안 쓰겠지요."

"소설 쓰기가 한풀이 같은 거라면 감성과 감각, 나아가 시각이 오도되지요."

"그러니까 소설가는… 몰라요. 여름 어떻게 보냈어요?"

"유럽 한 열흘 다녀왔습니다. 파리 사람들 어떤 책 읽는가, 그런 거 취재하러 갔었는데…"

"그럼, 사를 드골 공항에 내렸겠네요?"

"이거 보세요." 빈남수 기자가 핸드폰을 내밀었다.

샤를 앙드레 조제프 마리 드골(Charles André Joseph Marie de Gaulle, 1890.11.22~1970.11.9)은 프랑스의 레지스탕스 운동가, 군장교이자 정치인, 작가이다. 1945년 6월부터 1946년 1월까지 임시정부 주석을, 1958년 6월 1일부터 6개월 동안 총리로 전권을 행사했고 1959년 1월 8일에 프랑스 제18대 대통령으로 취임하였다. 1965년 대선에서 재선하였으나 1969년 지방 제도 및 상원 개혁에 관한 국민투표에서 패하고 물러났다.

"뭐 쓸라고요?"

"반민족, 반국가사범 처벌 수위가 프랑스와 우리는 근본적으로 달라요. 우리는 반민특위에서 700명 정도 처벌되었는데, 드골이 대통령으로 있는 동안 나치스 부역 협력자 처벌한 게 몇 명인지 아세요?" 나는 그런 수치를 기억할 수 없었다. 단호한 처벌이 있었다는 막연한 생각만 하고 있을 뿐이었다.

"20만 명이 처벌받았대요. 경주시 인구가 24만 정도라면, 20만 명이 어떤 규모인지 알겠지요?"

"식민지 경험 여부와 관계 있는 일 아닌가… 뭐랄까, 식민지 체제에서 세력권에 들었던 행정, 사법, 교육 등에 종사한 고급인력이 해방 이후 정치권에 그대로 평행이동한 형국이랄까… 그런 세력 징치할라면 손발 깨끗한 인사가 국가기관에 자리 잡아야 하는 거잖아요. 그런데 우린 그런 인력자원을 확보하기 어려웠지요. 식민지 실용 지식인과 기술 인력 아니면 새 나라 운영이 힘들었을 겁니다. 식민지 청산이 그렇게 어려운 거 아닐까…"

"큰 틀에서 동의합니다. 그런데… '지귀 이야기 그 공사'는 언제 준공합니까. 요새 지귀가 뜨는 중이거든요. 지귀 이야기를 오페라로 만든다는 이야기가 있던데 아세요?"

"역사적 사실, 아니 설화라도 좋지만, 누가 독점할 수 있는 게 아니지요. 문화적 공공재 아닌가. 불의 속성이 그래요. 응징과 정화의 스펙트럼 가운데 의미 폭이 널려 있거든요."

"소설은 우리 잡지 같은 데서 뒷배 대지 않으면 이제 끝난 거 아닌가."

"그래서…요?"

"소설 하나 달라는 말씀이지요. 단편 하나에 오십 드립니다. 이번 호에는 백성민이란 작가가 소설을 냈는데, 남아진 작가도 하나 줘요." 리뷰를 쓸 수 있으면 더 바람직하다는 이야기를 덧붙였다. 이런! 일이 꼬여 돌아갈 조짐이었다.

"낮에 우는 닭, 그게 제목인데… 메일로 보냈는데 못 받았다는 거예요?"

"작품 보냈으면 보냈다고 전화라도 해야지… 안 그렇습니까."

"그거 엉덩이 땀띠 나게 주저앉아 쓴 거예요."

"배달 사고…?"

그런 이야길 하고 있을 때, 밖에서 닭 우는 소리가 길게 들렸다.

내가 '낮에 우는 닭' 소릴 듣고, 작품을 시도한 것은 내 나름 심각한 주제의식이 담긴, 일종의 결단이었다. 부부는 어떤 힘으로 사는가… 그런 생각을 할 무렵이었다. 내외가 짝을 맞추어 친일 행각을 했다는 것을 드러내고자 하는 의도는 없었다. 사랑받기 위해 태어났다는 환상에 빠져 허우적거리는 이들에 대해 딴지를 걸어보는 정도, 그 이상은 아니었다. 사태를 다른 시각으로 보아야 소설 잘 쓴다는 천강월의 말을 귀담아 들은 교육 효과가 발휘되는 중이었다. 김동환의 아내 최정희, 이런 기록이 나와 있었다.

전시체제가 형성되면서 일제 협력에 적극적이었다. 1941년부터 1942년까지 조선문인협회 간사를 지냈으며, 1941년 9월 임전대책협력회의 채권가두유격대債券街頭遊擊隊에 참가했다. 같은 달 조선임전보국단 발기인으로 참여한 뒤 10월부터 1942년 10월까지 평의원으로 활동했다. 1941년 12월 13일 조선문인협회가 주최하는 결전문화대강연회에서 시를 낭독했으며, 27일 조선임전보국단 결전부인대회에서 〈군국의 어머니〉라는 강연을 했고, 강연 내용은 1942년 5월 『대동아』에 게재되었다. 1942년부터 경성방송국에서 근무했다.

"낮에 우는 닭, 그거 보내줄 수 있어요?"

"책 나오면 보세요."

"요새 지귀가 난리가 났던데, 지금 쓰고 있는 게 단편이면 너무 오래 걸리고 장편이면 기대가 큽니다."

"어떤 기대?"

"신라 들었다 놓을 수 있을 거 같아서…."

"그럴까?"

"통신은 조심하세요. 인터넷 좀비들이 준동해요. 걸리는 대로 먹어치우거든요."

"낮에 우는 닭은 이미 보냈잖아요? 내 기억이 잘못되었나…."

빈남수 기자가 고개를 갸웃했다. 빈남수 기자가 먼저 일어나 찻값을 계산했다. 싱겁긴….

"다음 달 치에 꼭 하나 주세요. 신예작가 특집을 준비하는 중이거든요."

헐렁하게 걸친 티셔츠 겨드랑이가 땀으로 젖어 보였다. 혹시 긴장할 만한 이야기를 한 걸까. 그럴 이야기는 안 떠올랐다. 그러나 '낮에 우는 닭'의 행방은 여전히 묘연했다.

천강월은 조금 늦게 도착하는 나를 기다렸다는 듯이, 내가 문을 열고 들어가자 강의를 시작했다.

"흔히들, 시원섭섭하다 하지요?"

종강을 앞당겨 하려는 건가, 아직 두 번이 더 남아 있는 일정이었다. 멘트가 흔들린다는 느낌이 들었다.

"길다면 길고 짧다면 짧은…"

양미주가 가볍게 한숨을 쉬었다.

"자아, 마무리해야 하니까, 산다는 게 무엇인가, 그런 엉뚱한 이야기가 소설 쓰는 데 무슨 도움이 되는가는 여러분이 생각해보세요. 아무튼 오늘 할 이야기는 산다는 게 무엇인가를 소설 쓰기와 연관 지어 생각해보는 겁니다."

저건 '무지한 스승'이다. 나는 속으로 뇌까리고 있었다. 자크 랑시에르[57]란 작가의 책, 『무지한 스승』[58]이 그런 생각을 불러왔다. 자기는 소설에서 탁월한 업적을 내지 못하면서 남들, 학생들은 잘 가르칠 수 있을까. 작품이 탁월하고 문단에서 짱짱한 위치 확보한 이들은 강사로 나오지 않을 것이다. 소설에 관한 한, 마에스트로 아무아무한테 사사를 받았다는 식으로 이야기하는 건, 어쩌면 기만 행위일지도 모른다. 소설판은 대가를 원하지 않는다, 잡스런 화원이나 복합 수종의 숲 같은, 종 다양성이 유지되는 소설판이라야 한다, 천강월의 그러한 논지에 나는 전적으로 동의하는 편이었다. 달리 생각하면, 나도 소설판 한구석을 차지할 자격이 있다는 자기합리화 아닌가 하는 생각도 들었다. 그러나, 거듭하건대 소설에 관한 한 나는 '공화주의자'가 틀림없다.

"소설 쓰기는 결국 시간 작업입니다. 우리가 깨어 있는 인간으로 산다는 건 의식적으로 시간을 요량한다는 뜻일 겁니다. 시간의 의미화… 거기서 시간의 밀도가 확보됩니다. 이는 경험하고 관계가 있을 터인데, 한평생 잘 산 인간들은 결국 밀도가 높은 시간을 운영했다는 뜻일 겁니다. 공화국 시민은 대개 밀도가 높은 시간을 운영하고, 그 혜택을 누릴 자격이 있지요.

경험의 매트릭스, 그건 베를 짜는 일 같은 것, 날줄을 늘이고 북에 든 실꾸리를 날줄을 엇갈리게 바디를 조정해서 그 사이로 북을 오가게 해서 피륙을 짜는 일, 실을 바꾸어 색을 넣고 무늬를 짜 넣는 일, 그건 말하자면 태피스트리 제작과 같은 공정일 겁니다. 씨가 안 먹힌다는 건 베를 짤 때, 베틀 운용 방식에서 연유하는 비유일 겁니다. 씨줄이 잘 안 먹으면 피륙이 잘 안 짜질 겁니다. 날줄만으로는 피륙이 되지 못합니다."

"그러면 씨알도 안 먹힌다는 건 오용인가요?" 문양수 선생이 물었다. 전에 백성민 씨가 카톡 밴드에 올려 물어온 물음이었다. 베짜기 메커니즘을 모르는 작자의 언어…

"오용인지는 잘 모르겠다고요."

"오늘 백성민 선생 안 보이네요." 수강생들이 서로 얼굴을 돌아보았다. 문양수 선생이 머리를 긁적거리다가 겨우 입을 열었다.

"대왕암에서 바다에 빠져 죽을 뻔했습니다. 대왕암 탐사하고 신라 왕실의 장묘문화에 대한 걸 소설로 쓰겠다고 갔거든요, 수중릉과 신라의 용신앙龍信仰의 상관관계를 고증하는 소설을 쓰겠다고… 스킨스쿠버와 같이 입수했다가 사고를 당했습니다. 모르셨군요…." 사고 책임이 당신한테 있다는 듯이, 문양수 선생은 천강월을 꼬나보았다.

"그래, 죽었습니까?"

"겨우 살아나긴 했는데, 폐에 물이 들어가 한 달 병원 생활을 해야 한답니다." 천강월은 어처구니없다는 듯이 히죽 웃었다.

"사람이 순진해서 그래요. 소설 쓰는 데 직접경험, 아니 체험이 중요하다니까, 그 독실한 크리스찬 친구가 대왕암 실상을 두 눈으로 보겠다고, 그래서 제대로 된 소설 쓰겠다는 일념으로 입수를 했던 겁니다. 사실과 상상… 둘을 잘못 오가면 목숨 달아날 수도 있다는 걸, 실증으로 보여준 겁니다. 수원수구誰怨誰咎를 해얍니까. 언어 오용의 피해입니다." 천강월이 다시 퍼석하니 웃었다.

"언어를 현상 측면에서 보면, 어떤 언어든지 오용은 없습니다. 언어의 오용은 문법학자들이 만든 억지일 뿐입니다. 문법은 언어 현실을 묶어매어 옥죄는 규제 장치입니다. 여러분들은 문법에 매이지 말고 언중의 생생한 언어를 소설에다가 써놓으세요." 천강월의 목소리가 뜻밖으로 높아졌다. 단호하기까지 했다.

"그러면, 표준어로 쓴 소설은 뭐지요?" 다시 문양수 선생. 약간 항의하는 투의 말이었다.

"표준어가 이념이라면 방언은 몸이고 실천입니다. 지문은 표준어로 대화는 방언으로, 그래야 실감이 납니다. 물론 양자의 공진共進을 도모해야 할 겁니다."

질문한 수강생이 알겠다는 듯이 들은 내용을 노트에 써넣고 있었다.

"본론으로 들어갑시다… 소설가로 산다는 건 무엇인가. 소설을 쓰는 삶이란 소설 쓰기를 통한 시간의 의미화라 할 수 있습니다. 취재 구상 집필, 출판, 소통, 반응, 회수, 성찰… 그런 과정에서 삶을 재편집하는 겁니다.

삶은 두 층으로 구조화되어 있습니다. 즉 일상적인 삶과 언어적인 삶이 있는 셈인데, 이는 전에 얘기한 리쾨르의 개념으로는 전형상화와 형상화의 층위라 할 수 있습니다. 이 두 층위는 맞물려 돌아갑니다. 이런 상태는 거의 빙의憑依 상태고요, 달리 말하면 소설은 논리적 접신술의 일종입니다. 복화술이라고 아세요? 남의 혼이 매개인간에게 들어와 내가 그의 입장에서 전생과 현생과 내생을 다 이야기하는 거… 영매라고 아시지요? 소설가는 일종의 영매靈媒 같은 존재일지도 모릅니다. 영어로 미디엄십, 그냥 미디엄이라고도 하고 채널링이라고도 하는 그런 존재, 남의 삶을 언어로 번역하는 일… 그게 소설가의 삶입니다. 그러니까 무섭습니다."

"시를 접신술이라는 이야기는 들은 적이 있는데, 소설가를 영매라 하는 이야기는 교수님한테 처음 듣습니다." 비비캡이 이의를 제기했다. 비비캡이 강의 내용에 반대해서 달려드는 건 오랜만에 있는 일이었다. 비비캡은 밉고 사랑스런 인물이었다. 딴지를 거는 듯한 어투지만, 할 소리 하고 산다는 강강한 성격의 소유자 같았다. 공감 능력 또한 남다른 점이 있었다.

"뭐랄까, 꼭 무속이나 심령과학에서 말하는 영매라기보다는 현대사회에서 문화로 정착되어 있는 소설 현상의 구조 속에서 매개역을 하는 문화주체란 뜻입니다."

"문화주체라면, 문화의 생산과 소비 양측에 걸칠 터인데, 작가와 독자의 소통은 어떻게 이루어진다고 보시는지요?" 천강월은 비비캡을 향해 짠짠한 눈빛을 던졌다. 한편 진지한 수강 태도에 신뢰를 보내는 것 같았다.

"강의 끝나려고 하니까, 이제서 질문다운 질문이 나오는 거 같습니다. 참 아이로니컬한 상황입니다. '길이 시작되자 여행은 끝났다'는 루카치(G. Lukács, 1885~1971)의 명제, 소설 구조의 아이러니는 여기 토함산문학관에도 살아 있는 거 같네요." 나는 눈을 크게 뜨고 천강월을 쳐다보았다. 아버지 얼굴이 생각나서였다. 루카치 때문인지도 모를 일이었다.

아버지는 루카치를 알고 있었던 모양이었다.

"네가 맘놓고 공부할 수 있도록 뒷받침하지 못한 게 미안하구나, 너도 알 것이다만 루카치의 부친은 은행장이었다, 아들이 맘껏 공부하도록 뒷바라지를 다했다. 매일 라면 먹으면서는 철학 못 한다." 아버지 말에 따르면 문학도 마찬가지일 터였다. 한 주일 내내 라면만 끓여 먹고 소설 쓴다면, 몸이 먼저 망가질 것이었다. 나는 혼자 웃었다. 나는 '에피쿠로스의 후예'라는 소설을 구상하고 있었다. 유물론자가 생애 종말에는 신 앞에 무릎을 꿇고 만다는, 실로 어리숙한 이야기를 소설로 쓸 생각이었다. 유물론이야말로 인간을 속이지 않고 처절하게 망가질 수 있는 사상이었다. '특성 없는 사내'… 한 인간의 특성, 개성, 이당티떼… 그따위 말은 기실 비순수의 영토에 자라는 이념적 식물인지도 모를 일이었다. 무리한 시도… 로베르트 무질(Robert Musil, 1880~1942), 『개성 없는 사내*Der Mann ohne Eigenschaften*』그 번역본을 다 읽지 못하고 던져버렸다. 내용이 어려워서가 아니라 아버지 이미지를 자꾸 환기해서, 귀찮았다.

"우리는 독서를 간접체험이라 합니다. 경험과 체험을 갈라 쓰기도 하고, 바꾸어 쓰기도 합니다. 체험의 직접성과 간접성을 이야기하는 것은 편이便易를 위한 것일 뿐입니다. 사는 과정이 모두 체험입니다. 아무튼, 잘못하다가는 내 별명이 '아무튼' 되겠네, 아무튼 소설 읽기는, 한 인간의 성장에서 중요한 '사건'이 됩니다. 책을 사고 읽고 글 쓰고 하는 과정 자체가 체험(객관적 시간의 자기화)입니다. 소설은 언어적 삶을 다루지 않습니까. 소설가는 인간의 언어적 삶을 다루는 전문가입니다.

그런데 밖으로 뛰어나가지 않고 골방에서 책만 읽는 인간은 세상을 책에서 배웁니다. 여러분 장 폴 사르트르 아시지요? 아버지가 일찍 죽어 외갓집에서 크는데, 그게 알베르트 슈바이처 집안이거든요, 책이 얼마나 많겠어요. 그 책들을 들입다 읽어재낀 겁니다. 아무튼 '언어적 인간'으로서 자신의 형성 과정을 글로 쓴 게 그의 소설『말*Les mots*』인데요, 불어의 '레모'는 영어로는 the words거든요. 그의 책은 장르가 불분명합니다. 자서전인지 소설인지 알기 어렵습니다. 거칠게 말하면, 형식이 내용을 규제하지 못합니다.

그러니 여러분도 소설 형식 고집하지 말고 그 안에 들어갈 내용을 발굴하는 데 주력하세요. 내용이란 소설가가 읽어낸 세상이며, 자신이 쌓아 올린 깊이입니다. 소설가로 살면서 내면의 깊이를 추구하지 못한다면, 생애 마무리가 허무의 구렁으로 빠질 수 있습니다. 소설가가 그래요. 그러니까 죽을 때까지 공부해야 하는 게 소설가입니다. 죽기 전까지 새로운 존재로 자신을 길러야 합니다. 그거 귀찮으면 소설가 그만두어야 합니다. 너무 나갔나, 좀 겁나지요? 소설가의 삶이라는 게 자갈길 걸어야 하는 고된 역정입니다."

천강월은 말을 끊고 나에게 눈길을 보냈다. 금방 거두어들이지 않는 눈빛이었다. 아버지 얼굴이 눈앞을 스쳤다. 아버지도 나에게 '인생' 문제를 이야기를 할 때는, 조금 흐릿한 눈빛으로 나를 오래오래 바라보곤 했다.

"인간은 죽음의 순간 그 직전까지, 아니 정신이 흩어지기 직전까지는 성장하는 법이다. 아니 그래야 한다. 나도 이렇게 살다 죽을 테니, 어떻게 휘둘려도 내버려둬라, 그렇게 선언하는 건 건전하지 못하다. 삶이 어디 쉽겠느냐…" 아버지는 나를 그윽히 쳐다보았다.

그런 이야기 끝에 아버지는 돈 맥클린의 〈빈센트〉 테이프를 찾아 들려주었다. 그러고는 'Now, I understand what you tried to say to me/And how you suffered for your sanity/And how you tried to set them free' 대목은 따라 불렀다. 아버지는 속으로 울고 있었는지도 모를 일이다.

"자아, 마무리해야 하겠습니다. 모든 작가는 자기 작품의 첫 독자입니다. 모든 독자는 잠재적 작가입니다. 말로 다하지 못한 내용은 유인물을 참고하시기 바랍니다."

내가 핸드폰으로 찍어서 노트북에 입력한 유인물 내용은 이런 것이다. 천강월의 말로는 소설 안 되는 기록이었다. 그게 무슨 상관이랴. 천강월의 유인물을 내 나름으로 부연敷衍해서 기록해두고 싶다. 천강월의 말대로 내가 강의를 듣고 그것을 기록하고 그걸 소설 쓰기와 연관 지어 성찰하는 것은 그 자체가 '사는' 일이기 때문이다. 히에로니무스… 그의 행적으로 따르고 싶다는 생각이 솟아났다.

천강월은 말했다. 독서는 작가에게 창작의 에너지원이다. 우리가 살아가는 것은, 우리가 서 있는 현재의 자리에 한 발을 세우고 다른 발로 동심원을 그려가는 과정이다. 달리 말하자면 삶의 지평을 확장하는 과정이 삶이다. 독서는 정신적 동심원 그리기이다.

이를 가다머식으로 말하자면 '지평의 혼융'[59]이라 할 수 있다. 의미 지평을 섞어보는 것인데 지평의 혼융이란 정신적 삶의 영토를 확장하는 일이다. 정신적 삶의 영토 확장에 기여하는 일들 가운데, 책 즉 독서가 중요한 과제로 드러난다. 정신적 충격을 주는 책들은 공감과 이화감을 동시에 부여한다. 책에서 받는 감동은 맞아, 나도 그래 그렇게 다가가는 경우도 있고, 이런 일이 있다니 하는 데서 오는 충격도 사람을 변화시킨다.

예상도 할 수 없는 일이었다. 양미주가 나한테 전화를 해온 것이다.

"벌써 시월이네요. 남아진 선생님!"

"누구시지요?"

"어머, 섭섭해요. 나, 양미주… 통도사… 언양…"

"아, 미안해요. 내가 뭘 쓰고 있다가 정신이 딴 데 가 있어서 말예요."

"그럴 수도 있지요, 뭐어. 저어기 비비캡 선생이 대신 연락해보라 해서… 우리가 토함산문학관에서 공부한 사람들이, 그 과정에서 얻은 작품을 책으로 묶자는 제안을 해왔는데요… 비비캡 씨와 뭐 껄끄러워요… 그러지 마시고, 작품 하나씩 내서 문집 만들면 다음 수강생들에게도 참고가 될 거고… 생각 어떠세요?"

"글쎄요. 비용 들어갈 건데요… 그런데 그거 누가 읽어요?"

"웃기는 짓 그만두란 뜻인가요?"

"꼭 그렇지는 않지만, 작품의 질적 수준을 보증받을 수 있을까 자신이 없어서…"

"우리가 최고의 작가들이라면 이런 짓 하고 있겠어요?"

"난 별 생각 없습니다. 제작비 내라면 그건 같이 참여하는 의미에서…"

"우리가 거지인 줄 알아요?"

나는 입이 벌어져 말을 잇지 못했다. 머리를 홰홰 흔들었다. 그것은 스스로 무너져내리는 조짐이었다. 양미주 편에서는 문집 이야기를 더 길게 끌지 않았다.

나는 천강월의 원고를 정리했다. 정리란 맥락을 추려 입력하는 일을 말한다.

소설 쓰기를 위해서는 실용성을 증대하는 독서가 필요하다. 소설의 실용성을 위한 독서가 써먹을 구석이 있는 셈이었다. 소설은 사람 살아가는 총체적인 영역에 관심을 가져야 한다. 푸주간 주인 이야기를 소설로 쓰기 위해서는 축산, 도살, 고기 유통, 육식 습관, 환경과 인간… 그런 책들을 읽어야 한다. 인간은 빵만으로는 살 수 없다. 소설을 위해서는 『장자』[60]도 읽을 필요가 있다. 양생주 편의 '포정해우庖丁解牛'는 소설 쓰는 데 전범이 되는 이야기다. 소설가에게 문학으로 한정하는 독서는 지양해야 한다. 소설의 문학성은 삶의 구체성에서 비롯한다.

작가들은 자기 동료들의 작품을 잘 안 읽는다. 동시대인으로서 공감을 이끌어내는 독서에 주목할 필요가 있다. 소설가에게는 목적 독서가 필요하다. 교양이 아니라 내가 쓰는 소설의 소재(인물의)나 의식 등과 연관된 독서를 할 필요가 있다. 또한 시대정신 함양과 비판을 위한 독서도 필요하다. 작가는 사회적 존재이기 때문이다. 작가끼리 사회적 관계가 맺어진다는 뜻인가? 그것은 명확하지 않았다.

'지귀는 어디까지 나아갔는지요? 강의가 얼마 안 남았습니다.'

천강월이 보낸 문자였다. 나는 답을 하지 않았다. 내가 천강월의 강의 내용을 정리하는 그 자체가 천강월에 대한 소통을 도모하는 일이려니 생각했다. 천강월의 강의 내용을 정리하는 작업 가운데 나는 천강월을 실제 인물로 불러들이고 있었다. 나는 내 자리를 강의실로 옮겨놓았다. 아니 그쪽으로 공중부양이 되었다. 천강월의 깊숙한 눈이 나를 응시하고 있었다. 대화가 이어졌다.

"소설은 구체적 감각이 살아 있어야 읽을 맛이 납니다."

"그래요. 예술 일반이 그러하듯이 소설도 개념의 형상적 전환이라고 했어요."

"소설은 우리들의 무뎌진 감각을 신선하게 살려냅니다."

"그래요, 환희. 고통, 감격, 우정, 사랑, 초월, 그런 개념어에 감각을 부여해주어야 이야기가 감각으로 다가온다고 했잖아요. 고뇌, 불안, 부조리, 그런 것도 마찬가지고요. 행복은 어떻게 해야, 어떻게 처리해야 하는지 모르겠어요."

"소설 서술의 일반 원리가 개념태로서의 세계에 형상성을 부여하는 일인데, 세계를 움직여가는 힘으로는 이론, 이념, 세계관 그런 것도 있습니다."

"그래요, 삶의 디테일만이 문제가 아니라, 행동으로 구체화된 세계관을 독자들은 소설에서 읽어내고 싶어 하는지도 몰라요."

"소설에서는 관념도 행동이며 아울러 사건입니다."

"그래요, 사유도 행동입니다. 아니 사건이라고 하는 게 옳을지도 모르지요. 사건으로서의 관념… 개종 같은 것…"

"독서 행동, 소설은 독자의 독서 행동 가운데 구체화됩니다."

"맞아요. 소설 쓰는 시간과 마찬가지로 소설 읽는 일 또한 사는 과정의 한

변신의 계절   311

폭이지요. 내가 지금 선생님 강의 내용을 정리하는 것 또한 내가 사는 과정 아니겠어요?"

"너무 몰두하지 마시길 바랍니다. 체리가 익는 시간은 짧답니다."

"맞아요. 그러나 소설을 쓰면서 소설을 공부하고 또 소설을 읽는 일은 이중의 기쁨입니다."

"소설의 신은 뮤즈가 아니라 타나토스, 아니 헤르메스입니다."

"명심하겠습니다. 메멘토 모리… 아모르 파티와 함께."

문집을 이북e-book 형식으로 발간할 예정이니 작품을 보내라는 비비캡의 메일이 와 있었다. '합평' 자료로 밴드에 보내놓은 소설들을 'e-book'에 집어 넣을 게 아닌가… 합평에만 쓸 거라고 못 박아놓지 못한 게 속에 걸칫거렸다.

천강월의 강의를 듣는 동안 나는 소설에 날개를 단 셈이었다. 합평에서 짓깨진「발에 대한 염치」를 비롯해서 한 달에 한 편 꼴로 소설 작업을 했다. 질적 차원은 모르지만, 양으로만 따진다면 천강월의 표현대로, 얼추 본전을 뺀 셈이었다.

양손 검지 마디가 쏙쏙 쑤시기 시작했다.

아버지는 피아니스트처럼 손을 아꼈다. 특히 오른손 검지…

작년부터 먹기 시작한 관절염 약은 떨어지고 없었다.

타이레놀이라도 없을까 서랍을 뒤지다가, 생각난 김에 사다 두자고 약국을 찾아 나서는 참이었다.

큰길로 나서려는데 골목에 아이들이 모여서 왁자하니 시끄러웠다.

"지렁이한테 오줌 싸면, 자지 까진대."

내가 다가서자 아이들은 머쓱한 얼굴을 해가지고 한 걸음씩 물러섰다. 아이들 가운데 닭 두 마리가 지렁이를 두고 싸우고 있었다.

"야아, 수탉이 암탉 졸라 쫀다!"

닭이 싸우는 사이 지렁이는 허연 배를 드러내고 길바닥에 나뒹굴어 있었다. 나는 지렁이를 손으로 집어 길가 숲에다가 던졌다.

"지렁이는 여자들 화병 든 가슴처럼, 손으로만 만져도 그 열로 녹아버린단다."

어렸을 때 동네 과수댁은 그런 이야기를 했다. 그 지렁이는 진짜 지렁이였을까.

"야아, 엎드려…" 애들이 우르르 보도블럭 바닥에 엎드렸다. 애들 머리 위로 어디선 날아온 것인지 벌 두어 마리가 선회했다. 벌들이 공격성이 있는 놈들인지 애들 머리 위로 달려들었다. 나는 가디건을 벗어서 휘저어 벌을 쫓았다.

나는 혼자 중얼거렸다. "섶벌같이 나아간 지아비 기다려 십 년이 갔다./지아비는 돌아오지 않고/어린 딸은 도라지꽃이 좋아 돌무덤으로 갔다."

"아줌마, 버얼!"

"어디? 벌이?"

"똥꼬에… 가만 있어요. 우리가 잡아줄게요."

소년이 가방에서 스프레이 통을 꺼냈다. 소년은 얼굴이 까맸다. 다른 소년이 주머니에서 가스라이터를 꺼냈다.

소년이 스프레이 버튼을 눌러 가스가 치익 나오자, 다른 소년이 가스라이터를 켰다. 스프레이 깡통은 불꽃을 휘렁휘렁 날렸다.

"저런 놈은 태워 죽여야 해!"

그때 엉덩이에 따끔한 벌침이 들어왔다.

"에이 스발, 날아갔잖아…"

나는 온몸이 봉침을 맞은 것처럼 아프고 쓰려 주저앉을 것 같았다.

"저 아줌마 아편녀 아냐?"

"너희들 위험한 거 가지고 다니면 안 된다. 스프레이나 가스라이터 같은 거 말야."

"아줌마, 너나 잘 하세요."

소년들은 골목을 빠져나갔다. 승주가 살아 있다면 꼭 저 또래가 되었을 것 같았다.

지귀가 용이 되어 당나라로 건너갔다면, 당나라 병사들이 지렁이 잡듯 달려들어 죽이려 했을 것 같았다. 당나라로 간 지귀….

14

아카디아 환상

11월 4일, 강의가 막바지로 다가가는 시점이었다.

"여러분, 여러분이 하는 일, 소설 쓰기, 문학에 속지 마세요."

강의를 시작하는 첫마디가 그랬다. 신춘문예 공고가 실린『우주일보』를 내 책상 앞에 펴놓으면서 하는 소리였다. 하필 내 앞에다가?

내 책상 앞에『우주일보』를 던져놓은 천강월은 코트를 벗어서 옷걸이에 걸었다. 옷을 입은 인간과 맨몸의 인간 어떤 게 진짜 인간인가? 그런 우스운 생각을 했다. 아마 천강월에게 감염된 사고방식 아닌가 싶었다. '생각은 어떤 것이든지 스칼라입니다.' 연상에는 일정한 방향이 없다는 것. 주체가 개입해야 방향이 잡힌다는 것. 그런 맥락이었다.

"양미주 씨, 예술이 무엇이라고 생각하세요?"

양미주의 눈이 빼또롬히 돌아갔다. 자줏빛 빵모자를 삐딱하게 쓴 모양이 제법 귀염성이 있어 보였다.

"질문을 잘 해야 근사한 답이 돌아옵니다. 예술이 무엇인가 묻는 건 답 안 해도 상관없다는 뜻인지도 모릅니다. 아무튼, 여러분들이 질문을 잘 않고, 대답도 잘 안 하니 내가 간단히 이야기하고, 여러분이 제출한 작품 검토하기로 하겠습니다."

"남아진 씨? 강의를 그냥 듣는 것과 노트북에 입력하며 듣는 건 무슨 차이가 있어요?" 비야냥거리는 어투는 아니었다. 그러나 잘한다고 부추기는 말투는 아닌 게 틀림없었다. 나는 천강월에게 배운 톤으로 대답했다.

"으음, 그냥 사랑한다고 말하는 것과 입 맞춰주고 등 두드려주는 그런 차이랄까, 감각의 구체성을 즐기면서 강의를 듣는달까… 그런데 왜 그걸 물으세요?" 천강월의 깊은 눈이 번쩍 빛을 냈다.

하기는 수강생 가운데 천강월의 강의를 노트북에 입력하면서 듣는 건 나 하나뿐인 것 같았다. 그건 양해를 구해야 하는 사항은 아닐 것 같아 무연히 그대로 하고 있을 뿐인데, 녹음하는 것과 차이가 있나?

천강월은 엉뚱하게 불교에서 말하는 사경寫經 이야기를 했다.

"글쓰기에는 베껴쓰기와 지어쓰기가 있습니다. 베껴쓰기는 탈자아의 수도 기법입니다. 지어쓰기는 주체가 개입된 글쓰기를 말합니다."

서양의 성인 가운데 히에로니무스가 있는데요, 히브리어 성경을 라틴어로 번역해서 많은 대중이 읽을 수 있게 했습니다. 그게 베르시오 불가타versio vulgata(보급판 성경)입니다. 그가 죽은 해가 420년인가 그런데, 신라 눌지마립간 4년쯤 됩니다. 이차돈이 순교한 것은 그로부터 100년 뒤입니다. 아무튼 불가타는 영어 벌거vulgar와 같은 어원인데요, 대중은 세속적입니다. 성스러움은 세속의 토양을 바탕으로 해서만 성장합니다. 공자가 성인이 되기 위해서는 소인들이 필요했습니다. 군자는 홀로 군자일 수 없습니다. 소설가는 군자와 소인을 함께 볼 수 있는 변별사 같은 존재입니다. 그러니 도사연하지 마세요. 도사들 말 들을 게 별로 없습니다.

백 박사 이야기를 들었나. 지난주 백 박사는 소설가는 인류의 교사이며 인간 구원을 추구하는 성직자 같은 존재라고, 그러니 자부심 가지고 여러분의 존재감, 자존감을 잘 길러 나가라는 이야기를 했다.

"소설도 마찬가지입니다." 수많은 휴지 뭉텅이 같은 소설이 쌓여야 거기서 빛나는 금강석 같은 명편 몇이 나오는 겁니다. 그런 것들을 모아 예술이라고 합니다. 아무튼, 소설을 예술이라고 단언하는 자들 조심해야 합니다. 내 얘기가 좀 흔들리는 것 같은데… 소설가가 예술가라고 생각하는 분? 손 드는 분 없네요.

"그럼 다시, 남아진 씨, 예술이 뭡니까?" 나는 대답할 준비가 안 되어 있는 건 아니었다. 말이 막혔을 뿐이다. 나는 대답을 안 했다. 천강월이 어금니를 깨무는지 관골의 근육이 불끈 일어섰다.

"세상일을 두고 의식에 각을 세우는 이들은 그렇게 말합니다. 쉬운 것, 당연한 것을 의문을 제기하고 어렵게 얘기하는 데 이골이 난 사람들이 전문가라는 사람들이다, 그렇게 말합니다. 나는 대학교수 자격증, 그 하빌리타치온 받은 교수는 아니지만, 여러분들을 위해서 나는 어떤 의무감을 느끼고 있습니다. 간단히 말하자면, 여러분들이 당당한 소설가, 자신만만한 소설가로 나서는 데 도움이 된다면, 내가 마음속에 그리고 있는 소설가상에 도달하기 위한 사다리를 마련해두어야 한다는 의무감을 가지고 있습니다. 내 욕심일지도 모릅니다."

나는 기억나는 성경 구절을 노트북에 기록해두었다. 욕심, 디자이어. 'Then, after desire has conceived, it gives birth to sin; and sin, when it is full-grown, gives birth to death.' 욕망 – 죄 – 죽음, 욕망=죽음 ×, 죽음=삶… 머릿속에 돌아가는 이상한 도식… 삶과 죽음의 뒤얽힘… 소설의 기본 논리는 '욕망의 시학'이라던 어떤 평론가의 글이 떠올랐다.

"예술은 자기목적적, 오토텔릭, 오토 플러스 텔로스입니다. 여러분 소설 왜 씁니까? 누구한테 위로를, 위안을 주기 위해 소설 쓴다면, 그거 자기기만 아닌가 돌아보세요. 아니면 다른 글을 쓰든지 말입니다. 수필 같은 거… 그렇게 말씀드리고… 질문 있는 분?"

"질문하지 말라면 더 하고 싶어지는 거 있잖아요. 교수님은 예술의 전형으로 무얼 생각하세요?" 양미주가 눈가에 꼬부장한 주름을 잡으며 물었다. 적절한 질문이었다. 소설 이야기를 하면서 늘 답답했던 것은, 어느 시대 누구의 어떤 작품을 두고 논리를 세우는 것인가 궁금하던 참이었다.

"고맙습니다." 나는 귀를 세웠다. 내가 질문을 하거나 대답을 했을 때 천강월은 한 번도 그렇게 응대해준 적이 없었다.

"말하자면, 도자기, 음악 특히 교향곡을 포함한 기악곡, 무용 그런 것들을 머릿속에 그리면서 논의를 밀어가는 거지요. 물론 그러한 대상을 취급하는 사람이 대상의 속성을 규정하기도 합니다.

고려청자 항아리는 그 자체로는, 자체라는 말은 위험합니다만, 내용과 형식이 완벽하게 통일된 예술품입니다. 그게 불국사 성보박물관 같은 데 놓여 있으면 그럴 겁니다. 그런데 감포 사는 과수댁이 오줌요강으로 쓸 수도 있습니다. 또는 반월성 근처 최아무개 집에선 그걸 조청 담아두는 단지로 쓸 수도 있습니다. 놓이는 자리가 예술 여부를 결정합니다." 수강생들이 와작와작 웃었다.

"문학은요? 문학이 예술 아닌 것처럼 말씀하는데 정말 그럴까요? 각종 문인단체가 예총 산하에 들어 있습니다. 우리 클래스에 강의 듣는 분들, 많은 분들이 그렇지 않습니까?" 양미주는 신이 나서 동의를 구했다. 나는 양미주가 말하는 예총 회원이 아니었다.

나는 천강월의 강의 내용을 정리하느라고 다른 생각은 하지 않기로 했다. 사경을 하듯이… 그러면 천강월은 경문을 발언하는 성인인가… 천강월의 말투로 아무튼, 천강월이 말한 내용은 대강 이랬다.

우리는 무엇을 예술이라 하는가. ─자기목적적(autotelic, auto+telos)인 대상을 예술로 분류한다. 목적 또는 용도가 분명한 문 손잡이와는 다른 게 예술품의 특성이다.

예술가는 어떤 사람과 대립하는가. 상인, 공인, 정치가 그런 인간들의 행동은 특정 목적을 가지고 있다.

예술작품과 비예술작품은 실용성 여부에 따라 결정된다. 실용성은 선험적으로 결정되어 있지 않다. 그 대상을 사용하는 이들의 사용 의도나 목적에 따라 달라진다.

예술 양식은 시대성을 지닌다. 어떤 시대마다 예술의 중심은 변한다. 다만 어떤 예술이 그 시대에 맞는 것인지는 확증이 없다.

예술작품은 미적 대상으로 분류된다. 그러나 미적 속성은 선험적으로 규정되지 않는다. 예술을 미학 영역에서 다룰 게 아니라 '예술학'을 새로 구상해야 한다. 예술이 지향하는 것은 미가 아니라 '충격'을 발굴하고 그것을 각 장르의 마티에르를 따라 작품화한다.

천강월이 화면에 띄워놓은 내용을 핸드폰으로 찍어서 노트북에 옮겼다.

예술을 분류하는 방법 : 시간을 따라 전개되고 시간과 더불어 끝나는 시간예술, 음악을 예로 들 수 있다. 거기 비해 그림과 조각처럼 일정한 공간을 점하면서 전개되는 경우 이를 공간예술이라고 한다.

그에 비해 문학은 언어로 구성된다. 따라서 소재 자체가 '의미'와 연관이 있다. 언어는 의미의 전달과 소통을 도모하는 기호의 체계이다. 언어로 하는 작업에는 문학 말고도 역사, 철학, 종교(적 수행)과 속성을 공유하게 된다. 문학은 창작과 비평을 동시에 포괄한다. 의미란 무엇인가 하는 근원적 문제가 제기된다.

언어라는 매재 혹은 매체의 특수성에 대한 고려가 필요하다. 텔레비전은 매체이고 영상은 매재이다. 피아노는 매체이고 (피아노) 소리는 매재이다. 매재의 차이에 따르면, 음악은 소리와 음성으로 수행된다. 기악과 성악 등. 미술은 색과 형상(선과 형상, 매괴埋塊, mass)이 매재이다.

음성기호인 언어는 그 자체가 추상물이다. 언어기호는 자의성恣意性을 지닌다. 인간을 뜻하는 말이 한국에서는 '사람'이고 중국에서는 렌(人). 영어로는 맨man이라 한다. 불어의 옴므homme는 라틴어 호모homo에 어원을 두고 있다. 그러나 같은 대상이지만 그 대상을 인식하는 방법에 따라 자의성은 인식 단계에서 유연성有緣性을 획득한다. 유연성이란 연기성緣起性을 뜻한다. '무지개', 영어로는 레인보우—비 온 뒤 하늘에 걸리는 활 모양의 것이다. 불어에서는 하늘의 활arc-en-ciel이라 한다. 한자에서 온 홍예虹霓/虹蜺, 불국사 청운교 밑의 아치, 그건 활 모양이라 해서 '홍예문'이라고 한다.

문학은 수행상으로는 시간적이고, 전개상으로는 공간성을 지닌다. 그 공간은 독자의 상상공간이다. 그리고 문학을 예술이라고 한다면, 그걸 수용한다면, 말이 모순이지만 '의미의 예술'이다.

의미의 예술은 불순하다.

의미는 이데올로기이기 때문이다.

하부구조 없는 상부구조는 허깨비이다.

주제는 허깨비이다. 허깨비는 다른 허깨비를 부른다.

문학작품과 비평의 관계—작품에 대한 비평은 언어의 그림자의 그림자이다.

그런 내용에 이어지는 천강월의 강의는 소설의 예술성과 비예술성 문제를 거론하고 있었다. 소설을 쓰겠다는 잘잘 끓는 열정과 그 열정을 실현하는 방법이 문제지, 그게 예술이면 어떻고 예술이 아니라면 무슨 문제인가, 그렇다면 '문학'은 어디로 가는가, 나는 고개를 홰홰 저어 상념을 떨쳤다.

"아진 씨, 등에 사마귀…" 양미주가 소리를 질렀다.

"내가 떼어줄게, 가만 있어." 비비캡이 다가와 손으로 등에 붙은 사마귀를 떼어냈다. 알이 통통 슬어 배가 볼록한 사마귀는 암놈이었다. 수놈 잡아먹은… 나는 사마킴을 찾았다. 사마킴은 지난주부터 강의실에 안 나타났다. 서울에 있는 속성 창작대학에 등록했다는 이야기를 들은 듯했다. 예대 지원 학생의 대치동 속성 과외….

"뭐랄까, 문제는 소설은 언어로 쓴다는 데 있습니다." 천강월은 오른손을 들어 허리 하복부를 긁었다. 나는 「응방일지」를 떠올렸다. 아직 몸이 완전히 회복되지 않은 모양이었다. 다른 병이 생기지는 않아야 하는데… 속생각이었다.

전에 언제던가 '소설을 손으로 쓴다.' 그렇게 툭 한마디 던졌던 게 떠올랐다. 천강월은 이어서 말했다. '손은 몸입니다.' 소설을 머리로 쓴다면 소설은 인식의 대상입니다. 소설을 가슴으로 쓴다면 감수성의 대상입니다. 그런데 인식과 감수성은 맞물려 돌아갑니다. 그러니까 소설은 몸으로 쓴다는 것이었다. 그렇게 이어나가다가 천강월은 언어 운용의 요소와 작용 양태에 대해 설명했다.

"자, 보세요. 언어 운용 구조는 이렇습니다. 우선, 간단히 이런 구조를 생각할 수 있습니다." 천강월은 화면에 떠 있는 도식을 레이저빔으로 비춰 보이면서 이야기를 이어갔다.

[발화자–말–수화자]

이런 구조는 역동적인 관계 속에서 작동합니다. 말하는 사람이나 듣는 사람은 객관적인 외적 대상을 공유하고 있습니다. 우리가 지금 '소설'이라는 걸 가지고 이야기하는 것처럼 말입니다. 발화자와 수화자는 서로 역할이 바뀝니다. 달리 말하자면 대화관계에 있는 겁니다. 대화관계 속에서 화자와 청자는 서로 친구처럼 지내기도 하고, 범죄자와 검사 같은 그런 관계에 놓이기도 합니다. 그런데 둘 중에 누구든지 알아듣기 어려운 말을 하면 그게 무슨 말인가 묻기도 하잖아요. 그러면 괄호 가운데 말이라는 게 남습니다.

결국 언어 운용 양태가 여섯 요소로 정리되는 셈인데, 각 요소 중심으로 언어의 어느 한 국면이 두드러진 기능으로 부각됩니다. 정리하면 발화가 표현 기능, 수화자 실행기능, 내가 목이 마른데 물 한 잔 갖다주소… 그러면 누군가 나가잖아요. 그게 수행 기능conative function입니다. 인사를 하는 것은 친교 기능이라 하는데, 사실 여부와는 관계가 없습니다. 오늘 날 좋지요? 비가 와도 그런 인사를 합니다.

문제는 이런 기능들이 서로 얽혀 작동하고, 그런 기능들 가운데 어느 하나가 주도적, 도미넌트하다는 겁니다. 흔히, 하룻저녁에 만리장성을 쌓는다고 합니다. 중국 만리장성을 몰라도 이해할 수 있는 말입니다.

여기서 말한 기능들 외에도, 말 그 자체의 어떤 임팩트가 있습니다. 음성의 특성[音相]–목소리, 소리와 소리의 어울림이 어떤 느낌을 자아내는데 그걸 로만 야콥슨[61]은 이를 시적 기능이라고 명명합니다. 예컨대 이육사의 「청포도」에 '흰 돛단배가 곱게 밀려서 오면', 그런 구절이 있습니다. 배가 항구로 밀려들어 오는 그 사뿐한 느낌 그게 '서'라는 한 음절에 잠재되어 있습니다. 물론 그 시 처음으로 가면 '내 고장 칠월은 청포도가 익어가는 시절…' 그렇게 나가는데 마찰음과 파찰음이 절묘하게 조직되어 신선한 느낌을 주지요.

그 느낌을 자아내는 언어의 물리적 속성… 그게 음상입니다.

"그래서 어떻다는 거냐 그런 질문이 있을 법한데… 소설 언어를 복합적인 양상으로 보자는 것이고, 소설이 어떤 주제를 독자에게, 화자에게 전달한다는 그런 낡은 관념으로 소설을 보아선 안 되고, 여러분이 소설을 쓸 때도 그러한 점을 고려하라는 겁니다. 우리는 너무 쉽게 속아요. 예컨대…" 천강월은 잠시 멈칫거렸다.

"이효석의 「메밀꽃 필 무렵」을 서사시적이라고 하잖아요? 소설에서 시적 언어를 수용하는 방법에 대해서… 말씀을 부탁할까요…" 양미주의 질문이었다.

'저런 무식한.' 나는 슬그머니 화가 솟았다. 내가 저들과 같이 강의를 듣겠다고 턱 쳐들고 앉아 있는 게 한심했다. 물론 내가 자초한 일이었다. 강의를 돈 내고 신청한 것도, 그리고 천강월의 강의에 매혹되어 그만두지 못하고 끌려다니는 것은 무어란 말인가. 서사시가 무엇인지, 기본 개념도 모르고 그 작품의 문장을 읽어보두 못한 이들이 소설 쓰겠다고 강의에 와 있는 우리 사회의 '문학문화'의 답답함이라고 해야 할 듯했다. 그것은 나 스스로를 향해 화를 내는 일이었다.

나는 근간, 요즈음, 심인성 월경통을 자주 겪었다. 그것은 소설 쓰는 일에 대한 스트레스로 인한 신경증인지도 알 수 없었다. 이러다가는 문학에 대한 나의 사고가 파괴되기 이전에 몸이 미리 망가질 것 같은 위구감이 앞섰다. 나와 소설과 소설을 가르치는 천강월, 내가 극복해야 한다고 강조하는 소설의 속물성… 아니 소설가의 속물근성… 그거 넘어서기….

"소설의 예술성 이야기는 정작 하지 못하고 말았습니다. 아무래도 내가 선생 기질이 아닌 것 같습니다. 그런 DNA를 타고나지 못했다 할까. 백 보 양보

해서 문학을 예술이라 하고, 거기서 더 나아가 소설을 예술이라 한다면 허구적 상상력이 작동하는 서사 구성이라는 것 말고는 설득력 있는 설명이 어려울 것 같습니다.

흔히 소설과 역사를 대비해서 소설의 예술성을 드러내려 하는 시도가 있는데, 그러한 주장도 섬세한 고찰이 필요합니다.

역사와 소설은 한 서너 가지 점에서 같은 범주의 동질성을 보여 줍니다. 주목해서 보세요." 천강월은 칠판에다가 몇 줄 요약해서 썼다.

(1) 언어 서사 — 인간들의 이야기
(2) 허구와 사실 — 해석된 사실
(3) 표현의 구체성 — 정도의 차이
(4) 서술 대상의 차이
　　역사 : 영웅과 그와 유사한 부류
　　소설 : 보통 인간, 그 이하의 인간

천강월은 (4)번 항목에다가 별표를 하고는, 이야기의 중심에 어떤 인물을 설정하는가 하는 데 따라 역사와 소설이라는 두 장르, 영역에 차이가 날 뿐이라는 걸 강조했다. 수강생들이 정말 그럴까, 하는 눈치였다. 여전히 소설과 예술을 등치하는 도식을 벗어나지 못하고 있다는 생각이 들었다.

"여러분들은, 소설을 제대로 쓴다면, 역사가가 됩니다. 잘들 아는 것처럼, 시대의 풍속을 그리는 것이 소설입니다. 자부심 가지고 작품 쓰셔도 나중에 후회하지 않을 겁니다. 그리스 역사가 헤로도토스(BC 484~BC 425)나 중국 전한시대 역사가 사마천(BC 145~BC 86)이 후회했다는 이야기 들었습니까." 수강생들이 허허롭게 웃었다. 천강월이 이야기하는 내용을 제대로 이해하지 못하는 데서 나오는 웃음 같기도 했다.

"흔히 소설은 '서사문학의 근대적인 양식'이라고 말하곤 합니다. 근대란 무엇입니까? 고대, 중세와 구별되는 특별한 시간 구획입니다. 한마디로 하면 소설 양식은 초역사적인 보편성이 없다는 뜻입니다.

인간은 사회적 존재다, 정치적 존재, 준 폴리티코스 그런 논지는 2천 년 이상 지속적으로 이어오고 있습니다. 근대적이 아니라는 뜻입니다. 근대적이란 무엇입니까. 건너뛰어 얘기하자면, 소설 양식은 궁극적 양식이 아니라는 뜻입니다. 소설은 앞으로 변화를 거듭할 것입니다. 전에 이야기한 것 같은데, 기억하세요? 나는 같은 소리 반복하는 건 비윤리적이라고, 이따금, 내가 편할 때, 그런 생각을 합니다. 아무튼 소설은 사라져도 서사는 남을 겁니다. 지금과는 다른 형태로 남을 겁니다. 긴 이야기를 장황하게 늘어놓는 그런 소설은 끝날 겁니다. 물론 한편에 그런 소설의 잔재가 남아 있겠지요. 그런 부스러기에 의존해 사는 소설가들도 남아 있을 겁니다. 맘대로 하세요. 새로운 소설에 도전할 것인가 묵은지 같은 소설에 안주할 것인가…"

수강생들 가운데 하품을 하는 이가 있었다. 천강월은 입을 손으로 가리고 가벼운 기침을 했다. 묵은지가 목에 걸렸나, 누군가 그렇게 중얼거렸다.

"여러분들과 약속한 걸 지키는 방법은 내가 작품을 잘 쓰는 겁니다. 이건 내가 쓰려는 소설의 시놉시스 같은 건데, 내가 뭘 하려고 하는지 아시는 데 도움이 될 겁니다. 배우는 사람이 가르치는 사람 이해하는 것도 필요합니다. 그래야 '교학상장'이 되는 겁니다. 여러분은 서머싯 몸이 의사였다는 거 알지요? 의사라서 돈이 많아 타히티 찾아간 게 아니라, 그는 영국의 정보원, 말하자면 간첩이었어요. 나라의 정보비 받아 폴리네시아 여행을 했던 건데… 고갱이 걸려든 겁니다. 순서가 뒤바뀐 것일 수도 있습니다."

아이구, 아버지! 나는 두 손으로 얼굴을 감싸고 책상 위에 널부러졌다. 천정에 별무리가 아득히 흘러가는 게 보였다. 양미주가 물병을 들고 다가와 억지로 물을 먹여주려 들었다. 나는 고맙다면서 물병을 받아 물을 벌컥벌컥 마셨다.

"소설에 목숨을 건 모양이네… 응?" 목소리에 비아냥기가 묻어났다.

아버지는 바이칼에 가기 전에 볼가강을 더텄던 모양이다. 일리야 레핀[62]의 그림 〈볼가강의 배끌이 노동자들〉이 인쇄된 엽서를 내게 보내주었다. 그림 제목은 영어로 표시되어 있었다. *Barge Haulers on the Volga*. 나는 그 엽서에 아버지가 써 넣었던 구절을 기억하고 있었다.

"너는 나에게 영원한 아진이다. 엄마한테는 미안하단다고 전해라." 아버지는 내면에서부터 흔들리고 있었던 게 아닌가 싶었다. 아버지가 나에게 걸었던 기대란 무엇이었을까.

"여러분한테 강의 자료로 만든 파일 하나 나눠드립니다. '예술가소설'을 이해하는 데 도움이 되기 바랍니다."

"저 양반 정성은 누구도 못 말려… 전번 강사와는 영 달라… 안 그래?" 서시연이 양미주를 향해 동의를 구했다. 내가 하고 싶은 말을 딴 사람들이 대신하고 있었다. 천강월의 강의에 몰두하는 걸로 본다면 나는 천강월에 대한 구심력이었다. 그러나 동료들과 관계를 생각한다면 원심력의 끝자락으로 몰려나는 셈이었다. 이렇게 오락가락하는 이야기를 기록하는 것이 무슨 뜻일까.

다시 한번 아버지 얼굴이 떠올랐다. 아버지는 미국과 러시아 양측을 오실레이션, 오가면서 자기 '역할'을 했다. 서머싯 몸처럼 '소설'을 쓰지는 않았다. 혼자서 뭔가 기록하는 모습은 자주 볼 수 있었다.

"나는 강의 밑천 다 털어놓았습니다. 여러분에게 내가 제공하는 강의 자료

마지막 편입니다. 같이들 읽어보세요.”

고흐와 싸우고, 고흐가 그한테 욕 들어먹었다고 자기 귀를 잘라버리고, 배짱도 안 맞고 그림에 대한 이념이 워낙 달라 더 가까이 했다간 일을 당하지 싶을 때 고갱은 도망치듯이 타히티로 갔다. 그리고 그 어렴풋한 영상을 서머싯 몸이 소설로 썼다. 그 소설을 읽은 한반도 작가가 장르 알 수 없는 산문을 하나 썼다.

‘돌고 도는 물레방아 인생…’, 누군가 그렇게 흥얼거렸다.

‘토함산문학관 강의 자료, 2023. 11.18, 토요일’, 그런 인덱스가 붙어 있었다.

고갱의 타히티

소설은 주소가 좀 혼란스럽다. 문학이라는 걸 가운데 두면 그 주변에 역사, 철학, 미술, 음악 등이 자리 잡는다. 문학은 다시 시, 소설, 희곡, 수필 등으로 영역이 분화된다. 그리고 이들을 뭉뚱그려 논의하는 평론 또는 비평이라는 영역이 있다. 비평은 문학에 속하되 문학에 대해 메타영역에 해당한다.

예술-문학-소설… 그렇게 범위를 좁혀나가면, 다시 소설의 하위 양식이 설정된다. 소설의 하위 양식은 작중인물의 행위 영역과 특성에 따라 구획 짓기도 한다. 농민소설, 노동소설, 경찰소설roman policier, 예술가소설 등이 작중인물의 행위 영역과 연관된 구분이다. 관념소설, 악한소설, 유토피아소설, 등은 작중인물의 특성, 이념이나 사유 방식 등을 기준으로 구분한 예이다.

소설은 인간 살아가는 전 영역을 대상으로 한다. 물론 주체를 다루는 방식은 역사와는 구분되는 점이 있다. 인간이 수행하는 행위 영역 가운데 ‘예술’

이라는 영역이 있다. 음악, 미술, 연극, 무용, 건축(일부?) 등이 그 영역이다. 이들 영역은 수행 영역과 특성에 따라 다시 세분된다.

소설에서는 예술 그 자체를 대상으로 담론을 펴지는 않는다. 예술가의 예술 행위의 특성과 과정을 이야기로 풀어가는 게 예술가소설이다. 예술가의 행위, 사유, 감성 등을 소설 전개의 핵심으로 다루는 게 예술가소설이다. 예술가의 비예술적인 행위로 일관하는 소설이 있다면, 그것은 예술가소설의 범주에 들지 않는다.

미술, 그 가운데 특히 그림은 예술 영역의 핵심에 자리 잡는다. 화가의 삶을 대상으로 소설을 구성할 경우 그것은 예술가소설의 한 사례가 된다. 그러한 예 가운데 서머싯 몸(William Somerset Maugham, 1874~1965)의『달과 6펜스*The Moon and Sixpence*』를 들 수 있을 것이다. 이 소설은 화가 고갱(Paul Gauguin, 1848~1903)을 모델로 했다는 점에서 예술 활동의 특수성이 전제되어 있는 걸로 보인다.

소설의 제목이 좀 낯설다. 「달과 6펜스」, 달은 '달'이고 식스펜스는 6펜스 '은화'를 뜻한다. 달은 예술적 충동과 예술적 감수성을 은유적으로 표현한다. 6펜스는 현실적으로 요구되는 일상적 삶의 맥락을 뜻한다. 예술과 생활의 갈등적 상황을 암시하는 제목이다. 이는 예술 그 자체에 주목하기보다는 삶과 대비되는 관점에서 예술을 주목하겠다는 뜻으로 보인다.

소설에서는 작품을 직접 대상으로 이야기를 전개하지 않는다. 예술 행위를 하는 작중인물의 삶의 역정을 가지고 서사 형식으로 그린다. 누가 어떤 행동을 하는가 하는 점이 주목 대상이 된다. 이 소설의 중심 작중인물은 찰스 스트릭랜드라는 영국인인데 유복한 집안의 가장이다. 아내는 교양이 있고 자녀를 둘이나 두고 있다. 그의 직업은 증권 브로커이다. 이 사내가 어느 날 연고 없이 집을 나간다. 이유는 오직 하나다. '그림을 그리겠다'는 것이다. 이는 논리가 아니라 일종의 충동이다. 예술 충동. 찰스 스트릭랜드는 파리의 뒷골목을 떠돌며 화가들과 그들의 생활을 익히고 그림을 그리는 가운데 이전 생활을 청산하는 데 전력을 기울인다.(독자가 그렇게 볼 수도 있다.)

불결하고 식생활이 부실한 생활환경 속에서 병에 걸린다. 그의 딱한 생활을 안타까워하는 지인을 만나 사귀는 과정에서 지인의 부인과 어설픈 사랑에 빠진다. 가정의 파탄으로 부인이 죽게 된다. 결국 지인의 도움으로 몸이 회복되자, 파리를 떠나 타히티로 간다. 문명에 때 절지 않은 원시를 찾아간 것이다. 거기서 현지 여자 '아타'를 만나 자기 땅에서 나는 작물로 식생활을 해결하면서 아이를 둘이나 낳고 그림에 몰두한다. 외부와 소통은 거의 차단한 채 아내나 아이를 시켜 그림 그리는 데 필요한 재료를 조달한다.

그사이 그는 나병에 걸린다. 죽음을 앞둔 스트릭랜드는 자기 집의 천장이며 벽에 그림으로 가득 채워놓고 예술적 완성의 희열을 느낀다. 그리고 그는 죽는다. 스트릭랜드가 생애 마지막으로 그림을 그린 그 집은 그의 소원대로 불 질러버려 '천재의 걸작'은 지상에서 사라진다.

이런 이야기가 서술자를 매개로 전개된다. 서술자는 작품의 끝에 찰스 스트릭랜드의 전처 이야기를 익살스럽게 겹쳐 넣어 6펜스의 유머 감각을 살려낸다.

이 작품은 다음과 같은 물음을 이끌어낸다.

(1) 예술 충동은 인간적 가치 모든 것에 우선하는가? 작품 전반부에서 작중인물 찰스 스트릭랜드는 세속적 삶의 모든 조건이 갖추어져 있는 인물로 묘사되었다. 그리고 예술 충동을 일으킬 만한 여건이 특별하지도 않다. 그런데 예술 충동을 이기지 못하고 가정을 버리고 '가출'을 단행한다. 그것도 인생의 안정기로 접어든 40대 중반에. 이런 질문으로 이어진다.

(2) 예술의 지고한 정신을 실현하기 위해 삶의 속물성은 모두 희생해야 하

는가. 예술의 지고한 정신이나 의지를 설정하는 것은 예술비평가들의 잘못된 설정은 아닌가. 궁정화가들의 작업을 어떻게 보아야 하는가. 김홍도, 정선… 고야, 벨라스케스 등.

(3) 예술 이해의 과정을 어떻게 설정해야 하는가. 화가가 대상으로 삼는 오브제object에 대해 화가가 가지는 감성은 그림에 얼마나 충실하게 표현되는가. 릭 루빈은 『창조적 행위』란 책에서 표현은 그 자체가 번역(해석, 해독) 행위라고 주장한다. 화가가 그린 그림을 바라보는 감상자-독자는 그림에서 어떤 감성을 획득하는가. 이 의미의 엇갈림을 글로 쓴다는 게 가능한 일인가. 더구나 소설 같은 서사로 만들어 그 감상을 다른 차원으로 옮겨가는 것은 가능한 일인가. 그 가능성을 제도적으로 규율하면서 예술적 감각을 만들어내는 것은 아닌가. 그 감각을 공통감각으로 살려내기 위한 교육적 조치는 무엇인가.

(4) 이 작품의 서술 특징은 발견자witness에 해당하는 서술자를 개입하여 플롯을 전개한다는 점이다. 대상에 대한 거리 두기가 소설 서술의 미학적 조건인가.(이 작품은 1919년에 발간되었다.) 한국 서사문학의 특징인 공감의 미학은 이 작품을 어떻게 보도록 하는가.

(5) 이 작품의 작중인물 찰스 스트릭랜드는 냉소주의자로 그려져 있다. 이는 작중인물의 세속적 가치에 대한 거리 두기와 연관되는가. 아니면 작가 몸의 성격이 반영된 것인가. 강요되는 공감과 화해에 대해 시각을 달리하게 하는 산문문학의 본질 속성이 그렇게 발현된 것인가. 혹은 영국문학의 산문적 특성이 그렇게 구체화된 것인가.

작가의 서술 태도는 명확하다. "나는 그의 인격과 관련된 부분만을 다룰 뿐 작품 자체를 다루지는 않을 작정이다."(M&S, p.9) "화가의 기념비는 그의 작품이다." 이런 언급은 화업의 자율성을 드러낸다. 그런데 이런 원칙이 글

쓰기에도 상통한다. "내가 나 자신의 즐거움 아닌 것을 위해 글을 쓴다면 … 바보"(M&S, p.19)라는 것이다. 작중인물과 서술자의 삶의 태도가 일치하는 면모이다.

작가는 서술자를 통해 인간의 천성이 모순 투성이라는 점을 강조한다. (M&S, p.56) 이는 작중인물의 성격을 해명하는 단초가 된다. 부인을 버린 이유가 '그림을 그리고 싶'은 충동(욕망) 때문이라는 이 사태를 해명하는 큐가 되는 구절이다.(M&S, p.67) 이는 소설의 본질에 해당하는 부분이다. 인간사 매우 복합적으로 얽혀 든다는 인식이 자리하고 있기 때문이다.

이 소설의 전반부는 '6펜스'의 세계를 조망한다. 후반부에 가서라야 예술가 스트릭랜드의 예술 활동에 눈을 돌린다. 그리고 작품에 대해 다소 직접적인 서술로 다가간다. 그것도 서술자에게도 다른 삼자의 경험을 통해서이다. 예술과 예술 작업 그 자체에서는 끊임없이 거리를 유지하는 것이다.

고갱의 생애를 소재로 했다고는 하지만 작품에 전개되는 서사는 고갱의 생애와는 거리가 멀다. 우선 스트릭랜드가 생애 마지막을 보내는 타히티라는 공간은 해석하기 따라서는 상당한 문제를 보여준다. 스트릭랜드가 말년을 보낸 타히티와 마르키즈제도는 영국을 축출한 프랑스 식민지였다. 프랑스 화가 고갱을 모델로 했다고는 하지만 영국 출신 화가로 바꾸어놓은 의도 가운데는 프랑스의 폴리네시아 점령에 대한 반감이 다소 배어 있는 걸로 보인다. 몸이 타히티를 찾았던 1910년대, 타이티를 위시한 프랑스령 폴리네시아는 이미 문명의 발에 짓밟힌 땅이나 마찬가지였다. 식민주의 연장선상에 있는 낙토인 셈이다.

배경이 사실적이고 인물이 참조항이 있다고 해도 예술은 '환영'을 벗어나지 못한다. 그러나 중요한 것은 환영이 아니고는 꿈을 꿀 수 있는 방법이 없다는 점이다. 실현 불가능한 인간의 꿈을 서사로 포착하고자 하는 작업의 결말은 결국 자기부정으로 끝난다. 그러나 그러한 과정을 서술하고, 체험하는 가운데 인간 가능성의 환상적 에피파니를 마주하는 일. 그건 예술의 본질과 맞대면하는 도발로 읽힌다.

　예술 충동은 미적 충동이 아니다. 인간이 지닌 마성의 발현이다. 소설은 마성적 서사의 한 양식이다. (2023.11.16.)

　천강월은 수강생들에게 '독서'를 강요하는 편이었다. 노상 이거 읽어보신 분? 그렇게 묻곤 했다. 작품 안 읽은 수강생과는 말도 트기 싫다는 투였다. 그게 천강월의 교양주의인지는 몰라도 수강생들을 돌려치는 듯해서 거북했다.

　"원시에 대한 꿈은 꿈일 뿐, 지상에서는 실현되지 않아요. 고갱이…" 천강월이 나를 쏘는 눈빛으로 쳐다보았다. 고갱이라는 말 한 구절이 천강월을 튀어오르게 하는 모양이었다.

　천강월이 고갱을 소재로 소설을 쓰기 위해 타히티를 찾아갈 것 같다는 예감이 왔다. 그건 매우 주관적인 생각이었다. 그러나 미적인 수련 끝에 오는 '촉'만큼 확실한 게 있을까. 나는 샤를 보들레르[63]의 시 한 편을 떠올리고 있었다. '여행에 초대함L'invitation au voyage' 보들레르가 생각하는 낙원, 같은 시 안에서 세 번이나 반복하는 구절이었다. 질서와 아름다움과, 빛이 우련하고, 고요하고 열락悅樂으로 가득한 거기Là, tout n'est qu'ordre et beauté,/Luxe, calme et volupté, 그런 세계를 소설로 쓸 수 있을까.

　그러나 천강월은 나를 애야, 라고도 안 부르고, 더구나 누이야, 라고 부르기는 팥알만 한 생각조차 없어 보였다.

"어머머, 남 샘 등에 사마귀가…" 나는 의자를 차고 일어나 책상 사이에서 팔짝팔짝대었다.

"가만 있어요. 내가 떼어줄게요." 비비캡이 다가와 나를 돌려세웠다.

"요놈은 죽기 전까지 대들어요. 수레에 대드는 놈…" 비비캡은 사마귀 배 양옆을 쥐고 갈구리 다리를 공중에 헤젓는 걸 내 눈앞에 들이댔다. 사마귀가 알을 슬었는지 배가 통통했다.

"사마귀는 어디에다가 알을 낳는대요?" 정숙정 여사가 물었다.

"땅을 파고 낳는데, 아마 교실에 갇혀 있다가 나가질 못한 거 같습니다." 천강월이 싱겁게 말했다.

"수놈은 잡아먹었잖아요, 그럼 그 땅을 누가 파요?" 정숙정 여사는 집요하게 달려들었다.

"암놈이 파겠지요."

"그다음에는요?"

"얼어죽겠지요. 시체를 확인하지 못했지만."

"수놈을 남겨두어야지… 세상에서 가장 행복한 사내가 죽는 방법 아세요?"

"애인의 배 위에서 복상사하는 거…"

성인지 감수성, 언어적 성추행…, 수강생들이 부글부글했다. 몇은 소지품을 챙겨 들고 강의실을 나갔다.

"인간의 죽음 충동, 타나토스 충동을 소설로 쓰려는 소재를 이야기한 것일 뿐인데…"

"너는 잘 모를 것인데, 죽음 충동, 데드 드라이브는 에로스 욕망보다 근원적이다. 존재를 끝장내는 것은 에로스가 아니라 타나토스다."

근간에 내가 경험하는 것은 의식의 단층이었다. 강의실 장면이 영화 장면으로 건너뛰기도 하고, 길가에서 흘레하는 개들을 보고는 시스티나 성당의 그림, 〈천지창조〉를 생각하기도 했다. 선덕여왕의 무덤에서는 지귀와 여왕이 살을 섞는 그림이 떠오르기도 했다. 말하자면 현실 텍스트와 허구 텍스트가 맥락을 벗어나 넘나들었다.

카타로프스키, 브로노프를 독살한 날이었다. 스위트룸 침대는 푹신하게 몸을 감쌌다. 미리번은 살갗이 비단결이었다. 베드신이 전개되고 있었다. 카타로프스키가 미리번에게 빠져들면서 숨이 가빴다. 미리번이 침대머리 시트 밑에서 사일렌서가 달린 권총을 슬그머니 빼었다. 그녀의 긴 손가락에 빨간 매니큐어가 탁상등 불빛을 반사해서 반짝였다.

카타로프스키는 아버지가 쓰는 이름 가운데 하나였다. 나타샤를 만나난 백석은 어떤 이름을 썼을까. 벨리니키 스칼라…

"다음 만나는 날이 '마지막 수업'이네요. 작품 안 낸 분들 하나씩은 내세요. 내 메일로 먼저 보내주면 읽어보고 간단히 평을 해드리겠습니다."

"전야제 안 해요?"

"모든 오늘은 모든 내일의 전야입니다."

"첫눈이 내리는 날 경주역에서…"

"노래방 들러?"

나는 소지품을 챙겨 가방에 담아 가지고 강의실 뒷문으로 빠져나왔다. 하늘이 잔뜩 흐려 있었다. 구름을 뚫고 마른번개가 번쩍거렸다.

15

첫눈, 불길과 물길

11월 18일, 종강 날 첫눈이 내렸다.

눈을 떴을 때, 웨어러블 시계가 07 : 00을 가리키고 있었다. 밖이 훤했다. 침대에서 내려서자 횅하니 어지럼증이 일었다.

어지럼증을 눌러 앉히고 창문을 열었다. 자욱눈이 하얗게 앞산까지 펼쳐진 벌판을 덮고 있었다. 무언가 기쁜 소식이 올 것만 같았다. 새벽 3시에 '지귀의 행로를 따라서' 90매에 마침표를 찍었다.

천강월이 '본전 찾으라'는 제안, 그 명령을 완수했다는 상쾌한 느낌이 들었다. 강의를 듣는 동안 내내, 천강월에게 몰두해 지낸 셈이었다. 거리를 유지하려고 나름 애를 썼다. 터무니없는 친밀감으로, 혹은 그의 지적인 에너지에 빨려들기도 했다.

헤아려보니 한 달에 한 편 꼴로 작업을 했다. 그것은 천강월이 제안한 양이었다. 그리고 무엇보다 지귀를 소재로 '작품'을 하나 건졌다는 건 내가 생각해보아도 대견했다. 강의를 안 들었다면 못 썼을 것이다. 그건 천강월이 신라의 종이 계림지鷄林紙에 대한 관심과 함께 꼬아 만든 동아줄 같은 것이었다.

천강월에게 뭔가 작은 선물을 하나 주고 싶었다. 골동품점에 들러 '기마인물형토기' 모조품을 하나 샀다. 모조품이기는 하지만 진품과 하나도 다르지 않다면서 값을 꽤 불렀다. 통장 잔고를 생각해야 했다. '천마도'로 바꿀까 하다가, 그건 이미 가지고 있을 것 같아 집었다가 놓고 말았다. 천강월이 수강생들에게 처음 공개한 자신의 작품이 「천마를 찾아서」였다. 기마인물형 토기에 인물을 태운 말에는 말다래가 안 보였다. 작품 하나에서 모든 걸 구하는건 아무래도 무리다 싶었다. 가게 주인은 토기를 한지로 싸서 오동나무 상자에 담았다. 그리고는 신라 유물들의 문양이 새겨진 리본으로 묶어주었다.

차를 조심해서 몰았다. 자욱눈이지만 날이 쌀랑해서 눈이 길바닥에 날렸다. 카 라디오를 틀었다. 진행자는 아다모의 〈눈이 내리네〉를 들려주었다. 'Tombe la neige/ Tu ne viendras pas ce soir/ Tombe la neige/ Et mon coeur s'habille de noir (눈이 내리네/ 너는 오늘 밤 오지 않겠지/ 눈이 내리네./ 내 마음은 까맣게 변하네).'

아버지는 눈 오는 나라를 동경하며 살았다. 이런 일도 있었다.

"얘, 아진아, 눈길을 걸어 떠나가는 사람과 눈길을 밟고 찾아오는 사람, 누가 더 시적일까."

"눈길을 같이 가는 걸로 설정하면 어때요? 나타샤가 오면 깊은 산골로 같이 가자고 하잖아요. 백석이 말예요."

"모든 마지막은 비애감을 동반한다."

"모든 시작에는 설렘이 일지요."

아버지는, 너 제법이다 하면서 나를 안고 등을 두드려주었다. 그리고 눈이 오는 날 집을 떠났다.

"종강을 기념해서 여러분에 읽어드릴까 해서, 시를 하나 썼습니다." 수강생들이 와아 소리를 질렀다. 멋있어요, 박수를 치는 이도 있었다.

"제가 읽을까요?" 양미주가 발딱 일어나 스커트 자락을 더듬어 내렸다.

"앉으세요. 육성으로 들려드리겠습니다." 천강월이 복사물을 들고 큼큼 목을 다듬었다. 수강생들이 조용히 숨을 죽였다.

천강월은 제목 '첫눈'을 읽고, 약간 포즈를 두었다가 자기 이름을 읽었다. 천강월… 가벼운 한숨…

　　　선덕여왕 안부가 궁금해서
　　　지귀의 편지 소맷자락 안에 접어 넣고
　　　별이 파도 이는 바닷가
　　　토함산 넘어오는 바람 푸릇푸릇
　　　날개 저어 도리천으로 날아가다가
　　　혹여 여근곡에 들기라도 할까

　　　노자, 곡신불사, 현빈, 암소 … 꿈을
　　　뒤척이며 풀어내는 사이

　　　선덕여왕 '계림지'에 적어 보내는 소식인 양
　　　밤 사이 바람을 몰고 와
　　　토함산 산자락
　　　해맑은 얼굴
　　　첫눈이 내렸다.

　　　여왕의 치맛자락 서걱서걱
　　　주름 잡히는 소리
　　　찬바람과 함께 서라벌에 초설이 오셨다.[64]

나는 귀를 세워 들었다. 천강월의 강의를 듣는 한 해 동안 선덕여왕과 계림지 이야기를 소설로 쓰고 말겠다는 작정이 무위로 돌아갈까 봐 걱정을 참 많이도 했다. 천강월 때문에 촉발된 아이디어였다. 그런데 천강월이 그 이야기를 소설로 쓸 것 같았다. 그렇다면 내가 물러서야 하는 게 아닌가 싶었다. 그러나 소재는 공공재니까 먼저 쓴 사람이 임자란 말을 그대로 믿었다. 아니 천강월과 대결하는 형국이었다.

천강월이 시 읽는 걸 듣고 마음이 울컥했다. 아버지는 가끔 시를 썼다. 문학지에 시를 발표하지 않았지만 집안일이며 국경일 등에 시를 써서 나에게 보여주었다. 그런 시 가운데 이제까지 기억에 남는 것이 있었다. '님이 부르시면', 그런 제목이었다. 뒤에 생각해보니 당신의 직업을 정당화하는 시가 틀림없었다. 국가의 명을 받아 목숨을 내놓을 수도 있다는 다짐이었다. 바이칼호에서 자살했다는 것은 아예 의문을 제기할 수 없는 상황이었다. 나라를 위한 어떤 일로 목숨을 내놓아야 할 처지였는지도 모른다.

나는 노트북을 들여다보았다. 이제까지 지귀를 작중인물로 해서 구상하던 소설의 파편들이 적혀 있었다. 지나간 기억들이 노트북 안에 그대로 살아 있었다.

지귀를 현대의 문제로 전환할 것. 시간을 다시 의미화할 것. 신라 불교적 상상력을 불러일으킬 것. 아무튼 천강월이 제안한 문제이니 강의 종료와 함께 끝나야 하는 일이었다. 천강월에 대해서 막연한 연애감정 같은 것은 지워버려야 몸이 가벼울 것 같았다. 소설을 가르쳐준 '선생'은 선생일 뿐이다. 소설 수업의 영매 정도로 생각하기로 했다. 소설 수업의 영매? 나는 스스로 내 사고가 흔들리고 있다는 생각에 휘돌아갔다.

천강월의 어법을 따라 아무튼, 지귀를 두고 발상을 달리하기로 했다. 지귀를 불귀신으로 만들 게 아니라 살려서 중국 대륙으로 건너가도록 플롯을 마름질한 생각이 들었다. 그리고 지귀의 선덕여왕에 대한 사랑이 나라를 위한 충정의 외관상 애정으로 드러난 것으로 플롯을 정리하기로 했다.

사실 작품은 다 되어 있었다. 작품을 합평에 내놓고 싶지는 않았다. 별로 득되는 이야기 들을 게 없다는 생각이었다. 천강월에게는 한번 검토를 부탁하고 싶었다. 그렇다고 강의가 끝나는 날, 작품 들이밀며 보아달라고 가외 작업을 부탁하기는 염치가 없었다. 강의가 끝나고 고맙다는 인사를 겸해서 메일을 보내는 게 무난하다는 생각이 들었다. 선물 상자에다가 프린트물을 넣을까 하다가, 오해를 살 수 있겠다는 생각이 들어 그만두었다.

"흘러다니는 돈을 잡으세요." 천강월의 얼굴에 기름기 낀 웃음이 배어났다.

가벼운 모욕감이 느껴졌다. 사실 나는 소설 써서 돈 잡겠다는 생각은 요만큼도 없었다.

"토함산문학상도 그냥 흘려보내지 마세요."

경주김씨 문중에서 만든 문학상이었다. 운영만 토함산문학관에서 주관했다.

"나같이 딴소리하는 사람이 강의하는데, 동종교배, 그놈의 인브리딩은 염려하지 않아도 좋습니다." 나는 문학의 inbreeding, cross breeding 그런 단어를 노트북에 입력하고 있었다. 잡종강세hybrid vigour라는 단어를 입력할 때, 노트북 화면이 먹물로 바뀌었다. 이제까지 없던 일이었다.

이어서 강의실 전기가 나갔다.

바깥은 조용하고 햇살이 맑았다. 하늘에는 옅은 솜털구름이 조용히 흘러가고 있었다.

"원전에 사고가 났나?"

"전기 없으니까 하늘이 곱군."

"전국적인 블랙아웃…"

"이거, 얼마나 오래 나간다냐?" 비비캡이 일어서서 강의실을 나갈 채비를 하고 있었다.

강의실 전기는 곧 들어왔다.

노트북은 부팅이 되질 않았다. 몇 가지 시도를 해보았으나 상황이 달라질 기미는 보이지 않았다. 천강월을 만나 한 해 동안 강의 들은 내용이 노트북에 다 저장되어 있었다. 뿐만 아니라 내가 작업한 다섯 편 소설도 거기 들어 있었다. 그 자료들은 어떤 암흑물질 속에 빠져드는 것인가. 천강월의 기억 속에 내 작품은 몇 구절이나 저장되어 있을까. 작품, 언어 작업… 이름, 지금 그 사람 이름은 잊었지만, 그 눈동자 입술은… 나와 천강월 사이에 눈동자의 기억은 있을지 몰라도 입술의 기억은 없었다. 언어의 뒤에는 허무의 벼랑이 늘 버티고 있는 것이었다.

결국 컴퓨터 수리센터에 노트북을 들고 가서 점검을 받았다. 해킹을 당해서 하드디스크를 교체해야 한다는 것이었다.

"자료는요?"

"잊어버리세요." 복원 가망이 없다는 단언이었다.

머리가 횅하니 비어 나가는 느낌이었다. 아버지가 몽골로 피신해 간 것도 컴퓨터 해킹 때문이었다. 아버지는 이른바 블랙요원이었다. 뒤에 안 일이지만, 컴퓨터 자료가 해킹을 당해 신변 위험이 있으니 해외로 도피하라는 '기관'으로부터 권고가 있었던 모양이다.

"살릴 수 없을까요?"

"농담할 시간 없습니다. 누가 욕심낼 만한 자료가 저장되어 있었으면… 안 됐지만 잊어버리세요. 등록되지 않은 번호로 연락이 오면 일체 응대하지 마셔야 합니다. 돈 거래 내역이 들어 있습니까?"

나는 고개를 흔들었다. 사실은 인터넷 뱅킹을 할 만한 돈이 없었다. 아버지가 손에 쥐여준 통장은 은행에 보관되어 있었다.

그러나 선덕여왕과 관련된 소설 한 편은 신경 올실을 팽팽하게 조여왔다. 천강월의 강의를 듣는 동안, '소설'에 대한 생각을 바꾸었고, 그걸 작품으로 만들었다. 작가가 중요한 것이 아니라 텍스트가 자리 잡은 맥락이 중요하다는 생각, 그것은 선덕여왕을 개인적 맥락에서 풀어줄 수 있었다. 그리고 오래 지속되어오는 모티프나 원형 또는 아키타입에 나를 풀어놓을 필요가 있다는 생각을 하기도 했다. 그런 작품은 거의 완성 단계에 이르러 있었다. 다만 텍스트 편집을 빌미로 엉성하게 짜 넣었다. 그건 잃어버릴 수 없는 내가 축적한 자산이었다.

"근간에 이메일 주소 공개한 적 있습니까?" 나는 아연해서 입이 떡 벌어졌다. 그동안 이메일 주소 때문에 곤란에 처한 적이 없었다. 한번 작품으로 쓴 것이기 때문에 '지귀' 이야기는 쉽게 복원할 수 있겠다 싶었다.

사흘 뒤였다. 컴퓨터 해킹으로 망실한 작품을 재생해보느라고 낑낑댔다.

선덕여왕 이야기를 국제적인 맥락 속에서 중국과 신라의 대외관계로 엮어넣으면 이제까지 나온 다른 작품과 다른 소설적 의미가 부각될 터였다. 거기다가 신라의 용 신앙을 접목시키되, 약간의 변형을 시도했다.

핸드폰이 드르륵 울렸다. 전화번호가 낯익었다.

"토함산문학관 강홍일 총무라고 합니다. 남아진 작가 맞으시지요? 작품이 좋아서 심사위원들이 긍정적으로 논의를 하는 중에 몇 가지 의문이 가는 데가 있어서 사실 여부를 확인하려고 전화드렸습니다."

"무슨 말씀인지요? 저는 문학관 수강생인데요, 전화 잘못 하신 거 아닙니까."

"실크로드문학상 아시지요?" 나는 아, 소리를 지를 뻔했다.

천강월이 근친상간 문학론을 이야기하는 중에, 자기가 간판 건 집단에서 주는 문학상 받아보자고 눈알 돌돌 굴리고 앉아 있는 짝퉁이 에피고넨들, 그거 소설 망하는 첩경입니다. 니체를 모델로 하세요. 여러분은 완결된 존재가 아닙니다. 위버멘쉬Übermensch… 젤프스트 위버겐… 자기초월 그 가능성이 축복으로 주어져 있는 존재가, 그 가능성의 존재가 소설가, 그리고 소설을 지향하는 여러분들의 존재 의미입니다. 자기 매체에서 등단하게 하고, 자기들이 만든 상 주고 그 상금으로 한 턱 쏘고… 발전기금 내고… 여러분들은 그딴 짓 하지 마세요. 작가는 도도해야 합니다. 그러자면 공부 독하게 해야 합니다. 문학의 근친상간… 그거 문학도 망하고 문인도 망하는 첩경입니다. 이종교배를 시도하세요. 역사도 공부하고, 철학도 탐구하세요. 과학에 대한 이해도 도모해야 합니다. 그래서 어떻게 한다고요?

빛 보기 힘들지도 몰라요. 그러나 내면에 탑 하나, 옹골찬 탑 하나는 세울 수 있습니다. 대왕암 뒤지다가 빠져 죽지는 말고요.

소설은 허구입니다. 허구를 현실로 전치하려다가는 정말 죽습니다. 그러니 나한테 합평 작품 제출하고 몇 마디 들었다고, 그거 등단 작품으로 내놓을 생각 마세요. 그런 건… 천강월의 목소리는 귀를 쑤시고 들어오는 듯했다.

"뭐가 어떻게 된 겁니까…"

"응모한 작품이 「불길과 물길」 아닌가요?"

"그런 일 없습니다."

"그런 일이란 작품을 안 썼다는 겁니까, 응모를 안 했다는 뜻입니까?"

"이런…" 목이 커억 막혔다.

"이름은 남아진 씨 맞지요?"

"이름은 맞습니다."

"표절 시비가 걸릴 수도 있습니다."

"작품은 내 메일로 돌려보내주시고, 응모는 없던 걸로 해주세요."

"허어 이거 참, 우리는 이미 수상 내역이랑 심사평 원고 다 만들어놓았습니다. 난감합니다."

"음모론을 주장할 생각은 없습니다."

"누가 장난쳤다는 겁니까?"

"컴퓨터가 해킹을 당했습니다. 그 과정에서 일이 그렇게 돌아간 것 같네요."

"작품 돌려보낼 터이니, 새 메일 주소 알려주세요."

컴퓨터 서비스센터 기사의 제안을 따라 메일 주소를 바꾸었던 것이다.

"감사합니다."

나를 향해 이런 짓을 할 인간이 누구인가? 내 작품을 가지고… 표절 시비가 걸릴 만한 데가 어느 구석인지 따져보아야 할 터였다.

블랙요원이었던 아버지는 이름을 여러 개 쓴다는 걸 나는 알고 있었다. 아버지가 벗어놓은 빨래를 챙기다가, 명함지갑에 들어 있는 명함이, 내가 알고 있는 아버지와 다른 이름이 새겨진 명함이 대여섯 종류가 쏟아져 나왔다. 그 가운데 어떤 이름이 진짜 아버지인지 알 수 없었다. 아버지는 정말 죽은 걸까?

새로 계정을 설정한 메일로 작품이 전달되어 왔다. '지귀의 행로를 따라서'

라는 제목이 '불길과 물길'로 바뀌어 있었다. 이름은 알파벳으로 Nam Una라
표기했다. 성은 그대로였다. 키릴문자 ОДИН (아진)을 라틴어 Una로 바꿔치
기 했다. 그런데, 별표를 하고 본명 '남아진'이라고 밝혀놓았다. 전화번호는
지금 내가 쓰고 있는 것 그대로였다.

　누군지 모르지만 나를 잘 아는 작자의 소행이 틀림없었다. 누군가의 시샘
의 대상이 되었다? 묘한 느낌이었다. 시샘이 아니라 어떤 음모에 휘말려들고
있다는 생각이 뒤통수를 쳤다. '지귀의 행로를 따라서'라는 제목을 부제로 달
았던 '불길과 물길'로 대신한 것은 내가 생각해도 적절한 조치로 보였다.

　나는 토함산문학관 측에서 돌려보내준 작품을 찬찬히 읽어보았다. 본문에
는 손을 대지 않은 듯했다. 표절 어쩌구 한 것은 여전히 신경이 쓰였다. 표절
시비에 걸려 제출한 작품 걷어간 신인 작가, 그 이야기가 어디선가 살아서 꿈
틀대다가 불거져 나올 것만 같았다.

불길과 물길

　강 형, 사실 나는 청평사 모임에 참여할 시간을 내기 어려운 형편이었어
요. 그런데, 전에 강 형이 발표한 「지귀의 혼」이란 소설을 다시 읽고 생각이
달라졌어요. 거기다가 오늘 강 형이 청평사 내력을, 그 연기緣起를 이야기한
다고 해서, 이런 작가라면 같이 가서 이야길 들을 만하겠다는 생각이 들어
같이 가기로 한 겁니다. 기대가 큽니다.

　강 형이 쓴 「지귀의 혼」이란 소설에서 강 형은, 지귀가 불에 타 죽은 게 아
니라, 불이 무서워서 도망쳐서 용이 되어 동해바다로 날아갔다는 설정이었
는데, 나는 거기 공감합니다. 이유는 그렇게 설정하는 것이 인간의 서사 욕
망을 추동하는 데 효과적이란 생각 때문이랄까. 서사 욕망이라는 말이 납득

하기 어려울지 모르지만… 그렇지요? 그럴 겁니다. 그런데 내 서사 충동은 강 형과 좀 달리 나아간다는 점을 얘기하고 싶은데, 오늘은 내 얘길 좀 들어주셔야 하겠소.

서사 욕망, 그건 기본적으로 A가 B가(로) 되었다는 생성 구조를 추구하는 욕망입니다. 미꾸라지가 용 되었다… 예컨대 춘향이와 이 도령이 다른 신분에서 금지된 사랑을 하다가 갖은 난관을 다 겪고 마침내 소망을 성취한다는 거, 그게 기본 구조라는 것. 사람들은 그런 구조에 기대어 자기 삶의 의미를 강화해나가는 법인데, 그게 말하자면 서사 욕망일 겁니다. 달리 말하면 우리는 왜곡된 서사 욕망, 아니 서사 구조를 교정하면서 살아가는 겁니다. 서사 욕망은 실현 가능성과는 일치하지 않는 면이 큽니다. 그렇지 않겠습니까. 국민 교양을 조금 갖춘 사람이라면 지귀志鬼는 대개 알겠지요? 내둥 이야기를 시작했는데, 지귀가 누굽니까, 그렇게 초를 치는 인사도 있는 법이지요. 아무튼 다 아는 걸로 하고… '심화요탑' 설화로 알려지기도 한 그 민간 신앙. 그거 한번 이야기해보기로 하지요.

지귀가 불에 타 죽어서 불을 막아내는 방화防火의 신이 되었다는 것, 그러한 설정은 비유법에서 비클vehicle을 설정하는 문제이기도 한데, 뭐랄까 너무 뻔하잖아요. 불에 타 죽은 놈이 불귀신이 되어 불을 막는다는 건, 불은 뜨거우니 잘못 건드리면 불에 덴다는 그런 발상. 그건 [A became A´] 그런 공식이지요. 사람들이 기대하는 것은 [A became B]라는 좀 짜릿한 구조라야 하는 거 아닐까. 그런데 A´라고 해도 거기 인간의 근원적인 욕망이 끼어들면 사람들이 흥미롭게 본다는 거지. 장자가 꿈에서 나비가 되었다는 비유를 쓰잖아요, 인간의 눈으로 보았을 때 신체적 중력, 그건 인간에 대한 억압인데, 그걸 훌쩍 벗어나 날아다닐 수 있는 존재, 그건 인간 구원의 꿈일지도 모르지만, 장자가 나비가 되고, 꿈속의 나비가 현실의 장자가 되는 그런 존재의 경계 넘나듦이 메타포에 드러나는 서사 욕망의 한 양상일 겁니다. 알겠다는 표정인데, 그렇다 하고…

　그렇다고 한다 해도, 지귀가 불에 타서 죽어서 어떤 존재로 변신, 메타모르포시스, 어떤 다른 존재로 달라지는가 하는 것은 작가의 철학과 연관되는 사항이라 생각됩니다. 지귀가 불에 타 죽어서 용이 되었다면, 그 동기가 무엇인가 하는 해명이 소설작품 어느 구석엔가 들어가야 이야기가 탄탄해지는 게 아닌가, 그런 생각을 했다오.

　불에 타 죽은 지귀가 왜 용이 되려고 했을까? 나는 그런 생각도 했지요. 천지의 운행과 연관된 상징 체계에서 용은 초월적 능력을 가진 존재로 표상되잖습니까. 중국을 용의 나라라 하듯이, 동양에서 용은 대개 천지 운행을 좌우하는 존재가 된다, 이겁니다. 임금을 용과 동격으로 취급해서, 용안, 용상, 용포 그런 말들을 만들어 쓰기도 하잖던가요. 매스컴에서 흔히 아무개의 역린을 건드렸다 그런 말들을 하는데, 역린이란 용의 턱 아래 비늘 하나가 거꾸로 박혀 있는데, 말하자면 급소 표시겠지 않소. 그걸 건드리면 임금이 격노를 한다는 건데, 임금이 아닌 존재는 역린이 있을 턱이 없고, 아니 그런 상징 체계가 성립되지 않고, 따라서 없는 역린을 어떻게 건드립니까. 우리는 말에 속고 사는 겁니다.

　아무튼, 간지로, 자축인묘 진사오미 신유술해… 그렇게 나가는 순서에서 용 다음에 '비암'을 설정한 건, 순서 바른 일로 보입니다. 등용문이 뭡니까. 구렁이가 도를 닦아 자기에게 씌워진 업을 다 벗고 용이 되어 승천하는 그 문턱을, 아니 물턱인가… 물턱이 적절할 것 같소. 아무튼 상징 체계가 일반 백성으로 하향 조정되면, 거기다가 용을 그려 넣는 것은 적절치 않습니다. '화사첨족'의 '사족'은 화룡점정畵龍點睛의 세계와는 기호론적 구조가 다른 겁니다. 내가 하는 얘기가 좀 혼란스럽지요?

이렇습니다. 지귀가 선덕여왕을 사랑해서 여왕이 거둥하는 길을 막고 사랑을 외친다는 건데, 지귀가 정말 선덕여왕을 사랑했을까? 그런 의문이 강 형 소설 속에 포함되어야 한다는 겁니다. 활리역 역졸, 그게 지귀의 신분입니다. 역졸이 뭡니까. 희랍식으로 하자면 헤르메스 아닙니까. 그런 자가 여왕을 사랑해? 말이 되는 서사냐구. 그리고 사실 선덕여왕은 당시로서는 나이가 좀 많아. 아버지 진평왕이 50년이 넘게 왕좌를 지키는 바람에, 늦게 왕이 돼. 사랑의 골든타임 다 가버린 거지. 그렇다면, 지귀란 자가 선덕여왕을 사랑, 사모, 연모? 했다는 것은 일종의 간언을 했다는 정도의 뜻이겠지요. 무엇에 대한 간언인가 하면, 아마, 내 상상으로는 당태종의 신라 침공을 조심하라는 것으로 생각되는 거라. 강 형도 안다는 뜻인가. 웃는 모양이 그런 느낌이네.

거 참 재미있는 기록인데, 『삼국유사』에 기록된 '선덕왕 지기삼사', 강 형도 아실 테지만 하나가 모란꽃 그림과 모란 꽃씨 이야기고, 다른 하나는 '여근곡'에 개구리 와글대는 걸 보고, 왜적이 침입했다는 걸 간파했다는 것, 그리고 자기가 '도리천'에서 죽을 걸 예언했다는 것… 그렇게 셋이지 않소이까. 그 가운데 내가 특히 관심을 가지는 것은 모란꽃 그림과 꽃씨 이야기랑, 이는 전에 어디다가 잡문으로 쓴 적이 있는데, 기본적으로 이 이야기는 당태종이 선덕여왕에게 보내는 구애의 선물이라는 생각인데 말요. 음험하고 묘한 책략이 숨어 있는.

강 형, 당태종이 모란꽃 그림을 그려 보낸 바탕재가 뭐라고 생각하시오? 간단히 말하지요. 비단에 그린 그림이라고 보시나 종이에 그린 그림이라고 생각하시나, 그런 말씀. 당연히 비단이라고? 나는 그렇지 않다고 봅니다. 종이에 그린 그림이었다는 게 내가 믿는 바인데, 그게 '계림지'라는 신라산 닥종이라는 거야. 중국 사람들은 신라를 계림이라고 불렀어요. 그건 나중에 최치원이 중국에 유학갔다가 고국 신라를 그리며 쓴 시 가운데 이런 게 있습니다. 계림은 경주고 경주는 신라라는 뜻이 아닐까. 강 형도 아시지요? 여기 내 태블릿 볼래요? 和友人除夜見寄, 친구가 제야에 보낸 시에 화답하다, 그런 제목이지요.

대개 이런 뜻 "우리 서로 만나 노래나 읊을 일/사나이 마음 꺾인 세월 한탄 말 일/어찌해 길마중하는 봄바람을 만났으니/꽃 피는 호시절에 '계림' 길 오르리(與君相見且歌吟/莫恨流年挫壯心/幸得東風已迎路/好花時節途鷄林)"

계림, 경주와 지척 거리에 있는 양산 통도사에 가면 말이오, 거기가 조선시대 종이 만드는 종이 생산 거점이었다는 기념물들이 있는데, '지역혁파비'라는 비석도 있어요. 절의 종이노역을 혁파한 공적을 기록한 비석. 그것도 탄탄한 서사 하나인데…

신라시대부터 종이를 만들었다는 추정이 가능하다오. 신라 그 많은 사찰에서 사용하던 불경을 수입한 종이로만 제책했을 턱이 없단 말입니다. 아무튼 당태종이 선덕여왕에게 보낸 모란 그림은 계림지에 그린 그림이 틀림이 없소. 그러니까 신라에서 당나라로 간 닥종이가 신라 여왕에게 돌아왔다는 거야. 강 형, 내 말 듣고 있는 거지? 신라는 중국에서 호락호락 볼 수 없는 존재란 뜻이지 않을까. 그런 생각…

당태종, 이세민, 구세제민救世濟民에서 세 자와 민 자를 취해서 만든 이름. 암튼 598년생, 28세에 황제가 되고… 신라가 백제와 고구려를 치고 반도를 통일하기 위해 당나라 세력을 끌어들이지 않나. 외세를 이용하면 반드시 반대급부를 요구하게 마련이지 않소. 신라를 먹기는 먹어야 하는데, 성깔 건드리지 않고 먹기 위한 전략으로 그림을 이용한 거 아닌가. 황제가 보내는 그림인데 함부로 할 수 없지 않나. 예의와 애정… 나 그대 사랑하는데 한번 죽어볼라오? 그런 식이야.

말하자면, 내가 당신 나라에서 만든 종이에 꽃을 그려 보내오. 하면서 적색, 자주색, 백색 모란을 그려 신라로 가는 사신 편에 선덕여왕에게 보냈던 것인데, 선덕여왕이 물었다는 겁니다. 중국 모란에는 나비가 앉지 않소? 당나라 사신이 멈칫거리다가 이렇게 대답했다오. 꽃은 머물러 있고 나비는 날아다니는 미물迷物입니다. 모란이 나비를 기다리듯, 우리 황제께서 여왕님을 기다린다는 뜻이옵니다. 그럼 모란 씨를 함께 보내온 것은 무슨 뜻이오? 황제께서 계림에 왕림하시겠다는 말씀이 아니겠습니까. 황제의 신하 그 자리가 쉽지 않아요.

이게 기막힌 발상인데, 거기 지귀가 가 있었던 거라. 뜬금없다는 표정이네. 헤르메스가 어딘 못 가나. 며칠 후면 '약수사'란 절에서 조탑불사가 있는데, 여왕의 일정을 알아야 해서 들렀던 거라. 그런데 이상한 이야기를 들었다지. '나는 향기 없는 꽃은 안 키운다,' '저 모란 씨 볶아서 당나라 사신에게 먹여라.' 지귀는 자기 귀를 의심했다네. 여왕의 가슴 어느 구석에 저런 독한 기운이 도사리고 있었을까. 이제까지 홀로 세상 건너온 여왕이 남자를 어떻게 저리 잘 알까. 모란이라니…

아무튼, 모란은 목성木性이야. 봄에 싹이 올라오는 걸 보면 꼭 사내들 남경 모양으로 불그죽죽한 놈이 땅을, 대지를, 대지는 여성인 게야. 땅을 들치고 올라오는 모양이 거창하거든. 선덕여왕이 읽어낸 문화코드로 모란은, 홍두깨 같은 건데, 도무지 그 씨를 석 되나 보냈다는 건 엿먹으라는 소리 아니겠나. 무슨 소린지 아시겠지?

그렇지, 지귀가 선덕여왕을 사랑해서, 여왕의 행차 길을 막고 나선 게 아냐. 당나라 사신이, 문화코드를 읽고 혹여 못된 짓 할까 걱정이 돼서 여왕의 행차에 나섰던 거야. 그것도 사랑 아니겠냐고? 그럴지도 모르지. 지귀는 뱀띠였어. 뱀은 가끔 작은 용으로 불리기도 해. 왜 비석의 머리장식을 이수螭首라고 하잖아, 그게 교룡蛟龍이라는 건데, 사실은 대명이(大蟒)를 그렇게 부른 거 같아. 아무튼 지귀는 말야, 선덕여왕이 졸고 있는 자기 가슴에 얹어놓고 간 팔찌를 끌어안고 몸부림을 하다가, 정신을 차려보니까, 당나라 사신이 돌아가느라고 동해 바닷가 감포 쪽으로, 가마를 타고 행렬을 거느리고 가고 있는 거라. 어떻게 아냐고? 개연성을 다시 얘기해야 할까, 같은 소설가끼리.

지귀가 포구에 당도했을 때, 배는 이미 닻을 올리고 돛을 펴고 포구를 미끄러져 나가는 중이었다는 거야. 지귀는 무작정 바다로 뛰어들었어. 물결이 밀려와 지귀를 덮쳤어. 그 바람에 갈비가 부러지는 것 같은 충격이 왔대. 그런데 가슴에 안고 있던 황금 팔찌는 그 무게 때문에 딴데로 흘러가진 않았다는 거야. 사람이고 대명이고 길 떠나는 이에게는 노자가 있어야 하는 거라. 그래서 어떻게 되었냐고? 지귀가 뱀띠라고 했잖아. 바닷물에 들어간 뱀은 당연히 물뱀이 되었지 않겠어. 희랍식으로 말하자면 물뱀은 포세이돈의 관할사나 마찬가지야. 파도를 일으키고 군선을 전복시키고, 바다의 길흉화복을 관장하는 그런 존재, 사람이 어떻게 뱀으로 환생하느냐고?

저어, 강 형, 영주 부석사 가보셨지요? 거기 '선묘각'이라고 조그만 묘각 보셨을 터인데… 중국에 유학 간 의상대사를 끔찍이 사랑하던 선묘낭자가, 의상대사가 당나라 떠나 신라로 돌아오자, 선묘낭자가 용이 되어 의상대사를 따라 신라까지 왔다는 거 아냐… 당나라에서 신라로 오는데 신라에서 당나라라고 왜 못 갈까. 당시 신라는, 아니 계림 경주는 국제도시였어요. 그리고 실크로드 아니면 페이퍼로드의 출발지인 셈이야. 경주에서 로마까지 … 물뱀이 된 지귀가 어떻게 되었느냐고. 아무튼 당태종이 보복하러 신라에 쳐들어오지 못하는 게, 그게 선덕여왕에 대한 애국심을 지키는 신하로서의 충성심 아니겠어? 사랑과 충성은 길이 다르다고? 그거 서로 넘나드는 거야.
아무튼 당나라에 간 지귀는 이름부터 바꾸었어. 이소룡李少龍. 왜 우스워?
무협영화 〈당산대형〉 거기 나오는 이소룡이 아니라. 소룡은 자기가 뱀띠라
는 뜻이고. 중국 간다고 띠가 변하진 않지. 천간지지 같은 상징 체계 운용하
는 문화권인데. 그리고 당나라에서 행세하자면 황제의 성씨는 꿰차고 있어
야 하지 않겠나. 당태종이 등극하기 전 이름이 이세민李世民이거든. 그거 대
단한 이름인데 '구세제민救世濟民'에서 세 자와 민 자를 따서 지은 이름이야.

신라의 지귀가 해룡이 되어 당나라까지 오기는 왔는데 목숨 사는 게 문제
였던 거라. 그 넓은 장안에 취직할 자리가 없는 거잖아. 그래서 과거에 응시
했어. 그게 빈공과賓貢科[65]였을 듯한데, 연대가 맞는지는 몰라요. 아무튼 신
라에서 직업상 익힌 한문이 실력을 대변해준 거라니까. 뭐니 뭐니 해도 동양
삼국의 교양 척도는 한문 실력이었잖아. 그래서 어떻게 되었느냐고?

당태종. 그 성격이 불같은 사내가, 자기가 신라 여왕에게 보낸 모란씨를
볶아서, 자기가 파견한 사신에게 먹였다는 건, 말하자면 얼굴에 오물을 퍼
부은 것 한가지였던 거라. 그렇게 생각한 거야. 상징 행위는 실질 행위와 같
은 반응을 환기하거든. 강 형, 포르노 읽으면 거시기 벌떡거리지 않아? 아무
튼 당태종은 당장 군사를 몰고 신라로 쳐들어갈 기세. 수염을 불불 떨면서
장수들을 불러모으는 중이었다는 거야. 당나라 과거에 합격해서 관리가 된
신라의 지귀, 당나라 이름으로 이소룡이 된 이 사내에게 닥친 위기. 계림으
로는 연락이 안 되고 자신의 신분으로는 황제를 만나 말을 틀 길이 없고….

이소룡은, 자신도 모르게 나무아미타불을 소리 내어 염송했다는 거라. 눈
앞에, 얼굴 수려한 청년이 눈앞에 떠올라 어른거렸겠지. 생각해보니 염촉
이차돈의 얼굴이었던 거야. 이차돈이 목이 잘려 흰 피를 흘리면서 죽은 지
일백 년이 되어가는 시점이었던 것. 이소룡이 자신의 진정이 나라를 구할 수

있으면 흰 피를 흘리고 죽겠다는 서원을 염송했어요. 그리고는 궁궐 연못에 가서 목을 찔렀다는 거야. 그러자 광풍이 일고, 번개가 번쩍거리면서 연못 가운데 궁궐 기둥 같은 구렁이가 물살을 일으키며 하늘로 오르다가 무지개 속으로 사라진 기적이 지나갔어요. 판타지 같지 않아? 그런데 그건 변신 모티프야. 시공간을 자유자재로 넘나들어야 이야기할 맛이 나는 거 아닌가.

강 형이 알지 모르지만, 내가 청평사에 가보기로 생각을 바꾼 것은, 청평사가 우리 서사 맥락에 중요한 모티프를 간직하고 있다는 점 때문이라오. 얘기가 딴 길로 가는 듯한데, 다시 당태종으로 돌아가서, 황제가 보낸 모란 씨를, 동이족 한쪽 구석 신라의 여왕이 볶아서 대당의 신하에게 먹이는 작태를 두고 진노해서, 스스로 군사를 몰아 신라로 쳐들어올 기세였던 거야. 당태종 이세민은 성미가 벼락인 데다가, 고구려를 쳐들어갔다가 안시성 싸움에서 양만춘 장군의 화살에 눈을 하나 잃어버린 원한도 있었던 거라.

만일, 이소룡이 당나라를 눌러앉힐 기회를 놓치면 신라는 전란에 휩싸일 게 불을 보듯 뻔한 정황이었던 터라. 무슨 일이 있어도 신라로 쳐들어가는 당 황제를 볼 수 없다는 게 이소룡의 결기였던 거라. 이소룡은 매일 운동을 했어. 몸을 만들자는 것이었지. 몸을 만들고 있는데, 황제의 딸 목단랑牧丹娘이, 다른 이름이 월계공주月桂公主인데, 문제 해결의 물꼬를 터준 거라. 이 애가 열여섯 넘으니까 슬슬 바람기가 발동한 것이라. 두 다리 사이에 양손을 깍지 끼어놓고는 몸을 배배 틀면서, 아버지 나 미치겠어, 남친 하나 구해달라고 왼통 아버지에게 매달렸다는 거잖아. 신라에서 화랑을 붙들어달라는 거야, 환장할 일이지. 딸 이겨먹는 아버지 어디 있겠어. 신라 화랑을 구해다 달라니…

그 무렵 신라에서 사신이 당나라 장안에 왔다는 거라. 조용히 사태를 관망하고 있었던 이소룡이 그 기회를 놓칠 까닭이 없지. 자료가 있느냐고? 강 형은 날 의심하는 눈으로 노상 바라보는데, 여기 내 태블릿 화면에… 자아 보셔…『삼국유사』에 나오는 얘긴데, 문장은 내가 손질한 겁니다.

선왕 김춘추 공께서 정관貞觀 22년, 648년에 당나라 조정에 입조하여 당나라 태종(문성황제)을 만났다. 당나라 황제는 김춘추를 만난 자리에서 이런 은혜로운 칙명을 내렸다.

'짐이 이제 고려(고구려)를 치려는 것은 다른 까닭이 아니라 당신 나라 신라가, 백제와 고구려 두 나라 사이에 끼어서 매번 침입을 받아 편안할 때가 없음을 가엾게 여기기 때문이오. 산천과 토지는 내가 탐하는 바가 아니며 보배(玉帛)와 자녀는 나도 갖고 있다오. 내가 고구려와 백제 두 나라를 평정하면, 평양 이남 백제 토지를 모두 귀하의 나라 신라에 주어 길이 편안하도록 하겠소이다.(我平定兩國 平壤已南 百濟土地 駢乞與新羅 永爲安逸)'

김춘추가 황제 앞에 엎드려 절했다. 당나라 황제는 계책을 내리고 군사를 동원할 기일(軍期)을 정해주었다. 신라의 백성들은 모두 당나라 황제의 은혜로운 칙명을 듣고서 사람마다 힘을 기르고 집집마다 쓰이기를 기다렸다. 그러나 큰일이 마무리되기 전에 당나라 황제 문제(文帝)가 먼저 돌아갔다. 정관 23년이었다.

사실은 당태종이 선덕여왕을 만나러 신라에 직접 오겠다는 거야. 이게 정복자들의 야망이라오. 죽는 날까지 정복욕에 불타서… 아니 강 형, 사랑에 씌이면 눈에 보이는 게 없다잖아. 콩깍지가 눈에 씌인달까. '사랑과 전쟁' 트로이전쟁도 그렇지 않던가… 신라에 오는 길에 공주에게 화랑 하나 붙잡아다 줄 요량은 아니었을지도 몰라요.

전쟁을 하자면 돈이 필요하잖아. 그래서 당태종은 궁중 비용을 줄이기로 하고 궁녀 삼천을 내쫓았다는 거라. 당태종보다 100여 년 뒤에 태어난 왕건(王建, 767~830)이란 시인이 있었대요. 강 형은 자료라면 버려지 보듯 하니까 보여줄 생각은 없고 다만 그가 쓴 「궁사宮詞」 102수 가운데 이런 게 있어요. 말로 할 테니 들어보시오.

"궁녀들 일찍 일어나 웃으며 인사를 나누는데/계단 앞 비질하는 사내 하나가 도무지 낯설다/사내에게 금붙이와 돈 건네며 앞다투어 묻는 말/바깥 세상도 이곳과 비슷한가요?"[66]

그 사내가, 말하자면 지귀가 당나라에 궁궐에 잠입한 이소룡이 아닐까. 당태종이 신라로 쳐들어올 계략을 짜고 있었는데, 딸 월계공주(목단랑)가 아버지 소맷자락을 놓지 않고 자기도 계림 구경을 하겠다는 거야. 자기 사랑은 자기가 찾아 나서겠다는 걸까. 부전여전…

이때다 싶어 이소룡이 공주에게 접근한 거라. 이소룡에게는 화랑들과 어울려 지내면서 익힌 '풍류'가 있었어요. 고운 최치원은 유불도, 삼가를 함께 아우르는, 말하자면 사상의 가로지르기를 추구한 셈인데, 신라정신의 다양성 혹은 국제성일지도 몰라요. 아무튼 그 가운데 도교적 발상에 기댄 사유는 술책으로도 통하니까, 예컨대 한문 구절로 處無爲之事(처무위지사), 行不言之敎(행불언지교) 周柱史之宗也(주사지종야) 등을 주장하는 그 노자를 알고, 그 도교의 도술을 행할 수 있었던 터라. 그런데 이소룡의 눈에도 월계공주가 환장하게 아름다운 거라. 이소룡은 경주 남산에서 나온 옥구슬을 한 주먹 가지고 있었는데, 월계공주가 지나가는 계단에다가 그 구슬을 흘려놓았어. 공주가 아버지 만나 자기도 신라 가겠다는 이야기를 하러 가는 길에 옥구슬을 밟았던 게야. 그러고는 계단에서 굴러떨어지는 바람에 이마가 터져 피를 흘리는 거라. 이소룡이 달려들어 공주를 일으켜 안고 피가 흐르는 이마를 혀로 핥아주니 공주의 상처가 씻은 듯이 나았어. 공주가 이상도 하다 하면서 바닥에 흩어진 구슬 알맹이를 수습해서 주머니에 넣었어. 이소룡이 혀를 낼름 내밀었는데 혀끝이 두 갈래로 갈라져 있던 거야. 그래서 어떻게 되었느냐는 거지?

어떻게 되었겠어? 공주가 뱀의 혼, 사령蛇靈에 씌인 거야. 공주는 잠을 못 잤어. 밤마다 커다란 이무기[大蟒]가 몸을 칭칭 감고 놓아주질 않는데 환장할 일 아니겠남. 공주는 자기 몸을 감고 조이는 뱀과 밤새 싸우다가, 영은사던 가 하는 절에서 쇠북소리가 은은히 들려오는 새벽이 되어서야, 구렁이가 물러가면 겨우 잠들 수 있었는데, 잠이 깨고 나면 몸에서 구렁이 비늘이 우수수 떨어져. 구렁이가 감았던 자국에 뽀얀 진물이 흘러. 강 형, 여기서 생각나는 거 없어?

청평사 다 와간다고? 그러고 보니 서울서 청춘열차 타고, 춘천 시내서 시내버스 갈아타고, 그리고 소양호 배에 올라 물길 거슬러 청평사에 다 와가는 셈이네. 길이 멀기도 하네. 아직도 생각하셔? 하긴 좀 더 생각해보셔. 기억이 없는 사람 아무리 생각을 해봐야 떠오르는 게 있을 턱이 없다오. 미안해요. 하얀 피… 알겠다고? 그렇지 그래, 이차돈… 그가 순교한 게 527년이니까 이차돈 순교 후 백 년 하고 한 이십 년 지난 때라오.

이소룡은 이때다 싶어 월계공주의 병을 고쳐주겠다고 나섰어. 자기 일이니까 잘 알지. 도사로 변신한 거야. 그리고는 뽕나무를 잘라다가 칼로 저며 뽀얀 진액이 나오는 걸 월계공주의 몸에 발라주었더니 상처가 깨끗이 낫는 거라. 마침내 당태종이 그 연유를 물었어. 소승은 금강산에서 도를 조금 익혀 지내는 중에 성인이 흘린 성혈聖血이 사령邪靈을 물리친다는 걸 알았습니다. 신라에 염촉이라는 성인이 순교를 당했는데 목이 잘리면서 뽕나무 진액을 뿜었다는 겁니다. 아마 공주와 동년배 될 듯합니다. 공주는 지금 몸에 사령蛇靈이 들러붙어 그걸 떼지 않으면 목숨을 부지할 날이 얼마 안 될 겁니다. 왜 웃냐고? 생사生蛇가 자기 이야기하는 걸, 당태종인들 어찌 알까. 그 섬세한 신라인의 심덕을 말요.

헌데 강 형, 청평사 처음 이름이 뭐였는지 아셔? 기록을 보았는데 잊어버렸다고? 그럴 수도 있지. 기록은 꼭 문자 기록만 뜻하는 게 아니거든요. 대중의 기억에 기록되는 잠재태랄까 그런 기록도 있다오. 공감하시오? 그런 기억의 기록이 아니면 하고많은 도깨비들이 어떻게 존재 증명을 할 수 있겠습니까. 춘향이 호적 없잖나, 그런데 춘향이 이팔에 연애했다는 거 다들 알잖아… 그 애인도 알고 그게 기록 아니면 뭘까.

얘기가, 더워서 그런가, 네 굽을 놓고 막 뛰는데, 이차돈의 다른 이름이 거차돈居車頓이라 하기도 해요. 이차돈異次頓이란 이름도 예사롭지 않지만, 수레 타고 돌아다니는 아이, 그게 거차돈인데, 뺑이라고 해도 상관없소만… 그의 이칭 가운데 하나가 '염촉厭髑'이잖소? 해골로 나돌아다니지 않겠다는 건데, 죽어도 살아 있겠다는 뜻 아닐까. '죽음의 춤'[67] 그런 건 신라에는 없소.

강 형 아는 대로, 이차돈의 목을 치니 흰 피가 석 장이나 솟았고, 하늘에서는 꽃비가 내렸다지. 이차돈의 잘린 머리는 하늘을 날아 금강산에 떨어졌다는 거라. 당시 금강산은 지금처럼 설악산과 뚜렷이 구분되는 게 아니라 백두대간으로 흘러내리는 산줄기 가운데 금강산 중심으로 만물상에 닿아 있는 인근을 두루 일컫던 명칭인 거요. 단언컨대, 청평사 최초 이름이 염촉사厭髑寺였소. 이차돈의 잘린 머리가 날아와 떨어진 자리에 이룩한 절 이름.

저기 회전문回轉門 앞에 조금 쉬다 갑시다. 좋아요?

"회전문에는 회전문이 없다", 그런 말이 될까. 회전문은 영어식으로 '리볼빙 도어'가 아니라 윤회의 악업을 끊고 진리의 세계로 돌아간다는 뜻이 아니겠소. 다른 절들의 불이문不二門을 달리 부르는 게 아닌가 싶소. 진리의 도량으로 들어선 자 이전에 지은 카르마, 업보를 그대로 지고 이 문을 나서지 못한다는 게, 그게 불이문이라면 회전문 또한 윤회의 악업을 끊고 다르마의 세계로 이르는 문이란 뜻일 거요. 그런데 당나라 공주는 어떻게 되었느냐고?

이소룡이 당나라 공주를 당태종 대신 금강산으로 끌고 온 겁니다. 말하자면, 볼모로 잡아온 건데, 강원도 금강산 자락에 '염촉사'라는 절이 있는데, 거기 가면 성혈의 보은으로 병을 고칠 수 있느니라고, 아니 거기 아니면 병을 고칠 방법이 없다고, 결국은 구렁이한테 감겨 죽는다고, 그래서 공주를 데리고 신라로 돌아오는데… 자료 있느냐고? 강 형이 왜 이러시나…

국가 정책에 반대하는 자는 응분의 벌을 받게 마련인데, 강 형 라오콘 아시잖우. 그리스어로 Λαοκόων이라고 쓰는, 여기 조금 보셔… 라오콘은 아폴론을 섬기는 트로이의 신관이지요. 트로이 전쟁 때, 그리스군의 목마를 트로이 성안에 끌어들이는 것을 알고 강력히 반대했어요. 적국, 그리스의 입장에서 보면, 국가 정책 수행에 반대하는 자 아닌가. 제우스가 이를 알고 해신 포세이돈에게 시켜 이무기 두 마리를 보내지 않소. 그런데 라오콘에게는 아들이 둘 있었는데, 애비가 두 아들과 함께 뱀에게 감겨 단말마의 비명을 지르면서 죽어갔다는 거 아니오. 선덕여왕이 7세기 중반 활동한 분이니까, 예루살렘 성인이 책형으로 세상을 뜬 지 650년이 되는 그 시절, 로마에서 기독교가 공인된 밀라노 칙령[68]이 발효된 지 한 3백 년 지난 무렵, 당나라는 물론 신라에서도 그 세계를 몰랐을 리가 없는 거요. 아무튼… 허 황후는 예수가 십자가에 달리던 무렵 태어난 인도 아유타국 공주 아니오. 이미 세계는 국제화되어 있던 터라, 신라는 산스크리트어는 물론 페르시아어도 알았고, 그리고 기록이 없을 뿐이지 예수도 알았을 게 틀림없단 말입니다.

신라에 온 당나라 공주는 '염촉사'에서 자신에게 실린 구렁이 업을 떨어내는 데 그야말로 육바라밀 정진을 다하지요. 월계공주는 자기에게 씌어진 업을 씻기 위해 참회정진을 계속해갔답니다. 그런데 이소룡이 점점 월계공주에게 빠져드는 것이었어요. 죄수를 감시하던 간수가 죄수를 사랑하게 되는 메커니즘… 그건 세계 보편의 정서 아닐까 모르겠소. 아무튼 월계공주는 미모가 너무 뛰어나 보는 사람들의 눈을 멀게 할 지경이었소. 소름 돋게 아름다운 당나라 공주가 마을에 나가 돌아다니면 동네가 들떠 일어나 공주를 우러러보았다는 겁니다. 이소룡은 공주가 회전문을 나서는 걸 보고, 그 계단에다가 옥구슬 몇 알을 굴려놓았다는 거야. 전에 한 번 성과를 본 책략이었지요. 이런 상황에서 플롯을 조정할 필요가 부각되는 거잖아요.

춘천 시내에서 메밀국수 장사를 하던 유천댁柳泉宅의 아들이, 이게 당나라 공주한테 폭 빠진 겁니다. 드디어 몸져 누울 지경이 되었어요. 이소룡은 난감해졌지 않겠어요? 공주의 업을 풀어주어야 하고, 공주에 대한 자신의 사랑도 다스려야 하고, 유천댁 아들 또한 돌보아야 할 대상이었지 않을까요. 왜 갑자기 유천댁 아들인가 하는 거요? 그 친구 이름이 양동이梁東夷인데, 지 어미한테 공주 만나게 해달라고 조르다가, 어머니 제발, 이놈아 정신 차려, 어머니 이놈아 그렇게 반복하다가, 이소룡이 개입할 여지도 없이, 청평사 범종각 기둥을 머리로 들이받아 죽고 말았어요.

새벽 예불을 올리려고 스님이 범종을 첫 번째 타종을 했을 때, 우르르 무너지다가 꾸웅, 웅웅웅 울려가는 맥놀이를 타고 이무기 한 마리가 산자락을 타고 날아가는 거예요. 이소룡은 막 잠에서 깨어나는데 머리가 당목으로 당좌를 타격하는 것처럼, 깨질 듯이 아픈 거예요. 강 형, 여기서 뭐 짚이는 거 없습니까. 이무기 두 마리… 여의주를 이무기 두 마리가 같이 받들어 승천할 까닭이 없는 법… 공주가 부처님 앞에 절을 올리다가 지쳐서 주저앉아 있는 모습은 잔양스러울 지경으로 연약하고 안쓰러워 보였던 거라. 이소룡이 월계공주의 겨드랑이에 손을 넣자 공주는 벌겋게 핏발이 선 눈으로 이소룡을

휙 돌아보는 거라. 놀랍게도 공주는 소름 끼치는 형상을 하고 있었답니다. 공주의 몸에 두 마리 사신蛇神이 똬리를 틀고 들어앉은 것. 이소룡의 사령과 양동이의 사령邪靈. 말소리가 같으면 뜻도 같아요.

이소룡은 절 뒤편에 자라고 있는 뽕나무로 다가갔어요. 뽕나무 가지를 잘라다가 가마솥에 삶아서 그 물로 공주의 몸을 정성껏 닦아주었대요. 사랑은 터치에서 시작하는 겁니다. 말로만 하는 사랑은 자칫 거짓 사랑으로 변질되기도 하는 법. 그렇게 정성을 들이기 석 달 하고 열흘이 지나는 어느 날이었는데, 나비 떼가 가득 날아와 자고 있는 공주의 몸을 덮었어요. 뽕나무, 나비, 이무기… 이야기가 될 것 같습니까. 모르겠다고요? 누에가 이무기를 갉아먹은 겁니다. 누에 치는 방, 잠실蠶室은 정화淨化의 공간이기도 합니다. 부활의 동굴… 이상화?

세상 모든 걸 다 아는 듯이 사는 인간들이 있는 법. 나도 그런 인간에 속하는지 모르지요. 너무 아는 게 많아 머리가 무겁기도 합니다만, 뭘 알아야, 기억이 있어야 상상력이 발휘되는 거 아닌가. 아무튼 이소룡은 공주 하나만에 집중하기로 했어요. 그리 생각하고 밤마다 공주를 끌어안고 잤어요. 공주에게 침입한 양동이의 사령蛇靈을 쫓기 위해서는 이무기인 자신이 개입할 수밖에 없다는 생각을 한 것. 기도하다 죽으면 천국 간다잖아요. 공주가 이소룡에게 몰두하는 순간 죽음을 맞이한다고 해도 극락으로 갈 것을 이소룡은 믿었어요. 어쩌면 이소룡은 딴뜨라에 정통한지도 모르지요. 아무튼 공주의 몸에 나비 떼가 날아와 앉기 시작한 이후 공주의 몸에서는 비늘이 떨어지곤 했어요. 그건 자신의 비늘 같은 것, 이소룡은 공주와 함께 자신의 악업을 덜어내고 있었던 겁니다.

이소룡은 공주를 데리고 폭포에 가서 공주의 몸을 정성스럽게 닦아주었다나. 그때 거시기 안 섰냐구? 도가 높아지면, 문자 그대로 색은 공인 거라.

그래도 이소룡은 색정이 동하는 걸 어쩔 수 없어 자꾸 일어서는 물건에다가 돌을 달아 주저앉히고 공주의 등을 밀어주었는데, 이소룡이 신음소리를 냈어요. 어떤 신음이냐고 옴마니반메훔…. 그러니까 폭포 뒤쪽에서 하얀 소복을 한 여인이 나타나서 이소룡이 들고 있던 수건을 받아들며, 자네는 건너편 보리수나무 아래 쉬라는 거라. 그 여자는 또 누구냐구? 누구긴 문수보살 아닐까. 그 여자가 공주 목욕을 끝내고 돌아가면서 그렇게 말했다는 거라. 문수보살 만났다는 이야기 하지 말라던가. 그런 이야기는 오대산 상원사 골짜기에도 전해옵니다. 오대산이라는 게 문수보살 사상이 그리는 세계상, 즉 정토세계를 반영하는 것이지 않아요?

나비 떼가 공주의 몸에서 뱀 비늘을 다 걷어가자 공주는 이소룡에게 청을 넣었답니다. 그게 뭐냐면, 자기 아버지 태종이 죽기 전에 죄를 씻어달라는 것이었는데… 당태종은 등극 과정에서 형제를 죽이고 자기가 태자로 책봉되는 과정을 거쳤거든. '형제살해법'이라는 거 강 형도 아시잖소. 그게 권력의 속성이라? 그렇지. 이방원도 이방석, 이방번을 해치우고 권력을 거머잡지 않던가. 그때 정도전 일파가 몰락하고… 아무튼 공주는 자기 아버지가 형제를 칼로 벤 죄과를 용서받아야 극락에 갈 수 있노라고, 부처님께 열심히 빌었다는 거야. 기독교식으로 하면 일종의 중보기도인데… 그게 통할까. 그리고… 그만하자는 표정이네.

그리고 자기 아버지가 고구려 침공해서 양만춘 장군의 화살에 맞아 실명한 한 눈이 저승에서는 잘 볼 수 있도록 해달라고 약사보살에게 기도를 했다는 거라. 이소룡은 공주의 기도가 예사롭지 않았다는 건데… 공주가 스님들의 가사를 만들어 올렸다는 이야기 따위는 후세에 추가된 에피소드 같은 것일 터이고… 아무튼, 점심은 어디서 먹는 거야?

아무튼, 청평사의 초기 이름이 '염촉사'라는 전제를 하고 다시 생각해보니, 이게 소설 비슷한 거 하나 건질 수 있지 않나, 그런 욕심 때문에 따라 나선 건데, 뭐랄까, 공주가 죄를 용서받고 중국으로 돌아가는 이야기를 어떻게 마무리할까… 주인공을 죽이라고? 하긴 선덕여왕이 불귀신이 된 지귀를 두고 이런 노래를 불렀다지. 내 기억나는 대로 읊어보리다.

"지귀가 가슴에 불이 나/몸을 태워 불귀신이 되었네/멀리 바다 밖으로 옮겨가서/보지도 말고 친하지도 말지어다"

지귀는 여왕의 소청을 들어, 이소룡으로 다시 태어나 당나라에서 신라로 쳐들어오려는 당태종을 제어하는 데, 크게 역할을 했다는 거라. 사랑이 충성과 동의어인지도 모를 일.

아무튼, 또 아무튼이네, 월계공주가 속죄의 기도를 거의 끝내갈 무렵 중국에서 당태종이 승하했다는 소식이 전해졌다는 거라. 그런데 공주에게는 걱정거리가 하나 있었다는 거야. 이소룡의 아이가 자신의 뱃속에 자라고 있다는 느낌을 가졌다는 건데, 그러나 사실은 이소룡에게 이야기했다는 후문이야. 이소룡이 뭐라 했을 거 같은가, 강 형? 짜이찌엔!(再見! 또 만나!) 그렇게 말했다고? 아냐, 걱정 놓으라면서 한다는 소리가 네 음절이었는데 접이불루接而不漏라고 했는지도 몰라요. 고약하다고? 인간사 그런 거야. 그런데…

뭐냐면, 청평사 가자고 나를 설득하는 과정에서, 다른 판본 스토리텔링을 몇 읽었는데, 당나라 혹은 원나라 공주가 구렁이에 감겼는데, 신라에 가서도 높은 스님 만나 기도를 하면 구렁이에서 벗어날 거라 하고, 그래서 신라에 와서 찾아간 곳이 청평사로 되어 있어요. 이런 게 있어요.

깜짝 놀란 공주는 급히 구렁이를 찾아 내려가 보니 구성폭포에 죽어 있었다.

"어떤 인연으로 만났는지 몰라도 참으로 서글픈 인연이구나. 아마도 당신과 나는 아득한 전생에 나쁜 인연을 맺었나 봅니다. 내가 당신과 만난 시간은 잠시이지만 생을 바꿔서까지 나를 괴롭혔으니 착한 일을 많이 해 다음 생에는 서로 고통 받지 않기를 바랄 뿐입니다."

공주는 구렁이를 정성껏 묻어 주고 청평사에 다시 올라가 부처님 전에 간절히 기도를 올렸다.

"이 생에서 다하지 못한 사랑이 다음 생에까지 이으려 했으나 못된 구렁이로 환생한 업보에 이토록 고생을 한 것은 내가 지은 죄업이 크기 때문입니다. 부디 소녀와 인연 맺은 모든 사람들의 죄업을 참회하오니 넓으신 도량으로 헤아려 주십시오."

내 태블릿 보소. 청평사의 스님은 공주와 구렁이가 수억 겁 동안 맺은 악연을 알고 있었다고 되어 있더라구요. 그런데 그 악연의 연기緣起에는 논리가 부여되어 있지 않아요. 공주의 몸에서 구렁이를 풀어준 것을 인연으로 "저는 이곳에서 부처님의 제자가 되어 구렁이의 영가를 천도하고 평생 수행자로 살게 해주십시오." 했다는 건데, 이런 제안은 받아들여지지 않는 거라. 공주는 황제에게 청평사에 불사를 하겠다는 의향을 전하고, 당태종은 금덩어리 세 개를 청평사로 보내는 걸로 되어 있어요. 볼래요?

금덩어리 셋 가운데 하나는 법당과 공주가 머물 숙소를 짓는 데 사용하고, 하나는 공주의 귀국 비용으로 사용하도록 했다. 나머지 하나는 훗날 사찰을 고치는 데 사용하기 위해 오봉산에 묻었다고 한다. 이와 함께 부처님의 진신사리를 보내 구렁이가 죽은 구성폭포 위에 탑을 조성했다.

친당적親唐的 시각, 중국에 편드는 시각이 너무 분명해서 그대로 용납하긴 어렵지만, 우리나라 서사적 상상계에 보편적으로 나타나는 현상이기도 합니다, 강 형, 그렇지 않을까요? 수긍한다는 겁니까.

내 시각으로 보면, 이건 소설 이전, 말하자면 '설화'입니다. 소설은 설화에 삶의 논리가 부가되어야, 그렇게 해석되어야 합니다. 안 그럴까요? 그런데 소설보다는 설화가 번식력이 더 크지요. 오늘 강 형과 한 이야기들이, 누군가 소설로 써서, 설화는 존재하지 않고 소설만 덜렁 남았다면, 거기다가는 손을 댈 수 없는 게 아닌가, 그런 생각도 들거든요. 강 형의 청평사 이야기는 언제 듣지요? 점심 먹고? 졸릴 텐데…

강 형의 소설 「지귀의 혼」을 다시 읽어봐야 하겠습니다. 납들지 말라는 표정이시네… 그렇습니다, 내가 좀 게걸스럽습니다, 서사에 관한 한 말이지요. 그렇다는 얼굴이시네. 양해해주시니 고맙습니다.* (2023.11.11.)

월간 『계림예술』 빈남수 기자가 전화를 해 왔다. 그가 전해준 명함에 따라 전화번호를 적어놓았던 기억이 떠올랐다. 내 전화번호를 어떻게 알았을까. 나는 전화번호는 지극히 제한된 범위에서만 개방했다.

"상금 삼천만 원을 그냥 버리세요? 아깝지 않아요?"

나는 이런 작품 가지고 상 받겠다고 나설 생각은 처음부터 없었다. 스캔들에 시달리지 않으려면 모든 걸 버리는 게 상책이라는 생각이 들었다. 상 안 받는다고 한 해 동안 천강월의 강의를 들으면서 안에 쌓인 '내공'이 사라질 건 아니지 않나. 그렇게 마음을 추슬렀다.

"아무튼 대단들 하세요. 지방지 셋, 중앙지 하나 해서 네 분이 신춘에 나갔습니다. 남아진 작가를 포함해서 이번에 등단한 신예들 인터뷰를 뜨려고 하는 중인데, 남아진 작가가 수상을 포기한다고 해서, 놀라서 전화했습니다."

"컴퓨터가 해킹되는 바람에 작품이 응모되었던 모양입니다. 저랑은 더 할 이야기 없습니다."

"여보세요, 남 작가님, 잠깐… 남 빅토르란 분이 어르신이지요?"

"돌아가셨습니다."

"이르쿠츠크 한인회 회지 '플라그φлаг(깃발)'에 이름이 올라 있어요. 한번 확인해보세요. 틀림없어요. 『태양을 그리며』 그런 시집도 냈다는데…"

"허구와 현실을 혼동하는 건 정신병입니다. 전화 끊습니다."

다른 데는 몰라도 천강월에게는 전화를 해두어야 할 것 같았다. 컴퓨터 해킹 과정에서, 내가 입력해두었던 천강월의 강의 내용이 어떤 통로로 어떤 모양새로 돌아다닐지 알 수 없었다. 그리고 그렇게 흘러다니는 정보 속에 천강월이 곤란한 처지에 빠질지도 모른다는 생각이 들었다.

천강월의 전화는 전원이 꺼져 있었다.

"남아진 씨, 축하합니다. 삼천만 원이 아쉬웠어요?" 비비캡은 비웃었다.

"지금 무슨 이야기?"

"계림예술, 거기 인터넷판에 난리가 났더라구. 남아진 씨 수상 소식과 함께 우리 토함산문학관 멤버들이 도하 신문에 등단한 소식이…" 나는 어이가 없어서 멘붕이 되어갔다. 속이 부글부글 끓어올랐다.

"워어씨, 내 작품을 누가 퍼나르는 거야, 도무지?"

"지금, 남아진 씨가 내 작품이라 했어요? 우리 토문관 멤버들 사이에 내 작품이 어디 따로 있어요? 그냥 넘어가지 그래요." 비비캡의 어투가 각이 죽어 있었다.

"돌겠네…"

"그런데 남 빅토르라고 아세요?"

"허억!"

"캄 다운, '지구촌한인문학'에 「이방인의 자서전」을 썼는데, 대상을 받았거든. 그런데⋯ 결론이, 조국에 돌아갈 수 없는 인간의 비애라는 거야. 지구촌에는 그런 인간으로 넘쳐난다는 현실⋯"

뭐가 어떻게 돌아가지는지 종잡을 수가 없었다. 내가 신청서 제출하지 않은 작품에 상을 준다고 하질 않나, 죽은 줄로만 알고 있는 아버지가 살아서 국내 매체에 작품을 발표하지 않나, 강사 신분이지만 그래도 선생인데, 선생이 등단 연연해하지 말라는데, 자기들끼리 작당을 해서 신춘문예에 떼거리로 등단을 하고⋯ 이들을 지방지가 뒷북을 쳐주고⋯그 가운데 내가 있다는 게, 이게 정말 현실인가 그런 현기증의 한가운데 내가 있었다. 거기다가 죽은 아버지가 살아 오기도 하고⋯ 나는 핸드폰을 마룻바닥에 집어던졌다.

밖에서 소방차가 삐요삐요 경적을 울리면서 지나갔다. 지구를 떠나는 영혼이 무리 지어 천국으로 오르는 계단을 밟아 올라가는 중이었다. 그것은 하늘에 이르는 사다리인지도 몰랐다.

종장 유령의 시간

환경텔레비전 ECO TV─KOREA 대담 프로에 천강월이 출연한다는 내용의 문자가 와 있었다. 비비캡이 보낸 것이었다. 별로 반갑지 않았다. 일이 어디로 어떻게 튈지 몰라 안절부절이었다. 잊어버리자고, 그리고 다 절연하자고 이를 악무는 사이, 또 끈다발에서 실가닥이 히드라처럼 대가리를 흔들며 기어나오는 꼴이었다. 하기는 그래서 더 궁금하기도 했다. 천강월도 이 프로그램 보고 있을라나. 그건 좀 엉뚱한 생각이었다. 나는 대담이 어떻게 진행되는가 지켜보기로 했다.

앵커 오늘은 『대멸종』이라는 소설로 세간의 화제를 모으고 있는 천강월 소설가를 모시고 소설과 연관된 이야기를 듣기로 하겠습니다. 우선 신간 출간을 축하드립니다. 『대멸종』이라는 장편소설을 쓰신 동기랄까 목적이랄까, 말씀을 듣고 싶습니다.

천강 앵커께서도 아시겠지만, 기후위기를 이야기하면서, 인간이 지구환경 변화에 영향을 미쳤고, 그래서 지구의 운명을 인간이 쥐고 있는 시대, 인간세, 휴먼 에이지를 이야기하잖아요. 그러면서 인간이 지구 멸망의 장본인인 것처럼들 이야기하는데, 정말 그럴까. 지구 대 인간, 그런 대결 구도를 짜는 게 정당한가 그런 의문에서 시작한 셈입니다.

앵커 그렇군요. 북극의 방하가 녹아서 무너지고, 거대 산맥의 만년설이 녹아서 저지대로 흘러내리면 해수면이 5미터쯤 높아지고, 주로 평지나 저지대에 주거지를 형성하고 사는 인간들 삶의 터전이 위험하다고들 하잖습니까. 남태평양에서는 섬나라가 물에 잠겨 없어진다고도 하고….

천강 올해 여름 폭염에 살아남은 건 기적입니다. 폭염, 폭우, 폭풍 등 자연 재난은 계급적으로 구조화되어 있습니다. 아니 계급에 따라 받는 영향이 다릅니다. 가난한 사람들만 죽어나갑니다. 대기업 임원들이 열사병이나 온열병 걸려 죽었다는 뉴스 본 적 있습니까. 이산화탄소, 탄산가스라고도 하는 그 가스가 많이 발생하면 그게 대기권으로 올라가 온실가스가 된다는 거 아닙니까. 지구의 복사열이 그 가스에 갇혀 대기권 밖으로 나가지 못하니까 지구는 점점 더 더워지고… 그런데 그 이산화탄소를 배출하는 놈들 그 가축이 주범입니다. 소가 풀 먹고 트름하고 방귀 뀌고 하면 배출되는 그 가스가 지구 전체 이산화탄소의 20퍼센트에 달합니다. 거기다가 초식동물 양이라든지를 합하면 수치는 더욱 올라갑니다. 인간이 육식을 그만두면 이런 문제가 해결될까요.

앵커 몽골이 사막화된 것도 양 때문입니까. 낙타도 초식이지요? 그런데 이들은 몸을 유지하는 생물학적 과정에서 이산화탄소를 만들지만, 인간은 각종 산업을 운영하면서 이산화탄소를 만들어냅니다. 그 양이 엄청나잖아요? 그렇다고 산업화를 멈출 수 없는 형편이고… 어떻게 해야 한다고 보십니까? 이런 자료가 있습니다. 제가 설명하지요.

IPCC, 기후변화국제패널Intergovernmental Panal on Climate Change에 따르면 인위적 CO_2란 인간 활동에 의해 대기중에 더해진 CO_2의 추가적 부담을 뜻합니다. IPCC 5차 보고서에 따르면 1750~2011년 동안 배출된 인위적 이산화탄소 누적 배출량의 절반 정도가 지난 40년간 발생하였다 합니다. 화석연료의 연소, 시멘트 생산, 삼림과 기타 토지 이용으로 인한 증가가 원인이고요. 화석연료의 연소와 산업공정으로 인한 이산화탄소 배출량은 1970~2010년 총 온실가스 배출량 증가의 78퍼센트를 정도를 차지할 정도입니다. 2010년 의 인위적 온실가스 배출량의 76퍼센트는 이산화탄소, 16퍼센트는 메탄, 6.2 퍼센트는 이산화질소, 2퍼센트는 플루오르화 가스였습니다. 부문별 인위적 온실가스 배출량을 보면 에너지 35퍼센트, 농업삼림의 토지이용 부분에서 24퍼센트, 산업 21퍼센트, 운송 14퍼센트, 건설 6.4퍼센트 부문에서 이루어 졌습니다. 화석연료의 연소에 의한 이산화탄소 배출 증가에 있어 가장 중요 한 원인은 전 지구적인 경제성장과 인구증가로 알려져 있습니다. (출처 : IPCC AR5, 2013)

천강 지구상 최고의 포식자가 된 인간이 문제입니다. 지구의 대멸종은, 이제까지 다섯 차례 그런 계기가 있었는데, 지구로 달려든 운석과 충돌해서 지구가 한번 흔들리기도 하고, 화산 폭발, 지진… 태양의 격렬한 운동 등 인 간이 통제할 수 없는 원인으로 대멸종을 겪었습니다. 공룡이 사라진 것도 그 런 맥락이구요. 지구의 최고 포식자가 된다는 것은 자기가 살기 위해 다른 생 물을 몽땅 몰아내야 한다는 뜻입니다. 농사를 짓기 위해서는 숲을 몰아내야 하고, 가축을 먹기 위해서도 숲을 쳐버리고 초지를 조성해야 합니다. 숲에서 는 소나 양을 기르기 적절치 않으니까요. 나아가 공장 짓고, 아파트 단지 만 들고 그러는 중에 지구는 피폐해졌습니다. 이건 지구 걱정하는 사람이라면 누구나 하는 얘기고, 문제는, 문제는 인간에게 있습니다. 인간을 지구의 암 종이라든지 지구 부식 바이러스라든지 하는 것은 인간으로서 자기반성으로 전환되지 않은 채 그런 이야기를 하는 것은 인간의 존재가치를 스스로 부정 하는 일이 됩니다. 내가 나를 죽일 놈, 죽일 놈, 그러면 되겠요? 내 탓입니 다, 메아 쿨빠, 그렇게 가슴을 치며 한탄하려고 해도 '애통하는 인간' 그 자체가 저주의 대상이 되면, 아예 기도가 불가능한 것 아닌가. 이기심 없는 인간의 기도라야 하늘에 이릅니다. 결국 이기심을 줄이는 삶의 가치를 옹호하는 철학이 서야 하고, 그에 따른 작은 실천이 소중합니다.

앵커 공감이 가는 말씀입니다. 그런데, 지구 운명을 위한 철학과 실천 강령은 문학과, 특히 소설과는 어떤 관계가 있다고 보시는지요? 『대멸종』의 주제와 연관해서 말씀하셔도 좋겠습니다.

천강 『대멸종』은 지구상의 생물종 다양성이 사라진다는 데 대한 우려입니다. 우리가 사는 지구는 참으로 기적과도 같은 행성입니다. 행성까지 가지 않더라도 보고만 있어도 신통하기 이를 데 없는 경이로 가득 차 있습니다. 그 경이감이 근원적인 두려움의 감정과 혼성될 때, 우리는 그걸 외경畏敬이라고 하지 않습니까. 독일어로 에어푸르흐트Ehrfurcht라고 하는데 그건 시심, 시적인 감성과 연관이 있습니다. 알베르트 슈바이처는 이렇게 말합니다. "세상에는 아름다운 것이 더 이상 없다고 결코 이야기하지 말라. 나뭇잎의 모양, 그 잎의 떨림같이 세상에는 당신을 경이롭게 할 것들이 넘친다." 그는 타고난 시적 공감력을 지닌 분이었습니다.

나는 본질이라는 말을 두려워하는 편입니다. 그런데 생의 본질, 삶의 원질은 생명을 살리고자 하는 생의 의지 아니겠습니까. 살아야 합니다. 살려야 합니다. 다시 슈바이처의 말을 돌아보자면 이렇게 말합니다. "나는 살려고 하는 생명 가운데서 살려고 애쓰고 있는 생명이다Ich bin Leben, das Leben will, imitten von Leben, das Leben will." 이런 신비감에 바탕을 두지 않은 사상은 인간에게 유해합니다.

생에 대한 경외감으로 넘쳐나는 심성을 소유한 이들이라야 지구를 살립니다.

앵커 공감이 가는 말씀입니다. 그런데 이제까지 작가께서는, 말씀하시는 것과는 다른 방향의 문학을 해오신 것 같습니다.『대멸종』은 지구 최후의 날 이후, 인간이 겪는 절대고독－종교적인 의미를 떠나서－을 다루고 있다고 생각되는데요, 주인공 양생주가 노을이 불타는 벌판을 바라보고 서서 여성 주인공 지영숙을 부르며 통곡하는 장면은 가슴을 먹먹하게 했습니다. 그런데 주인공 양생주가 '상생'이라는 환경 전문잡지 기자로 설정되어 있는데요, 그리고 이야기 전개가 양생주가 한반도 환경보고서 작성 과정을 그대로 보여주잖아요. 그러면 소설을 거부하는 소설, 그런 말이 적절한지 모르지만, 소설을 배반하는 소설이 되는 거 아닙니까.

　천강　내 소설에 가슴이 먹먹한 장면이 있다는 건, 즐거운 일입니다. 지상림이라는 소설가 아시지요? 그의 소설 가운데『생명의 노래』라는 두 권짜리 장편소설이 있습니다. 1990년대 초니까, 우리나라 '환경 문제'가 시대적인 과제로 부각하고 그러한 인식이 널리 퍼지기 시작한 시점인데, 그 소설에서 환경을 위한 글이라면 그게 꼭 소설이라야 할 필요가 있는가 묻고 있습니다. 내가 쓴『대멸종』이 소설이 아니라고 해도 어쩔 수 없습니다. 전통적 의미의 소설은 종언終焉을 고했습니다. 아니 그렇게 보아야 소설가들이 자유로워집니다. 소설가가 정신이 자유로워야 새로운 지평을 돌아올리는 소설－그건 소설이 아니라도 상관이 없는데－그런 작품 쓸 수 있습니다.

　그런데 지구 역사 45억 년 가운데, 인간 출현은 300만 년 전, 그 가운데 호모사피엔스는 60만 년 전에 나타났고, 언어를 운용하는 인간은 대개 일만 년 정도 된 것 같습니다. 소설? 그 역사 아주 짧습니다. 서양의 경우 17세기에 나타난 문학 양식인데요, 한국에서는 김시습, 허균 그런 작가들이 소설의 원류일 겁니다. 소설이 16~17세기에 나타났다는 건, 그게 언젠가는 세가 약화되고 사라질지도 모른다는 뜻 아니겠어요? 세상은 변하고 세상 따라가는 소설도 변합니다. 소설은 없어져도 서사는 끝까지, 인간이 이렇게 멸종되었다는 이야기를 하기 위해서도 서사는 남아 있을 겁니다. 태초에 이야기가 있었다, 그러나 소설은 근래에 생겨났다, 그렇게 말씀드릴 수 있습니다. 작가도 변해야겠지요.

앵커 문학, 소설은 문화의 한 양상이고, 문화의 속성이 그런 변화를 중심에 두고 있는 것 같습니다. 그런데 작가께서는 '토함산문학관' 소설강좌에 나가 강의했다고 들었는데요. 작가가 직접 소설을 쓰는 일과 소설 쓰기를 가르치는 건, 성격이 다를 것인데요. 강의를 진행한 원칙이랄까, 그런 게 있었는지요? 그리고 토함산문학관 출신들이 신춘을 싹쓸이했다는 이야기가 있는데 어떤 비법이라도…?

천강 소설은 발생사적으로 보면 세속적 장르입니다. 그러나 소설을 쓰는 소설가는 반세속적 존재랄까, 나는 그런 생각을 합니다. 그래서 내 강의 들은 분들이 고생했을 겁니다. 사람이 이제까지 견지해오던 생각 바꾸는 게 쉽지 않거든요. 니체처럼, 사람들이 성당에 가서 기도하는 걸 정상으로 알고 있는 데다 대고, 신은 죽었다, 그렇게 선언하는 게 쉽겠어요? 수강생들이 이제까지 소설이란 이런 것이다, 그렇게 머리에 정리해놓고 있는데, 그거 아닙니다, 생각 바꾸세요 하는, 선생 앞에서 아닙니다, 손을 저을 수도 없을 것이고…

앵커 강의에서 특별히 강조한 게 있습니까? 글쓰기 습관이라든지… 에피소드랄까, 강의 중에 겪은 어려움이랄지…

천강 세속적으로 말하자면, 수강생들이 수강료 내잖아요. 그러니 수강생들에게 본전 찾으라고 했거든요. 소설을 양을 정해놓고 써라, 한 달에 한 편을 목표로 해서 실천하라, 그 방법은 하루 A4 용지 한 장을 쓰면, 한 달에 중편이 하나 나와요. 몸이야 좀 고단하겠지요. 생각해서 쓴다잖아요. 아녜요. 쓰면서 생각하는 겁니다. 살아보고 거기서 느끼고 부닥친 것들을 글로 쓴다고 하는데, 안 그래요. 쓰면서 느끼고, 쓰면서 사고하는 겁니다. 좀 건너뛰어 말하자면 글쓰기는 곧 살기입니다. 글을 쓰는 과정이 곧 삶입니다. 형상과 질료의 통합은 그렇게 이루어집니다. 물론 통합의 내용이 문제가 될 수 있습니다. 그런데 그러니까 소설 잘 쓰라는 건 잘 살라는 뜻이지 않겠어요. 그건 말하자면 내가 나에게 하는 말이기도 합니다.

앵커　그렇다면, 소설 쓰기가 구원의 방법이라는 말씀으로 들리는데, 일반화해서, 글쓰기가 종교라고, 볼 수 있다는 건데요, 과연 그럴까요?

천강　인간 종교의 역사는, 불교로 보나 그리스도교로 보나 짧게 보면 대개 2500년 정도 역사를 보여줍니다. 물론 그 이전에 유대나 이집트 같은 데서는 한결 더 올라갈 겁니다만, 2500년이면, 그거 지구 역사로 본다면, 짧은 기간입니다. 종교는 인간의 위상을 높이는 데에 크게 기여했습니다. 인간의 위상 제고란 인간의 자기인식을 뜻합니다.

세상에서, 나아가 우주 안에서 인간의 위치에 대한 인식, 그건 학문적으로는 철학적 인간학 영역에 들 겁니다. 현실에 발 디디고 사는 인간의 위상을 인식하는 데는 소설이 큰 역할을 합니다. 한편 시는 인간의 감성적 차원의 자아 개념 확립에 크게 기여했습니다. 인간의 '구원'은 매우 주관적입니다. 그러나 구원, 살베이션은 거듭나기를 뜻합니다. 거듭나기, 리본reborn은 윤회해서 다시 태어난다는 게 아니라, 내 존재가 깨달은 존재, 은혜를 입은 존재로 자아승격이랄까, 인식된 주체가 된다는 뜻일 겁니다. 소설 읽고 이제까지 생각지 않던 삶의 의미를 생각한다든지, 생각의 전환이 이루어지는 걸 뜻하겠지요. 불교에서는 '해탈'이라는 말을 쓰지요. 소설은 해탈을 제공하지는 못할지 모릅니다. 그러나 인식과 해탈 혹은 공감에 다가가는 길에 함께할 수 있게는 해줍니다, 좋은 소설이라는 걸 전제할 때 말이지요.

앵커　감사합니다. 죄를 벗고 깨끗한 인간이 최고의 존재는 아니군요. 그런데 작가님, 오해는 마시고요, 독자가 몇이나 되는지요? 또, 작품이 어렵다는 일반 독자들의 평에 대해서는 어떻게 생각하십니까.

천강 이렇게 생각해봅시다. 좋은 숲이란 어떤 겁니까? 여러 종류 나무들이 어울려 조성된 숲이 건강한 숲입니다. 경제성은 조금 떨어질지 몰라도 생태계는 그렇게 다양한 수종이 어울려야 건강한 숲을 만들어줍니다. 한 가지 수종만으로 덮인 숲은 그 나무가 해충의 공격을 받으면, 숲 전체가 한꺼번에 망가집니다. 문학, 소설도 마찬가지입니다. 소설의 출발이 대중성을 바탕으로 한다면, 소설판의 밑바닥은 대중소설일 겁니다. 그러나 대중소설 넘어서는 고급소설, 혹은 본격소설이 적절히 섞여 있어야 건강한 소설판이 됩니다. 내 소설은 대중성은 떨어질지 몰라도 소설의 종 다양성을 확보해주는 기둥 노릇을 할 수도 있습니다. 요새 망고에 올인하는 모양인데, 망고나무 전멸하면 망고에 길들여진 입맛도 같이 절딴납니다. 잡종, 잡식, 이종교배… 최 아무 교수 말대로 자연은 순수를 혐오합니다. 소설도 마찬가지입니다.

앵커 제가 들은 바로는 작가님은 토함산문학관에서 소설 창작 강의에 예시 작품을 여러 편 내놓으셨다면서요. 수강생들 가운데는 질린다는 이도 있고, 많은 걸 배운다고 고맙게 생각하는 분도 있더라구요. 그런데, 그 한 편 한 편을 흩어놓지 말고 하나의 통일된 구조 가운데 통합해서 '큰 작품'을 만들 계획은 없으신지요?

천강 한 학기 강의, 그건 하나의 독자성을 지닌 텍스트지요. 그 텍스트를 구성하는 구성요소들은 일종의 서브텍스트인데, 내가 예시용으로 쓴 소설들은 서브텍스트 역할을 할 것이고, 그걸 누가 장편소설로 만드는 데 포함해 넣는다면 그건 '큰 텍스트'에 통합될 겁니다.

소설을 처음부터 거대서사로 추진할 수도 있겠지요. 박경리 선생께서 『토지』 쓴 것처럼 말이지요. 그런데 이미 만들어놓은 텍스트를 재구성하는 것은 일종의 '편집'이 될 터인데, 이 편집 개념도 중층적입니다. 소설은 기억의 편집술입니다. 내가 직접 겪었든, 읽었든, 누구한테 들었든… 그런 이야기들이 있을 거고, 그 이야기를 줄거리를 세워 정리한 게 소설이라면, 그건 기억의 편집술, 에디톨로지 오브 메모리즈, 그거 안 벗어납니다. 그렇게 이야기하면 소설의 창작이란 말에서 연상하는 '창조성, 크리에티비티'가 보장되지 않는다고 할지도 모릅니다. 그런데 달리 생각해 보면 편집도 창조입니다. 언어 작업 가운데 오리지널한 건 없어요. 언어의 관습성 혹은 역사성 때문에 그렇습니다. 우리가 할 수 있는 모든 이야기는 이미 일찍이 있었던 겁니다. 있었던 이야기 달리 짜맞추기… 저고리란 텍스트가 머리에 자리 잡고, 옷감을 가지고 저고리를 마름질해서 만드는 것, 그건 머릿속의 텍스트를 현실 텍스트로 구체화하는 일이지요. 기억 속의 언어를 현실언어로 편집하는 일… 소설 쓰기가 그런 거 아닐까…

　앵커　그런 편집을 누가 합니까?

　천강　정해진 사람은 없습니다. 내 강의를 소설적으로 들은 누군가가 할 수 있을 터인데, 강의 텍스트를 소설 텍스트로 편집하는 일은 강의를 수용하는 방식에 따라 그 가치가 달라질 겁니다.

　앵커　수강생이 강의 내용을 녹음해서, 거기다가 작가께서 강의용으로 쓴 소설을 편집해 넣는다면 작가가 강의용으로 쓴 그 작품의 저작권은 누구에게 소속됩니까?

　천강　그런 예를 알고 하는 말씀입니까?

　전기가 나갔는지 노트북 화면이 까맣게 먹물이 들었다. 이게 또 해킹을 당하는 건 아닌가 실내등 스위치를 올려보았다. 전기는 들어와 있었다. 내가 강의 내용을 정리하는 가운데, 천강월의 소설작품을 넣은 것은 보내준 자료를 잊어버리지 않겠다는 생각 말고 다른 미련은 없었다. 내가 한 작업은 일종의 '수강 노트'에 불과한 것이다.

돈 내고 듣는 강의 본전 찾으라는 이야기가 실감이 갔다. 그런 이야기는 살면서도, 인생살이에서도 본전을 찾도록 하자는 쪽으로 전개되었다. 성경에 나오는 달란트의 비유, 나는 그걸 전적으로 수용하는 편은 아니었다. 내가 받아 누리는 생명을 주인이 머슴에게 맡기는 그런 구도로 비유하고 싶은 생각은 요만큼도 없었다. 내가 받아 누리는 생명은, 내게 그걸 부여한 존재가 무엇인가 이전에 경외감으로 가득한, 형언할 수 없는 에너지 덩어리였다. 그 에너지는 언제든지 형상을 입고 창발할 수 있는 그러한 것이었다.

노트북은 꺼져 있는데, 어디선가 대담 이야기가 줄줄 실내로 흘러들었다. 천강월의 목소리였다. 구내 유선방송 스피커에서 나오는 소리 같았다.

"소설이 죽었다는 이야기를 하기도 합니다만, 그건 이전 개념의 소설, 서구의 근대 리얼리즘 장편소설, 허구서사인 소설이 이제 죽었다는 뜻이지, 새로운 소설은 늘 새롭게 태어납니다. 히드라의 머리처럼 말이지요."

"우리 시대에, 소설이 무슨 쓸모가 있습니까?"

"소설은 강력한 에너지를 안에 감추고 있는 소통 양식입니다. 그런데 소설을 마치 개인의 내면 고백인 것처럼 생각하는 분들이 있는 것 같아요. 그런 소설도 있겠지요. 문제는 현대인에게 고백할 내면이 없다는 점입니다. 그리고 내면을 고백할 고해소 또한 없습니다. 나의 고해를 들어줄 신부는 행방불명입니다."

"디스토피아적 상상력은 응징의 대상입니다."

"예외를 인정하지 않는 긍정은 금방 배신을 당합니다."

"다음에는 어떤 작품을 구상하십니까?"

"타히티로 가는 비행기표를 사두었습니다."

"아카디아입니까?"

"하데스입니다."

"이유가 뭡니까?"

"원폭, 핵실험…"

"그 이야기 이미 누가, 아스트로킴이라는 작가가 썼습니다."

나는 화장대 서랍에서 패드를 찾아 들고 화장실로 갔다. 화장실 전구가 나 갔는지 암흑이었다. 겨우 변기를 더듬어 앉았다.

어디선지 알싸한 가지취 냄새가 났다. 머리를 깎아야 할까. 구토가 올라왔다. 환상임신이라는 게 있다고 했지. 나는 너무 오래 천강월을 태워주고, 뱃놀이를 허용했는지도 모를 일이다. 이념의 뱃놀이… 언어의 뱃놀이…

마태복음 5장 28절 말씀입니다. "나는 너희에게 이르노니 음욕을 품고 여자를 보는 자마다 마음에 이미 간음하였느니라". '음욕을 품었다'는 어휘는 동사 형태인 '에피튀메오ἐπιθυμέω'입니다. 명사는 '에피튀미아ἐπιθυμία'인데, 기본적인 의미는 '열망, 갈망'입니다. 이렇게 풀어서 이야기할 수도 있습니다. '단순히 남의 배우자와 동침하지 않았다고 해서 덕을 지켰다고 생각하지 마시오. 당신의 마음은 당신의 몸보다 훨씬 빨리 정욕으로 더럽혀질 수 있습니다. 아무도 모를 것 같은 곁눈질도 당신을 더럽힙니다.' 황금동교회 김요한 목사의 설교 가운데 들은 이야기였다.

강의가 다 끝나면 천강월은 타히티를 찾아갈 것 같았다. 나는 아무래도 이르쿠츠크 항공권을 사야 할 모양이다.

어쩌면 인천공항에서 천강월을 만날 것 같은 예감이 들었다. 공항 대합실에서 천강월은 양미주의 어깨에 머리를 기대고 다리를 털고 앉아 있을 것이다. 나는 노트북을 들고 혼자 세워놓은 여행 계획을 정리하고 있을지도 모른다.

이마로 흘러내리는 머리를 쓸어올렸다. 머리털이 한 움큼 손가락에 묻어나왔다. 손에 힘이 빠졌다. 머리오리가 눈물방울과 함께 바닥으로 떨어졌다.

(2024년 8월)

미주尾註에 대한 전주箋註

나랑 천강월 선생에게 같이 강의를 들은 수강생 가운데 '양미주'란 친구가 있었다. 나와 는 미묘한 심적 갈등이 있었다. 물론 겉으로 드러난 적은 없다. 나는 그렇게 믿는다.

내가 기록한 강의 노트가 어떤 통로로 양미주에게 전달되었는지는 알 길이 없다. 내 PC 는 무한 개방 중인 모양이다. 나에 대한 아니, 내 원고를 성실하게 읽어준 친구의 성의를 무시할 수 없어서, 본문 뒤에다가 달아두기로 한다.

이 계제에 출판사에 고맙다는 말씀을 전하기로 한다. 이 내용을 편집하는 수고도 수고 려니와 지면을 할애해야 한다. 종이는 거저 만들어지지 않는다. 나무를 베어 써야 한다. 이 미 우스운 얘기가 되었지만, 소설 짧게 써야 한다.

내가 달아놓은 '미주'가 독자들의 소설 독서에 조금이나마 도움이 되기를 바랄 뿐이다.

1 성 아우구스티누스 : 성 아우구스티누스는 본명이 길다. Santus Aurelius Augustus Hipponesis. 아프리카 북부 히포Hippo 출신의 아우구스티누스란 뜻이다. 그는 354년 11월 13일에 태어나 430년 8월 28일까지 살았다. 그가 죽은 해는 신라 눌지마립간 14년에 해당 한다. 그는 '이성을 추구하는 신앙'을 강조함으로써 기독교 지성주의 표어를 마련했다. 『요 한복음 강해』는 그가 417년에 완성한 강해서이다. 박재문의 라틴어 원전 번역으로 『고백 록』(2016/2024)이 출간되었다.

2 남을 실족하게 한 자에 대한 징벌. 성서 「마태복음」 18장에 이런 내용이 기록되어 있 다. "그러므로 하늘나라에서 가장 위대한 사람은 이 어린아이처럼 자기를 낮추는 사람이 다. 누구든지 내 이름으로 이런 어린아이를 영접하면 곧 나를 영접하는 것이다. 그러나 누 구든지 나를 믿는 이런 어린아이 하나를 죄짓게 하는 사람은 차라리 목에 큰 맷돌짝을 달 고 깊은 바다에 빠져 죽는 것이 더 낫다." 맷돌짝은 영어로 millstone이라 되어 있는데, 이

는 연자방앗간의 맷돌을 뜻한다.

3 브리지트 바르도 : 위키피디아에 이렇게 소개되어 있다. 브리지트 안마리 바르도(Brigitte Anne-marie Bardot, 1934.9.28~)는 프랑스의 배우, 가수, 모델이다. 1950~60년대 미국에 마릴린 먼로(MM)가 있고 이탈리아에는 클라우디아 카르디날레(CC)가 있다면 프랑스에 브리지트 바르도(BB)가 있다고 할 정도로 상징적인 섹스 심볼 가운데 한 사람이었다. 동물 애호가로 이름이 나 있다. 88올림픽 때 한국이 개고기 먹는 나라라고 참여 거부하자는 운동을 했다고 전해진다.

4 루시앙 골드만(Lucien Goldmann, 1913~1970)은 유대-루마니아계 프랑스 철학자이자 사회학자이다. 루마니아 부쿠레슈티에서 태어났고, 프랑스에 귀화하여 활동하다가 파리에서 세상을 떴다. 파리에 있는 사회과학고등연구원(EHESS, L'École des hautes études en sciences sociales) 교수로 활동한 그는 마르크스주의 이론가였다. 그의 소설론은 루카치를 계승한 것인데 '문제적 개인' 개념은 근대적 의미의 소설 인물 개념을 형성하는 데 크게 기여했다. 『소설사회학을 위하여Pour une sociologie du roman』(Gallimard, 1961)은 조경숙의 번역판이 나와 있다.

5 러시아 형식주의(영어 : Russian formalism, 러시아어 : Русский формализм)는 1910년 중반부터 1930년대에 걸쳐, 시클롭스키와 야콥슨, 티냐노프를 중심의 문학운동과 문학비평 일파를 의미한다.

이들은 문학성을 언어의 시적 기능이나 낯설게하기 작용에서 특징지어, 작품의 소재를 수법의 동기부여로 삼았다. 구조주의나 뉴크리티시즘에 영향을 미친 문학이론으로 평가된다. 특히 이들이 내세운 '낯설게하기'(영어 : Defamiliarization, 러시아어 : остранение)는 친숙하고 일상적인 사물이나 관념을 낯설게 하여 새로운 느낌이 들도록 표현하는 예술적 기법을 뜻한다. 지각의 자동화를 피하여 대상을 새롭게 바라보는 예술적 기법을 뜻한다. 빅토르 시클롭스키에 의해 개념화되었다.

낯설게하기의 효과는 항구적이지 않다. 낯설었던 것, 즉 예술적인 것은 시간이 지남에 따라 낯설지 않은 것, 즉 비예술적인 것으로 지각되기 때문이다. 이는 전경화前景化되었던 언어가 자동화自動化되는 상태이다. 문학을 하는 이들은 대상을 끊임없이 새롭게 바라보아야 한다. 성급하게 말하자면 문학은 세상을 늘 새롭게 바라보고 의미 부여를 하는 작업이기 때문이다.

6 신은 디테일에 있다 : '신은 디테일 속에 있다'는 말보다 매력 있는 표현이 '악마는 디

테일에 있다The devil is in the detail'는 것이다. 문제점이나 불가사의한 요소가 세부사항 속에 숨어 있다는 뜻이다. 이 말의 연원은 가닥이 혼란스럽다.

독일 출신의 건축가 루트비히 미스 반 데어 로에(Ludwig Mies van der Rohe, 1886~1969)가 죽었다는 기사가 『뉴욕 타임스』에 실렸다. 그런데 그 기사 가운데 근대 건축의 한 축을 담당하던 아비 바르부르크(Aby Warburg, 1866~1929)를 암시하는 내용이 살짝 들어가 있었다고 한다. 정작 현대 건축론의 거장 이야기가 디테일 상태로 숨어 있었던 것이다. '선한 신은 디테일에 있다 Le bon Dieu est dans le détail'는 귀스타브 플로베르가 만들어냈다고 알려지기도 했다. 확실한 증거는 확인되지 않는다. 신과 악마가 디테일 가운데 같이 산다면… 둘의 관계란 무엇인가. 근간에는 '행정'도 '진실'도 디테일 속에 있다는 식으로 전이가 되었다. 소설의 디테일 속에 무엇이 숨어 있는가.

7 "모든 예술은 음악의 상태를 동경한다." 월터 페이터의 『르네상스』에서 제기된 명제인데, 쇼펜하우어 『의지와 표상의 세계』에서 구체적으로 언급되었다고 한다. 예술의 '순수성'을 논의하는 자리에서 늘 등장하는 명제이다. 형식과 내용의 통합을 지향하는 예술의 근원적인 이상이다. 그런데 문학은 특히 소설은 언어예술이라는 점에서 원칙적으로 가능치 않은 명제로 보인다. 단편소설을 장편소설과 구분하여 논할 때, 작가의 의지에 따라서 구성과 문체를 '통일'할 여지가 있다는 특징을 지닌다. 이를 지적하여 단편소설의 특징을 드러내기 위해 위 명제가 자주 언급된다.

8 아치볼드 매클리시의 「시법Ars Poetica」에 나오는 구절. 영어 원문은 아래와 같다.

A poem should be palpable and mute/As a globed fruit.//Dumb/As old medallions to the thumb.//Silent as the sleeve—worn stone/ Of casemant ledges where the moss has grown//A poem should be wordless/As the flight of birds./A poem should be motionless in time/As the moon climbs,//Leaving, as the moon releases/Twig by twig the night-entangled trees,//Leaving, as the moon behind the winter leaves,/Memory by memory the mind-//A poem should be motionless in time/As the moon climbs./A poem should be equal to : Not true./For all the history of grief/An empty doorway and a maple leaf./For love/The leaning grasses and two lights above the sea-//**A poem should not mean/But be**.

9 "플롯은 비극의 영혼이다." 아리스토텔레스 『시학』에 나오는 구절. "그러므로 비극의 제1원칙이며 비극의 영혼psukhē이라고 할 수 있는 것은 바로 줄거리이다(Penguin Classics, p.133, p.169). 여기 줄거리는 스토리를 가공한 것이다. 영어의 플롯이 이에 해당한다. 스토리에 개연성을 부여하고 동기화를 강화한 것을 플롯이라 한다.

10 「증묘」, 김문수(1939~)의 중편소설. '증묘燕猫', 고양이 삶기가 흑주술의 한 예라는 점만 지적하고 넘어가기로 한다. 작품은 각자 찾아 읽으시길 바란다.

11 리비스(F.R. Leavis, 1895~1978) : 영국의 문학비평가, 교육자. 『소설과 독서대중』(1932), 계간지 『탐구Serytiny』(1932~1953) 발간.

12 호모 비아토르 : 수원주보 기사에 이런 게 보인다. "언제부터인가 여행이 단순한 레저 활동으로 간주되는 경향이 있지만, 사실 인간에게 여행이 지닌 근원적 의미는 인간 존재의 내면적 차원과 깊이 연관되어 있습니다. 이에 관하여 가브리엘 마르셀(Gabriel Marcel, 1889~1973)은 '호모 비아토르(homo viator, 여행하는 인간 또는 길 위의 인간)'라는 개념으로 설명했습니다. 인간은 고대 때부터 여행을 했습니다. 인간에게 여행이라는 행위는 원초적인 의미를 지닙니다. 인간은 왜 여행을 했을까요? 물론 여러 가지 현실적 필요도 있었을 것입니다. 새로운 먹을 것과 살 곳을 찾기 위해 여행을 떠나야 할 때도 있었으니까요. 또한, 미지의 지역과 사람들을 탐구하기 위해 여행을 하기도 했습니다. 그런데 좀 더 근원적인 차원에서 인간에게 여행은 자신이 살고 있는 기존 삶으로부터 벗어나 새로운 가치를 찾으려는 의미를 지닙니다. 인간은 현재의 삶에서 뭔가 한계를 경험했을 때 그것을 극복하기 위해 여행을 떠났습니다. 기존 삶의 한계를 넘어 그 이상의 변화와 완성을 이루려는 인간의 내적 추구가 반영된 것이 여행이라는 행위입니다."

여행인가 떠돌기인가? 떠돌이란 무엇인가? 유목민-떠돌이 삶…. 그래서 내가 지금 처한 상황을 충분히 향유하기 전에 다른 목적을 향해 떠나는 인간…. 새로움의 추구이면서 정착하지 못하는 존재가 노마드다. 그런 노마드의 삶을 주체적으로 살아가는 데서 생의 가치를 추구하는 삶을 노마디즘이라 한다. 소설의 본질과 연관되는 사항이다.

13 그의 묘비명이 나오는 시 「벤불벤 산아래」 마지막 연(6연)은 다음과 같다.

Under bare Ben Bulben's head/ In Drumcliff churchyard Yeats is laid./An ancestor was rector there/ Long years ago, a church stands near,/By the road an ancient cross./ No

marble, no conventional phrase;On limestone quarried near the spot/ By his command
these words are cut :

Cast a cold eye

On life, on death.

Horseman, pass by!

14 문화자본 : "사회학 분야에서 문화자본cultural capital은 계층화된 사회에서 사회적 이동성을 자극하는 개인의 사회적 자산인 교육, 말투, 옷차림 등으로 구성된다. 문화자본은 실천경제 내에서 사회적 관계로서 기능하며, 사회적 지위와 힘을 부여하는 축적된 문화적 지식을 포함한다. 사회가 추구할 가치가 있다고 여기는 물질과 상징적 재화를 모두 포함한다. 이 개념은 피에르 부르디외와 장 클로드 패스롱의 저서 『문화복제와 사회복제』(1977)에서 처음 언급되었다. 부르디외는 그의 에세이 『자본의 형태』(1985)와 그의 책 『국가의 귀족 : 권력의 분야에서 엘리트 학교』(1996)에서 이 개념을 확장했다. 에세이에서 부르디외는 문화자본을 사회에서 개인에게 더 높은 사회적 지위를 얻는 데 이점을 제공하는 교육으로 묘사한다."(위키피디아) 문화자본은 해당 사회 구성원을 계층화하고 개인의 사회 활동의 에너지원이 된다.

15 실증사학 : 교과서 용어해설에 이런 내용이 나와 있다. "1920~1930년대 도쿄제국대학이나 와세다대학, 경성제국대학 등에서 일본 역사학계의 전문적인 훈련을 받은 한국인 역사학자들이 중심이 되어 형성한 한국 근대 역사학의 한 흐름이다. 이병도李丙燾, 이홍직李弘稙, 김상기金庠基, 이상백李相佰, 신석호申奭鎬, 유홍렬柳洪烈, 이선근李瑄根 등이 대표적이다. 이들은 국내에 경성제대 외에는 사학을 제대로 훈련받을 곳이 없는 가운데, 자연스럽게 일본의 여러 대학이나 경성제대의 학풍, 곧 '관학官學 아카데미즘'을 수용했다. 이들이 많은 영향을 받았던 학자들은 와세다대학의 쓰다 소키치津田左右吉, 도쿄제대의 이케우치 히로시池內宏(지내굉), 경성 제대의 이마니시 류今西龍(금서룡) 등이었다.

당시 실증주의 사학은 랑케Leopold von Ranke류의 실증 사학에 영향을 받아 '있는 그대로의 과거 사실'을 강조하는 근대 서양 역사학의 가치 중립적 태도를 내세우고, 사료에 대한 주관적 해석을 경계하여 자료의 해석과 비판만을 강조하는 것이었다. 따라서 사관과 이론을 배제하고 치밀한 문헌 고증을 통한 개별 구체적인 사실의 파악에만 치중하는 경향이 있었다. 이러한 관점에서 이병도는 한사군漢四郡과 삼한三韓 위치 비정에 관한 고대사 연구, 고려시대 풍수 사상에 대한 연구를 진행했다. 이홍직은 임나任那 문제에 대한 문헌학적 연구를 진행했고, 김상기는 동학과 고려시대 한중관계를 연구했다. 이상백은 조선 건국과 서얼 제도에 관한 연구를, 신석호는 사화당쟁士禍黨爭에 관한 연구를 진행했다. 이들은 1934년 '진단학회震壇學會' 결성을 주도하고『진단학보』를 발행하면서 자신들의 연구를 진작시키고 학풍을 다져나갔다." 실증사학과 대립되는 용어는 '이념사학'이다.

16　프랑시스 잠「당나귀와 함께 천국에 가기 위한 기도」: 시의 운율과 용어 등을 실감 있게 보려면 프랑스어로 읽을 필요가 있다고 본다. 제목은 'PRIERE POUR ALLER AU PARADIS AVEC LES ANES'라고 되어 있다. 이 시의 끝 연만 제시해둔다.

　　주여, 내가 이 당나귀들가 더불어 당신께 가도록 해주소서/소녀들의 웃음 짓는 피부처럼 매끄러운/살구들이 떨고 있는 나무들 울창한 시내로 천사들이 우리를 평화 속에서 인도하게 해주소서/그래서 영혼들이 사는 천국에서/내가 당신의 천국 시냇물에 몸을 기울일 때/거기에 겸손하고도 온유한 그들의 가난을 비추는 당나귀들과/'영원한 사랑의 투명함'에/내가 닮도록 해주소서

17　베드르지흐 스메타나(체코어 : Bedřich Smetana, 1824.3.2~1884.5.12)는 보헤미아 왕국의 가장 유명한 체코인 작곡가 중 한 사람이다. 대표작으로 교향시 〈나의 조국〉과 오페라인 〈리부셰〉〈팔려간 신부〉가 있다.

교향시(symphonic poem 또는 tone poem)는 단악장 교향악 악곡으로, 음악 외적인 이야기나 묘사를 담고 있는 것이 특징이며 소재는 시, 소설이나 이야기, 회화 등 다양하다. 이 낱말은 프란츠 리스트가 자신의 13개 단악장 교향악곡에 어쩌다가 붙인 이름에서 처음 쓰였다. 이 곡들은 고전적인 의미의 순수한 교향곡이 아니었는데 왜냐하면 신화와 낭만주의 문학, 당대사, 환상 이야기의 주제를 다루었기 때문이다. 즉 이것은 추상이 아닌 '표제'가 있는 음악이다. 이런 형태는 음악에서 문학, 회화, 극의 요소를 수용하게 된 낭만주의 음악의 직접적인 산물이었다. 19세기 후반기에 교향시는 표제음악의 중요한 양식으로 자리 잡았다.

18　부르디외의 재생산이론 : 부르디외는 하비투스, 자본, 그리고 장場과 같은 기본 개념들을 도구로 사용하여 프랑스 사회의 교육에 대한 연구를 이어나갔다. 이 때문에 부르디외는 미국에 수용될 때 교육학자로 소개되기도 했다. 부르디외는 1964년, 학업 성취도의

격차를 낳는 주요 원인이 부모로부터 물려받은 문화자본의 결과임을『상속자들Les héritiers』을 통해 논증한다. 이어서 1970년, 부르디외는 1960년대에 시행했던 교육사회학 연구들을 종합해『재생산La reproduction』이라는 저작을 출간한다. 재생산에서 부르디외는 상징폭력의 일반이론을 구축하면서 교육을 하나의 상징폭력으로 규정하며 교육이 사회질서의 유지에 기능하는 점을 지적한다. 부르디외의 교육과 지식사회, 엘리트주의 등에 관한 연구는 끊임없이 그의 작업 속에 이어졌고, 내용은 조금씩 다르나『국가귀족La noblesse d'État』과 같은 연구 역시 교육체계와 지식인 사회에 관한 연구를 담고 있다(이상길, 2018 : 압축 인용).

19　기림사祇林寺 : 경상북도 경주시의 함월산 자락에 위치한 대한불교조계종 소속의 사찰이다. 신라 때 인도 승려인 광유光有가 창건하고 이름은 임정사林井寺라고 했다. 643년에 원효가 중창한 뒤 기림사로 이름을 바꾸었다고 전해진다. 기림사는 석가모니의 기원정사祇園精舍에서 '기' 자를 따와 붙인 이름이다.

신라 신문왕이 감포 앞바다에서 동해의 용왕으로부터 만파식적과 옥대를 선물로 받았다는 전설이『삼국유사』에 실려 있다. 이때 신문왕이 귀환하는 도중에 기림사 서쪽에서 쉬었다 갔다는 기록이 나온다. 따라서 창건 연대는 적어도 신문왕대로 거슬러 올라간다. 신문왕이 아버지 문무왕을 위해 지은 감은사의 터나 문무왕릉과 가까운 거리에 있다.

20　골굴사骨窟寺 : 신라시대에 창건되어 현재까지 이어진 유서 깊은 절로, 전하는 바로는 6세기 서역 인도에서 온 광유성인光有聖人 일행이 창건했다고 한다. 현지에서는 골굴암 시절부터 사투리로 '고꿀암'이라고 불렸다.

현대에는 템플스테이로 한국인보다 외국인 관광객들한테 오히려 더 유명한 절이 되었다. 론리플래닛 한국편에도 골굴사를 비교적 상세하게 소개했다. 요즘에는 방송 및 SNS의 영향으로 템플스테이가 다시 활성화되었다. 선무도禪武道로 알려져 있는 불교 무술 금강영관의 본원이 있는 절이기도 하다.

21　부모은중경 : 원래 명칭은 '불설대보부모은중경'이다. 부모가 끼쳐준 은혜 열 가지를 들고 그림을 그려 이해를 돕도록 했다. 그 열 가지 은혜는 다음과 같다.

첫째는 '회탐수호은懷耽守護恩'으로, 어머니가 임신하여 아기를 보호하기 위해 몸가짐을 조심하는 은혜이다. 집안 내부로 보이는 공간에 의자에 앉은 여인이 있는데 임신한 어머니를 그렸다. 둘째는 '임산수고은臨産受苦恩'으로, 해산이 임박한 어머니가 괴로움을 이기는 은혜이다. 가옥 안에 시녀를 동반한 여인의 모습으로 그려져 있다. 앉아 있는 곳에 휘장이

쳐져 침상 주인이 해산에 임박했음을 추측하게 한다. 셋째는 '생자망우은生子忘憂恩'으로, 아이를 낳은 다음 모든 근심을 잊은 은혜를 말한다. 침상에 앉아 있는 여인이 어머니이며 그림 하단에는 목욕을 시키는 시녀와 아기가 그려져 있다. 나머지 내용은 다음과 같다.

넷째, 쓴 것은 삼키고 단 것은 먹이신 은혜. 다섯째, 아기는 마른자리에 뉘고 자신은 진 자리에 눕는 은혜, 여섯째, 젖을 먹여 길러주신 은혜, 일곱째, 더러운 것을 깨끗이 씻어주 신 은혜, 여덟째, 떨어져 있는 자식을 걱정하신 은혜, 아홉째, 자식을 위해 몹쓸 짓도 감히 하신 은혜, 열째, 끝까지 자식을 사랑하는 은혜.

22   점찰법회 : 신라의 원광圓光법사가 처음으로 이 법회를 열었고, 삼국통일 후 진표眞 表에 의해서 정착되었다. 이 법회의 소의경전인『점찰경』의 원명은 '점찰선악업보경占察善 惡業報經'인데, '지장보살업보경地藏菩薩業報經' 또는 '대승실의경大乘實義經'이라고도 한다. 상하 2권으로 되어 있는 이 경은 지장보살이 설주說主가 되어 있으며, 경의 내용은 말법시 대未法時代의 중생을 교화하고 제도하는 방편을 교시하고 있다.

그 방편으로서 목륜상법木輪相法(나무 간자를 던져 점을 치는 법)이라 하는 점찰법이 제시되 고 있다. 불멸후佛滅後 말법 시대가 되면 불교를 신앙하는 불자들이 많은 어려움과 장애에 부닥쳐 수행에 곤경을 겪게 되고, 산란한 마음 때문에 갈피를 잡지 못할 경우가 많다. 이때 에 숙세宿世의 선악 업보와 현재의 고락길흉을 점찰하여 참회하고 반성하면서 자심自心의 안락을 얻도록 하기 위하여 점찰법을 행한다는 것이다.

23   연오랑과 세오녀 : 신라 제8대 아달라왕 4년(157) 동해 바닷가에 연오랑과 세오녀 부 부가 살고 있었다. 어느 날 연오랑이 미역을 따러 올라섰는데, 바위가 움직이더니 연오랑 을 싣고 일본으로 가게 되었다. 연오랑을 본 일본 사람들은 그를 신이 보냈다고 여기고 왕 으로 섬겼다.

세오녀는 남편을 찾다가 마찬가지로 바위에 실려 일본으로 가 서로 만나게 되었다. 그 러자 신라에는 해와 달이 빛을 잃었고, 해와 달의 정기가 일본으로 건너갔다는 말에 따라 사신을 보내 두 사람을 청했으나, 연오랑은 "하늘의 뜻이라서 돌아갈 수 없다" 하고 세오 녀가 짠 고운 비단을 주며 "이것으로 제사를 지내라" 하였다. 그 말대로 제사를 지내니 다 시 해와 달이 빛났다. 이때 제사를 지낸 곳이 영일현迎日縣이다.

연오와 세오의 이동으로 일월이 빛을 잃었다가, 세오의 비단 제사로 다시 광명을 회복 하였다는 일월지日月池의 전설과 자취는 지금도 영일만에 남아 있다. (위키피디아)

24 동방삭 설화 : '동방삭이 삼천갑자를 산 내력', '동방삭과 숯 씻는 저승 차사'로 불리기도 한다. 구전설화로 전국적인 분포를 보이며 널리 전승된다. 중국에서의 동방삭 설화는 보통 「동방삭작육東方朔斫肉」과 「동방삭투도東方朔偸桃」 두 가지가 전한다.

「동방삭작육」은 동방삭이 무제에게 벼슬할 때 그 명령을 기다리지 않고 복伏날에 고기를 베어 가지고 돌아갔다는 이야기이고, 「동방삭투도」는 동방삭이 서왕모西王母가 심은 복숭아를 훔쳐 먹고 인간계로 내려와 삼천 갑자, 즉 18만 년을 살았으므로 '삼천갑자 동방삭'이라 부르게 되었다는 이야기이다.

우리나라의 「동방삭 설화」는 크게 연명설화 형태와 저승 차사에게 잡혀간 내력이라는 두 부분으로 이루어져 있다. 전반부에 동방삭이 목숨을 연장하게 된 내력은 모두 저승사자를 잘 대접하였기 때문인데, 그 동기는 네 가지로 나타난다.

① 동방삭은 어릴 때 심술궂어 맹인에게 해를 끼쳤는데, 화가 난 맹인이 점을 쳐보고 그가 곧 죽을 것이라고 하였다. 사정하여 면할 방도를 물었더니 맹인이 저승사자 대접법을 가르쳐주었다. ② 도승의 방문으로 단명할 것을 알게 되고, 그 연명 방법을 물었다. ③ 오래 살다 보니 스스로 터득했다. ④ 마음에서 우러나 저승사자를 잘 대접하였다.

위의 어느 경우에나 모두 밥ㆍ신ㆍ노자 등을 저승사자의 숫자대로 준비했다가 먼 길을 걸어오느라 지친 사자를 대접하는 것이다. 그 결과 대접을 받은 저승사자는 인정상 그를 잡아갈 수 없어서 저승의 명부에 삼십 갑자인 동방삭의 수명에 한 획을 삐쳐서 십자十字를 천자千字로 만들어 삼천 갑자를 살도록 수명을 연장시켰다.

후반부에 저승사자에게 잡혀간 내력은, 삼천 갑자를 살고 난 동방삭이 세상일에 통달해서 잡히지 않으니까 저승에서는 계교를 내어, 사람이 많이 다니는 냇가에서 저승사자로 하여금 숯을 씻게 하였다. 누군가가 와서 무엇을 하는가 물었으므로 "숯을 자꾸 씻으면 하얗게 된다 해서 씻고 있다"고 하자 "내가 삼천 갑자를 살아도 처음 듣는 소리"라고 하는 말을 듣고 저승사자는 그가 동방삭인 줄 알고 얼른 저승으로 잡아갔다.

판본에 따라 전반부 또는 후반부만 있거나, 전반부와 후반부가 함께 나타나기도 하지만, 후반부가 보다 강조되어 있다. 동방삭의 연명 부분에서 저승사자와 함께 저승까지 갔다가 되돌아온다는 저승 설화 모티프가 첨가되어 있는 판본도 있다.

한중 양국 간의 설화 유통을 보여주는 이 설화를 통해 우리 민족의 타계에 대한 민간적 사고와 저승을 걸어서 도달할 수 있는 수평적 연장선에 놓인 곳으로 인식하고 있다는 것을

알 수 있다. 또한, 이 설화는 내세보다는 현세적인 삶에 가치를 두는 우리 무속의 세계관과
도 일치하고 있다.

숯을 하얘질 때까지 씻는다는 이야기는, 성남시 '탄천'이 배경이라는 이야기가 전한다.
낭원閬苑은 서왕모가 경영하던 도화원이 있었다고 전하는 과수원이다. 낭원에서 복숭아
훔쳐내는 이야기를 모티프로 그린 단원 김홍도의 그림 〈낭원투도閬苑偷桃〉가 간송미술관
에 보관되어 있다.(강진옥, 한국민족문화대백과사전 참조)

25 해강 김규진(金圭鎭, 1868~1933) : 서화가. 자는 용삼容三, 호는 해강海岡. 본관 남평南
平. 중국에 유학, 명승고적을 유람하고 진 · 한 · 당 · 송秦漢唐宋 명가의 진적珍籍을 연구했
다. 귀국 후 영친왕英親王의 스승, 시종원侍從院 시종장을 역임했다. 예서 · 해서 · 행서 · 초
서 등 전반 서예에 능하고 묵란墨蘭 · 묵죽墨竹 · 묵목단 등 묵화를 잘 그렸다. 한국 최초로
서화 연구회를 조직, 서화 미술 발전에 공헌하였다. 산수화 중 창덕궁 희정당熙政堂의 벽화
는 유명하다.(『인명사전』, 민중서관, 2002.1.10. '엽토 51'이라는 분이 블로그에 소개한 내용이다.)

26 장자의 나비꿈 : 널리 알려진 내용이다. 『장자』 제2편 제물론 제6장에 나온다.

> 옛날에 장주莊周가 꿈에 나비가 되었다. 펄럭펄럭 경쾌하게 잘도 날아다니는 나비
> 였는데 스스로 유쾌하고 뜻에 만족스러웠는지라 자기가 장주인 것을 알지 못했다. 얼
> 마 있다가 화들짝하고 꿈에서 깨어 보니 갑자기 장주가 되어 있었다. 알지 못하겠다.
> 장주의 꿈에 장주가 나비가 되었던가 나비의 꿈에 나비가 장주가 된 것인가? 장주와
> 나비는 분명한 구별이 있으니 이것을 물物의 변화物化라고 한다.

원문이 궁금해서 찾아본 『장자莊子』 '제물론齊物論'에는 이렇게 되어 있다.

> 昔者莊周夢爲胡蝶(석자장주몽위호접)/栩栩然胡蝶也(허허연호접야) 自喩適志與(자유적지여) 不
> 知周也(부지주야)/俄然覺(아연교) 則蘧蘧然周也(즉거거연주야)/不知周之夢爲胡蝶與(부지주지몽위
> 호접여)/胡蝶之夢爲周與(호접지몽위주여)/周與胡蝶(주여호접) 則必有分矣(즉필유분의) 此之謂物化
> (차지위물화)

27 한스 게오르그 가다머(독일어 : Hans-Georg Gadamer, 1900.2.11~2002.3.13)는 독일의 철
학자이다. 해석학과 관련된 대작Masterpiece | magnum opus인 『진리와 방법Wahrheit und Methode』
(1960)으로 명성을 얻었다.

28 '상처 없는 영혼', 이 구절이 나오는 랭보의 시 원문이다.

Ô saisons, ô châteaux, **Quelle âme est sans défauts?**

Ô saisons, ô châteaux,

J'ai fait la magique étude Du Bonheur, que nul n'élude.

Ô vive lui, chaque fois Que chante son coq gaulois.

Mais ! je n'aurai plus d'envie, Il s'est chargé de ma vie.

Ce Charme ! il prit âme et corps, Et dispersa tous efforts.

Que comprendre à ma parole? Il fait qu'elle fuie et vole !

Ô saisons, ô châteaux !

29 추상화의 사다리ladder of abstraction란 개념은 사회학적 방법론과 연관된다. 사토리G. Satori란 학자가 제시한 개념으로 알려져 있다. 사회현상을 분석할 때, 분석 수준을 결정해야 한다. 한국 근대사회의 경제구조를 연구한다면 이는 추상화 정도가 매우 높다. 그러나 라면이 얼마나 많이 팔렸고, 어떤 사람들이 라면을 어떤 요구로 먹었는가 하는 점을 검토해서 그걸 바탕으로 경제구조 혹은 특성을 논의한다면 이는 추상화의 정도가 낮은 사례가 된다.

과학적인 언어는 추상화의 최상 단계를 지향한다. 보편성 있는 법칙을 추구한다. 문학에서는 구체성을 지향하는 언어를 사용하게 된다. 시인의 섬세한 감각이 나타나는 시어라든지 소설가의 치밀한 묘사는 보편성보다는 구체성, 개별성을 지향한다. 이는 S.I. 하야카와의 『일반의미론』을 통해 널리 알려진 개념이기도 하다.

30 에른스트 카시러(Ernst Cassirer, 1874~1945)는 유대계의 독일 철학자이다. 브로츠와프 태생으로 1892년부터 1896년까지 법률·독어학·근대문학사를 베를린, 라이프치히, 하이델베르크, 다시 베를린에서 배웠으며, 짐멜로부터 코헨의 천거를 듣고, 1896년부터 마르부르크의 코헨 밑에서 철학을 배우고 1899년 졸업하였다. 베를린에서 연구하고 「근세의 철학과 과학에서의 인식문제」(1906~1920)에 착수, 1906년 베를린대학교 강사, 1919~1933년 함부르크대학교 교수. 주저 『상징형식象徵形式의 철학』(1923~1929)을 공간公刊, 나치스 정권에 쫓겨 스웨덴·영국을 거쳐 미국으로 가서 예일·컬럼비아대학교에서 가르쳤다.(위키피디아)

31 조이스 킬머(Sergeant Joyce Kilmer, 1886~1918)의 「나무들」

I think that I shall never see/ A poem lovely as a tree.

A tree whose hungry mouth is prest/ Against the earth's sweet flowing breast;

A tree that looks at God all day,/ And lifts her leafy arms to pray;

A tree that may in Summer wear/ A nest of robins in her hair;

Upon whose bosom snow has lain;/ Who intimately lives with rain.

Poems are made by fools like me,/ But only God can make a tree.

32 『카라마조프의 형제들Братья Карамазовы』은 표도르 도스토옙스키의 장편소설이다. 카라마조프가의 친부 살해를 소재로 한다. 표트르 카라마조프는 돈 문제로 장남 드미트리와 다퉜는데, 그날 밤 표트로는 누군가에게 피살되고 장남 드미트리가 체포되어 재판을 받는다.

이 미완성 대작은 도스토옙스키를 평생 괴롭힌 신과 악마, 선과 악의 두 원리의 모순을 근본적으로 해결하려고 시도했던 야심작이다. 이 두 원리의 대결은 이반의 극시 『대심문관大審問官』과 장로 조시마의 수기와 대비하는 형식으로 전개되는데 결국 두 원리의 통일이 성취되지 않은 채 끝나고 있어, 작자 자신의 자아 분열이 얼마나 심각했었는가를 보여주고 있다.

33 니클라스 루만(Niklas Luhmann, 1927.12.8.~1998.11.6)은 독일의 사회학자, 사회이론가이며, 사회체계 이론의 가장 유명한 사상가 중 하나이다. 『사회적 체계들 : 일반이론의 개요』와 같은 그의 저서와 '사회의 사회' 같은 이론은 20세기 사회학 고전의 반열에 올랐다. 니클라스 루만은 움베르토 마투라나와 프란시스코 바렐라가 창안한 자기생산Autopoiesis 개념을 자신의 이론에 접목하여 자기생산적 사회체계 이론을 만들었다. 또한 루만은 살아생전 법·경제·정치·예술·종교·환경·매스미디어·사랑 등의 주제에 관련한 70편의 책과 400여 편의 논문을 펴내기도 하였다.(위키피디아)

부르디외는 현대사회를 "계급이 분화된 사회"로 보았다면 루만은 그와 시각을 달리한다. 루만에게 근대사회는 "기능적으로 분화된 세계로서, 분절적으로 분화되거나 중심과 주변에 따라 분화되거나 계층적으로 분화된 전근대사회와 결정적으로 구분"된 사회이다(김덕영, 2014 : 57~58). 이러한 연유로 루만의 사회이론을 '기능구조주의'라고 한다. 사회가 계급

구조로 인해 수직적으로 구성되어 있다고 보았던 부르디외와 다르게, 독특하게도 루만에게 근대사회의 분화된 체계들에는 중심이나, 위계가 존재하지 않는다(루만, 2001 : 29). 현대사회를 탈중심화된 사회라고 파악하는 이러한 루만의 시각은 하버마스의 분석과도 일치한다.

사회적 체계로서 문학을 생각할 수 있는 계기…. 문학의 자기생산에 대한 아이디어 등….

34 시니피앙 : 한국어의 말이라는 말(단어, 어휘)은 너무 많은 뜻을 짊어지고 있다. 이해하기 힘들다. 한국어를 말하기는 하는데 뜻은 잘 모르는 경우가 있다. 언어 수행 과정에서 우리는 말의 두 층위를 경험한다. 실제로 발음된 음성을 시니피앙signifiant이라 하고, 그러한 소리형식에 담긴 뜻을 시니피에signifié라고 한다. 이는 불어 동사signifier의 현재분사와 과거분사에 해당한다. 현재 의미작용을 하는 그 실체가 시니피앙[記標], 거기 담긴 뜻이 시니피에[記意]이다.

이는 근대언어학의 아버지라 하는 스위스의 언어학자 소쉬르(Ferdinand de Saussure, 1857~1913)의 개념이다. 의미 있는 언어기호는 시니피앙과 시니피에 두 축으로 이루어진다. 한 시간 내내 이야기를 들었는데, 그게 무슨 뜻인지 모르겠다면 시니피에는 파악할 수 없고 시니피앙만 흘러간 형국이다.

35 프로크루스테스의 침대 : 프로크루스테스(그리스어 : Προκρούστης)는 그리스 신화에 나오는 인물이다. 신화에 따르면 프로크루스테스는 그리스 아티카의 강도로 아테네 교외의 언덕에 집을 짓고 살면서 강도질을 했다고 전해진다. 그의 집에는 철로 만든 침대가 있는데 프로크루스테스는 행인을 붙잡아 자신의 침대에 누이고는 행인의 키가 침대보다 크면 그만큼 잘라내고 행인의 키가 침대보다 작으면 억지로 침대 길이에 맞추어 늘여서 죽였다고 전해진다. 그의 침대에는 침대의 길이를 조절하는 보이지 않는 장치가 있어 그 어느 누구도 침대에 키가 딱 들어맞는 사람은 없었다고 한다.

프로크루스테스의 악행은 아테네의 영웅 테세우스에 의해 끝이 난다. 테세우스는 프로크루스테스를 잡아서 침대에 누이고는 똑같은 방법으로 머리와 다리를 잘라내어 처치했다. 프로크루스테스를 처치한 일은 테세우스의 마지막 모험이 된다.

프로크루스테스의 침대라는 말은 바로 이 프로크루스테스의 이야기에서 유래된 것으로 자기 생각에 맞추어 남의 생각을 뜯어고치려는 행위, 남에게 해를 끼치면서까지 자신의 주

장을 굽히지 않는 횡포를 말한다.(위키피디아)

36　해변의 묘지 제사 : Μή, φίλα ψυχά, βίον ἀθάνατον/σπεῦδε, τὰν δ᾽ ἔμπρακτον ἄντλει μαχανάν./« O mon âme, n'aspire pas à la vie immortelle, mais épuise le champ du possible. "오나의 영혼이여 영생을 염원하지 말고 가능성의 영토를 추구하라."

37　타나토스(영어 : Thanatos, 그리스어 : θάνατος, '죽음'이란 뜻)은 그리스 신화에서 죽음이 의인화된 신으로 자주 언급은 되지만, 인격신人格神으로 등장하는 일은 거의 없다. 그의 라틴어 이름은 타나투스Thanatus인데, 로마 신화의 동격신은 모르스Mors 또는 레투스/레툼(Letus/Letum)이다.

헤시오도스에 따르면 타나토스는 '밤' 닉스와 '흑암' 에레보스의 아들이며 히프노스('잠')와는 쌍둥이 형제 사이이다. 또한 모로스('운명運命')와 케레스와도 남매지간인데, 이들 세 명은 각각 죽음의 다른 양상을 의미한다. 타나토스는 또한 닉스가 낳은 다른 자식들, 아파테(사기), 모모스(비난), 모이라이(운명의 여신들), 오이지스(불행, 고초), 오네이로이(꿈), 필로테스(우정), 에리스(불화不和) 등과도 같은 남매지간이다.

인간의 삶은 삶의 충동이라는 에로스와 죽음 충동 타나토스 사이에 스펙트럼으로 펼쳐져 있다.

38　로물루스Romulus와 레무스Remus는 로마의 전설에 등장하는 쌍둥이 형제인데, 형제 가운데 로물루스는 전설적 로마의 건국자이자 초대 왕이다. 로마 건국 신화에 따르면 로물로스와 레무스는 팔라티노 언덕에 버려져 늑대가 젖을 먹여 길렀다고 한다. 이탈리아 유명 관광지에는 이 동상이 널리 퍼져 있다.

39　존재의 피투성 : 하이데거가 인간 존재를 설명하는 용어이다. 인간은 자신이 선택하거나 만들지도 않은 세계에 자의自意와 상관없이 던져진 존재라고 보는 게 하이데거의 관점이다. 모든 인간에게 공통된 조건을 던져짐, 즉 '피투성被投性/Geworfenheit'이라 명명했다. 그리고 피투성은 기분Stimmung, 그중에서도 불안Sorge을 통해 자각된다. 예를 들면, 일상생활의 어느 순간 '왜 나는 여기서 이렇게 살고 있을까', 혹은 '머지않아 죽을 나에게 산다는 것은 어떤 의미가 있을까' 같은 불안을 내포한 물음은 누구에게나 다가온다. 그때 우리는 '왜 나는 여기에 존재하는가'라는 불안으로부터 자신이 이 세상에 던져졌고 여기에서 절대로 도망가지 못한다는 것(피투성)을 자각할 수밖에 없다.(출처 : https://top2solo.tistory.com/232(不詳))

40 산상수훈(山上垂訓, Sermon on the Mount)은 예수가 어느 산 위에서 제자들과 많은 군중에게 전한 말씀이라 한다. 「마태복음」 5장에 나온다.

성경에서 이 산상수훈을 행한 산Mount of Beautitudes이 어디인지는 나와 있지 않다. 다만 후대에는 이 장소가 갈릴리 호수 북서쪽 연안의 어느 산으로 알려져서 약 4세기경 동로마 양식 교회가 세워졌다. 이 교회는 이후 614년 페르시아의 침공으로 파괴되었고, 이후 1937년 프란치스코 수녀회가 복원하였다.

산상수훈은 다음 여덟 가지로 정리된다. 이를 '팔복'이라 한다.

마음이 가난한 사람은 행복하다. 하늘나라가 그들의 것이다.

슬퍼하는 사람은 행복하다. 그들은 위로를 받을 것이다.

온유한 사람은 행복하다. 그들은 땅을 차지할 것이다.

옳은 일에 주리고 목마른 사람은 행복하다. 그들은 만족할 것이다.

자비를 베푸는 사람은 행복하다. 그들은 자비를 입을 것이다.

마음이 깨끗한 사람은 행복하다. 그들은 하느님을 뵙게 될 것이다.

평화를 위하여 일하는 사람은 행복하다. 그들은 하느님의 아들이 될 것이다.

옳은 일을 하다가 박해를 받는 사람은 행복하다. 하늘나라가 그들의 것이다.

나 때문에 모욕을 당하고 박해를 받으며 터무니없는 말로 갖은 비난을 다 받게 되면 너희는 행복하다.

기뻐하고 즐거워하여라. 너희가 받을 큰 상이 하늘에 마련되어 있다. 옛 예언자들도 너희에 앞서 같은 박해를 받았다. (「마태복음」 5장 3-12절)

41 누룩과 겨자씨의 비유 : 「마태복음」 13장 31-33절 '겨자씨와 누룩'의 뜻을 알기 위해 영어 버전을 옮겨놓는다.

31. Another parable put he forth unto them, saying, The kingdom of heaven is like to a grain of mustard seed, which a man took, and sowed in his field : 32. Which indeed is the least of all seeds : but when it is grown, it is the greatest among herbs, and becometh a tree, so that the birds of the air come and lodge in the branches thereof. 33. Another parable spake he unto them; The kingdom of heaven is like unto leaven, which a woman took, and hid in three measures of meal, till the whole was leavened. (King James version)

42 유우석의「누실명」한문. 본문에 이 한문본의 번역이 나와 있다.

　　山不在高 有仙則名/ 水不在深 有龍則靈/ 斯是陋室 惟吾德馨/ 苔痕上階綠 草色入
簾靑/ 談笑有鴻儒 往來無白丁/ 可以調素琴 閱金經/ 無絲竹之亂耳 無案牘之勞形/
南陽諸葛廬 西蜀子雲亭/ 孔子云 何陋之有? 君子居之 何陋之有?

43 칸트의 인식 범주 : 인간의 12가지 판단 형식. 판단 형식은 명제로 구현된다. 칸트
는 판단의 영역을 분량, 성질, 관계, 양상으로 구분하고 각각 하위 형식을 제시하고 있다.

　　분량　　전칭판단 : 모든 사람은 죽는다.
　　　　　　특칭판단 : 어떤 사람은 악인이다.
　　　　　　단칭판단 : 남아진은 소설가이다.
　　성질　　긍정판단 : 토함산은 높다.
　　　　　　부정판단 : 영혼은 죽지 않는다.
　　　　　　무한판단 : 영혼은 불사이다.
　　관계　　정언판단 : 천강월은 소설가이다.
　　　　　　가언판단 : 만일 천강월이 죽으면 호적에서 사라질 것이다.
　　　　　　선언판단 : 신은 꿈을 꾸거나 꾸지 않을 것이다.
　　양상　　개연판단 : 소설은 사라질 수도 있다.
　　　　　　실연판단 : 지금 낙엽이 진다.
　　　　　　필연판단 : 사과 다섯 개 가운데 둘을 먹으면 셋이 남아야 한다.

44 프란시스코 호세 데 고야 이 루시엔테스(스페인어 : Francisco José de Goya y Lucientes,
1746.3.30~1828.4.16)는 스페인의 대표적인 낭만주의 화가이자 판화가이다. 고야는 궁정화
가이자 기록화가로서 많은 작품을 남겼다. 18세기 스페인 회화의 대표자로, 특히 고전적인
경향에서 떠나 인상파의 시초를 보인 스페인 근세의 천재 화가로 알려져 있다. 파괴적이고
지극히 주관적인 느낌과 대담한 붓 터치 등은 후세의 화가들, 특히 에두아르 마네와 파블로
피카소에게 많은 영향을 주었다.

45 당랑거철螳螂拒轍 :『회남자淮南子』'인간훈' 편에 이런 이야기가 전한다.

춘추시대 초기 제齊나라 장공莊公이 수레를 타고 가던 중에 사마귀 한 마리가 제장공이

타고 있는 수레 앞에 나타나 앞발을 들고 수레바퀴를 향해 두 눈을 치켜뜨고 버티고 있었다. 사마귀가 뭔지를 몰랐던 제장공이 신기하여 수레를 멈추게 하고 좌우 어자(수레를 모는 사람)에게 물었다. "저것이 무엇인지 아는가?"

어자가 대답했다. "저것은 사마귀라 하는 것인데, 어떤 것이든 앞에 있으면 저 날카로운 앞발을 들고 서 있습니다. 그러나 융통이 없어 제 앞을 가로막기만 할 뿐, 도무지 뒤나 옆으로 움직인 적이 없는 놈입니다."

이에 제장공이 말했다. "만일 저것이 사람이라면 응당 무서운 용사일 것이다."

제장공이 자리에서 일어나 사마귀에게 경의를 표하고 수레를 돌려 지나갔다.

46 '서출지'설화 : 488년(소지마립간 10년)에 왕이 천천정天泉亭에서 까마귀와 쥐가 와서 우는 것을 보고 이걸 이상하게 여기고 점을 쳤더니 까마귀를 따라가라 했다. 점을 쳐서 그 뜻을 알아차린 이야기와 다르게 쥐가 직접 왕에게 "까마귀를 따라가라"고 전했다고도 한다.

그리하여 왕은 기사를 시켜 까마귀를 따라갔더니 돼지 두 마리가 싸우고 있었다. 까마귀가 그새 사라진 것도 모르고 지켜보는데 웬 노인이 못에서 나와 글을 올렸다. 글의 겉봉에, "열어보면 두 사람이 죽고, 그렇지 않으면 한 사람이 죽을 것이다."라고 쓰여 있었다.

기사는 소지 마립간에게 가서 바쳤고 곧 이 일을 의논했는데, 왕은 "두 사람이 죽기보다야 한 사람이 죽는 게 낫지 않냐"고 하며 열어보지 않을 것을 말하지만 일관日官이 "두 사람이란 서민庶民을 이르는 것이고, 한 사람이란 곧 왕을 이르는 것이다"라고 아뢰어 왕이 이를 옳게 생각해 글을 열어보게 했다.

글 속에 쓰여 있는 것은 '금갑을 쏘라射琴匣'였고, 왕은 글 속에 쓰인 대로 궁에 돌아가 거문고의 갑匣을 쐈다. 그 속에 웬 중이 궁주宮主와 간통하고 있었고, 그는 왕의 자리를 탐내고 있었다. 이를 보고 격노한 왕이 왕비와 중을 처형했다. 다른 판본에는 왕이 쏜 화살에 맞은 거문고 갑에 피가 흐르는 게 보이자 서둘러 병사들에게 확인을 시켜보니 왕을 죽이려고 매복한 자객 두 사람이 화살에 맞아 죽어 있었다는 이야기도 있다.이후 왕은 매년 첫쥐, 돼지의 날에 까마귀를 위해 약밥을 만들라고 평했다 한다.

47 「Ode on a Grecian urn」 By John Keats 마지막 연만 제시한다.

O Attic shape! Fair attitude! with brede

Of marble men and maidens overwrought,

With forest branches and the trodden weed;

Thou, silent form, dost tease us out of thought

As doth eternity : Cold Pastoral!

When old age shall this generation waste,

Thou shalt remain, in midst of other woe

Than ours, a friend to man, to whom thou say'st,

"Beauty is truth, truth beauty,—that is all

Ye know on earth, and all ye need to know."

48　『잘 빚은 항아리*The Well Wrought Urn : Studies in the Structure of Poetry*』(1947)는 크리언스 브룩스(Cleanth Brooks, 1906~1994)의 평론집이다. 이 책은 신비평가들의 세미나 텍스트로 알려져 있다. 이 책의 제목은 존 던(John Donne, 1571~1631)의 시 「시성(諡聖, The Canonization)」의 4연에서 이끌어 쓴 것이다. 제목은 예술작품의 형식과 내용의 완벽한 통일을 지향하는 예술관의 표상으로 쓰인다.

1930년대에서 1950년대에 걸쳐 미국에서 성행한 뉴 크리티시즘(신비평)의 비평방법론을 소개한 책으로 널리 알려져 있다. 뉴 크리티시즘은 문학을 윤리나 과학 · 역사 등에서 분리해 작품 자체의 객관적 분석과 가치부여에 전념한다. 특히 언어에 대한 관심이 커 패러독스나 아이러니를 중시하고 복잡한 의도가 숨어 있는 시편의 분석에 집중한다.

49　「지하철역에서」 : 에즈라 파운드가 *The Literary Magazine Poetry*(1913)에 게재한 이미지즘 시. 제목이 「In a Station of the Metro」이다. 시 본문은 두 행뿐이다.

The apparition of these faces in the crowd;

Petals on a wet, black bough.

50　『치즈와 구더기』(이탈리아어 : Il formaggio e i vermi)는 이탈리아 역사가 카를로 긴츠부르크가 1976년에 출판한 학술 저서이다. 이 책은 문화사, 심성사, 미시사의 주목할 만한 예다. 이 책은 "아마도 미시사 분야에서 가장 인기 있고 널리 읽혀지는 작품"일 것이다.

이 책은 포르데노네에서 북쪽으로 25킬로미터 떨어진 몬테레알레 마을 출신의 이탈리아 제분업자였던 도메니코 스칸델라Domenico Scandella로도 알려진 메노키오(1532~1599)의 독특한 종교적 신념과 우주기원론을 탐구한다. 그는 농민계급 출신이지 학식 있는 귀족이나 문필가는 아니었다. 저자는 그를 대중문화의 전통과 기독교 이전 자연주의 농민 종교의 전통에 두었다. 그는 노골적인 신념 때문에 이단으로 선언되었고 로마 종교 재판 중에 화형에 처해졌다.

51   마르셀 모스(Marcel Mauss, 1872.5.10~1950.2.10)는 프랑스의 사회학자이자 인류학자이다. 마르셀 모스는 1872년 유대인 가정에서 태어났다. 모스는 삼촌인 에밀 뒤르켕의 가르침을 직접 받았기 때문에 그의 사상 또한 상당한 정도로 물려받았다. 모스는 1893년 보르도대학교에서 철학 학위를 받고 바로 파리에 정착해 이곳에서 프레이저(J. Frager)와 타일러(E. Tylor)의 책들을 통해서 인류학에 입문했다. 1901년 모스는 고등연구원École Pratique des Hautes Études에서 민족학 방법을 강조하며 '원시 민족들의 종교역사'를 강의한다. 이를 통해서 주어진 자료들을 평가하고 분석해 이론화하는 민족학적 방법론을 정립하기에 이른다. 특히 모스는 여러 외국어에 능통했기 때문에 프랑스 인류학을 국제적으로 널리 알리는 데 중요한 역할을 하게 된다. 모스는 사회주의적 열정을 가졌을 뿐만 아니라 이국적인 사회에 대한 관심이 많았고, 예술적 감성도 풍부해서 언제나 새로운 사고에 개방적이었다. 1904년에는 『위마니테L'Humanité』지의 창간에 참여하고 편집을 담당했으며, 1920년부터는 『민중Le Populaire』지에 정치적 기고문을 싣기도 했다. 1925년 민족학연구소Institut d'Ethnologie를 설립하고, 1931년에는 콜레주 드 프랑스Collège de France의 사회학 분과장으로 선출되었다. 파리대학교에 민족학 연구소를 설립해 인류학을 독자적인 학문으로 이끄는 데 큰 공헌을 했다. 그는 민족학적 방법을 엄밀하게 발전시키고, 표상과 실천, 관념과 행위 등의 개념을 구분하고 이를 구체적인 민족지학적 자료들과 연계해서 설명하고자 했다. 즉, 그는 프랑스 제1세대 현지 조사 인류학자 세대를 구성시켰다.

52   에피스테메(그리스어 : επιστήμη, 영어 : episteme)는 지식Knowledge 또는 과학Science으로 번역되는 그리스어이다. 이는 미셸 푸코의 개념이기도 하다. 미셸 푸코가 제창한 철학적 개념에서는 어느 시대의 사회나 사람들이 생산하는 에피스테메의 본연의 자세를 특징짓고 영향을 주는, 지식의 '범위'로 파악할 수 있다.

토마스 쿤이 말하는 '패러다임' 개념과 유사하다는 논의가 있기는 하지만 문제의식이나 개념화 방식은 매우 다르다. 푸코는 에피스테메를 지식의 '범위'라고 파악하고 있다. 『말과 사물』과『지식의 고고학』 등에서 에피스테메의 개념을 확인할 수 있다. '말과 사물'에 대해 '에피스테메'란, 사람의 사고는 그것이 가지는 사고 체계, '메타 에피스테메' 구조에 따라 달라진다고 본다. 어느 시대의 사회를 지배하는 '에피스테메'로부터 해방되려면 '에피스테메'의 파괴가 필연적 요청이 된다.『지식의 고고학』에서는, 어느 시대의 사회를 지배하는 메타구조인 '에피스테메'는 존재하면서도, 그것은 사회를 구성하는 사람들의 생산한 에피스테메에 의해서, 변화하거나 증폭하거나 파멸하거나 여러 가지로 변화한다고 주장한다.

에피스테메는 그 자체가 메타 에피스테메의 속성을 지닌다. 사고구조로 현재 사고구조를 변화하게 하는 이중적 역할을 하는 걸로 본다. 이는 메타 개념의 기본 속성이기도 하다. 비평에 대한 비평을 메타비평이라 하는 것과 구조적으로 동일성을 보인다.

53 히에로니무스(라틴어 : Eusebius Sophronius Hieronymus, 347~420.9.30) 또는 예로니모, 제롬(영어 : Jerome)은 기독교 성직자이다. 제1차 니케아 공의회 이후의 보편교회 신학자이자 4대 교부 중 한 사람으로서 특히 서방교회에서 중요한 신학자이다. 라틴어 번역 성경인 불가타 성경의 번역자로 잘 알려져 있다. 그의 이름은 고대 그리스어 '히에로뉘모스(Ιερώνυμος, 신성한 사람)'에서 유래한다. 서방교회 지역의 중요한 신학자이다. 현재 천주교회에서는 중요한 성인으로 추대하는 교회박사 가운데 한 사람이다. 축일은 9월 30일. 흔히 상체를 벗은 은수자로서 펜을 들고 저술에 몰두하거나 돌로 가슴을 치는 모습으로 표현된다. 상징물은 십자가 · 해골 · 모래시계 · 책 · 두루마리이며, 학자 · 학생 · 고고학자 · 서적상 · 순례자 · 사서 · 번역가 · 수덕 생활을 하는 사람의 수호성인이다.

54 성인무상사 : 당나라의 문장가 한유(韓愈, 호 퇴지退之, 768~824)의 글「사설師說」에 나오는 구절이다. 공자는 여러 사람에게 두루 배웠기 때문에 일정하게 정해진 스승이 없었다는 뜻으로 '성인무상사聖人無常師'라고 했다. 이는「사설」의 마지막 단락에 나온다.

55 토라(תּוֹרָה, Torah)는 타낙(구약성경)의 앞부분 5권인 창세기, 출애굽기(탈출기), 레위기, 민수기, 신명기를 일컫는다. '토라'는 히브리어로 '가르침'을 뜻한다. 모세가 저술했다는 의미로 '모세오경'이라고 한다. 한국 개신교에서는 보통 율법으로 자주 번역하고, 가톨릭에서는 '오경'이라고 지칭한다. 아브라함 계통의 종교, 곧 유대교, 사마리아교, 그리스도교, 이슬람, 바하이 신앙 모두 공통적으로 인정하는 경전이다.

56 한나 아렌트(Hannah Arendt, 1906.10.14~1975.12.4)는 독일 출신의 홀로코스트 생존자이자 작가, 정치이론가이다. 종종 정치 철학자로 평가되지만, 아렌트 자신은 항상 철학은

'단독자인 인간'에 관심을 갖는다는 이유로 그러한 호칭을 거절했다. 아렌트는 대신에 자신을 정치 이론가로 묘사했는데, 그 이유는 자신의 업적이 "'한 인간'이 아닌 '인류'가 지구에 살며 세계에 거주한다."는 사실에 중심을 두고 있기 때문이다. 그의 공헌은 20세기와 21세기 정치 이론가들에게 영향을 미쳤다.

그는 1960년 아이히만이 전범 재판에 회부되었다는 소식을 듣고 예정되었던 대학 강의를 취소하고 예루살렘으로 달려가 재판 과정(1961.4.11)을 지켜보고, '악의 평범성banality of evil'이란 개념을 도출한 것이 『예루살렘의 아이히만』이라는 저서다.

57 자크 랑시에르(프랑스어 : Jacques Rancière, 1940~)는 알제리에서 태어난 프랑스의 철학자이다.

랑시에르는 1968년 5월 파리에서 일어난 학생 봉기에 대한 그의 태도를 놓고 루이 알튀세르와 공개적으로 결별하기 전에 영향력 있는 책 『'자본'을 읽자』에 기여했다. 랑시에르는 알튀세르의 이론적 입장이 자발적인 민중 봉기를 위한 충분한 여지를 남기지 않는다고 느꼈다.

이후 랑시에르는 이념과 프롤레타리아 등 정치 담론에 대한 우리의 이해를 구성하는 개념을 탐구했다. 그는 노동자 계급이 실제로 존재하는지, 그리고 알튀세르와 같은 사상가들이 언급한 노동자 집단이 지식과의 관계, 특히 프롤레타리아에 관한 철학자들의 지식의 한계를 어떻게 계속적으로 개입하는지를 논하고자 했다.

랑시에르는 파리 8대학 명예교수로 알랭 바디우, 발리바르 등과 함께 데리다 이후 프랑스 사상계를 이끌고 있는 대표적 철학자로 주목받고 있다. 그의 대표작은 저서인 『무지한 스승』(1987)을 포함하여 『정치적인 것의 가장자리에서』(1990)와 『불화』(1995)가 있다.

58 『무지한 스승Le Maitre ignorant』: 이 책은 "1818년에 루뱅대학 불문학 담당 외국인 강사가 된 조제프 자코토는 어떤 지적 모험을 했다"로 시작한다. 프랑스어를 가르쳐야 하는 자코토는 네덜란드어를 몰랐고 수업을 듣는 학생들 중 다수가 프랑스어를 몰랐다. 그는 『텔레마코스의 모험』의 프랑스 · 네덜란드어 대역판을 학생들에게 건네주었고 그 책을 반복해서 읽고 외우게 한 결과, 학생들은 거의 완벽한 프랑스어를 구사하게 되었다. 이는 학식을 전달하고 설명하는 가르침의 행위 없이 배움에 대한 학생의 자율적인 의지로 이루어진 결과이며 스승 · 학생의 종속 관계, 즉 가르치는 자가 가지는 우위에서 벗어나 모든 인간은 평등한 지적 능력을 가진다는 원리에서 출발한다는 것이다. 상당히 충격적이고 급진

적이란 평을 받는다.

59 지평의 혼융 : 가다머의 이해방법론과 연관된 용어이다. 독일어 Horizontver-
schmelzung은 지평의 혼융, 융합 등으로 번역된다.

예컨대 「춘향전」을 '연애소설'로 읽는 것이 하나의 이해 지평이라 할 수 있다. 그러나 연
애만 문제 삼는 것이 아니라 불합리한 제도에 대한 저항을 읽어낼 수도 있다. 나아가 근대
화 초기 사회제도의 변화를 그리고 있다는 식으로 읽을 수도 있다. 이들 시각은 서로 「춘향
전」 이해를 돕는 지평이 된다. 이들 지평의 융합을 통해 춘향전은 보다 높은 단계의 이해에
이를 수 있다.

60 『장자莊子』 포정해우庖丁解牛 : 포정이 문혜군文惠君을 위해 소를 잡은 일이 있었다.
그가 소에 손을 대고 어깨를 기울이고, 발로 짓누르고, 무릎을 구부려 칼을 움직이는 동작
이 모두 음률에 맞았다. 문혜군은 그 모습을 보고 감탄하여 "어찌하면 기술이 이런 경지에
이를 수가 있느냐?"라고 물었다. 포정은 칼을 놓고 다음과 같이 말했다.

"제가 반기는 것은 '도道'입니다. 손끝의 재주 따위보다야 우월합니다. 제가 처음 소를 잡
을 때는 소만 보여 손을 댈 수 없었으나, 3년이 지나자 어느새 소의 온 모습은 눈에 띄지 않
게 되었습니다. 요즘 저는 정신[神]으로 소를 대하지 눈으로 보지는 않습니다. 눈의 작용이
멎으니 정신의 자연스런 작용만 남습니다. 그러면 천리天理를 따라 쇠가죽과 고기, 살과
뼈 사이의 커다란 틈새와 빈 곳에 칼을 놀리고 움직여 소의 몸이 생긴 그대로 따라갑니다.
그 기술의 미묘함은 아직 한 번도 칼질을 실수하여 살이나 뼈를 다친 적이 없습니다. 솜씨
좋은 소잡이가 1년 만에 칼을 바꾸는 것은 살을 가르기 때문입니다. 평범한 보통 소잡이
는 달마다 칼을 바꾸는데, 이는 무리하게 뼈를 가르기 때문입니다. 그렇지만 제 칼은 19년
이나 되어 수천 마리의 소를 잡았지만 칼날은 방금 숫돌에 간 것과 같습니다. 저 뼈마디에
는 틈새가 있고 칼날에는 두께가 없습니다. 두께 없는 것을 틈새에 넣으니, 널찍하여 칼날
을 움직이는 데도 여유가 있습니다. 그러니까 19년이 되었어도 칼날이 방금 숫돌에 간 것
과 같습니다. 하지만 근육과 뼈가 엉긴 곳에 이를 때마다 저는 그 일의 어려움을 알고 두려
워하여 경계하며 천천히 손을 움직여서 칼의 움직임을 아주 미묘하게 합니다. 살이 뼈에서
털썩하고 떨어지는 소리가 마치 흙덩이가 땅에 떨어지는 것 같습니다. 칼을 든 채 일어나
서 둘레를 살펴보며 머뭇거리다가 흐뭇해져 칼을 씻어 챙겨 넣습니다."

문혜군은 포정의 말을 듣고 양생養生의 도를 터득했다며 감탄했다.

61 로만 야콥슨(러시아어 : Рома́н О́сипович Якобсо́н, 영어 : Roman Osipovich Jakobson, 1896.10.11.~1982.7.18)은 러시아 제국 태생의 미국 언어학자이자 문학이론가였다.

구조주의 언어학의 선구자인 야콥슨은 20세기의 매우 영향력 있는 언어학자 중 한 사람이었다. 니콜라이 트루베츠코이와 함께 그는 언어의 음성 분석을 위한 혁신적인 새로운 기술을 개발하여 사실상 현대 음운학 분야를 성립시켰다. 야콥슨은 통사론, 형태론, 의미론과 같은 언어의 다른 측면을 연구하는 데에도 유사한 원리와 기술을 확장했다. 그는 슬라브어 언어학에 많은 공헌을 했으며, 특히 러시아어 사례에 대한 두 가지 연구와 러시아어 동사의 범주 분석에 기여했다. 찰스 샌더스 퍼스의 기호학, 커뮤니케이션 이론 및 사이버네틱스에서 얻은 통찰력을 바탕으로 시각 예술 및 영화에 대한 연구 방법을 제안했다.

클로드 레비스트로스 및 롤랑 바르트에 대한 그의 결정적인 영향을 통해 야콥슨은 철학, 인류학 및 문학 이론을 포함한 언어학을 넘어서는 학문에 구조 분석을 적용하는 데 중추적인 인물이 되었다. 그는 페르디낭 드 소쉬르가 개척한 구조주의 연구 방법을 더욱 발전시켰고 이는 유럽과 미국에서 전후의 주요 지적 운동이 되었다. 한편 구조주의의 영향은 1970년대에 감소했지만 야콥슨의 작업은 언어인류학에서 계속 주목을 받고 있다. 야콥슨의 근본적인 언어적 보편 개념, 특히 변별적 자질에 대한 그의 유명한 이론은 20세기 후반에 이론언어학의 지배적인 인물이 된 노엄 촘스키의 초기 사고에 결정적인 영향을 미쳤다.

62 일리야 레핀(러시아어 : Илья́ Ефи́мович Ре́пин, 영어 : Ilya Yefimovich Repin, 1844~1930) : 20세기 러시아 사실주의 예술을 대표하는 화가이자 인물화의 거장이다. 러시아 역사상 최고의 미술가로 꼽는다. 훗날 안톤 체호프는 "러시아 역사에서 예술가 꼭 세 명만 꼽는다면 문학의 톨스토이, 음악의 차이콥스키, 미술의 레핀."이라는 말을 남겼다.

〈볼가강의 배끌이 노동자들Бурлаки на Волге〉은 레핀이 현실에 눈을 뜨는 계기가 된 작품이다. 그가 여행 중에 체험한 민중의 고달픈 삶이 사실적으로 그려져 있다.

일종의 역사화라 할 수 있는 〈오스만 제국의 술탄 메흐메트 4세에게 답장을 보내는 자포로제의 카자크Запорожцы пишут письмо турецкому султану〉(1891, 상트페테르부르크 러시아박물관 소장)라는 작품은 충격적이라 할 만큼 높은 예술성을 구현했다. 우크라이나 카자크들의 자유정신을 여실하게 드러낸 작품이다.

63 샤를 보들레르「여행에 초대함L'Invitation au voyage」: 이 시의 첫 행은 이렇게 시작한다. "Mon enfant, ma sœur,/ Songe à la douceur/ D'aller là—bas vivre ensemble ! Aimer à loi-

sir,/ Aimer et mourir".

여행의 마지막 도착지의 이미지는 이렇게 묘사된다. "Là, tout n'est qu'ordre et beauté,/ Luxe, calme et volupté." 그리고 마지막 연에서 다시 한번 반복된다.

64 「첫눈」 메모 : 곡신불사谷神不死, 노자의 한 구절, 골짜기의 신은 죽는 법이 없다. 현 빈玄牝―노자, 검은 암소, 영원한 여성상의 표상/노자―연단술―단약/선덕여왕 때 신라에 도교가 들어옴.―젊은 사람들의 기를 얻어 영생불멸을 지향한다는 빌미로 문란한 성생활 이 신라 궁정에 범람했음. 이 내용은 내가 천강월의 메일을 받아 확인한 것이다.

65 빈공과賓貢科는 중국에서 외국인을 대상으로 실시한 과거科擧 명칭이다. 당唐에서 처음 실시하였다. 당은 주변의 많은 종족·국가들과 관계를 맺으면서 국제적인 문화를 꽃 피웠다. 당에는 외국에서 온 사람들이 많았는데, 당 조정은 이들을 대상으로 한 과거 제도 인 빈공과를 시행하였다.

통일신라는 당과 활발한 교류를 하였고, 당으로 많은 유학생들이 건너갔다. 이들 유학 생 중에는 빈공과에 응시하여 당에서 관직 생활을 한 사람도 있었다. 빈공과에 합격한 사 람을 '빈공'이라 하는데, 신라인 빈공은 80여 명에 이르렀다. 신라 출신 빈공은 주로 골품 제 사회에서 출세에 한계가 있었던 6두품 출신이 많았다. 대표적인 인물로는 최치원(崔致 遠, 857~?), 최승우崔承祐, 최언위(崔彦撝, 868~944) 등이 있다. 또 신라인 가운데에는 수석 합 격한 사람도 많았다.

66 『동아일보』, 2024.7.12. A31. 이준식의 한시 한 수.

67 죽음의 춤 : '죽음의 무도舞蹈'(프랑스어 : Danse Macabre, 독일어 : Totentanz, 영어 : Dance of Death)란 중세 말기에 유행한, 죽음의 보편성에 대한 알레고리를 묘사하는 미술 징르이다. 죽음의 무도는 시체들 또는 의인화된 죽음이 살아 있는 모든 자를 대표하는 산 자들, 즉 교 황·황제·국왕·어린이·노동자 등과 만나거나, 또는 무덤 주위에서 덩실덩실 춤을 추 는 것으로 이루어져 있다. 그리하여 생명이 얼마나 허무한지, 현세의 삶의 영광이 얼마나 헛된 것인지를 보는 이에게 일깨우려 한다.

서장원 교수의 『토텐탄츠와 바도모리』가 주목된다. 이 책은 유럽 중세 말에 발생한 예술 인 '토텐탄츠Totentanz'와 '바도모리Vado mori'를 통해 중세 말의 사정을 적나라하게 밝혀냄과 동시에 서양 문화예술의 발원으로 여겨지는 '죽음의 춤'을 넓고 깊게 들여다보는 연구서 이다. 죽음의 춤 작품 현장을 시작으로 죽음의 춤 기원, 발생 배경, 죽음의 예술 본질, 전개

상황을 면밀히 추적하고 예술사, 유럽 중세사, 중세 문학, 민속학, 신학, 철학 등 여러 분야에 걸쳐 죽음의 춤 원형이 되는 작품과 사유를 탐구한다.(출처 : 대학지성 In&Out(http://www.unipress.co.kr))

68 밀라노 칙령(라틴어 : Edictum Mediolanense, 영어 : Edict of Milan, 313)은 로마 제국 서편을 관장하던 로마 황제 콘스탄티누스와 로마 제국 동편을 관장하던 리키니우스 황제가 313년에 공표한 문서이다. 주된 내용은 종교에 관한 관용인데, 종교적인 예배나 제의에 대해 로마 제국이 중립적 입장을 취한다는 내용의 포고문이다. 이로써 로마 제국에서 신앙을 가지는 것, 특히 기독교 신앙을 핍박하던 입장에서 옹호하는 입장으로 돌아선 사건이다.

리키니우스 황제와 콘스탄티누스 황제의 누이와의 결혼으로 두 황제는 밀라노에서 만난 상태였다. 로마 제국에서 기독교는 311년 리키니우스가 내린 칙령에 의해 이미 합법화되어 있었다. 이 밀라노 칙령은 한발 더 나아가 적극적 의미의 기독교 보호 내지는 '장려'를 의미하게 되었다.

소설이라는 바람(風)에 실린 서사화된 바람(願)

호창수(서울대 강사, 문학평론가)

이제까지 소설은 어떻게 전개되어왔고, 앞으로 소설은 어떤 양상을 띨 것인가.

우한용 작가의『그래도, 바람』은 소설을 공부하고 창작하는 독자에게 여러 가지 질문을 던지는 '문학론 강의'처럼 읽힌다. 어떤 개인의 핍진한 이야기와 진지한 소설 창작론 사이에서 작가가 선택한 방법은 철저히 '대화'로 회귀하는 것이다. 일찍이 바흐친M. Bakhtin은 소설을 두고서 '형식 창조적 이데올로기'의 속성을 지닌 양식으로 무수한 대화의 양상이자, 그 자체로 비종결의 장場이라 규정한 적이 있다. 그가 제시한 '대화적 서사' 개념은 소설을 소통론적으로 규정하고자 하는 연구자들에게 굉장한 유혹으로 다가오기도 할 것이다. 하지만 듣는 이와 말하는 이 사이의 동시적 소통[對話] 행위로서 소설적 대화를 분명하게 인식하고 규명하기란 매우 어려운 과업이다. 바흐친 자신 역시 도스토옙스키의 소설만을 대화적 서사로 제시하지만, 지금의 독자에게 산문散文적 담론인 소설의 모든 것을 설명하기에는 한계가 있다. 이번 작품 속 천강월의 강의와 남아진의 상상적 대답 역시 바흐친이 찾던 대화적 서사의 한 양상일지도 모른다. 다성多聲적 소설을 찾고자 한 번이라도 고심을 해봤던 독자라면 이번 소설을 통하여 작가 '우공'이 시도하고자 한 근본 뜻을 어림짐작할 수 있을 것이다.

그렇다면 일평생 소설 쓰기를 통해 소설 교육의 기틀을 마련한 작가 '우공'(작가 우한용의 필명)은 이번 작품에서 어떤 메시지를 건네고자 한 것일까? 먼저, 이 소설은 "합장하고 절을 하"는 '여승'과 다름없는 남아진이란 인물의 개인 서사인가, "즈믄 가람을 이야기로 비추고자 하"는 천강월의 강의 담화인가. 그도 아니라면 천마를 찾아 헤매는 계환수의 탐색담인가, 소설이 곧 운명이 되어버린 석자명의 자성적 허구인가… 백석의 시「여승」으로 시작하여 남아진을 거쳐, 어느 순간에는 '지귀紙鬼'의 형상으로 변신하였다가, 다시금 여승으로 돌아오는 이 복합서사의 끝은 '아르카디아Αρκαδία'를 향한 작가의 서사적 몸부림일지도 모르겠다. 누구보다 다양한 인간 군상에서 가장 소설적인 것을 탐구하던 우공이 이번 작업을 통하여 보여주고자 한 '대화적 상상력'은 소설 쓰기란 인간으로서 살아가는 방법을 구체화한 것이라는 원론적 관점에서 비롯한다. 소설창작론 강의 속에 투영된 어떤 이의 이데올로기가 누군가의 욕망으로 전환되고, 대타화된 여러 인간 군상으로 확장되는 과정이 이 소설의 핵심 플롯이다. 이때 이 우공의 강의는 소설이 좋아 작품을 읽고, 소설이 좋아 소설을 지어내는 독자에게 '생生에 몰두하기' 위한 바람(일차적으로 風이지만, 또한 願이기도 한) 휘몰아치는 언덕을 마련해준다.

한편, 이 소설은 두어 번 읽고서야 비로소 그 대화의 바람이 분명하게 느껴진다. 이때 소설의 서술자인 '(남아진이면서도 천강월이기도 한) 나'라는 존재에 대한 다차원적 감각이 『그래도, 바람』을 읽어내는 데 가장 필요한 소설적 역량이 될 것이다. 이 소설은 "텍스트에서 튀어나온 텍스트가 다른 텍스트에 들어와 있"고, "텍스트가 뒤엉키고 있는" 복잡한 연기緣起 관계 속에서 남아진과 천강월 사이를 잇는 정신적 소용돌이를 형성한다. 따라서 다양한 인물의 세계관을 '옴니버스식 구성', '소설 속 소설', 소설과 연계된 '곁텍스트 para-text'라는 여러 장치로 엮어낸 이번 작품을 읽어가는 과정은 소설의 메타 meta적 속성에 대해 다시금 환기하는 기회가 되기도 한다. 이 작품의 주요 플롯인 창작 강의의 흐름에 따르면, 강의를 '듣는' 행위가 곧 소설 '쓰는' 행위, 즉 텍스트로 전환되는 과정으로 변모한다. 이때 소설을 소설답게 하는 허구적 상상력은 어떻게 작동하는가. 이 소설은 작가 우공과 천강월, 그리고 "천강월이 있음으로써 내가 있"다고 말하는 남아진, 어지러운 넝쿨처럼 얽힌 다른 이들의 목소리가 끊임없이 중첩되며, 이야기 속에서 메타 발화를 작동시킨다. 독자는 이들의 겹쳐진 목소리를 동화同化시키는 과정에서 읽는 자로서 '나의 욕망'을 어떻게든 드러내 보이게 된다. "도대체 누가, 누구에게 무슨 말을 하려는 것인가?"

이에 대하여 "소설은 세속의 미학을 추구하는 양식입니다."라고 천강월은 답할 것이다. 이는 타락한 세계에서 훼손된 방식으로나마 진실을 추구하고자 하는 작가적 욕망의 발로로 보이기도 하지만, 오히려 작가에 의해 철저하게 동시대인으로 끌어들여진 독자의 속물적 욕망이 담길 수밖에 없음을 토로하는 것일지도 모른다. 남아진이 천강월의 강의에 대하여 끊임없이 의문과 반문을 제기하는 이유가 바로 작가의 선구자적 욕망과 독자의 속물적 욕망 사이의 모순에서 비롯된 것이다. 작가의 의식은 천강월의 말처럼 신의 세계와 지옥(From zenith to the nadir) 중간에 선 존재로서 작가 자신의 것이라 할 수 있는가? 때로는 석자명에게 투영하여, 때로는 천강월의 목소리에 빙의하여 등장하는 우공의 발화에는 선험과 경험 사이에서 무당적 매개자로서 기능하는 소설가의 역할론이 강하게 묻어 있다.

남아진이 찾아 헤매는 '지귀', 그 종이의 서사 끝에 창조된 '최창학'이라는 인물의 목소리를 통해 현존재Dasein인 이야기꾼[小說家]의 언어적 형상화의 계기가 발견되기도 한다. 작가는 시간의 밀도를 조절하여 '여기와 저기Da'를 경험하는 자로서 그가 판단하고 있는 '개시성Erschlossenheit'을 기반으로 특정한 시공간을 창조한다. 루카치G. Lukács의 유명한 명제처럼 '세계에 대한 추체험'의 계기로써 소설은 독자로 하여금 수많은 세계의 양상을 창조하게 하고, 그 안에서 직접 살아보게끔 한다. 결국, "소설에서 문제는 '인간'이 되며, 특히 그 인간은 지구상의 인간을 뜻하기도 한"다는 천강월의 주장은 소설에 본질을 탐구하게 한다. 그렇다면, 현존재적 이야기꾼으로서 우공에게, 지귀 찾기를 통해 존재를 규명하고자 하는 남아진에게 소설을 어떠한 바람으로 불어왔을까?

이 난해한 메타픽션이 자아낸 물음에 대한 답을 찾기 위해 '가능세계possible worlds'의 힘을 빌려본다. 이야기 안에서 독자는 텍스트 내에 실재하는 것을 지시 대상으로 삼거나, 실재하지 않는 것에 대한 추론을 통하여 하나의 구체적인 세계상世界像을 구축한다. 이를 '가능세계 구성'이라 한다면, 독자에게는 소설의 언어를 인식하는 과정에서 '가정적 언어 상황에서 지각된 현실과는 다른 대체 현실'을 상상을 통해 구체화할 기회가 주어진다. 우리는 남아진의 목소리를 통해, 그들의 대화를 통해 '실재하지는 않겠지만 언제든지 현실화될 수 있는 잠재적 세계'를 구성해볼 수 있다. 이 세계 양상은 창작을 경험하는 남아진의 세계, 소설과 문학에 대해 분투하는 천강월의 세계, 「자하문기」 속에서 석자명의 세계, '천마'를 찾아 헤매는 계환수의 세계, 「매를 날리며」의 석응명의 세계, 「산골 물소리」의 지상림이나 「종이의 길」 속 최창학의 세계, '자하'와 '지귀', '추사'의 세계로 분화한다. 이러한 세계의 양태는 남아진의 목소리를 빌린 채 '그래도, 바람'이라는 하나의 '온 세계whole world', 즉 다양한 가능세계 양상의 합습을 의미하는, 휘도는 '바람의 유니버스universe'로 재구축된다.

　'바람의 유니버스' 체계를 관통하는 핵심 담론은 "소설은 일종의 운명 아니 팔자"라는 천강월의 목소리를 통해 도출된다. '소설다움'에 대한 절대적 관념론에 빠진 듯한 남아진을 향하여 천강월은 끊임없이 반문을 제기한다. '소설에 들려 사는' 이들에게는 인간의 생각, 사고, 의식, 이념, 가치 등 모든 것이 소설감이어야 한다는 것이다. 이때 이 유니버스 속의 서로 다른 목소리[多聲]는 소설 창작과 관련된 메타적 요소로서 단 하나의 목소리[單聲]로 중첩되기에 이른다. 수많은 인물이 단순히 개별적 존재로 그려진다기보다는 소설 창작의 다양한 측면을 탐구하는 상징적 기제로 작용하게 되며, 각기 다른 사건으로 점철된 가능세계를 통어하는 하나의 담론을 만들어낸다.

　독자는 천강월이라는 텍스트를 통하여 소설 쓰기 유니버스에 대한 추상적인 인식을 시도하였다가, 다시 남아진을 통해 그 계시적 양태를 목격하게 된다. 이렇듯 천강월에서 남아진으로의 변신은 독자가 그려낼 '생성적 바람'의 형상을 다채롭게 만든다. 다만, 이때 소설가란 존재의 이미지는 트라우마적인 욕망으로 점철된 개개의 날 것으로 묘사되며, 이는 '천마天馬'라는 중간자적 매개자로 변신하여서만 그 의미를 부여받게 된다. 결국 상상의 '바람 유니버스'는 천마로의 변신을 통하여 천계와 지상을 연결하는 듯한 기괴한 세계상으로 형상화된다. 소설적인 것을 규명하기 위한 용틀임 속에서 천마는 "증언자 없는 사건 속에 허우적거리"면서도 "허구로 세계를 구축하"고, "현실세계의 변화를 촉발하"는 존재가 되며, 자기 존재의 최대치를 향해 나아간다. 이렇듯 작가는 남아진과 천강월이 주고받는 처절한 소설 쓰기를 통하여 자신 고유의 세계를 구축하기에 이른다.

　그렇다면 작가는 왜 메타픽션이라는 장르적 실험에서 '창작 강의'라는 플롯을 선택하였을까? 남아진의 말에서 그 답이 잠재되어 있다. 그는 "허구와 현실을 혼동하는 건 정신병입니다."라면서도 "현실 텍스트와 허구 텍스트가 맥락을 벗어나 넘나들" 수 있는 것이 소설적 경험이라고 말한다. 이러한 소설적 경험이 가장 역동적으로 발생할 수 있는 공간이 바로 창작 교실이었을 것이다. 또한, 소설 쓰기 과정에서 서로 다른 세계관을 공유하고 경쟁하며 공통의 유니버스를 도출할 수 있는 공간, 그러한 가능성이 합평을 통해 발현되는 곳이 창작 교실이 아니었을까. 적어도 천강월은 모든 형식과 관습을 넘어서서, 서로 다른 대화를 창조할 수 있는 카니발을 바랐을 것이다. 특히, 다양한 욕망 속에서도 "인간적 진실됨을 드러내는" 소설에 관한 작가의 욕망은 "모기와 마복자"란 제목이 붙은 '5월 20일 강의'에서 가장 극명하게 드러난다. 천강월은 자신과는 미묘하게 다른 욕망을 공공연히 드러내는 '석자명'이라는 인물을 창조하면서 스스로 자아 분열을 경험한다. 이 과정에서 진행된 5월 20일 강의는 "모든 소설과 교육은 자기화이자 자기 교육"이며, 허구의 현실화라는 것이 어떤 기괴함과 괴리를 만들어내는 것인지를 여실하게 보여준다. 그날 강의에서 드러난 천강월의 말처럼 "보고자 하는 의욕에 따라 보이는 것이 소설 공간"이라고 한다면, 사실과 상상의 문제는 일상적이고 언어적인 현실 삶의 맥락 속에 터하면서, 그 본질을 은근하게 드러내는 허구적 상상력을 통해서만 성립될 수 있다. 창작이라는 가장 '허구적'인 작업이 강의라는 매우 '현실적'인 공간과 마주하였을 때 발생하는 이질감과 괴리감이 5월 20일 강의의 핵심이자 소설에 관한 작가의 욕망을 여실하게 드러내 보이는 대목이 된다. 즉, 소설가로서, 이야기꾼으로서, 강의자로서, 인간으로서 다양한 물음을 자아내기 위하여 작가는 '창작 강의'라는 메타포가 필요했던 것이다.

다만, 천강월의 강의가 종국에 다다를 때 독자에게 전달되는 것은 "언어(창작)의 뒤는 허무라는 어둠뿐"이라는 아이러니한 명제이다. 소설은 삶에 대한 의문을 제기하여 다양한 상상의 계기를 마련해주지만, 한편으로는 셀 수 없이 다양한 가능세계의 영역을 하나의 유니버스로 종속시키는 '종결'의 계기이기도 하다. 이러한 아이러니가 '바람 이미지'가 던져주는 핵심 질문이 될 수 있다. 천강월의 강의 담화 속에서 남아진은 자신의 아버지를, 자신이 상상한 지귀의 모습을, 자신이 욕망하는 천강월의 모습을, 자신의 존재 이유를 묻는 소설 쓰기의 본질에 대해 얽히고설킨 해답을 찾아간다. 그 과정에서 작가 우공이 주목하고자 했던 것은 무엇인가. 이쯤에서 '천강월=남아진=우공'의 도식을 연결하여 중첩된 목소리로 들어본다. 이때의 중층적인 '바람 유니버스'는 독자들로 하여금 서로 다른 파라 텍스트를 호명하게 한다.

가령, 어느 독자는 소설을 쓰는 남아진을 상상하는 천강월을 소재로 하여 현실에서 소설을 쓰고 있는 작가 우공의 모습을 떠올리기도 할 것이며, 남아진이나 천강월과 같은 고민을 하는 또 다른 예술가의 모습을 발견할지도 모르겠다. 『그래도, 바람』을 읽어가며 계속해서 머릿속에 떠올랐던 영화 〈8과 1/2〉(1963)을 통해 작품 해석을 도모해본다. 〈8과 1/2〉은 '귀도'라는 인물을 내세워 펠리니F. Fellini 감독 본인의 자전적 서사를 그려낸 작품이다. 작품 속에서 창작의 고통에 몸부림치는 귀도(펠리니 감독)는 천강월이나 남아진(작가 우공)을 환기하며, 그들처럼 예술과 존재에 대한 의문을 제기한다. 이 작품에서는 현실인 듯하면서도 환상인 듯한 귀도의 상상적 세계를 통하여 그의 예술적 욕망을 투사하는데, 주요 서사는 다음과 같다.

영화감독 귀도는 어느 날 자기 몸이 공중에서 추락하는 꿈을 꾼다. 일상에서 정신적으로, 육체적으로 지쳐 있던 귀도는 요양을 핑계로 온천에 가지만, 그곳에서도 삶의 고뇌를 벗어날 수 없다. 그러다 온천에서 여생을 보내는 노인들 속에 자신이 속했다는 환상을 보기 시작한다. 귀도는 헤어질 용기가 없이 그저 동거할 뿐인 아내에게서도, 육체적인 사랑만 탐닉하는 애인에게서도 구원을 경험하지 못한다. 그때 그의 마음속에 상상으로 나타난 창부의 모습을 한 성녀 클라우디아를 통해 삶에 대한 욕망을 확인하게 된다. 모든 것이 현실인지 허구인지를 가늠할 수 없던 귀도는 더 이상 상상을 포기한다. 그럼에도 어린 시절 추억에 잠기며 오래도록 잊고 있던 예술이라는 욕망을 떠올린다.

영화 속 귀도의 세계는 언뜻 보면 천강월과 남아진의 세계와 궤를 같이한다. 더 나아가 소설 쓰기를 통하여 삶을 통찰하고 인간에 대해 탐구하는 작가 우공의 세계와도 맞닿게 되는 듯하다. 그들이 구축한 서로 다른 세계는 동사 '예술한다(창작)'의 유니버스로 흡수된다. "근간에 내가 경험하는 것은 의식의 단층이었다. 강의실 장면이 영화 장면으로 건너뛰기도 하고, 길가에서 흘레하는 개들을 보고는 시스티나 성당의 그림, 〈천지창조〉를 생각하기도 했다. 선덕여왕의 무덤에서는 지귀와 여왕이 살을 섞는 그림이 떠오르기도 했다." 라는 남아진의 독백과 클라우디아라는 성녀를 상상하며 창작의 욕망을 떠올리는 귀도, 현실과 허구 속에서 끊임없이 헤매는 천강월의 모습이 겹쳐 보이는 것은 우연한 기시감이 아닐 것이다.

서사적 삶과 소설 쓰기에 관한 이야기이자, 창작에 대하여 고뇌하고 소설적 인물을 묘사하고자 하는 이 소설에서 남아진과 천강월은 작가 우공의 분신과도 같다. "소설은 없어져도 서사는 끝까지, 인간이 이렇게 멸종되었다는 이야기를 하기 위해서도 서사는 남아 있을 겁니다."라는 천강월의 말이 작가 우공의 말로 읽히는 것 역시 그의 인간적 경험과 독자의 상상력이 다양한 세계의 양상을 통하여 분출된 결과일 것이다. 끊임없는 소설 쓰기를 통하여 삶을 성찰하고 서사의 힘을 규명하고자 하는 작가 우공에게, 천강월에게, 또 남아진에게, 휘돌아가는 '바람'은 어떤 유니버스로 재구축된 것일까. 독자적 욕망에서 그의 상상을 명징하게 추론하기란 쉽지 않다. 다만, 귀도라는 또 다른 허구적 상상을 빌려서 보자면 천강월의 강의가, 남아진의 강의록이, 우공의 메타픽션이 현실인지 허구인지는 중요치 않다. 그 핍진함이 가져다준 소설적 계기와 서사적 욕망, 그것만이 우리에게 불어오는 '큰바람'이 될 것이다. 인간, 삶, 교육, 언어, 창작, 세계…. 수많은 고뇌 속에서 작가가 선택한 욕망은 결국 예술, 즉 '소설'만으로 표현될 수 있는 서사에 대한 집착과 기대, 고통과 환희일 것이다.

독자는 우공의 새로운 소설적 도전을 통하여 다양한 세계를 탐구하고, 그 속에서 진실을 추구하는 언어적 시도를 부여받는다. 하지만 그 과정에서 개개의 독자가 구축한 세계의 종결은 희랍 신화 속 히드라'Ύδρα의 9개 목처럼 서로 다른 양상으로 그려질 것이다. 마치, 소설의 종결부에서 '타히티를 향해 갈 천강월', '이르쿠츠크를 향해 갈 남아진', 그 속에서 여전히 소설적 번뇌와 고독 속에 놓여 있을 '여승'의 마지막 모습처럼.

우공은 근래 끊임없는 서사적 변모를 꾀하였다. 소설의 몸을 바꾸는 시도에서도 소멸하지 않는 서사의 양태(『시인의 강』(2021))에 주목하였고, 읽음으로써 읽히는 것이 아닌 들음으로써 읽히는 소설 공간(『소리숲』(2022))을 마련하기도 했다. 한편, 전통의 맥 속에서 새로운 창조를 향한 시도(『왕의 손님』(2023))를 펼치기도 하였다. 이번 『그래도, 바람』은 소설 텍스트의 이중성에 대한 작가의 성찰을 매우 도전적으로 표현한 작품이다. 소설가로서, 소설교육가로서 평생 고뇌하고 탐구한 그의 적나라한 기억을 가장 우공다운 소설 형식으로 제시하였다. 서사적 지속과 양식적 변화를 두루 갖춘 소설의 잡종성에 대한 물음, 즉 소설의 본질에 대하여 스스로 답을 찾는 과정에서 작가 우공은 '메타픽션의 메타화化'라는 새로운 방법론을 마련한 것으로 보인다. 독자는『그래도, 바람』이라는 책에 실려 은은하게 퍼지는 서사적 욕망의 바람을 생생하게 느껴볼 수 있으리라. 텍스트가 만들어낸 소설적 바람을 읽으려 들지 말고 상상하며, 들으려 하지 말고 느껴보기를 권한다. 그러면, 그제야 이 소설이 바람처럼 읽힐 것이다.

푸른사상 소설선